Лучшая
современная
женская
проза

Галина ЩЕРБАКОВА

Женщины в игре без правил

Я положил к твоей постели
Полузавядшие цветы,
И с лепестками
Мои усталые мечты.

Я нашептал моим левкоям
Об угасающей любви,
И ты к оплаканным покоям
Меня уж больше не зови.

ЭКСМО
МОСКВА
2009

УДК 82-3
ББК 84(2Рос-Рус)6-4
Щ 61

Оформление серии *А. Саукова, П. Иващука*

Щербакова Г.
Щ 61   Женщины в игре без правил / Галина Щербакова. — М. : Эксмо, 2009. — 416 с. — (Лучшая современная
женская проза).

ISBN 978-5-699-34287-7

«Женщины в игре без правил», «Слабых несет ветер» — романная дилогия классика русской литературы Галины Щербаковой.

В центре повествования — судьбы трех современных женщин, трех поколений одной семьи. Внучка-дочка, мать-дочка и мать-бабушка — между ними пропасть не только возраста, но ценностей и интересов. Бабушка, до поры до времени жившая по законам домостроя, вдруг влюбляется в молодого состоятельного мужчину и теряет голову... Ее взрослая дочь, только что трагически пережившая развод, рожает ребенка от первого встречного незнакомца и понимает, это он — любовь всей ее жизни... Внучка, мучимая подростковыми комплексами, достает мать и бабушку своей нереализованной сексуальностью...

Щербакова вторгается на территорию любовной драмы со стороны опытного и жесткого психолога. Она не щадит ни слабых, ни сильных — потому что и те и другие одинаково беззащитны перед ветром любви...

УДК 82-3
ББК 84(2Рос-Рус)6-4

ISBN 978-5-699-34287-7

Женщины
в игре без правил

Я положил к твоей постели
Полузавядшие цветы,
И с лепестками...
Мои усталые мечты.

Я нашептал моим левкоям
Об угасающей любви,
И ты к оплаканным покоям
Меня уж больше не зови.

К новым чувствам надо привыкать, как к новой обуви. Их полагается разносить. Елена босиком ходила по доставшейся ей в обмене квартире и думала другое: если она сейчас же, сию минуту не полюбит ее как родную, потом этого уже и не случится. Любовь бывает или сразу, или никогда.

«Начнем, — сказала она себе. — Дивный вид из окна. Лес, овраг... Деревянный мосток... Я буду ходить по нему с плетеной корзинкой, как какая-нибудь барышня-крестьянка. А навстречу мне добрый молодец... Все вранье... Я сроду на эти мостки не выйду... Да и на черта они мне? От лесного кислорода голова болит сильнее, как от недосыпа: в виски стреляет».

Елена отошла от окна. «Звеня и подпрыгивая, как тот самый пятак», — подумала она.

Нет, любовь к квартире из пейзажа за окном не вырастала. Она прошлепала по коридору: ровнехонько тринадцать ее лап. «Знала бы, не менялась», — засмеялась она. И снова это — звеня и подпрыгивая. А потом стало совсем плохо: «тринадцать» стало преследовать ее на каждому шагу. Номер квартиры — девяносто четыре. Сумма цифр — тринадцать. Тринадцать рядков кафеля над плитой. Тринадцать с копейками метров маленькая комната. Номер жэка — тоже тринадцать. И как она не заметила сразу: номер ее дома тридцать девять, что есть не что иное, как трижды тринадцать.

А ведь у нее было с маклером условие — не тринадцатый этаж. Ну так вот. У нее пятнадцатый, а изнутри весь — насквозь! насквозь! насквозь! — тринадцатый.

Елена почувствовала, как ее охватывает паника, как отбрасывает назад — к слезам, неустройству, неуверенности, слабости, в которых она жила последние годы. Она ведь придумала: въедет в квартиру, повернет ключ, и — пойдет новая, уже совсем хорошая жизнь. Потом, правда, она поняла, что не та она женщина: у таких, как она, битых и ломанных судьбой, поворот ключа не может решить все сразу и навсегда. И она дала себе поблажку — все будет не сразу, она будет разнашивать новую судьбу не спеша, постепенно... Она полюбит эту квартиру, хорошая квартира, замечательная. Лес в окне. Мост через овраг...

А получилось... Тринадцать, кругом тринадцать... Захотелось бежать, но бежать было некуда. Захотелось плакать, но исчезли слезы. Захотелось позвонить, но телефон сволочи-сменщики унесли с собой. А она свой постеснялась. Старенький аппарат из казенных, неудобно забирать... Вот и осталась одна с «постеснялась».

Елена пустила во весь напор воду в ванну. И сказала зеркалу: «Не думай! Вены я вскрывать не буду. Я просто помокну».

Она уперлась ногами в бортик, приподнимая над водой тело. Розовые ногти торчали из пены и существовали как бы независимо и освобожденно. Это свойство красоты — независимость. А ногти у Елены — высший класс и на руках, и на ногах, жаль, нет конкурса по ногтям. Все бы рухнули рядом с ней. «Выручайте меня, пальчики, выручайте! — прошептала она своим «независимым». — Спасайте свою хозяйку». Она вынула из воды ногу, не такую уж длинную, как сейчас принято, но ничего, вполне, тонкая в кости, чуть суховатая, она набирала силу и нежность там, где самое место нежности. Елена знала, что у нее фигура из тех, что нравятся мужчинам. Она, как говорят в отделе, секси. Бабы ее этим подбадривали, когда она несколько лет по маковку сидела, как в дерьме, в своем жутком замуже, потом разводилась, делилась, шла от всей этой жизни паршой, чесалась, шелушилась, а бабоньки тут как тут: «Ленка! Ты такая секси. Плюнь на все!» В минуты такого жалостливого сестринства ей хотелось сделать что-нибудь совсем уж непотребное: пописать, например, в вазу для цветов, стоящую на столе у начальницы отдела, дамы, у которой все было до такой степени тип-топ, что приходилось думать плохое о самом мироздании. Что ж ты так себя ведешь, мироздание? Примитивной тетке с пористым носом-рубильником ты дало более чем, а остальным пожлобилось? Или это у тебя весы счастья такие, как у нашей буфетчицы: всем показывают полкило, хотя и трехсот грамм не набегает? Что тебе дала эта, с рубильником? Какую взятку? Хоть спроси прямо. Но неловко же некрасивому напоминать о его некрасоте. В этом случае пописать в вазу лучше. Гуманнее.

Так они — ей: «Ты секси, ты секси». Это значит — попочка, грудь, талия и шейка высокая, длинным серьгам болтаться раздолье. Опять же... У «рубильника» шеи нет вообще. И цыганистые клипсы, которые ей надо было выкинуть сразу, лежат у нее на плечах, как погоны генерала, а ей хоть бы что...

Зато ты — секси. Еж твою двадцать! Как ни странно, этот мини-гнев дал-таки результат. Он рассмешил. И Елена стала вспоминать разные отдельские глупости, в которых она отходила от семейной беды.

Врагу не пожелаешь, что она пережила за последние пять лет. Пять лет монстр по имени «развод и раздел» сжирал не просто любовь, какая уж там любовь, сжирал всю ее жизнь. Каждый день она просыпалась с ощущением исчезающей жизни. Семнадцать лет — не халам-балам в биографии, но, оглядывая их, Елена видела изъеденную молью ветошь, которой место на помойке, она тащила ее туда, но оказывалось, что ветошь, битая, траченая, и ее тащила за собой. В ней, Елене, получалось, не было жизни самой по себе, без этих семнадцати лет. Леночка-секси — сама по себе — была где-то там, в розовом детстве и юношестве, но эта уже почти фантомная девочка ничем не могла ей помочь. Более того, она даже как бы мешала ей спасаться, она отягощала своей хрупкостью и слабостью. Тут бы самой выжить, а получается, еще спасай хорошенькую химеру с идеалами, принципами, воображением. Такое вот Нечто, такое НЛО собственной жизни.

Елена знала: она еще долго будет глодать эту кость. Будет ее закапывать подальше, но и вырывать, закапывать и вырывать, и грызть, и урчать над этим Ничем Жизни. Она была готова к этому. Ее мама после смерти отца десять лет говорила о нем как о живом и присутствующем. Елена просто заходилась от раздражения. Как можно! Интеллигентная женщина. Теперь же сделала наблюдение: воспоминания ненависти, может, и круче воспоминаний любви. Так что держись, подруга! И держись подальше со всем этим от Алки, от дочери. Чтоб не высадились в ней семена неудачи. Это ведь запросто. У «носа-рубильника» дочь — совершеннейшая мартышка, но уже по маковку в любви и благополучии. Мироздание! Ты совсем спятило, или?.. Перед Алкой она будет разыгрывать «театр успеха». Хорошо, что лето. Время репетиции удачи. Хорошо, что она скинула дочь бабушке. Она обтопчет новую квартиру босыми ногами, она полюбит ее, как свою. Она повесит занавески, которые намечтала, выставит остатки керамики (ну мог ты, муж-паразит, не выхватывать из комплекта кружки-братины, я же предлагала тебе за них деньги!), она выскоблит кухню и купит (черт с ним, с новым пальто, если она и так секси) диванчик-угольник с яркой обивкой, а над столом спустит низко-низко лампу с абажуром под цвет угольника. Она скажет Алке:

— Дочь! Мы с тобой вот такая пара! — Елена вынула из пены кулак и выставила большой палец с фальшивым ногтем. — Вот такая! А к папе будешь ездить в гости. Я не зверь...

Наверное, Алка фыркнет. Это у них такие отношения. Мать бесится, сходит с ума — дочь фыркает. Они в отделе часто обсуждают проблему дочерей. Одна оптимистка, тоже из разведенных, говорит так:

— Все путем. Дочь у меня зараза, но, слава богу, не проститутка.

«Рубильник» сказала:

— Ну, знаете... Так о своем ребенке...

Елена тогда была на взводе и ляпнула:

— Господи! Да пусть будет кем угодно, только бы любила мать! Только бы любила!

Это был момент, когда Алка решила, что с отцом ей будет лучше. Как она говорила, «дешевле». Елена тогда чуть умом не тронулась и даже додумалась: если такая цена, то не дам развода. Лучше мыкаться втроем, чем без дочки.

Откуда ей своим свороченным умом было сообразить, что Алка играла на нервах, что у нее был свой кайф в этом деле: ощущение себя призом гонки. И папочка гонится, и мамочка не отдает. Это ж что-то значит в жизни! Но прошло, как с белых яблонь дым. Дама сердца отца, которая отбивала у Елены метры и килограммы, в падчерице заинтересована не была. Разве что в момент пакости, чтоб сообщить в суде, что ребенок хочет жить с отцом, потому что «вы понимаете, какая мать». Вот тогда Елена ходила в парше и сдвинутой набок юбке — и никакого «секси». Абсолютно. Скелет в парше.

Что и сыграло положительную роль. Женщине

с возбудительной попкой и высокой шеей могло бы дорого обойтись Алкино подлое поведение, а женщина в процессе шелушения у нас была, есть и будет первый человек державы. Она горит на работе. Она не возбуждает мужчин, а значит, и не является опасным для общества членом. Шелушитесь, бабы, шелушитесь, вам доверия от страны больше. Вы кость от кости или от чего еще там... Сейчас Алка у бабушки на даче. Елена взяла две недели, не отгулянные в прошлом году, чтоб довести до ума квартиру и одновременно попривыкнуть к отдаленному месту. Что ни говори, а жила она всю жизнь в центре, на пятачке Курского вокзала. Меняться было очень трудно. Вариант, который подвернулся, считай, счастье, если у тебя голова не болит от леса и ты испытываешь умиление от вида деревянных мостков через овраг. Но это она так, гнусит по привычке, чтоб набить цену Курскому вокзалу. Квартира ей досталась хорошая: две отдельные комнаты, приличная кухня, ванная в кафеле, а на Курском она вечно держала в углу краску, чтоб замазывать чернеющие углы. И тишина. Блаженная, хотя, как обнаружилось, тяжелая. Такое ощущение, будто в ушах кляпы. Ну не кляпы. Кляпы бывают во рту. Но это неизвестно что хотелось стянуть, сбросить, чтоб в мозг вонзился голос станционного диспетчера, стук электрички, клацанье стыков рельс, и во всем этом шуме и гаме ты поискал бы и нашел себя, скукоженного, жалкого, но ведь живого, черт возьми! А как осознаешь себя в тишине, как себя найдешь? Где ты в ней?

Елена сочла нужным голой пройтись по квартире. Пометить стены собственной тенью.

«Ничего, ничего, — говорила она себе. — Я уже вынырнула. Я еще булькаю, но я знаю, что жива. Я сейчас за себя выпью».

В холодильнике стоял вермут. Последнее время они в отделе к нему пристрастились. И даже больше любили совковый, с зеленой картинкой. В нем сильнее чувствовалась полынь, она не исчезала ни от каких добавок и горчила, как и полагается. В момент застолий они называли себя «сестры-вермут» и почему-то всегда говорили о том, что Россия сбилась с пути не от дурных политиков, не от неудобоваримых идей разных психопатов, а от манеры «заглота внутрь» — без удовольствия, исключительно с одной жадностью. Тяпнуть — слово-то какое! В нем нет процесса пития — один результат... Кстати, так же россияне ведут себя и в любви. «Ты кончила?» — вот и вся радость. Не успев начать — кончить. У русского человека нет движения времени, только стремительность конца. Быстро выпить, быстро трахнуть, абы как, абы как... Не отсюда ли стремление к войне как к универсальному способу ускорения жизни? Раз — и нету тебя. А то ведь — живи и живи... Живи и живи. Я русский, я хочу быстро кончить.

«Сестры-вермут» на процессе потягивания вермута дошли до многих экзотических мыслей, но они были русские сестры, умные мысли уплывали у них в никуда, в дым; бесхозные и легкие, они растворялись в космосе, питая его, и не было конца этим щедротам.

Елена налила себе вермута прямо в керамическую чашку, добавила сырой воды, выдавила лимон.

— За меня, — сказала она. — Пусть мне будет хорошо.

Она включила радио. Передавали сообщение о землетрясении на Дальнем Востоке.

Зубы застучали о чашку, и вермут потек по подбородку. Нет, она не знала тех погребенных под обломками людей. У нее не было там родных и знакомых. Зубы стучали, как тот самый колокол, который всегда звонит по тебе. Она не могла отделаться от ощущения предопределенности собственной судьбы. Стоило ей пожелать себе удачи, как ударило землетрясение. Елена ревела так, как не ревела никогда. Она не заметила, что обломила кончик чуть треснутой чашки и из ее губы пошла кровь. Вместе с вермутом она стекала по подбородку, шее, в игре наперегонки капли вермута были куда сноровистее, они обгоняли кровь, которая как раз стыла на ходу, как бы засыпая... Слезы же... Слезы... Они шли своим соленым путем. Они не покидали ее, затекая в рот, и она сглатывала все вместе — полынь, соль и остаточную сладость вермута. И в этот момент в дверь позвонили. К ней никто не мог прийти. Никто. Значит, это ошибка. И можно сделать вид, что звонка нет. Она хотела посмотреть в глазок, но — дура какая! — постеснялась наготы, как будто ее видно за дверью. Она тихо поставила чашку и провела рукой под носом. Тут-то и обнаружила кровь. А звонок звенел пронзительно, биясь о стены полупустой квартиры, он отзванивал даже в стеклах окон, не прикрытых занавесками.

Елена на цыпочках сбегала в ванную и натянула халатик, на котором не хватало двух нижних пуговиц. На цыпочках же подошла к глазку. Прямо в лицо ей смотрел страшный бородатый мужик, несоразмерный, искаженный по краям. У него не могло быть добрых намерений, потому что говорил он громко и грубо: «Откройте же, сволочи! Вы же дома».

«Конечно, — подумала Елена, — я же, видимо, включила радио в тот самый момент, как он вышел из лифта. Он это слышал». Она с ужасом смотрела на хлипкую дверь, которая выбивается одним ударом ноги. У нее не было телефона. Она знала, что соседи на даче: видела, как звенели они связкой ключей, закрывая две двери, — простую и железную. Она тогда подумала: такую же дверь сделаю после углового диванчика.

— Какого черта? — закричала она изо всех сил. — Какого черта вам надо?

— Да откройте же наконец! — кричал ей мужик. — Вы что, нелюди?

— Нелюди! Они и есть. И никого не ждем! И никого не звали! И если вы не уйдете к чертовой матери, я вызову милицию.

— Вызовите! — ответил мужик. — Я вас умоляю, сделайте это.

И... Елена отомкнула дверь.

Это был измученный, вычерневший человек, у ног которого валялся рюкзак. Он не был страшен, скорее сам был напуган или несчастен, ему сейчас шли все определения беды и горя, и Елена сказала: «Проходите!», забыв о недостающих пуговицах и вспомнив о них уже вослед абсолютно индифферентно скользнувшему по раствору ее халата взгляду мужчины. Он прошел прямо в кухню и стал пить воду из крана, припав к нему губами.

— Я дала бы вам чашку, — сказала Елена, смущаясь бутылки вермута на столе и чашки со следами крови. «То-то обо мне подумает! — решила она, но гордо отогнала мысли. — Еще чего! Буду перед каждым делать вид». По радио снова говорили о землетрясении.

— Еде? — спросил мужчина.

— На Дальнем Востоке, — ответила Елена.

— Понятно, — сказал он. — Это ожидаемо. Извините, что я ворвался и напугал вас. Здесь раньше жил мой приятель, но не такой, чтоб сообщать мне свой новый адрес. У нас командировочная дружба. Вы мне не скажете, где он теперь получил квартиру?

— Понятия не имею, — ответила Елена. — У нас был сложный обмен. Семеро в цепочке. Я вообще его не знаю. Я слышала, он переехал к женщине. Но, может, ошибаюсь.

— Знаю я эту женщину! — в сердцах сказал мужчина. — Я их и познакомил.

— Я ничем не могу вам помочь, — ответила Елена.

— А вы позвоните маклеру, — попросил мужчина. — Если есть цепь, значит, есть маклер?

— Маклер есть, — засмеялась Елена. — Телефона нет.

— А! — ответил мужчина. — Милицией вы меня пугали?..

— А что мне оставалось делать?

— Ну да! Я вас понимаю. Вы знаете, что вы в крови?

— Да, кажется... — Она побежала в ванную и увидела этот ужас — свое лицо. Красные зареванные глаза, кровь и слезы, снулые волосы вдоль щек, вспухший порез на губе и даже шея, у которой больше всего было шансов остаться пусть не победительной, но хотя бы не побежденной, была поникшей, согбенной выей, на которой ярмо просто классно гляделось. С нее бы картину писать: ярмо на шее. Чтоб ярма не было, а сама шея олицетворяла ярмо.

«Он не свататься пришел, — сказала своему изображению Елена. — Я его не знаю, и он мне никто». Она насухо вытерла лицо и стянула волосы резинкой. С тем и вышла — нате вам и извините за предыдущие сопли.

Но когда она вошла в кухню, она поняла, что ее горе — не горе, и вид ее — не вид, что на свете есть что-то и пострашнее.

Он сидел на табуретке и раскачивался на ней. У него были закрыты глаза и открыт рот. И изо рта шел тихий стон, и она подумала: у него кто-то там, в землетрясении.

Ну просто не могло ей ничего другого прийти в голову, хотя он ведь сказал ей: «ожидаемо».

Мужчина услышал ее и так сжал зубы, что они у него скрипнули, а Елена почувствовала во рту крошево его зубов. Она даже провела языком во рту — крошева не было, но оно было! Со вкусом его пломб и табака. «Я схожу с ума», — подумала Елена.

18

— Вас покормить? — спросила она. — Хотите вермута? Или примете ванну?

Ну а что еще она предложит человеку? Она знала все человеческие способы спасения от беды: людям хотелось есть. Хотелось выпить. Она, например, лезла в ванну. Еще девчонкой она прочла роман любимого матерью Ремарка. Там в горе занимаются любовью с первой попавшейся женщиной. Она тогда так была этим потрясена и шокирована, что вынесла Ремарка за скобки раз и навсегда. Она была жуткая максималистка и считала: писатель пишет то, что способен совершить сам. Другого не бывает. Это, конечно, от мамы-пуристки, которая столько в ней высадила зерен такого рода. Но поди ж ты! Ремарка мама обожала. Не коробил ее грех у гроба. «Что ты такое, — думала тогда девочка Лена, — моя мама? Знаю ли я тебя до конца?»

— Извините, — ответил мужчина, — мне ничего не надо. Я сейчас уйду. Я был почему-то уверен, что вы знаете адрес. Ладно. Есть еще один приятель... Был бы телефон, черт побери!

— Ваш друг — жлоб, — сказала Елена. — Он увел свой телефон. А я, недотыкомка, свой оставила.

Он уходил. Это было правильно, с чего бы ему оставаться? Но во рту у нее были крошки его зубов. Довольно странный путь вхождения человека в человека. Сказать бы «сестрам-вермут», обхохотались бы.

«Это же так противно», — сказала бы «рубильник».

«Но ведь это «умственные крошки», — защищалась бы она.

Она провела языком во рту и снова ощутила боль человека, который цеплял на плечо неказистый рюкзак.

— Простите, — сказала она. — Но в порядке бреда... Если за этим дело... Вы можете остаться... Здесь две... Ах, вы же знаете... А дочь моя у бабушки... У нее узенький диванчик... Но это в порядке бреда...

Он стал сползать по дверному проему. Казалось, его тащит вниз не до конца напяленный рюкзак, вот он еще стоял, а вот уже сидит комом на полу, и плечо его покорно гнется под лямкой, и как-то неграмотно выворочены колени... Одним словом — человек рухнул, а у нее никакой подмоги.

— Господи! — закричала Елена. — Вы сердечник? Гипертоник? Что с вами?

Она села рядом с ним, взяла в руки поникшее лицо и увидела, что он плачет. «Слава богу, он живой. У него просто горе». Она даже не споткнулась на этой мысли — «просто горе». Это что — мало? Но ведь она боялась смерти. Что бы она делала с ним? А так — слезы. Их просто вытирают, и с концами. С этого и надо начинать.

Она принесла из ванной мокрое полотенце и вытерла ему лицо. Странным оно было в ощущении — лицо чужого мужчины. Оно оказалось большим, сильным и твердым, и Елена вдруг почему-то подумала, что никогда не ощупывала, не трогала руками лицо мужа. Случись ей ослепнуть, она не узнала бы его пальцами. А этот, что на полу, уже был знаком и крошевом зубов, и твердостью скул, и натянутостью кожи, и горбинкой носа, и широкими впадинами глаз.

— Спасибо, — сказал он. — Дайте мне вашего вермута.

Он продолжал сидеть на полу, и она принесла ему полный стакан и опустилась перед ним на колени. Он выпил залпом, но аккуратно, слизнув последнюю каплю с губ. И снова это нематериалистическое ощущение — капли на его губе. «Фу! — подумала она. — Это очень похоже на съезжающую со стропил крышу».

— Теперь подымайтесь, — сказала она строго. — И снимите рюкзак.

— Сейчас, — сказал он. — Сейчас.

Он говорил тихо и монотонно... В автокатастрофу попала дочь. Они сами петербуржцы. Вернее, дочь и ее мать. Он — неизвестно кто. Перекати-поле. Вечный командированный. В конце концов его за это отлучили от дома. «Понять можно», — сказал он тихо. Жена вышла замуж. «Хорошо вышла. За домашнего мужчину». Дочь — школьница. Решили прогуляться в Москву на машине приятеля. Ну и... Трое погибли. Двое в реанимации. А жена с мужем на Кипре. Два дня и ночь пролежал на больничном полу в приемной. Платил санитарке. «Кончаются деньги, потому мне и нужен мой приятель. Дома у меня есть. Я не бедный. Дочка в себя не приходит. Никто ничего не говорит. Один, правда, сказал: «Тот самый случай, когда решение не у нас — на небесах. Тамошние лекари определят место ее пребывания. Проси Господа». Он ходил в церковь. Становился на колени. Целовал иконы, все подряд.

А вдруг он ей навредил? Он ведь некрещеный. Как она считает?

Она считает, ответила Елена, что ничего плохого любящий человек сделать любящему не может. («Какое вранье! — вспыхнула мысль. — Любящие именно и вытворяют черт знает что».)

— Нет, правда! — говорила Елена. — Вы не могли ей навредить. Не могли!

— Я не просто некрещеный, — ответил он, — я неверующий.

— Мы все такие, — сказала Елена. — Мне мама в детстве объяснила, что Бога нет, а есть целесообразность природы, и человек — мера вещей. Недавно она отперлась от этих слов. Уверяла, что не могла мне сказать такой чепухи. А я эту чепуху вызубрила как дважды два. — Она вдруг застыдилась, что отягощает его подробностями своей жизни. — Вам надо ехать в больницу, и вам нужны деньги санитарке. Я правильно поняла?

— Нет, — сказал он. — Меня больше не пустят. Запретили. Ситуация стабильно плохая и будет такой неизвестно сколько. Ночью ничего не должно произойти.

— Значит, вы переночуете здесь, — твердо сказала Елена. — А утро вечера мудренее. Поищете знакомых, не найдете...

Она постелила ему на узеньком Алкином диванчике. На минуту ее охватила паника, что она ведет себя точнехонько по схеме криминального чтива: принимает абсолютно незнакомого мужчину, поит его вином, клюет на его жалобную историю, а дальше... «Что я делаю?» Но все было уже сделано, и уголок одеяла был отвернут, как и положено у хорошей, гостеприимной хозяйки.

А ночью она проснулась от стона. Гость стонал и метался, и у него скрипели зубы. «Надо дать ему реланиум», — подумала Елена и стала рыться в сумочке. На пластиночке в последнем гнездышке сидела последняя таблетка. Со стаканом воды и таблеткой она вступила в ночь комнаты мужчины.

— Выпейте таблетку, — сказала она. — Слышите меня? Я принесла вам таблетку.

Он не слышал? Он не слышал. Она видела мятущиеся волосы на белой наволочке. Во рту у нее было его крошево. Она поставила стакан на пол и скользнула к нему под одеяло. Ах, вот как это у него было! У любимого маминого писателя. Вот как! Спасение... Единственное спасение на земле — плоть закрываешь плотью...

Алка пила воду и не могла напиться. Хорошо, что она среди них королевна и, что ни делает, все ей можно, а так бы уж окоротили. Воды взято мереное количество, на пятерых три литра. Так вот она одна уже выдула литр.

— Ах, Алка! Ты даешь! — Вот и вся критика в ее адрес. Она любила приезжать в Мамонтовку и царить среди «местных». Казалось бы, до Москвы рукой подать, но если по другому счету, по счету «городской — деревенский» (теперь говорят «местный»), то тут другой километраж. Достаточно прийти к ним на дискотеку, и уже все обозначено, полный атас. На девчонках не печать — клеймо: я тутошняя, тутошняя... Бери меня, хватай... Мальчишки получше, но тоже — «сырые сапоги». Это выражение у нее от дедушки. Не очень она его помнит, но то, как он каждый раз совал руку в ее ботиночки и пронюхивал их, запомнила. И всегда, всегда вопрос-ответ: «Не сырые у нашей деточки сапоги? Сырые. Пахнут».

— О, папа! — вскипала ее мама.

— Я дедушка деревенский, — отвечал дедушка. — Сырые сапоги для меня дело жизненное.

Понятно, почему все местные мальчишки были «сырые сапоги»? Они пахли. Алка своими тонкими лепестковыми ноздрями поведет — и конец репутации. Но надо сказать — в смысле чистоты и гигиены она их почти обучила.

Потому что она такая! Она королевна! Как было ей сказано в пять лет, так и в пятнадцать осталось. Королевна приехала, королевна!

А если уж совсем по-честному разбираться, то она Ко-ро-лё-ва. Убери точечки — Королева. А если молодая и красивая? То-то...

Одним словом, началось с фамилии, а обернулось судьбой.

Она царствует в своей вотчине Мамонтовке. Цып-цып-цып — и они за ней стайкой. Поэтому она может пить хоть всю воду, съесть хоть все бутерброды — ей можно. Алке-Королевне.

Она захлебывается водой, как свободой и властью. Как же хорошо жить! Смутно мелькнул в памяти рассказ: вчера на Ярославке разбилась машина. Отец ее приятеля Мишки, с которым у нее сто лет тянется-потянется дачная любовь, гаишник.

Он сказал, что все погибли, двоих, правда, «Скорая» взяла, хоть и не хотела, мол, не довезем, что все молодые дураки и почти наверняка были в поддаче. На этом основании отец запер Мишкин мотоцикл, поэтому традиционные гонки были отменены, поэтому приперлись в лес и балдеют неконкретно.

Вода дает о себе знать, и Алка бежит в кусточки. Она сидит на корточках, пытаясь струйкой перекрыть дорогу муравьиному каравану. Нет, она не убийца, она в них не попадает, просто она создает им Великий Тихий на пути...

«Эй! — шепчет она муравьиному миру. — Кто из вас Ной?»

Поднялась, ширкнула молнией стареньких шорт... Он — стоял и смотрел на нее. Парень.

— Ну и что? — резко спросила она его. — Интересно смотреть, как писают девочки?

Она знала это за собой — рождение в ней хамства и дерзости. Ничего-ничего, и откуда-то из солнечного сплетения, из переплетенности, завязи нервов выходил мохнатый головоногий карлик. Он прочищал свое горло прямо в ее гортань, и следом за его хрипом из нее это шло... И все равно, кто был рядом... Все равно. Не было в ее жизни ни одной человеческой особи, кто мог остановить головоногого. Попадало всем. Матери. Отцу. Бабушке. И это было не дай бог. Попадало учителям и просто знакомым взрослым. И это было еще хуже. Попадало друзьям и подругам. И она стольких потеряла в дружбе. Когда спохватывалась, было поздно. Ей не прощали, да она и сама себе этого не прощала. Поэтому даже таскалась к идиотке-психоаналитику. Когда цель была близка и имелось в виду, что головоногий карлик очистил от себя пределы солнечного сплетения, она сказала даме-врачевательнице:

— Вы знаете, что у вас пахнет изо рта? Вы не думали, что мой способ агрессии милосердней вашего? Подумайте!

И ушла, не забыв положить на подзеркальник конверт с гонораром. Головоногий ходил в ней кубарем от счастья сохранения прописки. «Чем он хуже других? — думала Алка. — Пусть живет».

Она стояла перед незнакомцем вся на изготовочку, ощущая в себе радостное возбуждение карлика.

— Я спрашиваю, — сказала она особым своим голосом, — словили кайф от подглядки? И как?

Таких выпученных от удивления глаз она сроду не видела. Парень как бы подавился, он даже потер себе кадык, чтобы сглотнуть то, что получил. Алка же, нежно переступив через муравьев, шла туда, где ее ждала компания, где, натянув козырек на самый нос, Мишка смотрит в ту сторону, куда она ушла, и ждет ее, ждет и всю жизнь будет ждать. Так она ему велела: «Жди!»

Она была почти рядом с чужаком, когда он наконец откашлялся и прозвучал.

— Девочка! — сказал он, оказывается, с насмешкой. — У тебя все дома? Или некоторые уехали за границу?

— У меня комплект, — ответила Алка.

— Пойди проверь! — засмеялся парень. — Очень подозреваю, что дома не все. Тебя, девочка, бросили на произвол судьбы. Бедняжечка ты записанная!

И он ушел со своим последним словом, высокий парень с выгоревшими волосами, с большими глазами, которые чуть-чуть — и могут сойти за выпученные, широкоплечий, узкобедрый, потрясный парень, если разобраться, ушел от нее, как от собаки из подворотни, которая взяла и облаяла. Она идиотка, хамка, и от нее надо бечь. Что и было сделано.

— Там какой-то тип ходил, — сказала она Мишке. — Я в первую минуту на него накинулась... Мало ли... Лес...

— Так мы же рядом! — ответил Мишка.

— Забыла! — ответила она. — Я про вас забыла.

Ей уже не хотелось гулять. Она продолжала видеть спину, которая от нее уходила. Ей хотелось догнать ее и вернуть в то самое место, с которого все началось. Он ведь просто шел мимо, увидел девочку за кустиком, остановился, чтоб ее не спугнуть. Как она должна была себя вести в этом случае? Смутиться, как всякая порядочная. Ну ладно, смутилась... Дальше?.. Дальше у нее не получалось... Дальше снова и снова возникал карлик, потому что без него она не знала, что делать. Случилась странная задача, которая решалась только неправильно. Правильного решения она не имела.

— Не те слова! — сказала она себе, и Мишка, естественно, услышал. Во саду ли, в огороде, если она была рядом — он слышал только ее.

— Какие не те слова? — спросил он.

— Миш! — сказала она ему. — Ты не лезь мне в пупок, ладно? А то плохо кончится...

— Понял, — ответил он. И она поняла, что ненавидит его люто. За это самое «понял», за это «всегда готов», за это «как скажешь».

Алка встала и пошла.

— Гуляйте без меня, — махнула она рукой всей компании, но опять же... Мишка возник и, как ординарец, пошел слева и сзади. «Я его сейчас убью», — подумала Алка, но, повернувшись, сказала: — Миш! Ну я прошу тебя... У девушки маниакально-депрессивный психоз... Ей надо в темную комнату...

— Иди, разве я тебя держу? — ответил он. — Я тоже иду домой. Разве нам не по дороге?

Так они и шли. Как бы вместе и как бы поврозь. Но карлик стерпел это насилие над собой и смолчал.

Хорошо, что бабушки не было дома. Алка села в скрипучую качалку, оставшуюся на терраске с доисторических времен, когда на этом самом месте жил один большой сталинский начальник — его дача и сейчас стоит в центре, витиеватая, ажурная, стеклянная... В ней сейчас коммуналка дачников. Бабушке подфартило получить комнатку с террасой в доме для челяди. Алкина мама как-то сказала, что в нашей стране выгоднее наследовать от челяди, а не от хозяина: так, мол, устроен русский характер. Алка с матерью соглашается с пятого раза на шестой, даже если та права. Она не согласна с ней не по деталям — по сути жизни, а значит, и слова ее изначально для нее несущественны. Но вот в разговоре о хозяине и челяди (господи, да что они ей — эти птеродактили?) она как бы ухватила мысль и как бы стала перебирать пальцами. И она ей показалась ничего. Было интересно определять людей по основополагающему признаку: а ты кто в жизни? Из хозяев или из челяди? Кому из потомков подфартит больше?

Сейчас она скрипела в челядинском кресле и думала: жизнь у нее отвратительная — глупая, бездарная. Нашла себе тщеславие — петушиться перед «сырыми сапогами»... Да кто она есть? Дочь абсолютной неудачницы, которая ни по работе, ни по личной жизни не достигла ничего. Развелась с отцом, дура. Пилила его с утра до вечера: и то не так, и это не эдак. Нормальный отец был, не хуже других. Просто озверел от скулежа и нашел другую тетку. Если бы можно было поменять мать, она бы не задумывалась. Она уже сейчас в кошмаре: как они будут жить вдвоем. Ведь мать ни разу в жизни ни одно утро не начала с доброго слова. Это сказал ей недавно отец: «Обрати внимание. Утро, солнце, воскресенье, а у нее сырой подвал, ночь и всегда понедельник».

Она обратила — все точно.

Конечно, она прописана у бабушки, и если у них с матерью не заладится, то она, не говоря худого слова, перекочует по месту прописки. Хотя дуру-мать тоже жалко. Еще ведь не старая и все при ней, но чтоб кто-то куда-то позвал, пригласил...

— У тебя что, кроме отца, никогда никого не было?

Мать аж дрожит от гнева.

— А они мне нужны? Нужны?

— Нужны, — сказала ей Алка голосом карлика, — у тебя пропадает тело. Еще чуток — и у меня начнет пропадать.

Как мать на нее кинулась! Руками машет, орет... Оторвала у халата рукав. Сильная же! Дерется изо всех сил, а сдачи ведь не дашь.

Алка раскачивается на качалке. Сейчас самое время перейти к критике отца. Тоже, конечно, не подарок, но с отца мысль сама по себе — птица ведь вольная, эта чертова мысль, — оказалась опять там. В лесу.

«Господи! — возмутилась Алка. — Да что же это такое! Я что, так теперь и буду вечно писать в том лесу?»

Но сделать уже ничего было нельзя. Она вспомнила, как незнакомец, подавившись ее словами, трогал свою шею, и рука его в сгибе была — оказывается! — такой красивой, что ей хотелось ее тронуть, и от этого желания у нее сжались колени и так напряглись, что там — там! — стало сыро, и надо было идти менять трусики и шорты, но встать не было сил, и она подумала: «Вот, значит, как с дурами происходит. Они сами хотят».

Она было встала, но на крылечке возник Мишка. Господи Иисусе, ну меньше всего, меньше всего он был ей сейчас нужен.

— На дискотеку пойдем? — спросил он с крыльца, остановленный ее взглядом.

— Нет, — ответила она. — В такую-то жару.

— Посмотрим видюшник? Есть приличный ужастик...

— Нет! — закричала она. — Нет. Оставь меня в покое.

— Твоя бабушка возвращается, — сказал он. — Я ее перегнал.

— Тогда пошли к речке, — вскочила она. — А то меня начнут кормить и воспитывать. — Она бежала бегом, через кусты, мелькая загорелым телом, а Мишка думал тяжелую взрослую мысль, что, пожалуй, у него не хватит ума повести ее за собой, догнать в убегании, что эта девчонка — его горе, и это как бы навсегда. «Еще чего!» — подумал Мишка, но это слабенькое сопротивление было тут же опрокинуто оглашенным желанием догнать ее и тронуть рукой, а то и обхватить за плечи, а потом за руку вводить по илистому дну в ледяную воду и осторожно, нежно поливать ее плечи из ладоней, чтоб попривыкла к воде. При чем тут горе? Если все случится, как ему сейчас хочется, то пусть потом будет горе. Пусть!

Алка увидела его сразу. Хотя «увидела» — не тот глагол. Ибо это было некое вижу-чувствую, в котором на первом месте могут оказаться совсем не глаза... Во-первых, ее охватил смертельный холод. Холод коченения.

...Он полулежал на каком-то затрюханном одеяле, по диагонали которого лежало что-то коричнево-золотистое, и Алке хорошо виделась впадина пупка и белесый перелесок волос, что как бы сбегал вниз, к самой главной впадине этой географии. По нему — по перелеску — проводил вверх и вниз пальцем мужчина, замирая у кромочки спущенных до самого крайнего положения трусиков, а потом как бы в бессилии подымался опять в гору до впадины пупка. Алка была одновременно пальцем, перелеском, она была пупком и золотым телом, но одновременно она была и гадюкой, которой где-то здесь обязательно полагалось жить. Гадюка змеила свое маленькое и совершенное тело по траве к сладкой женской мякоти, к шее, в которую так легко и незаметно можно вонзиться, пока эти двое шаманят над пупком и кромочкой трусиков. Алка умоляла гадюку быть бесшумной и милосердной: укусить неслышно и небольно, чтобы они продолжили свои последние игры, пока капелька яда яростно не внедрится в кровь и пойдет повсюду, уже не озираясь по окрестностям. И пусть будет этот сладостный момент, когда он обнаружит, что золотистое тело не отвечает его пальцам. Пусть он завопит, завоет, ей бы только успеть спрятаться, чтоб он не догадался, кто послал гадючью смерть.

Она же — золотистая — и на самом деле вскрикнула, но не умерла, а вскочила и бросилась в воду, а он закосолапил за ней, пытаясь растянуть на себе весьма набрякшие в игре плавки.

Они с Мишкой подошли к воде, а те двое визжали и плескались уже на середине.

Алка попробовала ногой воду.

— Я тебя сведу, — хрипло сказал Мишка.

— Подожди, — сказала Алка. — Я подышу водой. — Она сняла шорты и закинула руки за голову. Так она кажется выше и у нее красиво натягивается живот.

«Посмотри на меня, — умоляла она того, кто плескался в реке, — посмотри. Я лучше ее!»

Мишка стоял по колено в воде, и его просто било током. Он не мог понять, что происходит с Королевной, но что-то точно было не так. От нее шел огонь. Но странное его свойство было в том, что огонь не запалял Мишку, а отекал его со всех сторон и уходил куда-то в глубину, в воду. Вот Алка подняла руку, и он, нормальный, не псих, видел, как брызнуло от руки сияние, как загорелись волосы на ее голове, и от этого вполне можно было ослепнуть. На нее было горячо смотреть, но попробуй не смотри. Но тут она вдруг быстро побежала, выставив вперед руки, а он — лопух лопухом — не сумел ни поймать ее, ни взлететь вместе с ней.

Бултых — и она уже на середине, где кувыркаются Лорка Девятьева из многоэтажки и хмырь из санэпиднадзора, который зачастил в этом году на питьевые запасники. Работа у надзора не бей лежачего. Купайся — не хочу, гуляй-прохаживайся, ну а про Лорку и говорить нечего. Она принципиальная безработная. Ждет партию. Она так всех макает. Люди даже пугаются: какую партию, партию чего? А она повернется задницей и презрительно, через губу: «Быдло мамонтовское! Партия — это муж».

Может, санэпид и есть та самая партия? Тогда он, Мишка, ничего в этой жизни не понимает. Эта мысль стала настигать его все чаще — мысль-ощущение несовершенства собственного ума. Очень часто получалось просто до отвращения — он, Михаил Михайлович Бубнов, человек-дурак. Ну вот как понять, почему, например, Алка кружит вокруг

Лорки и Надзора? Не понимает, что мешает тем трахаться в воде? Дура она, что ли?

Или совсем маленькая, не знает, для чего эта золотая кобылка побежала в воду? В речке же никого, а по берегу старые дачники изображают прогулки. Для ее личной бабушки — разлюбезное дело. Возьмет старуха зонтик и с песенкой «Догони, догони, только сердце ревниво замрет» насчитывает километры. Обхохочешься. Увидь бабушка сейчас внученьку, досталось бы любителям остренького.

Странно, но Алка в этот момент тоже думает о бабушке. Она жаждет выполнить бабушкин завет. «Умри, но не дай...»

— Эй! — кричит Алка. — Для этого дела есть отведенные места... Койки там. Диваны-кровати... А открытые водоемы для пионеров и школьников. Я щас вожатую на вас позову!

— Во чумовая! — смеется Лорка. — Я ее сто лет знаю. Они дачники. У нее бабка из газетных. И эта, видать, такая же...

— Она хуже, — отвечает Надзор. — Пошли отсюда.

— Еще чего! — веселится Лорка. — Пусть ведет вожатую. Или вожатого! Мишка! — кричит она Мишке. — Это твоя сколопендра?

— Алка! — кричит Мишка. — Выходи. Дай Лорке выйти замуж.

— Ха-ха-ха! — закатывается Лорка.

Надзор плывет к берегу и останавливается возле Мишки.

— Ты знаешь ее родителей? — спрашивает он.

— Ну, — отвечает Мишка. — А что за дела?

— Эту маленькую гадину пора вязать, — говорит Надзор, влезая в штаны.

Свалить человека, влезающего в штаны, может и младенец. Нет для него победы... Он обречен слабостью момента, когда старательно направляет ногу в штанину.

Человек же, идущий на него с набыченной головой, нравственный аспект — не бей слабого, — как правило, оставляет за пределами набычившейся головы. Мишка ударил изо всей силы, а когда Надзор рухнул, сказал над ним раз и навсегда:

— Пальцем ее тронешь или даже словом, собак спустим.

В дальнейшем не было разума и логики, в дальнейшем был хаос. И из первозданности его криков формулировалось нечто вне понятий.

Лорка кричала, чтоб Надзор не трогал Мишку (а кто его трогал?), потому что у него отец милиционер и «такая начнется вонь!».

Вылезая из воды, Алка кричала, что Мишка — говнюк, что она его давно ненавидит, что он ей обрыдл и вообще «не его собачье дело».

Кругом виноватый, Мишка покорно ждал, когда Надзор всунет все-таки ногу в штанину и даст ему сдачи.

Надзор же подошел к Алке и изо всей силы толкнул ее обратно в воду. Она упала неудачно, боком, захлебнулась, суетливо хватая руками осклизлый берег, видимо, поскользнулась и снова скрылась под водой, а они смотрели на нее и не двигались. Лорка — похохатывая. Надзор со свирепым удовлетворением. Мишка с отчаянной жалостью, потому что понял: там, где вывгваздывается в грязи Алка, где у нее разъезжаются ноги и руки, где ей плохо и противно, ему места нет. Это вчера он бы ее вытащил, и обмыл, и тапочки надел. А сегодня они в разных местах, и в ее пределы путь ему был заказан.

— Помоги ей! — сказал он Лорке.

— Скажите пожалуйста! — ответила та, но пошла к Алке и протянула руку, и, пока вытаскивала из воды, Надзор ушел.

Мишка вздохнул и ушел тоже. Начиналась новая эра.

По сдвинутой с места качалке Мария Петровна поняла, что внучка дома появлялась. По завернутому и сбитому коврику — что уходила быстро. По нетронутой марле на кастрюлях — что не ела.

Когда росла Елена, Мария Петровна была дамой очень занятой и в процесс роста дочери не вмешивалась. Она свято верила: нужные постулаты пробьют дорогу сами, если ребенок живет в нормальном окружении. Елена жила, по представлению матери, не просто в нормальной, а, можно сказать, в гипернормальной семье: наличие культуры и отсутствие пороков. Хорошая выросла девочка, если отвлечься от неудачного брака. Никаких с ней не было проблем. Могла гулять сколько угодно («проголодается — придет»), и ни одного случая, на который бы можно было показать пальцем.

Ну конечно, она была готова, что с внучкой может быть иначе. Другое время, плохое время, между прочим. Без стержня. Но если нужные постулаты дать... Чертовы постулаты! На шестом десятке Мария Петровна была ввергнута на их счет в сомнение, что вообще-то не было свойством ее природы. Сомнение — это слабость, а она женщина сильная. Конечно, сомнение — это и признак ума, но у ума есть и другие, более мощные признаки. Например, сомневаясь — сомневайся.

Десять лет назад Мария Петровна похоронила мужа и придумала себе вдовство. Не правда ли, слово «придумала» сюда не подходит? Какое такое «придумала», если могила на Ваганьковском есть на самом деле? Но слово верное. Мария Петровна была публицистом не только по профессии, она была публицистом собственной жизни. Разговоры о покойнике как о живом — «папа сказал, папа просил» — доводили дочку до конвульсий, но это было так по-мариепетровнински — воплотить идею из ума и заставить ее функционировать как рожденную естественным путем. Она отмечала дни рождения мужа широко и почти весело, она — иногда — покупала ему вещи. Конечно, слова «вот купила папе свитер» и раньше, при жизни мужа, ничего не значили — она любила носить мужское, но сейчас!

Не берите в голову — она не была ненормальной. Абсолютно. Просто она украшала жизнь вдовством, а Елена кричала, что лучше бы она завела себе любовника. После таких разговоров Мария Петровна непременно шла «с папочкой» в театр и рассказывала, как ему, воспитанному в старых мхатовских традициях, не нравятся эти новомодные штучки-дрючки. «Папа сказал бы, что из театра ушел дух». Елена на это отвечала криком. А кончилось тем, что бабушка в горе выжила и даже похорошела. Хоть никаких посторонних мужчин вокруг не намечалось, что говорило о слабозоркости мужчин, одновременно и об их тугоухости и туповатости. В свои пятьдесят четыре Мария Петровна временами выглядела лучше своей тридцатипятилетней дочери.

Человек — существо бесстыдное. Марию Петровну именно этим норовили уколоть. Выглядеть лучше дочери, это ж какие понятия надо иметь? Мария Петровна ставила людей на место не просто словом или там взглядом — взмахом ресниц, за что снова была осуждаема. Еще у Марии Петровны было в обиходе словечко «пфуй!», заменяющее многие другие, которые на кончике языка жили и у докторов наук, и у бомжей. Опять же народ сделал из него кличку — «Наша Пфуй», но Мария Петровна — как не видела, как не слышала. Она говорила: «Я сроду не совершала пакости, с чего бы мне их получать?» — «С того, что люди — сволочи!» — отвечала Елена. «Люди всякие. Я общаюсь с порядочной половиной».

Просто надо объяснить, что за человек была еще недавно Алкина бабушка, потому что вытащенная Лоркой из воды Алка ведь идет к ней... Больше не к кому. Идет со своими синяками, не ведая, что именно она, сама того не подозревая, сломала твердыню под названием «Мария Петровна».

...Все началось полгода тому, началось с голой Алки, которая выползла из ванной и прошлепала включать «Санта-Барбару», зная, что бабушка «эти глупости» не смотрит по причине их примитивизма, это, мол, искусство для одноклеточных... Впрочем, это долгий разговор — пристрастия Марии Петровны в области кино и литературы... Это как-нибудь потом... Мария Петровна сидела в кресле и читала очень ослабевшую «Литературку» и в первую секунду не признала в голой женщине Алку. У нее была внучка. Девуля. Моя кукла. У телевизора на тяжеловатых ногах стояла совершенно спелая женщина с мощной растительностью на югах тела, что разбегалась вширь и ввысь. Меховое нагорье, так сказать, доминировало в Алкиной природе, оно отбилось от ее тонких рук и жило как бы своей жадной, даже алчной жизнью. Это оно смотрело одноклеточную «Санта-Барбару», оно поглощало оладушки, оно же и вещало через детский лепет девочки-подростка. «Господи! — почти вскрикнула Мария Петровна. — Господи!» Она подняла глаза выше и была ударена вдругорядь — коричневыми нашлепками сосцов, уже сформированными для того, чтобы их хватали и рвали губами.

— Оденься, — хрипло сказала она внучке, но Алка присела на краешек дивана, не в силах оторваться от Иден и Круза, которые — в миллионный раз! — одаривали друг друга знаками любви и верности. Сидевшая же в небрежении девочка демонстрировала тайны своего устройства: влажное, розовое, мягкое пульсировало в ней, набухало, она сидела с открытым ртом и дышала прерывисто и хрипло. Мария Петровна едва не тронулась умом. Пришлось бежать в ванную, хватать халат, заворачивать Алку, испытывая при этом легкое отвращение, когда руки касались еще недавно такого сладкого детского тела.

Шок от голости был полнейший. Ну конечно, она знала, что Аллочка рано начала менструировать. Ну конечно, она знала, что попка ее чуть-чуть тяжеловата по нынешним стандартам. Но ей и в голову не могло прийти, что Алкино тело поспело и уже раскачивает хрупкую перегородку, ведущую его на волю. Боже, какие там преграды для этой шерстяной мощности ее волос. Смешно подумать! Никаких.

Но мы сейчас не об Алке. О Марии Петровне. Когда у нее подрастала Елена, она была полноценно живущей женщиной. Ей было весело и забавно посматривать, как девочка-дочь превращается в дочь-барышню. Возникающая рядом другая женская галактика не могла поколебать ее уверенности и силы. И уж смешно думать — не угрожала никаким образом. Алка же вышла к ней из ванной неожиданно, как из пены морской, и Мария Петровна почувствовала смятение и неуютство. Нет! Нет! Не в том смысле, мол, жалко, что ребенок так быстро вырос. Мощным влажным лоном обожаемая девочка выталкивала бабку из женских пределов на засохшие обочины резервации, где, конечно, — живи на здоровье, но одновременно — и забудь! Молодая, энергичная и живая Мария Петровна в одну секунду превратилась в молодящуюся, суетливую и траченную смертью.

Она оглянулась, как это у других, что уже было нонсенсом — Мария Петровна сроду на других не оборачивалась. Вокруг кишмя кишело бабушками, и были они вполне. Она выбирала из них тех, у кого подрастали внучки... Наверное, ей показалось... Наверное... Но что-то было в их глазах, что-то было. Мария Петровна постарела тогда сразу и навсегда. В ту ванную, из которой вышла Алка, вошла женщина молодая, из ванной вышла женщина старая. Она еще не знала, какой механизм заработал, но какие-то шестеренки ее желез радостно выключили свои моторчики — сколько же можно им вертеться? По всей тайности ее тела пробежала легкая дрожь освобождения от натяга, от узды. Так начинают хлопать крышками и брякать сумками ученики после звонка, они уже не так смотрят, не так говорят, иначе бежит в них кровь, а всего-то ничего — звонок.

Весь тот день Мария Петровна вела жесткое дознание себя и тайное — Алки. И как тут ни крути ни верти, вывод был один: время Марии Петровны кончилось. Наступило время Алки.

Вечером у Марии Петровны случилась рвота, утром она не могла встать от головокружения, у нее подскочило давление, а потом резко упало, пришедшее в разлад тело не подчинялось железной воле хозяйки. Все очень удивлялись такому слому, но сочувствовали гораздо меньше: Мария Петровна любила погнобить слабосильных товарок с бюллетенями в карманах.

Из болезни Мария Петровна, конечно, вышла, куда денешься, но это была уже третья женщина, если считать от той, что читала «Литературку», а на нее возьми и выйди голая внучка. Иногда у старых сказочных сюжетов про девочек в шапочках, бабушек в чепцах и волчищ — серых хвостищ возникают мутации. И тогда вдруг и не поймешь, кто же из них кто и кто кого съел. Случаи мутации не редки, можно сказать — сплошь и рядом.

Так вот, третья Мария Петровна — спохватилась, старая дура! — встала с мыслью, что после смерти мужа у нее никого не было. А если совсем честно, то ведь никто и не посягал. Жила она себе и жила с придуманным этаким литературным вдовством, и не пришел в ее замороченный замок какой-нибудь мужичок с ноготок, не ударил кулаком по слюдяным окнам, не смел паутинные заросли фантазий и химер, не вывел на белый свет ее, совсем другую... Некому было Марию Петровну ни заломати, ни защипати.

И тут, конечно, не до смеха. Тут не дай бог: проснуться и это осознать.

Мария Петровна переходила свою печальную реку одна, вброд и босиком. Когда оказалась на другом берегу с пораненными подошвами, то ощущение одиночества было таким оглушительно полным, что впору было обратно в реку кидаться, чтоб из нее уже никогда не выйти, но Мария Петровна сцепила зубы и стерпела. Дочь была в разводе и обмене, внучка росла и спела на свежем воздухе и, казалось, ждала момента, чтобы рухнуть от спелости на землю.

Мария Петровна не из тех, кто других собой обременяет. Она встала и пошла по жизни дальше, испытывая мучительное и стыдное тяготение в низу живота, тоску и слабость в руках и ногах, какое-то совсем уж неприличное желание в забытом запахе мужчины, который обнял бы ее перед сном.

Мужчины не было.

К моменту же лета и дачи произошли некоторые события. Мария Петровна держалась за свою работу, кроме всего прочего, и из-за этой хлипкой террасски со скрипучей качалкой. Это казенное имущество уже стало по статусу полусвоим, а по сути так просто родным и необходимым. На этом дачном участке она знавала древних стариков и старух, которым «конторы» из уважения к их сединам оставляли террасски для умирания. Сейчас пришло другое время, оно лишено сентиментальности и фальшивого почтения. Мария Петровна заплатила сумасшедшие деньги (по ее мнению) за возможность иметь полусобственность и мечтала хотя бы на этом этапе продержаться подольше. Тут-то и столкнула ее судьба с Борисом Ивановичем Кулачевым. У него надо было подписывать разные бумажки, он был одним из командиров бюрократического департамента. Мария Петровна приготовилась к волоките, к длительной осаде, была напряжена, но так все быстро и славно подписалось, так вежлив и приятен был бюрократ, что у Марии Петровны кончился нервный спазм, и она просто засмеялась на пороге кабинета, уже уходя из него. А когда Борис Иванович спросил, с чего это она развеселилась, Мария Петровна вернулась и мягко, с юмором рассказала, как она боялась его и как ей сейчас легко. Ей на самом деле было так легко и освобожденно, так расслабились в ней мышцы тела и радости, что нормальный мужчина не мог не учуять в немолодой интересной даме огромные неиспользованные резервы, и это был вполне хозяйственный взгляд на окружающую природу.

Они заболтались, потом он отвез ее на машине домой, и всю дорогу это с ней продолжалось — легкое празднество. Так было естественно пригласить его на чашку чая, а потом обнаружить некоторые общие вкусовые пристрастия, интерес к хорошей литературе и неприятие бича времени — жлобства, и так далее. Мария Петровна просто расцветала под мягким изучающим взглядом своего гостя, который думал, что такую шикарную бабу проглядели ее ровесники-полудурки, что это просто гнусность, что в нынешних молодых женщинах до фига цвета и формы, а у этой формы нет или она заброшена, зато сколько другого. Она пахнет иначе, каким-то другим женским запахом, и сидит без этого геометрически правильного наклона ног, просто свела их в узелок, так естественно и уютно.

Возвращаясь от Марии Петровны, Борис Иванович Кулачев смеялся над собой, потому что новая знакомая была на девять лет старше его самого и его жены и на двадцать пять — любовницы. «Самое то! — смеялся Кулачев. — Самое то!»

Мария Петровна тоже смеялась, моя чашки после гостя. Какой милый оказался человек! «Молодой человек», — поправила себя Мария Петровна. Ему ведь, наверное, и сорока нет. В отличие от Кулачева Мария Петровна документов его не видела.

Правда, пришла одна фальшивая мысль — вот бы такого зятя. Но это было время радости и легкости, а потому фальшь ушла сама собой. При чем тут дочь Елена? Это ее знакомый, с которым они могут больше и не свидеться, бумажные дела окончены, но что-то молодое и нахальное пульсировало и подавало сигналы. «Хорошо, что я не способна спятить», — думала Мария Петровна. Но, во-первых, в этом не было уверенности. А во-вторых, старые доблести доблестями не казались и имели довольно жухлый вид.

Дальше можно подробно, изо дня в день, а можно и переступить через лишнее, имея в виду слова, звонки, чай, конфеты «Рафаэлло» и прочее.

Переход в грех был радостным и естественным, хотя на его пороге Мария Петровна поклялась, что если что случится — это так, эпизод, что душевных сил она тратить не будет, откуда они у нее лишние? Конфуз же был в том, что пожилая дама была абсолютно неопытной в любви женщиной, она не знала своего тела, не знала секретов наслаждения. Спасибо, что хоть прочла два-три неприличных романа и не кричала караул от удивления. Мужчина же почему-то возился с этой необученной природой, хотя имел в стойле вполне подготовленных к специфической деятельности особ. Но этот давно заброшенный сад так приятно было обихаживать, а молоденькие барышни, которые попадали ему в руки, так сразу знали все, так не таинственно себя вели, что мужчине всегда бывало чуть-чуть с ними скучно, и он даже спрашивал удивленно: «Да что ж вы все такие одинаковые?»

Тут же он получил и непохожесть, и незнание, и смущение, но главное — он получил собственное удивление: в этом изученном, казалось, до конца процессе столько еще неведомого, что иногда закрадывалась мысль: может, она его дурит, эта женщина? Может, это такой способ обольщения у пожилых и опытных дам? Он допускал, потому как был человеком времени без иллюзий.

Мария же Петровна, ошеломленная случившимся с ней и озабоченная при всем при том мыслью не выглядеть совсем уж идиоткой, была абсолютно искренна в своем неумении, но обучалась весело и радостно.

Вообще, надо сказать, если уж выбирать ключевое слово в этих странноватых взаимоотношениях, слово это было — «радость», в сущности, неведомое нашей душе по причине хронического дефицита в русской природе.

Все у нас есть, всего вдоволь, навалом, но никогда нет радости. Теперь завели моду улыбаться, но именно завели моду. Улыбка не пристает к русскому лицу, она как плохо вставленный зуб — всегда на виду. Если бы писался не роман о любви и только о ней, то надо было бы срочно писать о радости, которой у нас нет. Которую Господь Бог, снаряжая в дорогу, по недосмотру ли (имеет же Он право на ошибку? Нас вон сколько, а Он один) или по рассеянности не положил в котомку русскому народу. И они вышли из божественных пределов насупленные и мрачные — русские, обижаясь за свою мрачность на всех остальных. А когда Бог спохватился (все-таки хочется закончить эту фантазию) и послал радость им вдогонку, Супостат уже усмотрел изъян в народе и очень возликовал. Он понял, что с большим и угрюмым народом легко играть в разные мрачные игры, в войнушки, например, в разбои и поножовщину. Да мало ли? Поэтому Супостат перехватил радость по дороге и закинул ее во льды океана. Северным сиянием полыхает она нам — наша закинутая радость. К ней бы гонцов послать, вызволить, да все некогда — того побить надо, того придушить, того спалить к чертовой матери, мало ли дел у Человека без Радости?

Но когда она в ком-то пробуждается, когда причудливым образом ее осколочек возвращается к человеку, тогда и происходит то, что случилось с Марией Петровной и чиновником Кулачевым. Случилась радость. Нет, не любовь. Ибо она, как и все у нас, с мрачностью и необычностью. «У-у-у! А-а-а! — гляди, какая я страшная». Почему-то лезет на кончик языка модное нынче слово, объясняющее нашу жуть, — харизма. Ну что бы нам другое найти? Так нет — у-у-у! а-а-а! Такая харизма.

Та весна перед описываемым нами летом была самой удивительной в жизни Маруси. Так он ее называл — Кулачев. И ей нравилось это подзабытое имя. Она всегда была Машей, а покойный муж называл ее по-ленински — Маняша.

Если бы не неурядицы в жизни дочери, не необходимость помогать, вмешиваться, разговаривать с зятем после того, как Елена говорила: «В следующий раз я его убью», то, может, окружающий народ и заметил бы некий свет в глазах Марии Петровны, а так все знали: у женщины разводится дочь, что называется, «прямо на материном лице». Теперь такие дочери.

Между прочим, с обменом помог Кулачев, чего не знала Елена. Вернее, знала, что есть какой-то тип. Не больше. Он же нашел нужного, «своего» маклера, и тот быстро составил цепь. Мария Петровна лежала на согнутой руке Кулачева, вдыхая запах чистого ухоженного тела, и думала, что это уже несколько чересчур — его помощь в семейных делах. Лучше бы ему не знать их склоки, ведь он у нее «залетный гость», ему не пристало воду носить и дрова рубить. Мария Петровна очень баррикадировала пределы своей другой жизни, где она публицист, мать и бабушка. Она думала — тогда будет легче, когда он уйдет. Он уйдет с малюсенькой территории, на которую был допущен, а все остальное им помечено не было. Она тихо смеялась: собачку держали в прихожей, в дом не пускали.

Она была готова к этому каждый день, каждый час: Кулачев больше не придет. Исчезнет, и все. А он все приходил и приходил, и уже даже возникали проблемы, не пересечься бы ему с Алкой, которая пряталась у бабушки от остервенелой, покрытой паршой жизни матери.

Мария Петровна аккуратно сдвигала Кулачева по времени, принимая набеги Алки как факт безусловный. И хотя внутри ее набухал гнев на посягательство и обида, что Алка — маленькая зараза, у которой вся жизнь впереди — откусывает и от ее пирога остатки, но все равно... Кулачеву доставалось то, что доставалось. И он был счастлив этим, потому что в эти неудачные, сдвинутые Алкой дни у них с Марией Петровной было как-то особенно. Это была не то что страсть — страсти он, что ли, не видел? — это было что-то другое. Женщина в его руках была мягка, податлива, послушна, но был момент ускользания, какого-то ее мгновенного побега... Он догонял ее, стараясь удержать, она отвечала ему с благодарностью и нежностью, что удержал, и вдруг ускользала снова, рождая в нем страх и ужас потери. Откуда ему было знать, если и сама Мария Петровна этого не подозревала, что это были деяния ее души, которая никогда не уходила прочь на то время, что она наслаждалась и страдала одновременно. Что пребывание в сексе души — русский способ любви, а партнерши Кулачева вызубрили американскую технологию, с огромным арсеналом точек и зон, со всем этим техницизмом, который, конечно, хорош, пока не знаешь лучшего.

Женщина с мягким податливым животом, с уже чуть суховатой кожей и лоном, которое уже не сочилось от первого прикосновения, женщина, у которой морщинок было больше, чем у его жены и прежней любовницы, вместе взятых, которая дышала чуть хрипловато и до синевы прикусывала губу, эта женщина поломала к чертовой матери представления Кулачева о сексе, и он, оставив любовницу, с ее точки зрения, ни с того ни с сего, думал, что — не важно, что будет потом, — сейчас, сегодня и завтра ему нужна только Маруся, одна она.

В тот момент, когда Елена в ободранном и вонючем суде разводилась окончательно и бесповоротно, Мария Петровна получила от Кулачева предложение выйти за него замуж.

Сердце Марии Петровны радостно торкнуло и едва не остановилось совсем.

— Ты сошел с ума, — сказала она ему. — О таких вещах надо предупреждать заранее. Мало ли... Родимчик хватит...

Он не знал, что такое родимчик.

Это была их первая ссора. Не то что не было случая... Просто, когда возникало противоречие, Мария Петровна говорила себе: мне некогда его преодолевать и не нужно. Мне с этим не жить.

Но тут...

— Боря, родной! Ты замечательный, — говорила Мария Петровна, — но я никогда, никогда, никогда не пойду на это. Молчи! Отнюдь не из высоких соображений. Из низких... Не хочу быть старой женой молодого мужа. Просто сдохну от взглядов, слов, да от одного сознания, как я буду стареть в твоих руках. Такие эксперименты хорошо начинать в молодости. Был бы мне тридцатник, сколько бы у меня впереди было лет!

— Через два года будет конец света, — отвечал Кулачев. — Тебе это не приходило в голову? Я завтра попаду под машину... Чего ты машешь руками? Я не знаю, что будет потом, но мне нужна ты сейчас, вот такая, какая есть... Ну кто из нас виноват, что мы не встретились раньше? Но встретились же — Господу слава за счастье! Так что ж теперь — придумывать новое горе?

И как накаркал. Ее свалил страшенный грипп. Увозили на «Скорой». Лежала в Боткинской, в коридоре. Там они и познакомились, Елена и Борис. Борис деликатно исчез, а Елена спросила: «Это что, ваш новый сотрудник? Ну и пижон!» Была польза от пребывания в коридоре. Люди менялись, жизнь и смерть проходили, как по проспекту. Когда Марию Петровну стали переводить в палату, она даже расстроилась. Там уж оседлость. Там начнут вычислять, кто есть кто... Главное, чтоб Елена не усекла. Палата же поняла все и сразу. Просчитала, как на компьютере: сын — не сын. Зять — не зять. Брат — не брат. Муж — не муж...

— Е-мое! — сказала выздоравливающая молодайка с отечными тромбофлебитными ногами. — Где ж вы нарыли себе такого любовника? В какой стране дураков?

Пришлось смеяться вместе со всеми.

— Дочка не в курсе? — спросила тромбофлебитная. — Тогда и не говорите. Ну их к черту, детей. Они нас за людей не держат. Они, гады, считают, что мы появились, исключительно чтоб их родить. Фиг вам! Гуляйте, женщина, гуляйте, сколько б вам там ни было... А сколько вам, кстати?

— Все мои, — ответила Мария Петровна.

Выходил ее Борис. Нашел какое-то редкое лекарство, но это ерунда. Он приходил и сидел, высчитав предварительно уход Елены. Мария Петровна испытывала сразу много чувств. Первое, и главное, было горестным — он видит ее больной, немощной, с оскалившимся возрастом. Второе — нелогичное. Пусть. Пусть видит. Возможно, завтра уже и не придет. Но он приходил. И тогда в ней ликовало третье — чувство абсолютной радости от его глаз, от его рук, от его губ. Господи, за что ей это? Было и чувство удивления: ни Елена, ни Алка в упор не видели ни соков, ни фруктов, ни красивых рубашек, которых еще вчера на Марии Петровне не было. Молодые, они уже давно изгнали ее из мира, где женщины и мужчины любят и ненавидят друг друга. Она была для них беспола и пуста. «Коробочка, — думала их мысль Мария Петровна. — Коробочка, из которой все вынуто».

Тогда она протягивала Алке и Елене изысканные конфеты и говорила: «Это мне поклонник принес». Елена поджимала губы и говорила: «Мама! Берегись! У климакса много проявлений». А Алка реагировала по-другому: «Бабушка! Старика нам надо обязательно богатого. Чтоб умер и было что делить...»

«Бедные девочки, — думала Мария Петровна. — Бедные мои...»

На дачу Мария Петровна первый раз в жизни ехала с неохотой, но надо, надо Аллочку перед десятым «накислородить». Они теперь встречались с Борисом в машине. Это же надо такое вообразить! Так как это ее все-таки шокировало, Борис отвечал одним и тем же: «Маруся! Конечно, надо с этими пятиминутками кончать».

Вот откуда она возвращалась в тот день, когда Лорка Девятьева вытащила из речки Алку, а дочь Елена проснулась с ощущением, что у нее был тиф, температура сорок два, предсмертный кризис, а сейчас она вся в поту, хочется есть, пить, а с ней рядом почему-то чужой мужчина.

...Оно возникло независимо от нее — напряжение тела, ей казалось, что она замерла тихо, а он понял ее замирание и еще в своем сне положил на нее руку. Положил на самое болючее ее место — солнечное сплетение. Как он узнал, спящий, что именно отсюда у нее начинается все — тошнота, рвота, скрюченность тела, мятущееся во все стороны сердце, «как свежая рыба в раковине под ножом», объясняла она врачу. «Ну и? — отвечал он. — Что вы делаете с рыбой?» Она встала и ушла, он догнал ее в коридоре, взял за руку, а она стала биться, вырываться, а медсестра спокойно сказала: «Да бросьте вы ее. Типичная шизофреничка. Весеннее обострение».

Поэтому Елена замерла под ладонью, от которой шли тепло и нежность, и комковатый узел возникающей боли, не начавшись, всхлипнул и успокоился.

Она повернула лицо к мужчине и поцеловала его в скорбно сжатые губы. И тут же снова уснула.

Проснулась она окончательно под звуки бежавшей в ванной воды. Надела халатик на легкое голое тело, тихо вышла в коридор. Рюкзак был раскрыт, пачка печенья, лежавшая сверху, была надорвана.

И кончилась ясность... Как же, оказывается, легко договариваться руками и губами, какой сладкой наперсницей может быть ночь, тогда как день, высветивший крошки печенья в раскрытом рюкзаке, сбивает тебя с ног наповал.

«Боже! Какие я должна сказать слова, — думала Елена. — Какие?»

Он вышел из ванной выбритый, в чистой рубашке.

— Доброе утро, — сказал он. — Меня зовут Павел. Это ничего, что я включил чайник?

— Я вам сейчас покажу, где и что. — Елена проделала это быстро, голос у нее был чужой, чашка на стол звякнула со значением. Она поставила одну чашку и ушла в ванную. Стоя под душем, она понимала, что ее несет куда-то в сторону от места, где ей было хорошо и покойно, что надо сейчас же выйти и выставить вторую чашку, и выпить с ним общий чай-кофе, и сказать ему: «А я Лена». Она уже заносила ногу за бортик ванной и тут же возвращала ее обратно. Она металась между полотенцем и водой, в зеркале отражались ее жалкие, растерянные глаза. «Еще минута, и я опять стану той же разведенной бабой-неудачницей, у которой все из рук вон... А я хочу и могу быть другой! Другой! Я могу быть счастливой и могу быть щедрой. Меня приятно ласкать, я сладкая, вкусная, мне объяснили это, так какого же черта я вымываю в себе эту радость, которую мне послал Бог? Почему я иду на поводу у собственной неудачи, зачем именно она стоит у меня в подпругах? Господи, что со мной и кто я есть?»

Во всяком случае, Елена проторчала в ванной капитально, а когда вышла из нее, гостя уже не было. Чашка была вымыта и опрокинута вверх дном на блюдце. И все. Она заперла дверь и заплакала.

День предстал перед ней желтый и горячий, как пустыня. Бесстрастное солнце плавилось краями и стряхивало вниз капли огня. Люди надевали панамы и шли себе и шли, так как давно привыкли к равнодушной жестокости солнца.

«Я не выйду из дома, — сказала себе Елена, глядя на горячий простор дня, — я буду ждать вечера».

Легко сказать! Без телефона, без дела она тупо стояла возле окна и пялилась, пялилась на горбатый мосток. По нему в лес от жары уходили люди, они носили яркие платья и яркие зонты, издали это было импрессионизмом и говорило о вполне благополучной и неспешной жизни. Открыточность пейзажа не то чтобы раздражала Елену — что она, вурдалак, что ли, — она подстегивала в ней собственную неудачу. Елена включила радио — шел репортаж с места землетрясения.

«Сволочь! — сказала она себе. — Сволочь! Как ты можешь? Разве у тебя обвалилась крыша? Разве где-то под развалинами твоя дочь? Мать?» И она снова заплакала, на этот раз уже обо всех несчастных, положившихся на прочность своего мира, а она оказалась никакой — прочность, — поморщилась земля телом от надоевшей ей бездарности человека, только поморщилась, а его и нету — человека. Ну как же ты, матушка, так могла? Не избирательно, не по совести, не за деяния или отсутствие их, а просто так — от отвращения? А может, не от отвращения, от боли вскрикнула земля, неухоженная, запущенная, измученная нами? Но когда тебя успели измучить маленькие дети, они-то при чем? А в чем вина дочери ее гостя, что дурного сделала девочка, лежащая сейчас в реанимации? Елена представила на ее месте Алку, липкий ужас накрыл ее с ног до головы. «Надо ехать к ним на дачу, — решила она. — Случись что, даже не дозвонятся. Надо ехать».

Она засобиралась, защелкала сумкой, но, вот именно роясь в сумке, поняла: никуда не поедет, она будет ждать вечера, потому что не ждать не может.

Можно бесконечно много рассказывать, как было в два часа и в четыре. Как наступило полшестого.

Но мы расскажем о семи часах.

...Она рванулась на звонок в дверь, она не посмотрела в глазок, она не спросила, кто...

Мужчина был чужой, он улыбался вежливо, но и насмешливо тоже, он был ухожен, подтянут, и он был из другого мира — где нет землетрясений, автокатастроф, где женщины не шелушатся от дурных отношений с мужчинами, где не корчатся от боли под ложечкой, где не стоит всегда в подругах неудача.

— Вы не туда попали! — сказала Елена резко, пытаясь тут же захлопнуть дверь.

— Лена! — насмешливо ответил гость. — Вы меня знаете! — И тогда она — абсолютно нелогично — распахнула дверь и запричитала: «Заходите! заходите!», потому что решила: этот человек от Павла, от кого же еще, но пока он заходил, Елена вспомнила, что как раз имени ее Павел и не узнал.

— Все-таки это ошибка, — пробормотала Елена. — Вам, видимо, нужна другая Елена, а я вас тоже не за того приняла.

— Я Борис Кулачев, — сказал мужчина. — Я друг вашей мамы. Мы с вами встречались в больнице, вы забыли, но нам непременно надо познакомиться поближе. Скажем, пришла пора.

На нее нашел морок. Какие-то мелкие, суетливые мысли приходили, уходили, например, она сейчас босиком и в халате, не подумает ли он, что она намеренно так одета, а другая мысль сказала ей, что дверь надо оставить открытой на площадку, на что третья ей ответила: не все ли равно?

— Я от жары поглупела и помню вас теоретически, — сказала Елена, — с меня бы мать шкуру содрала, если б узнала, что я дверь открыла не спрося.

— Так бы и содрала? — засмеялся Кулачев. — Вообще-то она у нас решительная.

— У нас? — не поняла Елена. — У нас что, одна мать?

— Нет, — засмеялся он. — Дело в том, Лена, что со мной случилось счастье — я люблю Марусю, вашу маму, и пришел у вас просить ее руки.

— Подождите, — сказала Елена, — подождите... У меня сегодня много чего случилось, а тут еще землетрясение... Я выпью таблетки.

Она пошла в ванную и в который раз сегодня тупо уставилась в зеркало. На нее смотрела старая женщина с землистым лицом. Дергалось веко, и волосы уныло обвисли вдоль щек. Эти проклятые волосы, которые мгновенно принимают форму ее настроения.

Что ей сказал этот ухоженный господин? Он сказал чепуху, вернее, он что-то ей сказал, а одурманенный солнцем и землетрясением мозг выдал ей какие-то невероятные слова, в которых не может быть ни правды, ни смысла. С ней явно что-то не то... Она нездорова... Ей не на пользу пошла ночная любовь... Он ее сглазил, тот пришелец... Говорят, приходят от дьявола... Или он сам... Она попросит этого, что в комнате, вызвать неотложку. Она ему скажет: «Я сошла с ума, мне послышалось, что вы у меня — ха-ха-ха! — просите руки моей матери... Вызовите «Скорую».

Она вышла из ванной и так и сказала, и просто была ошеломлена жалостью, проступившей на его лице. Так смотрят на только что попавшую под машину собаку. Именно собаку, которую, конечно, жалеешь, но от которой и уйти хочется поскорее. Одним словом, собачья жалость.

— Лена, сядьте, — сказал Кулачев. — Я сомневался, идти к вам или не идти. Но, видимо, меня привел бог. Если бы вам сказала Маруся, могло быть еще хуже.

— Какая она вам Маруся? Как вы смеете? — закричала Елена. — Вы сутенер, да? Сколько вам лет? Моя мать пожилая дама, вдова. В ее квартире прописана моя дочь, и я костьми лягу, а не дам вам прописаться. Не делайте из меня наивную дуру, если вам каким-то образом удалось обмишурить женщину в возрасте климакса.

На лице его, как маска, приклеилась «собачья жалость». Ею он на нее и смотрел. И уже ничто не имело значения, только оно — это выражение лица.

— Уходите, — сказала Елена. — Я разберусь с матерью без вас.

— Нет, — ответил он. — Нет. Без меня уже ничего не получится. Я ведь на самом деле пришел к вам не разрешения просить, я пришел познакомиться. Ваша мама сопротивляется. Она боится вас. Боится внучки. Но я, как теперь говорят, крутой. Я сломаю ваше сопротивление. Но я не хотел бы начинать с лома. Скажите, любовь — достаточное основание для того, чтобы жить вместе?

— Я вам сказала. Там прописана Алла. Любой суд...

— Суда не будет, — ответил Кулачев. — У меня есть квартира. Маруся не знает, что я к вам пришел. Она бы всполошилась. Давайте все-таки сядем, и вы зададите все нужные вопросы. Кто я? Откуда взялся? Проверьте у меня документы.

— Я повторяю: уходите, — ответила Елена. — Я собираюсь на дачу и поеду. Я задам все интересующие меня вопросы матери. Она не Алла Пугачева, чтоб выставлять себя на посмешище и иметь с этого навар. Мать — обыкновенная женщина... Ей с простыми людьми общаться.

— Она необыкновенная женщина, — грустно сказал Кулачев. — Вы жили с ней всю жизнь и не заметили самого главного.

— О господи! — закричала Елена. — О господи! Вы уйдете наконец или нет? Я не хочу с вами обсуждать свою мать. Какая-то палата номер шесть! Откуда вы взялись на ее голову? Сытый, довольный... Я ненавижу вас, вы не смеете называть ее Марусей. Не смеете... — Елена уже рыдала, у нее тряслись руки.

Кулачев налил из чайника воды и подал ей чашку.

— Я пью сырую! — кричала она. — Сырую!

Он вылил воду и дал ей сырую. Вода бежала у

нее по подбородку, стекала на халат, вода была холодной, и Елену стал бить озноб.

— Ложитесь, — сказал ей Кулачев.

Она послушалась, потому что у нее начиналась боль в солнечном сплетении. И легла на то же место, где была ночью. Кулачев накрыл ее простыней и пледом. Она закрыла глаза, пытаясь унять дрожь и боль. Куда-то ушли и гнев, и ненависть, осталась исхолодавшая одинокая слабость. Он, оказывается, включал чайник. Видимо, пытался что-то найти в холодильнике, но он был пуст. «Я ведь сегодня не ела, — подумала Елена. — У меня нет продуктов. Где-то была пачка печенья... Ах нет. Пачка печенья была в рюкзаке... Чей это был рюкзак? Ах да... Он ушел. А сегодня пришел другой... Сюда повадились мужчины...»

— У вас нет еды, — сказал Кулачев. — Выпейте горячий чай. Я капнул в него коньяку.

— У меня нет коньяку, — тихо пробормотала Елена.

— У меня с собой было, — засмеялся Кулачев, подавая ей чашку. Елена глотала горячую жидкость, сжигающую рот. — Я возьму ваши ключи и схожу в магазин. А вы попейте чаю и усните. Ничего не бойтесь. Я вернусь тихо и буду вас сторожить...

Она не слышала последних слов, потому что провалилась в забытье, тяжелое, но спасительное.

Проснулась она глубокой ночью от тихого жужжания холодильника. Голова была ясной, сердце билось спокойно. Квартира была пуста, дверь закрыта, в кухне на столе лежала записка.

«Я вас запер. Приду завтра. Обязательно поешьте. Продукты в холодильнике. Отдыхайте и расслабьтесь».

Было три часа ночи. Елена открыла холодильник — в нем было все. На столе стояла бутылка коньяка.

«Наверное, так надо, — подумала она. — Чтоб сначала все было хорошо, потом все плохо, а потом неизвестно как, чтоб суметь определить, что это такое, согласно опыту. У меня опыт плохой жизни. Я не верю этим продуктам. Они слишком дороги для меня, чтоб я их признала за свои. И тот человек по имени Павел, который любил меня прошлой ночью, а я думала, что уже не способна отвечать на это, а получилось — сама пошла, первая... Так вот это, наверное, тоже не мое. Правильно я не любила Ремарка. А мама моя — дура старая... Ну если у меня нет этой легкости жизни и радости, откуда взяться этому у нее? Из одного ведь теста слеплены. Правда, Ремарка она любила...»

Мысли не заводили Елену. Она была спокойна, она была как бы извне ситуации, и ей даже нравилось это состояние отстраненности.

«Он меня запер, чтобы я не уехала на дачу. Умно. Оставил с продуктами и коньяком. Чтоб не сдохла». Почему-то по-детски радостно было представить, что у нее случится сердечный приступ и она умрет без помощи. И как дорогая мамочка будет рвать на себе волосы и изгонит этого типа. Но мысль, побыв секундно радостной, тут же увяла. И правильно сделала.

Елена включила чайник и подошла к окну. Была

абсолютная чернота ночи, без светящихся окон домов, без фонарей, без стреляющих лучей автомо-
бильных фар. Ей говорили при обмене обо всем об
этом как о преимуществе. Сейчас же она почувствовала другое — ей нужны признаки близкой человеческой жизни, без них возвращаются смятение
и страх. Она резко отошла от окна и включила свет
во всей квартире. «Так-то лучше, — сказала она
себе, наливая чай. — Сколько он мне добавлял
коньяку?»

Она пила чай с его бисквитом. Была какая-то
неправильность в этой внешне заурядной ситуации. Нет, она была не в том, что женщина пьет чай
среди ночи и заперта в собственной квартире, а в
том, что бисквит был нежен, а чай вкусен. А по
всем параметрам в Елениной истории должны
были присутствовать другие родовые там или ви-
довые признаки. Чаю полагалось быть горьким, а
бисквит должен быть черств. Странно, но думалось
именно об этом. Она теперь не уснет, надо думать о
матери, попавшей в ловушку. Ведь нельзя же
всерьез принять все, что сказал этот тип. «Еще он
забил мой холодильник». Это тоже была разру-
шающе неправильная мысль. Ведь если разобраться, зачем ему, молодому и здоровому, немолодая и
не очень здоровая женщина с психопаткой-доче-
рью (а как еще он о ней может подумать?) и с неан-
гелом-внучкой? К тому же он говорит, что у него
есть квартира... Тогда во всем нет логики...

Она пошла и легла навзничь, и услышала стук
электрички, и увидела уже светлеющее небо, и
звук отъехавшей машины, она приготовилась ле-

жать долго и недвижно, жалея глупую и старую мать, но уснула быстро и незаметно.

Ей снилась любовь.

...Ее собственные руки, в которых не было напряга, а была нежность и слабость... Они пульсировали в самых кончиках пальцев, и их сладость слизывали губы мужчины с плоским твердым животом... Ей было интересно пространство этого живота, и она прижималась к нему... Ее тело подчинялось и гнулось, как она хотела. Оно было умнее ее... Оно быстрее соображало и настигало мужчину в самое время совпадения с ним... Она целовала близкое к губам тело — мужчины? свое? — удивляясь легкости собственного. Голова мужчины покоилась у нее на груди, и она нюхала его волосы, потрясаясь, что он как бы ее, этот запах, по великому закону родства, совпадения частот и колебаний. И она целовала эту голову, эти волосы, ее руки жадно ощупывали спину, ища свое во всем его.

Пальцы узнавали ложбинки и бугры, пальцам было до всего, пальцы, как разведчики, шли впереди тела, подрагивающего от нетерпения. «Боже! — думала она во сне. — Я не знала, что так бывает!»

Но, оказывается, она думала об этом уже наяву, ощутив одиночество постели и вспомнив, что он так и не пришел и у нее нет о нем опознавательных знаков — Павел и Склиф. И все.

«Надо ехать в больницу, — сказала Елена. — Надо ехать, и все». Она вскочила на ноги — и тут же села: она заперта, и у нее проблемы с матерью.

«Проклятье! — закричала внутри себя Елена. — Как нарочно».

Через какое-то время она поняла, что спятит от раздвоенности своих мыслей и чувств. От желания искать и невозможности это сделать, от стремления ехать на дачу и одновременно нехотения туда ехать, от острого, нестерпимого желания той ночи и страха, что этого может не быть никогда. «Тогда я пришла к нему сама, но у меня нет ни одного, ни малейшего доказательства, что ему это надо так же, как и мне».

Елена перебирала в памяти все, что было вчерашним утром. Как она увидела пачку печенья в рюкзаке, как ее собственные утренние лживые руки выставили на стол одну чашку, как она металась под душем и умные ее ноги все норовили перешагнуть бортик, но она силой возвращала их (проклятая дрессировщица тела!) и дождалась чашечки донышком вверх. «Меня зовут Павел», — сказал он. А ее зубы, знавшие крошево его зубов, «сделали замок», скажите, какие стойкие революционеры: слова доброго не нашли и не сказали. Вышла к нему вся в характере, как в броне, получается, отреклась от себя, ночной. А его уже не было...

Расчесав себя до крови, уже совсем легко было перейти к матери, дуре, старой идиотке, которой не стыдно внучки, вот у Алки смеху будет, девчонка ведь в возрасте остроколючем. Слава богу, что у нее пока еще и никого, ничего. Хотя не поручишься за завтра, у них порода ранорожалых: мать родила ее в девятнадцать, она Алку до двадцати. Это, конечно, не так уж и рано, но Алке всего пятнадцать, года три у них есть, если, конечно, бабушка не подаст дурного примера. Вот уж не знаешь, с какой стороны грянет.

Где же эта сволочь Кулаков! Куликов? Как его там? Она, Елена, поломает эту историю на корню, тут и думать нечего. Она скажет матери, что она о ней думает. Она будет беспощадной — она поднесет к ее лицу зеркало и скажет: «Посмотри! Посмотри внимательней!»

— Господи! Что с тобой? — закричала Мария Петровна, увидев на пороге Алку.

— А что со мной? — холодно ответила та и посмотрела на висящее в простенке старое и мутное зеркало.

Некрасивое лицо было как бы перечеркнуто ненавистью. В общем-то многовато для одного лица. Алка замерла, испытав сразу и горе, и полное отчаяние. На секунду забылось все, и существовало только это плохое лицо. Лицо, которое нельзя полюбить.

— Что с тобой? — повторила Мария Петровна, и Алка уловила в ее тоне ужас, который подтверждал безнадежность ее лица. С такими лицами идут в автоматчики, в наемники, этому лицу место за пределами жизни и любви, его место в пределах смерти и ненависти. Так безжалостно подумала о себе Алка, даже удивляясь холодному свойству формулировать.

— Уйду к чеченам! — сказала Алка.

— Господи! — воскликнула Мария Петровна.

— А лучше к нашим. Наши злее, — продолжала

Алка как бы реестр возможностей лица. — Скажи, бабуля, тебе в пятнадцать лет хотелось убивать?

— Пятнадцать лет мне было в пятьдесят шестом, я узнала, что моего отца забили сапогами в органах. Мне хотелось убить тех, кто его убил, но моя мама сказала, что тогда не случится конца, что потом придут другие пятнадцатилетние уже по мою душу, и мы будем убивать, убивать, пока нас не убьет наша собственная ненависть. Мне тогда стало так страшно, что с тех пор я не позволяю себе таких мыслей.

— А я позволяю, — сказала Алка. — Мне пятнадцать, и я готова.

— Деточка! — закричала Мария Петровна и прижала к себе Алку. — Я не знаю, что у тебя случилось... Но поверь... Христом Богом прошу, поверь... Это не выход. Это тупик. И еще поверь, в пятнадцать лет нет такого зла и горя, которое можно не пережить. Скажи, кто тебя обидел? Кто?

В бабушкиных руках было тепло и пахло бабушкой. У нее всегда хорошие духи, лучше, чем у мамы. Правда, странно, но от бабушки чуть-чуть пахнет табаком. Наверное, ее обкурили в очереди, хотя запах табака как бы глубокий, он там, где и духи, и бабушкина кожа, которую в детстве очень любила разглядывать маленькая Аллочка. На теле бабушки много рыжих пятнышек. Аллочка считает их пальчиком, а бабушка смеется: «Все равно просчитаешься, я у тебя из конопатых самая конопатая».

— От тебя пахнет мужчиной, — сказала Алка, отстраняясь.

И бабушка как отпрыгнула, что ни о чем другом, как о том, что Алка попала в точку, свидетельствовать не могло. И если бы не сознание своей полной ничтожности, которое, конечно, лежачет на бабушкиной груди, но совсем пройти не может, Алка бы затормозила на моменте «отпрыгивающей» бабушки, но победило свое, личное. Примешавшиеся к жизни лишние запахи она из головы вон, она думает сейчас и чувствует другое.

— Я тут встретила одного типа, — сказала она бабушке. — Такое ничтожество... Мы с Мишкой застукали его на речке. Он там кувыркался с девицей... Я ему сказала пару ласковых на тему, где и когда что можно... Он пихнул меня в воду...

— А я-то думала невесть что. — Мария Петровна вздохнула с облегчением. — Ну что ты, деточка, не знаешь нынешнюю молодежь? Им не объяснили, дорогая, что хорошо, что дурно. Потому что те, кому объяснять, сами этого не знают. Не вмешивайся. Это хорошо, что просто пихнул в воду. Мог и ножом пырнуть.

Чувство неправды как спасение. Да, так и было. Она, хорошая девочка, увидела плохое и кинулась ему наперерез, а плохое спихнуло ее в воду. На лжи легко покачиваться туда-сюда, туда-сюда, пока не возникает отвратительное чувство стыда. Вот ведь! Он, стыд, никуда не перекладывается, он абсолютен в своей независимости, он совершенен направленностью своего удара, из стыда нельзя выйти, он над тобой, под тобой, он в тебе, и он беспощаден. И он, вопреки выражению, что стыд не дым и глаза не выест, все-таки выедает глаза, во всяком случае, Алкины глаза резало и щипало.

— У тебя красные глаза. Промой их чаем. Очень плохая в реке вода, в ней столько гадости.

Алка покорно промыла глаза. Бабушка поставила на огонь кастрюлю с водой.

— Я тебя искупаю. От греха подальше.

Алка свернулась калачиком в гамаке, ожидая «большой бани».

«Оказывается, я некрасивая, — думала она. — Просто не было случая это узнать. Человек ведь привыкает к своему лицу за всю жизнь. Он даже его полюбляет. Куда ж денешься? Свое, — грустно думает Алка. — И все привыкают тоже. Когда долго смотришь, видишь не то, что видишь... Получается, никто не знает правду о своей внешности. Люди, того не ведая, просто договариваются считать этого красивым, а того — не очень. А потом вдруг кто-то посмотрит незамыленным глазом, и все».

Вот и у нее. С корточек встала некрасивая девочка. У него это было написано на лице — некрасивая девочка. Алку далее в жар бросило. Она хамить стала, потому что защищалась от его презрения к ней.

У Алки получилась складненькая теория. Это ничего, что она не имела никакого отношения к случившемуся. Она придумывала историю про виноватого. «Он меня довел». Такой была окончательная формула, когда голая Алка села в цинковое холодное корыто, а Мария Петровна стала поливать ее из ковшика. Бабушка смотрела на согбенную спину внучки, на проступившие косточки позвоночника, на тонкие руки, что копошились в воде, на кучерявое лоно, которое уже не вызывало оглушительного протеста у Марии Петровны, а вызывало нежность к возросшей и расцветшей плоти, которая все больше и больше будет давать о себе знать, вот и сегодня наверняка было что-то не то, что наплела девочка. Не от падения в воду потеряла лицо Аллочка, уж сколько раз они с Еленой бросали ее в воду. Что-то у нее случилось женское... От чего бедняжечке захотелось пострелять... Ей задели женское самолюбие, а может, и того проще... Аллочка могла и влюбиться без взаимности. С чего бы ей так сразу, так мгновенно унюхать мужской дух от Марии Петровны. Девочка вся раскрылась и все чувствует.

Алка сидела на крылечке, завернувшись в махровое полотенце. Из-за кустов бузины за ней наблюдал с поваленного дерева Мишка. Каждый из них думал друг о друге, и это были странные думы. Встреться думы в тонких пределах, узнали бы друг друга? Или прошли бы (проплыли, пролетели, сверкнули) мимо?

Вот топкое болото Алкиных размышлизмов. «Чего он всю жизнь вяжется? Сам никакой и «выбрал что похуже?» Нет, правда! Она видела себя в зеркале... А оно у них не кривое... Наоборот, мутноватое, может и польстить. Так чего к такой «вязаться»?

Ей не льстит Мишкина преданность. Наоборот, она подтверждает ее уродство. Корявый тянется к корявой. Алка перебирает в памяти красивых парней. Ни один... Ее ни разу не хватали на улице за

руку. «Девочка! Не хотите ли сниматься в кино?»
Ей еще никто и никогда не дарил цветов. У нее нет
любовных записок. Предел ее успеха — эта затрю-
ханная Мамонтовка и почтение местных «сырых
сапог». То есть Мишки. У которого ни роста, ни
плеч, одни лопатки и обгрызенные ногти. Он чав-
кает, когда пьет воду. От него почему-то пахнет побелкой. Бабушка тут белила прихожую, и Алка
просто ошалела: в даче пахло Мишкой. Если она
выйдет за него замуж, то на свет появятся шмакодявки. Такая порода — маленьких и никаких. Если
он до нее дотронется — Мишка, — она ударит его
ногой в то место, которое отвечает за продолжение
рода. Отвратительное, между прочим, место. Однажды на пляже она смотрела ему туда, не специально, конечно: просто он так сидел, а она так лежала
рядом. Там было серо и тускло, а светлый коридор
паха выглядел стыдно. Мишка аж подпрыгнул, когда заметил, куда она смотрит, она же только
печально вздохнула. Ей это не надо. А когда этот на
берегу встал во весь рост и щелкнул плавками, ее
просто ошпарило кипятком, она почувствовала,
как вся обмякла. У нее тогда в стоячем положении
стали разворачиваться колени, и их просто силой
надо было сводить и переплетать, потому что черт
знает что! И ей тогда было все равно, какие будут
дети. Ей важно было, чтоб он бросил свою деваху и
подошел к ней и положил на нее руку. Все равно
куда. Куда угодно. И она бы рухнула навзничь, потому что ничего другого она не хочет и не может.
Она, уродка из уродок, мечтает перед ним рухнуть

и чтоб он своей рукой водил по кромочке ее трусиков.

У Алки так заколотилось сердце и такое острое желание прошло по телу, что упало махровое полотенце, и она осталась скрюченная и голая.

У Мишки же просто лопнули глаза, когда он это увидел. И первое, что он сделал, упал с поваленного дерева. Теперь он лежал на траве, вжимаясь в траву и землю, и они безропотно приняли его горячее мучительное семя, а он продолжал лежать, потеряв себя, и уже неслышными шагами к нему подошел стыд, который все крутился и крутился возле Алки, ища просвет, чтоб проникнуть и внедриться в нее, но не нашел просвета, а нашел лежащего на земле мальчика, вполне беззащитного и готового к угрызениям и мукам.

Мишка покидал дачу задами, и на душе у него было муторно.

Бабушка подняла полотенце и накрыла Алку.

— Простынешь, — сказала она. И ни слова про то, что Алка сидела голая. Мария Петровна каким-то ...надцатым чувством понимала девочку. «Пришло, — думала она. — Пришло». Когда подрастала Елена, никаких подобных вопросов не возникало. Она следила, чтоб дочь много плавала, бегала, она верила в великую силу физкультуры, побеждающую плоть. Когда она нашла у дочери «Камасутру», она просто высмеяла девчонку (хотя хотелось убить), объясняя Елене, какое «она ничтожество, если позволяет себе интересоваться этим».

— Придет время, — жестко говорила Мария

Петровна, — придет в жизнь муж, и это будет естественно и опрятно.

И Елена, рыдая, кинулась матери на грудь, винясь в собственной порочности и грязи. И Мария Петровна просто диву давалась, как это другие не могут просто и доступно объяснить детям очевидные вещи. Ей казалось, что она умела.

Теперь же Марии Петровне было стыдно за себя ту, которая ничего не умела, которая перешибла своим авторитетом попытку дочери понять тайную, объявленную греховной жизнь тела, ну и чего добилась? Елена завязала себя в такой узел, что развязать его не смог ни брак, ни этот ее мужчина, муж... Но тут Мария Петровна сама себя одернула, потому что помнила, как, путаясь в словах, ее целомудренная дочь пыталась ей что-то объяснить или что-то спросить, а она ей ответила: «Я не умею говорить на эти темы. Мне бы в голову не пришло спрашивать подобное у своей мамы».

Они передавали из поколения в поколение и незнание, и неумение, и главное — отчаяние от того, что что-то было не так, что тело оставалось скрюченным, что удовлетворение было каким-то неполным, незавершенным от постоянного спазма недолюби. В ее поколении, да и в поколении дочери вырастали фибромы, миомы, кисты, так ей объяснил один хирург, у которого она брала интервью. «У шлюх, — сказал ей он, прооперировавший не одну сотню женщин, — такого не бывает». Она ему сказала: «Да ну вас! А монашки? А молодые вдовы, которые так и не вышли замуж?» — «Другое дело. Это образ жизни, который ты принимаешь душой.

Но когда тебя просто недое...» Он не выругался, он именно так и сказал, как будто это термин, и она тогда остро поняла: действительно термин. И про меня он тоже. Она уже вдовела, по-идиотски блюдя покойника как живого. Ей было легко это делать, легко при неживом играть живого — плоти не было никогда. После хирурга она перестала говорить о «папочке, который сказал». А еще позже поняла: жизнь обделила ее этим. Обидно. Досадно. Но ничего не изменить. Пока однажды она не пришла с бумажками к одному чиновнику. И не получила и подпись, и все то, что ей задолжала судьба. Она стала другой, совсем другой и, будучи такой, не смела прикрикнуть на внучку, что та расселась на крылечке голой, она понимала, что девочка не заметила этого, что она далеко в себе и что это расстояние в себя подлиннее и поизвилистее всякого другого. Это дорога через пропасти и водопады.

Мишка переоделся и подошел к даче уже не со стороны бузины, а по дорожке, как ходят люди, а не соглядатаи. Алка в халатике сидела на своих старых детских качелях. Это ее приближало к Мишке, такой он ее увидел, когда был первоклассником и приходил сюда, «к москвичам», посмотреть, какие они, те, что приезжают сюда на лето и сметают все в магазинах, те, что несут из леса охапки дурных цветов, ездят на велосипеде не для удовольствия или по необходимости, а для здоровья и сбрасывания веса. Алка так сейчас была похожа на себя семилетнюю, что у Мишки почему-то защипало в носу, но сказал он наоборот:

— А в песочек не хочешь? Я тебе совочек дам.

— Хочу, — ответила Алка. — Хочу назад, в еще раньше. Когда я еще ничего не понимала...

— Можно подумать, ты сейчас много понимаешь. — Мишка даже растерялся, что сказал почти дерзость, Алка и прогнать может, она девчонка крутая, но Алка просто посмотрела на него даже как бы с интересом: что это, мол, за говорящее?

— А та девчонка, что попала в катастрофу, — я тебе рассказывал, — сказал Мишка, — умерла. Отец ездил в управление, ему сказали.

— Повезло, — ответила Алка.

— Чего? — не понял Мишка.

— Того! — сказала Алка. — Объясняла же только что... Хочу в непонимание. Чтоб не ощущать. Не чувствовать. Что там еще есть в человеке? Хочу полного превращения в ничего. Что это, по-твоему? По-моему, это то, что обломилось той девчонке. Жаль, что нельзя поменяться с ней жизнью на смерть.

— Дура! — закричал Мишка. — Дура!

Он подбежал к качелям и стал бить их ногами, он норовил попасть и в Алку, и той пришлось оттянуть веревки назад, они забыли, выросшие, что качелям сто лет, что столбики вкапывал еще Алкин дедушка... Одним словом, столб, которому больше всего досталось от Мишкиного гнева, накренился, и железная труба, лежавшая поверху, стала падать прямехонько на Алку, которая запуталась в стропах и тоже падала на землю. Они закричали все втроем — Алка, Мишка и Мария Петровна, вышедшая на крик.

Мишка бросился наперерез трубе, пытаясь ее отпихнуть, но сумел лишь задеть, и острый ее конец чиркнул по Алкиному лбу. Из трубы пахнуло на нее сыростью и вечностью, и Алка, видимо, испугавшись вечности, потеряла сознание. Мария Петровна вытаскивала из строп внучку, одновременно отталкивая Мишку, который делал то же самое.

Алка очухалась быстро, значительно быстрее, чем ее спасатели. Она просто выпрыгнула из их рук, когда они несли ее на террасу, но тут же упала от собственной стремительности, из чего Мария Петровна сделала категорический вывод: у Алки сотрясение мозга и ее надо немедленно везти в больницу.

— Я просто споткнулась! — кричала она. — У меня все в порядке. Только шишка!

Но Мария Петровна сказала, что пойдет на почту кое-кому позвонить, и думать нечего — Алке нужен врач. Уходя, Мария Петровна сказала Мишке:

— Если ты ее тронешь хотя бы пальцем...

— Я? Ее трону? Зачем я ее буду трогать? Зачем она мне нужна? — Он бы себя не узнал, увидь со стороны. — Да пошла она на фиг! Чтоб я ее трогал! — И он уже двинулся к калитке, когда Мария Петровна схватила его за руку.

— Нет уж, — сказала она. — Меня дождись и смажь ей лоб зеленкой. Все!

Она уходила стремительно, и они оба смотрели ей вслед. Надо же было куда-то смотреть. А потом Мишка пошел за зеленкой: он знал, где у них аптечная полочка. Мария Петровна звонила и звонила Кулачеву, но телефон не отвечал. «Вот так!» — сказала она себе, но что значили эти слова, вряд ли могла бы объяснить. Почему-то вспомнился муж, у которого было бесценное свойство быть рядом, когда нужен. Он бы все бросил и уже ехал бы... Он бы на перекладных... Буколическое время, когда ездили такси, добродушные леваки, когда можно было без страха остановить любой транспорт, вплоть до какого-нибудь специального. Сейчас же ей нужна машина, а значит, только Кулачев. У нее с собой просто нет таких денег, чтобы вступить в разговор с каким-нибудь машиновладельцем.

«Где же он? — думала она. — Где?»

Елена отупела от мыслей. Были бы еще разнообразные, а то — гонки по вертикальной стене, миг, и снова почти на том же месте мысли...

«Надо ехать в Склиф... Надо ехать в Склиф...» Когда в дверях завязал ключ, было ощущение, что ехать уже никуда не надо, что она уже съездила и не нашла никого, так как даже спросить толком не знала, кого и как, съездила и вернулась, а теперь сидит, отупев от мыслей. Мысленные деяния взамен физических, как правило, куда травматичнее. Может, именно поэтому так многие минуют этот «этап мозгования»? Берегут себя? Зато полно вокруг неосмысленных дел и свершений.

«Какой же он свежий!» — подумала о Кулачеве Елена.

— Я подумала о вас, что вы свежий, — сказала она вслух. — В сущности, определение двусмысленное. Не правда ли?

— Ну да, — засмеялся Кулачев, — это как-то больше о рыбе... Как почивали?

— Сколько я вам должна за продукты? — спросила Елена.

— О господи! — воскликнул он. — Это моя плата за агрессию. Как вам не стыдно!

— Не стыдно! — ответила Елена, думая о том, что он сейчас назовет сумму, она, конечно, отдаст и останется ни с чем. Продукты куплены дорогие, у нее на такой товар руки не поднимаются, у нее столько трат с чертовым обменом-переездом. Одним словом, ее охватила паника, а кто виноват, сама вылезла с идиотским вопросом.

А он как понял: протянул ключи и сказал мягко:

— Да ладно вам... Я не ахти что, но все-таки чуть лучше, чем вам кажется. Не наговаривайте маме лишнего. Я ее в обиду не дам... Собственно, будем считать, что познакомились...

— Скажите, — сказала вдруг Елена, — вы меня не отвезете в Склиф? Туда попала девочка из автокатастрофы.

— Поедемте...

Она что-то напялила на себя, схватила сумочку. Он наблюдал за ее какими-то неженскими сборами, впрочем, какими другими могут быть сборы? Интересно, когда это случилось, если она была заперта? Странная женщина с сошедшими с рельс эмоциями. Женщина, потерянная мужчиной. И все-таки могла бы хоть что-то сделать с волосами. Никогда и ни у кого он не видел таких уныло обвисших волос.

Мария Петровна дозванивалась Кулачеву, чтоб тот отвез ее с внучкой в Склиф, именно в этот момент, когда он ехал туда же с ее собственной дочерью.

По дороге Елена сказала, что не знает ни имени,

ни фамилии девочки. Она знает только имя отца и просто надеется на случай, что увидит его там.

— Найдем, — уверенно сказал Кулачев, и Елену охватило чувство покоя и благодарности. Этот найдет. И поможет, если что... «Свежий мужчина».

В больнице Кулачев пошел к справочному, а она осталась стоять, уже понимая, что в этой суете найти Павла будет не так просто. Она увидела, что Кулачев возвращается, и сказала:

— Ее отец спал здесь на полу в приемном покое.

— Вы знаете хотя бы место, где это случилось?

— Я не знаю ничего, — сказала она.

— Прошлой ночью у них умерла одна девушка, которая три дня была в реанимации. Я хочу думать, что это не ваша.

— Не моя, — твердо ответила Елена. — Моя не должна умереть.

— Уже легче. Подождите меня тут, я попробую другой путь. — Он ушел, а она осталась у широкого окна и стала смотреть на машины. Вот одна подошла совсем близко, из нее выскочил человек и пошел куда-то в сторону, заполошенный такой мужчина. Она поняла, что других тут нет, в этом месте горя, и ей даже стало неловко, что она как бы по другому поводу, что она ищет здесь совсем не то, что остальные. «Надо сматываться! — сказала она себе. — Даже если мы его найдем, что я ему скажу?»

А в это время к машине, приторможенной у окна, возвращался хозяин, он был не один, с другим мужчиной, и, только когда хозяин открыл дверь машины и пропустил его вперед, она поняла, что это Павел. Она застучала в стекло и даже закричала неизвестно что, потому что в ту самую секунду она забыла его имя. Елена метнулась к двери, но с ее стороны дверь была закрыта и следовало обежать стеклянный тамбур. Пока она выбегала, путаясь в дверях, машина уехала.

Елена осталась здесь, где машина была минуту назад и где еще сохранилось ее тепло, тут и нашел ее Кулачев.

— Мы можем с вами пройтись по травматологии, — сказал он.

— Не надо, — ответила она. — Не надо.

— Что-то случилось? — с тревогой спросил он.

— Он только что уехал, я не успела добежать. Отец девочки. Собственно, я его ищу.

— Я отвезу вас домой, — предложил Кулачев.

— Пожалуйста, не надо, — сказала Елена. — Я доберусь сама. Езжайте, и спасибо.

— Что мне передать Марусе?

— Марусе? — не поняла Елена. — Ах да... Не говорите ей о Склифе. Это к ней не имеет отношения. Никакого. Скажите ей, что я полна энтузиазма в обживании квартиры.

— Она этому поверит?

— Скажите так, чтобы поверила. И пусть не распускает Алку.

Когда Кулачев уехал, Елена вернулась к справочному окошку.

— Скажите, пожалуйста, как зовут девушку, которая умерла ночью?

— Наталья Павловна Веснина.

— Она из Петербурга?

— Да.

— Она в морге или ее уже увезли?

— У нас. Ждут мать.

— Да. Я знаю. Она ведь на Кипре.

«Вот и все, — подумала Елена. — Теперь я знаю, как его найти, но никогда не смогу это сделать. Он всегда будет помнить, что, когда умирала дочь, к нему в постель пришла я, которую не звали, и он меня не прогнал. Вот и все. Идите домой, девушка, тут вам не подадут. Прости меня, Павел Веснин».

Марии Петровне повезло: в Москву ехал знакомый журналист, он и прихватил с собой бабушку и внучку. Перемазанная зеленкой Алка базарила и сопротивлялась, но все-таки была почти силой погружена в машину. Мишка тоже норовил сесть, но Мария Петровна захлопнула перед ним дверь и сказала, что раз он начал, то пусть и доламывает качели. «Потом объяснимся», — закончила Мария Петровна.

Она ехала и думала, что у нее сегодня срывается свидание, но это пусть, не важно, главное, надо ли заезжать к дочери и вводить ее в курс всей истории или, если, бог даст, нет сотрясения мозга, то и не надо ей ничего сообщать? Переночуют в городе и вернутся на дачу. Если же, конечно, не дай бог...

Алка же ехала совсем с другими мыслями. Ни сотрясение, ни мать, ни бабушка ее не волновали.

...Когда она была совсем маленькая, они с бабушкой играли в игру названий. Прошедшему дню давали имя, или кличку, или цвет... Был день Свечки — погасло электричество. День Горшка, когда она объелась черешней. Был день Зеленой юбки, Скуки, день Дурака, Щекотки, Выпавшего зуба. Были дни Страшного горя (потерялась черепаха), Среднего горя (лучшая подруга перестала быть лучшей), день Совсем Негоря (уписалась ночью). Хорошее было время. Уже не было дедушки, но папа еще был вовсю. Носил на плечах, играл с ней в мяч, обстригал ногти, доедал за ней первое, а мама не доедала никогда, выливала в толчок.

Вообще сейчас больше всего почему-то думалось об отце. Но не о том, что доедал после нее суп, а о том, который ненавидел маму. Она тогда много плакала, и они оба на нее орали как резаные, а она плакала не оттого, что родители бежали наперегонки к разводу, а именно от ненависти в доме, которую ощущала просто кожей, и на ней возникали красные пятна. Мама пихала в нее димедрол, а от димедрола она часто просыпалась ночью, сбрасывала с себя одеяло, стонала. А они — мама и папа — злились на нее, злились, что не дает им спать.

Она просто ожила, когда отец ушел. Мать использовала это в своих целях — «вот ты какой», — но Алка уже понимала: если бы ушла мать, ей тоже было бы легче. Главное, чтоб не попасть в пересечение потоков их нелюбви. Она не могла объяснить это словами, но уже давно старалась не садиться между родителями, не возникать на уровне их переглядываний.

Сейчас Алку занимал отец и его ненависть. Ибо ее настигло и накрыло нечто похожее. Этот парень смотрел на нее плохо, так смотрел отец на маму, но те просто достали друг друга, а ей-то за что?

Ну конечно, там, в лесочке, она была не очень чтобы очень. Но ведь это он на нее пялился в деликатной ситуации. Ну ладно, пусть... Пусть она не права. А на берегу? Что она такое сделала, чтоб так ее ненавидеть и спихнуть в воду? Да, конечно, она над ним посмеялась, но не могли же они всерьез это принять? Но если нет причины ненавидеть, а ненавидят, то должно быть что-то надпричинное?

Его ненависть сжигала Алку изнутри, ей хотелось исторгнуть ее из себя, а бабушка спросила:

— Детка, тебя тошнит?

— Нет, — ответила Алка.

— Почему же ты все время сглатываешь?

— Я? Сглатываю? С чего ты взяла? Уже собственной слюной нельзя подавиться.

— Ты давишься? — не унималась бабушка.

— О господи! Я не давлюсь. Меня не тошнит. Я просто сижу и пережевываю мысли.

— Ну, это не смертельно!

«Бабушка! — думает Алка. — Ты дура! Ты ничего уже не понимаешь. Сегодня у Алки Черный День Ненависти, а это, дорогая бабушка, покруче всех неприятностей, вместе взятых. Потому что, бабушка-дурочка, ты не способна понять по причине своей древности, что в человека, который меня ненавидит по-черному, я, кажется, влюбилась. И что-то со мной не так, потому что у меня одновременно с этим умерла гордость, пропало самолюбие, они растворились в тумане, как те самые ежики, и проходит желание жить и дышать, потому что зачем? Зачем это все, если ему нет до меня дела? Умри я завтра, он не то что не вздрогнет (ха-ха!), а скажет: «Это та самая уродка из леса? Так это же хорошо, люди. Уродам нет места на земле, в небесах и на море». Ты же, бабушка, везешь меня в больницу для лечения, что абсолютно бездарно. Отвези-ка меня лучше в морг. Мое место там».

— Там у них морг, — сказал шофер-приятель, кивая в сторону, — но нам туда не надо.

— Тьфу на тебя, Сережа, — сказала бабушка.

Алка же закричала не своим голосом. Наискосочек от морга, прячась за выступ в стене, стояла Елена. Алка подумала, что у нее галлюцинации, потому и закричала, а бабушка не закричала, а, наоборот, обрадовалась. Не сообразив ничего толком, она посчитала, что Елена узнала каким-то образом об их поездке и теперь их встречает. Ум за разум у Марии Петровны зашел прилично.

Елена даже дошла до проспекта Мира и уже свернула к метро, как ноги ее понесли обратно. «Морг — единственное место, — подумала она, — куда он вернется. Если он не захочет меня видеть — пусть. Я уйду. Но если захочет, ему не надо будет меня искать. Я буду рядом».

То, что из машины к ней идут мать и дочь, было полной фантасмагорией, с такой же вероятностью тут могли появиться родственники из Самары, люди тоже достаточно непредсказуемые в своих приездах и появлениях. Но Мария Петровна заговорила сразу делово:

— Как хорошо, что ты уже здесь. Я не думаю, что что-то серьезное, но пусть лучше посмотрит

Игорь Николаевич. Ты удобное место нашла, чтоб нас отловить. На зеленку не обращай внимания. Ерунда. Там царапина, и ее бестолково смазывал Мишка.

Елену охватил ужас беды, которая, оказывается, приблизилась и к ее дочери. Ужас переполнял, независимо от факта, что она стоит перед ней живая, на своих ногах. А там, где есть еще одна девочка, так вот она — неживая, а ей, Елене, сволочи такой, — так получается! — девочки как бы и не нужны, ни живые, ни мертвые, она тут отлавливает мужчину, который нечаянно уснул на ее груди. И ей теперь этого не забыть, но не забыть — значит оставаться гадиной, потому что на пути две девочки, сразу две девочки... Она кинулась к дочери, а та задала абсолютно конкретный и простой вопрос:

— Что ты здесь делаешь?

— Да, действительно, — подхватила Мария Петровна, — кто тебе успел сказать?

— Долго объяснять, — быстро ответила Елена, уводя их с этого места. — Ты уверена, что Игорь Николаевич сейчас на приеме?

— Я знаю еще сестру из их отделения, в случае чего она отведет к другому. Главное, мы здесь, спасибо Сереже.

Они шли быстро, даже как бы забыв об Алке, а та шла и думала, что что-то здесь не так, что они все сейчас идут по хрупкому льду тайны. Но эта тайна не одна на всех, а у каждого своя. Свою она знает и в лицо, и по повадкам, а вот что за тайны несут идущие впереди нее женщины? Она поймала себя на этой мысли — она думает о них отстраненно, как о женщинах. То, что у них тайна, превращает родственность в нечто другое. Действует закон как бы другой реальности. Алка просто шкурой почувствовала собственную отъединенность от матери и бабушки и кинулась вперед и врезалась между ними. Они приняли ее, обняли, и снова как бы получилась родня, и Алка подумала: «Это у меня крыша поехала, какие у них могут быть тайны?» Но привычное снисходительное, почти покровительственное отношение к родителям — этим шнуркам в стакане — не одержало полной и сокрушительной победы: просто ушла в партизаны мысль об отъединенности и тайности, ушла и залегла на время, как и полагается партизанам.

Никакого сотрясения у Алки не нашли, добрый совет не прыгать, не скакать, не кувыркаться дали.

— Какая она стала взрослая! — сказал Игорь Николаевич, глядя на Алку. — По глазам ей дашь больше лет. Невеста! — И тут же обратился к Марии Петровне: — А вот у тебя, Машка, глаза молодые и жадные. О тебе даже можно подумать кое-что легкомысленное.

— Думай, думай! — смутилась Мария Петровна.

Елена же осталась без комплимента. И она это отметила. Этот Игорь — бабник-златоуст, каких свет не видывал, но даже от такого ей ничего не обломилось. В голову ему не пришло сказать ей доброе слово за компанию.

Мария Петровна нервно поглядывала на часы, но потом как бы плюнула, что не осталось незамеченным зоркой сегодня Алкой. Мать же все норовила задержаться в больнице, хотя все было уже ясно. Потом, когда вышли на проспект, она сказала:

— Ну, я с вами прощаюсь...

— Нет, — сказала бабушка. — Прощаюсь я. Ты или забери Алку к себе, или отвези ее на дачу. А у меня в городе дело.

— Какое? — спросила раздраженно Елена. — Мне это не с руки.

— Раз я оказалась здесь, я съезжу домой. Посмотрю, что там... Возьму почту.

— Ну и сделай это с Алкой! — ответила Елена. — Что за проблема!

— Мама! — сказала Алка. — Я хочу с тобой. Бабушка от меня забалдела, понять можно...

— Детка! — ответила Елена, и голос ее был полон отчаяния. — Детка! У меня просто позарезное дело.

— Тогда и у меня тоже! — сказала Алка. — Вы занимайтесь своими делами, а я поеду на дачу.

«Они обрадовались, — подумала Алка. — Боже, как они обрадовались от меня отделаться!»

— Я посажу тебя на электричку, — сказала Мария Петровна.

— Да, да, — быстро сказала Елена. — Посади.

— Не надо меня провожать! — закричала Алка. — Не надо! Что я вам — ребенок? Дайте лучше денег.

И снова они быстро уговорились.

Она спряталась за киоск и стала наблюдать, как стремительно они пошли друг от друга — мама и бабушка. Бабушка, понятно, на троллейбус. Мама же, мама... Сделав шаг как бы в сторону своей остановки, Елена резко повернулась и почти бегом побежала в сторону Грохольского. К Склифу?

Алка подумала-подумала и пошла вслед за Еленой.

Стремительность как-то очень быстро кончилась. Ее хватило до первого угла, а потом силы разом оставили Елену, пришлось даже остановиться, прижаться к камню ограды, ощутить его холод и как бы отрезветь. Глупо, бездарно, стыдно караулить место чужого горя. Надо быть последней на этой земле, чтоб зацепиться в глазу мужчины именно в момент его несчастья. Какой морок ее накрыл, что она здесь и смеет это делать? Елена даже застонала, а проходящая мимо женщина сочувственно спросила: «Вам нехорошо? Помочь?» — «Нет, нет, спасибо!» — ответила Елена.

«Я в ловушке, — подумала Елена. — Все поступки, которые я совершила за последние два дня, и те, которые я готова совершить, для меня же стыдны и недопустимы. Но не соверши я их, я не прощу себе этого никогда. Со мной навсегда останется моя нерешительность, и так изо дня в день, из года в год. Женщина с одной ночью счастья. Не горе ли? Не позор ли? Ну что я такое после этого? Бежать переспать с кем-нибудь, чтобы понять — ничего особенного в той ночи не было? Просто два человека совпали. Но разве этого мало — совпадать? Может, это и есть единственно данная нам для счастья возможность? Про это даже легенды есть, про половинки... Плевать на легенды! Я не о них думала, когда шла к нему ночью, и он не о них думал, когда тихонечко языком трогал мои пальцы, и они вздрагивали от счастья, и каждый палец на особицу, и на свою ноту... Это ничего? Это пусть канет? Но и идти к моргу стыдно, имея в виду вот это самое... счастье пальцев и тела. Хороша бы я была... Но ведь я иду, потому что хочу, чтоб он знал: я с ним вместе и в горе... я не просто так оказалась на его дороге. Не просто так! С другой стороны, я уже многое знаю. Он — Павел Веснин. Как же я могу его потерять, если я это знаю? Правда, он не знает, как зовут меня. Но он знает дом и квартиру. Нам никак невозможно потеряться. Мы, как два шпиона, найдем друг друга по половинке открытки».

— Идем домой, мама, — услышала Елена голос дочери. — Ты стоишь тут как ненормальная бомжиха. На тебя оглядываются люди.

— Да, — ответила Елена. — Да. Если я умру, запомни имя и фамилию — Павел Веснин. — Она уцепилась за Алку, чтобы не упасть, а Алка закричала внутри себя: «Господи! Я в тебя верю! Это ты меня послал за ней!»

— У нас ведь на такси денег нет? — спросила Алка.

— Нет, — тихо ответила Елена. — Но это ничего. Мы доберемся, а главное я тебе сказала. Павел Веснин.

Мария Петровна позвонила Кулачеву и все рассказала.

— Так удачно там оказалась Лена. Ей, видимо, кто-то позвонил.

— Маруся, — нежно сказал Кулачев. — У нее же нет телефона.

Он странно на нее действует. Самые невероятные вещи в его изложении упрощаются. То есть не так... Они ее не пугают.

— Я балда! — засмеялась она, напрочь забыв спросить, откуда Кулачев знает, что у Елены нет телефона.

— Маруся! — сказал Кулачев. — Сиди дома. Я постараюсь приехать как можно быстрее.

— Ты меня там ждал?

— Я тебя там ждал, — ответил Кулачев. — Именно поэтому у меня запарка. Ради бога, никуда больше не исчезай.

Это и есть самое главное на свете — не исчезать и ждать его. Она не знала, что так бывает. Покойный муж был четок и точен, как хронометр. Она этим гордилась, не признаваясь никому, что со временем это ее стало раздражать, как некое излишество. Она упустила время сказать: «Знаешь, это ничего — пять минут туда-сюда. В освобожденном времени можно передохнуть». Упустила сказать сразу, а потом уже было поздно... А сейчас вдруг осознала, какое это ни с чем не сравнимое счастье — ожидание. Стоять у окна, трогать занавеску, обнаружить пятно на подоконнике и оттереть его, и снова вернуться к окну, и поправить складки на тюле, и решить, что нужно его сменить, и вернуться к чайнику, и потрогать, не остыл ли... Глупые, необязательные дела и привычные предметы очеловечивались, одухотворялись, они ждали вместе с ней, и она точно угадывала лифт, на котором он едет, подходила к двери, и ей казалось, что и дверь знает.

Он входил и говорил:

— Господи! Как же у тебя хорошо.

А как там у нее хорошо! Все старенькое, все скрипит. Единственное, что она себе позволяет, — менять на окнах шторы, на это она разоряется, но ей это надо — нарядное окно. Правда, последнее время возникли проблемы. Нарядное окно как бы выбивалось из остального. Палас затерт. Кресла обтерхались, полированный шкаф вопиет, что стар и угласт, но по-прежнему блестит оглашенно... Тогда она покупает темную штору, а шкаф отодвигает в тень... и получается хорошо! Замечательно, можно сказать...

— Когда ты переедешь ко мне, — говорит Кулачев, и она вся замирает, потому что знает: никогда. Она кладет ему ладонь на губы, он целует ее медленно и нежно и повторяет: — Когда ты переедешь ко мне...

Пусть он так думает. Даже того, что с ней уже случилось, слишком много для ее поздних лет. Она не приживется к чужим вещам, они не станут с ней заодно, чайники и веники.

Мария Петровна тщательно и не спеша вытирает пыль, мокрый половик покорно ложится у порога. Милые сердцу тряпки...

Она подошла к телефону и стала его протирать. Трубка спокойно урчала в руке, а она зачем-то дула в мембрану. И вот тут до нее дошли слова Кулачева, что у Елены нет телефона. Действительно нет. Сменщики сняли аппарат, а дочка свой старенький снять постеснялась. В их планах телефон — первая покупка, у Марии Петровны на подходе одна халтура, за которую она получит нечаянные денежки и отдаст их целево — на телефон.

Тогда совершенно непонятно, как же могла узнать об Алке Елена, если все знал один Мишка? А телефона нет... Она никогда не говорила Кулачеву про это. Она вообще с ним о дочери и внучке старалась не говорить, ей не хотелось, чтоб он знал, что Елена хроническая неудачница, что Алка может заразиться этим от матери, и уже есть признаки. Зачем ему об этом знать? Ну разошлась — делов! На фотографии красивая женщина, а то, что она на себя сейчас не похожа, разве это тема для разговора с чужим мужчиной, даже если он Кулачев? Мария Петровна стеснялась слова «любовник». Вот такая она дура, хотя в какой-то своей статье писала (еще до Кулачева), что слово надо реабилитировать, что система старых табу должна быть смягчена, ибо процесс освобождения женщины от крепости все равно идет, так давайте скажем: любовник — от слова любовь, а любовь — это лучше зла и ненависти, и прочее, прочее... Ее статью тогда повесили на доску лучших материалов, она получила гневный отлуп в письмах от несогласного народа и коллективную благодарность от сотрудниц какого-то НИИ. Но тем не менее, пропагандируя и просвещая, Мария Петровна называла Кулачева «мой друг», «мой хороший приятель», «один близкий мне человек», так и не иначе.

Тихо положив трубку на рычаг, Мария Петровна как бы перевела часы назад и стала пересматривать свою внутреннюю видеопленку дня. Вот они едут на машине, разворачиваются у Склифа, Сережа-шофер показывает на морг (дурацкая шутка), а за углом жмется к стене Елена. И смотрит она не на дорогу, по которой едут машины. Она смотрит совсем в другую сторону, у нее жалко висят волосы, она обхватила себя руками и как бы внутренне стонет, и если бы Алка не закричала: «Мама!» — они проехали бы мимо, и все! И возможно, Мария Петровна так бы никогда и не узнала, что делала в этом месте ее дочь. Дочь, у которой не было телефона, что почему-то знает Кулачев, хотя знать об этом не должен вовсе.

Мария Петровна тут же набрала его номер, но было занято. Было занято и через десять, и через двадцать минут. А это достаточное время, чтобы успеть создать новую реальность, и заселить ее людьми, и связать этих людей отношениями, и ужаснуться собственному творению.

Уже через полчаса Мария Петровна ехала на троллейбусе на дочкину окраину. Бесстрастный мозг отметил: она сегодня уже во второй раз пренебрегает своими интересами ради девочек. Днем она умчалась с Алкой, не придя на свидание, сейчас она едет к Елене, снова не дождавшись Кулачева.

«Вот видишь, — говорила она себе, — когда возникает проблема выбора, то его просто нет. Нет выбора — он или девочки. Девочки! Я сто раз от него откажусь, и еще раз сто, если на пороге встанут их интересы!» Какие интересы, всполошилась другая часть Марии Петровны, видимо, та, что была падка на мужские ласки и прочие дьяволом созданные штуки. Какие интересы? Он что, отбирает у них кров и дома? Что он делает против них? Но уже была взнуздана и стояла дыбом другая женщина. Та, что стыдилась постели, когда в нее входил Кулачев. Та, что отражением стыла в полировке угластого шифоньера, давясь гневом и протестом. Та, что ненавидела ту, которая почему-то знала эти распахнутые позы и радостно шла на поводу у другого тела. Полировка шкафа подрагивала от возмущения тени, которая тихо умирала в структурах древесно-стружечной плиты и уже не чаяла выйти из нее, а тут — на тебе, — оказывается, пришел ее час. Это она гнала кругом виноватую Марию Петровну на край Москвы. И та ехала, и склоняющееся к горизонту солнце было омерзительно жарким, и люди дышали открытыми ртами, как умирающие рыбы в момент подтачивания ножа.

В сотый раз Мария Петровна ощупала ключи от Елениной квартиры, больше всего боясь, что придет, а той нет... Ну и куда она кинется дальше? На какой конец света?

Дома у Елены начались озноб и рвота. Так у нее бывало всегда от нервного срыва, от недосыпа, от неприятностей. Алка уложила ее в свою постель, которая оказалась неприбранной, и пошла ставить чайник. В большой комнате тоже ровненько лежала простынка и несмятая подушка, но на ней Елена явно не спала, а зачем-то постелила еще одну в ее, Алкиной, комнате и уж ее умяла будь здоров. «Его зовут Павел Веснин», — промурлыкала Алка. Факт занимал, царапал, возбуждал. С какой жадностью мать ткнулась всем лицом в эти жеваные простыни...

А с виду не скажешь! Ехала в троллейбусе как

бесполый стручок, какой-то парень ей даже место уступил. Другой ему сказал: «Ты че? Сел и сиди...» «Больная же...» — ответил парень. Тихо так поговорили двое о ее матери, которая сидела, закрыв глаза, и лицо ее было стерто, как будто кто-то добивался его изничтожения. «Павел Веснин оказался сволочью, — думала свою мысль Алка. — А другого у матери и не могло быть. Все силы ушли на борьбу с отцом. Как в Чечне. Все разрушено, а победителя нет и не будет никогда. С таким ее опытом разве найдешь хорошего человека? Все ж запрограммировано на войну и уничтожение».

Алка сама по себе пришла к мысли, к которой многие не приходят никогда. Она боится войны, потому что потом бывает послевойна. Насмотрелась на видаке фильмов про все эти корейско-вьетнамско-афганские синдромы. Ужас ведь! Когда-то пришла домой, а родители лаялись по поводу обмена, отец весь красный, мать — синяя.

Она им тогда на полном серьезе сказала:

— А вы друг друга стингером! Стингером!

Отец сразу понял и ушел, хлопнув дверью, а мать, не расслышав ее слов, ходила за ней и спрашивала: «Что ты ему сказала? Что?»

Павел Веснин. Бедная женщина протянула кому-то руки, а он оказался Павлом Весниным. Она ей сказала: «Если я умру, запомни...» Чтоб его убить? Ну, ты даешь, мамочка... Я должна убить человека, потому что ты у меня простодырая, тебя можно извалять в простынях и бросить... Почему она поперлась в Склиф? Может, она его сама убила? Или, на крайний случай, сломала ему лицо? Ну что за бестолочь женщина, ее дорогая мамочка! Что за бестолочь!

Алка открыла холодильник и присвистнула от удивления.

Такие деликатесы она, конечно, видела, их теперь полным-полно, но чтоб в их холодильнике!

Ты богатенький Буратино, Павел Веснин! Ты обкормил мою маму заморскими паштетами, и в троллейбусе ей потом, после тебя и твоей еды, уступили место как умирающей. Ее с них рвало, с тебя рвало, Павел Веснин!

Она понесла матери горячий чай, но та крепко, прямо как-то безнадежно спала и даже свистела носом, ее длинная шея была вытянута как бы вверх, если бы дело не происходило на подушке. Алка укрыла мать пледом, пусть хорошо угреется, закрыла дверь в комнату и задумалась.

Уехать от матери она не могла, но бабушка вернется вечером, не найдет ее на даче и спятит. Значит, надо сейчас же идти к автомату и сказать, что она, Алка, в Москве, а бабушка пусть себе едет спокойно или спокойно остается — ее дела.

Алка сейчас и о бабушке думала плохо. Не в том смысле — у нее плохая бабушка, нет, это нет... Она думала, что бабушка передала своей дочери женское неумение, что, прожив в одиноком самолюбии всю жизнь, бабушка и Елену так воспитала, теперь эти две неудачницы начнут мостить путь и ей, Алке... Есть такой закон — закон переходящей судьбы. «Так вот — фиг вам!» И тут ее пронзила боль воспоминания о том, что было с ней не когда-то — сегодня... Ведь у нее тоже было... Было это об-

мирание и тяжесть в низу живота, и стыдная влага ног... Сейчас Алке казалось, что это она столкнула в воду этого типа, она устояла в этом оглушительном поединке, в котором действуют какие-то новые, неведомые ей силы. Они одновременно прекрасны и уродливы, слепы и зрячи, они одновременно слепоглухонемые, но из них вся сила, и страсть, и ум, и жизнь.

Так разве это можно побороть? Посмотри на опрокинутую мать! На ту девку на берегу, что распластанно лежала на одеяле пупком вверх, а всего ничего! — он водил по ее животу пальчиком.

Что же это за жуть, которая оказывается сильнее тебя?

«Никогда, никогда, никогда!» — клялась Алка, не подозревая неимоверное количество этих «никогда», мертво застывших в галактике, как застывает все, лишенное движения и смысла, а значит, и права жизни. Но она этого не знала. Сжав колени, сцепив кулачки, закусив губу, девочка клялась победить любовь, если она только посмеет победить ее.

Мария Петровна глазам своим не поверила, когда дверь ей открыла Алка.

— Новые дела, — сказала она сурово.

— Между прочим, — в тон ответила Алка, — я у себя дома.

— Где мама? — заозиралась бабушка.

— Спит. И не трогай ее. У нее дистонический криз, и ей надо отоспаться.

— С чего на этот раз? — У Марии Петровны, хоть и не хотела она этого, из глубины подымалось раздражение. Она считала, была уверена, что есть состояния, которые вполне подконтрольны. Что есть искушение распуститься, именно искушение, которому полагается откручивать голову. Человеческое должно быть выше нервного, а если ниже — лечись, молись, трудись, да что там говорить? Много чего есть супротив искушений.

— У меня горячий чайник, — сказала Алка, видя, как по лицу бабушки проходят тени ее плохих мыслей. Что ли она их не знает! — Возьми в холодильнике что-нибудь вкусненькое. Там есть.

Мария Петровна остро почувствовала, что голодна, хочет горячего чаю, в сущности, ведь с утра маковой росинки, считай, не было. Вот попьет и уедет на дачу, а Алка пусть как хочет. Она открыла холодильник и увидела, что он полон.

— Твоя мама транжира, — сказала Мария Петровна Алке. — Живет не по средствам.

— У нее щедрый мужчина, — ответила Алка, ей почему-то одновременно хотелось и уесть бабушку-экономку, и приподнять несчастную дурочку-мать. Щедрость-то была налицо!

Мария Петровна вытащила блестящую нарезку, испытывая чувство странного беспокойства. Холодильный товар почему-то взбудоражил, но она не могла понять причину. Уже когда сделала глоток чаю и потянулась к ломтику сыра, она сообразила, что именно такой набор ей пару раз привозил Кулачев. Один к одному. Мысль была чудовищной, но не невероятной. Вот почему Кулачев знал, что у Елены нет телефона. Он ее просто знал. Он здесь бывал. Щедрый мужчина.

В этот самый момент Кулачев подъехал к дому

Елены. Он не обнаружил дома Марии Петровны и решил, что она могла податься только к дочери, этой крикливой и несчастной женщине, с которой он собирается породниться. Конечно, гораздо лучше было бы без нее, но, когда выбираешь себе судьбу, глупо рассчитывать, что она обломится тебе без приклада. Судьба — понятие множественное, в ней есть все про все, этот короб может оказаться с двойным, а то и с тройным дном. Ему как раз нечего бога гневить, подумаешь, разведенная падчерица с девочкой-подростком. Кулачев засмеялся. «Главное, во имя чего трудности». Это был его давний девиз, так — поговорочка. Разве он знал смолоду, какое значение эти слова приобретут сейчас, в эти его, может, самые важные годы? Он не был знатоком поэзии, он был далек от «гуманитарных штучек», но одно стихотворение ему очень было по душе. В нем поэт называл времена года женскими именами. Он тогда был вовсю ходок, и получалось, что стихи как бы про него, и они приподнимали неразборчивость если не до уровня философии, то уж до поэзии безусловно. Сейчас иначе. Сейчас не время имени... Сейчас имя — время. Время — одна Мария. Кулачев веселился над своими нехитрыми изысками, входя в лифт, а когда двери уже смыкались, их растянули сильные мужские руки, и в лифт ввалился черный, небритый, остро пахнущий человек. Он не посмотрел на Кулачева, а стоял к нему спиной, под несвежей рубашкой угадывалась сильная спина, и Кулачев подумал: это правда, что Россия пропадает со стороны мужиков. Они — ее горе, плюнувшие на себя мужчины, безвольные, неработоспособные, равнодушные, пьющие и спившиеся, от них идет этот остро пахнущий дух тоски и разорения.

Они вышли на одном этаже и шагнули в сторону Елениной двери и оба протянули руки к звонку.

Кулачев спохватился раньше.

— Я, кажется, ошибся этажом, — быстро сказал он и пошел вниз по лестнице, но тот, другой, тоже как бы что-то понял. Он смотрел вслед Кулачеву, черное лицо его не пропускало на поверхность брожение мысли там или сердца, но сделал он то же самое: пошел вниз по лестнице.

Кулачев шел и смеялся, что дурак и чуть не подвел женщину. И еще жалел Елену, что ее «пришелец» именно из тех, о которых он только что безжалостно думал.

Павел же Веснин спускался без мыслей и чувств. Весь день, с той минуты как он узнал, что Наташа умерла, его хватило из разумных поступков на телеграмму матери бывшей жены. А потом он себя потерял. Он не знал, что он делал день. Не помнил, где был. Сюда, к Елене, он шел автоматически, просто не было на земле другого места, куда он знал, что можно идти. Он забыл имена и фамилии своих приятелей, забыл, кто он сам... Во всяком случае, в метро у него спросили документы, и он не мог ответить, и молоденький милиционер сам достал из куртки его паспорт и сказал: «Иди, Павел Иванович, домой, а то заберу».

И он пошел сюда на автопилоте. Правда, куртки у него с собой уже не было. Значит, не было и паспорта? А у дверей появился какой-то мэн и тут же слинял. Так быстро — раз, раз ножками вниз. Умеют же люди... Веснин спускался как раз медленно, у лифта на перилах висела его куртка. «Странно, — подумал он. — Как она здесь оказалась?»

Он не помнил, что зацепился курткой, которую нес в руках, сам, а когда надо было притормозить лифт, выпустил ее из рук. Он взял ее так же равнодушно, как и оставил. Он только не знал, что мимо куртки брезгливо проходил тот самый мэн и думал об общей мужской порче и о том, что его она не коснулась, потому что он все рано понял, глядя на отца, дядьев, соседей, как метко выбивает их из седла некий безжалостный автоматчик. «Не дамся», — сказал он себе в свои пятнадцать лет. И не дался. «Не уважаешь?» — кричали друганы бати за пьяным столом. «Не уважаю», — ответил он. И помнит, как они стихли, застыли, олицетворяя собой какое-то просто космическое недоумение, но один, правда, спохватился и пошел Кулачеву наперерез с лицом уничтожителя, но в дымину пьяный отец сказал абсолютно трезво: «А ну сядь на место. Не тронь его».

Нет, Кулачев мог выпить, и мог выпить много, но у него не было к выпивке некоего почти мистического отношения как к особому действу, почти как к ритуалу. Ну не надо ему это: «уважаешь — не уважаешь», не хочет он впадать в пьяный оргазм, другой ему гораздо предпочтительней. И не будет он посредством пития разрешать душевные и политические проблемы и осуществляться в дурмане пьяной трепотни. Полстраны не знает, что жизнь стрезва вкуснее. Ну что за идиоты! И вино стрезва лучше, и водка. Стрезва! Стрезва! При осознании! Но кому это объяснишь?

Кулачев жалел Елену, что, видимо, бездарно, от тоски, попалась в ловушку. Кого-то искала в Склифе, интересно, нашла ли? Но больше всего Кулачев беспокоился о Марии Петровне. Понимал все, даже ее возраст, в котором любой стресс — в масть, в яблочко. Ну как ее обезопасить, как ее успокоить, объяснить, что нельзя проживать жизнь дочери как свою... Пусть сама... У него есть сестра. Их мать называет ее «говноуловитель». Это по поводу ее избранников — один другого пуще. И ничего с этим не поделаешь, ничего... Улавливает именно это. Возможно, и Елена это самое слово?

Кулачев сел в машину и уехал.

Веснин же вышел из подъезда и пошел в сторону леса через горбатый мостик.

Мария Петровна проваливалась в отчаяние не быстро, постепенно. Она по дороге даже задерживалась на каких-то выступах, и именно тут ее подстерегали самые дьявольские мысли.

...Что Кулачев давно морочит им обеим голову, а где-то на стороне есть некая третья женщина, которой он, похохатывая, рассказывает о двух идиотках, матери и дочери, которых он имеет и в хвост и в гриву, а они, одинокие бабоньки, тому и рады...

...А та, третья, просто заходится от истории и побуждает, побуждает к подробностям. Это ведь возбудительно слушать, какие у тех дур колени и чем пахнут у них подмышки. Рассказывай, Кулачев, рассказывай!

Мария Петровна была близка к обмороку.

— Что с тобой, бабушка? — спросила Алка. — Ты что, от чая прибалдела?

Алка думала, что бабушка «через холодильник» узнала про мамину тайну. Она же, Алка, знает и имя этой тайны, чего не знает бабушка. Хорошо бы ей сказать об этом, чтоб им вдвоем разведать подробности про Павла Веснина и этим подстраховать наивную мать. Что-то ведь с ним не так и связано с больницей. С другой стороны, хорошо ли выдавать материн секрет? А вдруг он женатик? Вдруг у него дети? Бабушка ведь пойдет с вилами наперерез, большей девственницы и ханжи Алка просто не знает. Бабушка — чистый экземпляр теории «в СССР секса нет». На нее посмотришь — вот сейчас, например, — чистый плакат «Старость — не радость», но Алка давно подозревает, что не радость у нее была всегда. Даже когда ее держали над травой. Бабушку родили не для радости, а чтобы сказку сделать былью. Представить страшно, что это такое! Сказку, радость, тайну перелопатить в унылую жизнь. Она ей как-то сказала про жуть этих слов, а бабушка как закричит: «Наоборот! Все наоборот!» Какой такой может быть наоборот? Если они так хором пели? Они такие и есть, губители сказок... И лицо у бабушки все топориком, все наточено. Думает какую-то свою плохую, уничтожительную мысль, а от вкуснейшего сыра только отщипнула, а в рот не взяла.

«Нет, бабушка! — думала Алка. — Не назову тебе имя маминого мужчины. Не понять тебе, старухе».

— Знаешь, — сказала Мария Петровна, — я, пожалуй, поеду на дачу.

— Угу, — ответила Алка. — Только мне на дачу тоже надо. У меня одно важное мероприятие. Давай напишем ей записку. Она долго будет спать, ты же знаешь, у нее всегда так...

Все взметнулось в душе Марии Петровны. Уедет Алка, и сюда придет Кулачев. А как это остановить? Как? Хотя разве Алка — помеха? Разве она сама от Алки не убегала как бы в универмаг, а на самом деле они уезжали в закрытую лесозону, куда Кулачев достал пропуск. В сущности, спасение в одном — открыть Елене глаза и сказать: «Я такая же, как и ты, дура. Он нас взял за так, голыми руками. Мы с тобой обошлись ему дешевле «сникерсов».

Но не сможет она ей это сказать! Не сможет! У нее самолюбие не то что в клочья полетело, оно превратилось в прах. Дунь — и нету его. Но пока она одна об этом знает, есть шанс выжить, нет, какая уж там жизнь... Продержаться хотя бы... Хотя бы до конца Алкиной школы. Елене одной ее не поднять. Цены чудовищные, как она их может бросить на произвол судьбы? Поэтому ничего она не скажет. Поэтому лучше не ждать, когда Елена проснется. Дело говорит Аллочка. Они напишут записку.

— Давай пиши, — сказала Мария Петровна Алке.

— Если найду бумагу, — ответила Алка. — Мы же все повыбрасывали.

«Мамуля! — писала Алка. — Мы с бабулей уехали на дачу. Отсыпайся и за нас не волнуйся. Веди правильный образ жизни. Алка».

Мария Петровна взяла ручку и приписала: «Бойся данайцев, дары приносящих».

— Это ты про что? — спросила Алка. — Про пищу?

— Про жизнь, — ответила Мария Петровна.

— Господи! — закричала Алка. — В кои-то веки у матери появился кто-то. А ты тут же с ружьем наперевес. Она что, чурка?

— Что? — спросила Мария Петровна.

— Бабушка! — сказала Алка, глядя в застывшие глаза «девственницы и ханжи». — Зачем мир поделен на мужчин и женщин и они спариваются и трахаются каждую секунду на этой земле? Они что — все распутники? Или тебе обидно, что ты уже не с ними?

Мария Петровна хотела ударить Алку, собственно, этого она хотела больше всего, ударить больно, пусть до крови... Но, спохватившись, резко открыла дверь и выскочила из квартиры.

Пока Алка запирала дверь, а потом возвращалась проверить, выключила ли она плиту, потом посмотреть на спящую Елену, одним словом, пока она спустилась вниз, Марии Петровны нигде не было.

Алке было до слез ее жалко. Она готова была убить себя за слова, которые ляпнула. Ну кто их знает — то поколение, может, они действительно могли без секса, хоть и жили вповалку? Сама же бабушка рассказывала, как вышла «замуж зашкаф». Так и говорила как бы одним словом — «замужзашкаф». Она, маленькая, не понимала выражения и спрашивала: «А когда ты вышла за дедушку?» Это была их семейная байка, ей потом объяснили про коммуналки, бараки и прочее. Однажды Алка ходила в гости в коммуналку. Ей понравилось, весело. Только в туалете очень пахло, и толчок был весь в желтых потеках. Комната, в которой она была в гостях, была перегорожена шкафом и еще стеллажом. Интересно ли спать за шкафом? Она принесла домой на платье клопа, и мама так развережалась, что она долго плакала, потому что принесла его не нарочно и раздавливать клопа было жалко.

— А что с ним делать? — спросила мама. — Скажи, что?

— Пусть бы жил в банке, — сказала она. Тогда ей было восемь лет. Потом она стала кое-что понимать, когда однажды ночью, испугавшись, прибежала к родителям и увидела это.

Видение преследовало ее много времени, она не знала, как с этим быть, и поделилась с лучшей подругой, той самой, из коммуналки. И та сказала, что она это давно видит и слышит, потому что бабушка и дедушка за шкафом делают это очень громко, а папа с мамой потише, но все равно она всегда про это знает, потому что дрожит стеллаж, на котором стоит прабабушкин протез в стакане.

— Какой ужас! — сказала Алка.

— Здрасте! — ответила подруга. — А зачем же тогда жениться? И я буду, и ты...

— Я не буду, — твердо сказала Алка. — Точно не буду.

— Кто так говорит, — засмеялась подруга, — раньше всех начинает. Мне это мама сказала.

Несколько месяцев Алка жила в отвращении к

взрослым. Она все время представляла «эти места», красные, мокрые, вспухшие. Только у бабушки было хорошо: уходило видение. Бабушка была сухая, белая и ровная.

Когда же совсем во всем разобралась, отец с матерью стали свариться по-черному, мать приходила ночевать к ней в комнату, ерзала, плакала. И Алка думала: пусть бы они спали вместе и делали это, только бы мама не плакала. Потом стала мечтать о другом, о том, чтоб мать «поскорее выросла», чтоб ей стукнуло лет тридцать восемь, тогда уже это не нужно, потому что совсем противно, когда голые старики...

А сейчас, садясь в троллейбус, Алка страдала, что обидела бабушку ни за что. Она у нее чистенькая, аккуратненькая, уже десять лет как вдова, она «не по этому делу», и это замечательно, а на язык выползло хамство, проклятый язык...

Она поискала и не нашла бабушку на перроне. Значит, уже уехала или увидела ее, Алку, и прячется, чтоб не сидеть рядом. «Я ей скажу: «Бабушка! Я гадина. Я сегодня гадина с самого утра. Если хочешь, расскажу почему...» Конечно, она захочет. Она живет ее интересами. Когда Алке будет пятьдесят, она тоже будет жить интересами внуков и будет им все прощать. Во-первых, потому, что молодым надо прощать. А во-вторых... Во-вторых, ей будет интересна их жизнь. Как у них там внутри всё колотится без выхода наружу и от этого все происходит.

Электричка пришла почему-то с опозданием. И в Мамонтовку Алка поехала в ночь.

Из подъезда Мария Петровна резко повернула налево, к лесу. Она не хотела встречаться с внучкой, она хотела побыть одна. На горбатом мостике пришла совершенно здравая мысль: увидеть в продуктах лицо Кулачева — признак явной идиотии. Это же не время меченых кремлевских пайков. Поди и купи, что хочешь. И про отсутствие телефона она могла сама ему сказать и забыть. Но вот тут и настигала ее главная, будоражащая мысль: она просто-напросто боится его потерять. Приятные во всех отношениях отношения («вот я уже и синоним не подберу») без ее ведома выросли во что-то другое. «Не хочу! — почти закричала Мария Петровна. — Не хочу ревновать, бояться, озираться. Не хочу! Такую цену я платить не буду». — «Будешь», — ответил некто. И она побежала, как бы убегая от этого «некто», но он бежал рядом и, дыша ее сбитым дыханием, повторял: «Будешь! Будешь! Будешь!»

Она едва не наступила на лежавшего на дороге мужчину. Он прижался животом к земле, зарывшись лицом в траву, и спина его нервно дрожала — сомнений быть не могло, от плача, от слез в траву, в землю, в Землю... Девять из десяти женщин рванули бы назад — вечер, лес и лежащий мужчина. Но Мария Петровна была в тот вечер той самой десятой, которая присела на корточки и положила руку на вздрагивающую спину. И почувствовала, как она закаменела.

— Перестаньте, — сказала Мария Петровна мужчине, — а то я начну вам подвывать.

— Уйдите, — сказал он ей тихо. — Уйдите немедленно.

— Ладно, — сказала Мария Петровна, выпрямляясь, — ладно. Конечно, уйду, куда ж денусь? Только вы это бросьте, слезы. Выход всегда есть, всегда! — Ну а что еще она могла сказать? Она ведь сама искала выход, она, можно сказать, стояла в очереди за «выходом из положения». Жалкость эгоизма в том и состоит, что видишь только собственную амбразуру, в нее, как идиот, пялишься и, как идиот, гибнешь от скудости виденного.

Поэтому, когда мужчина повернул свое черное лицо к Марии Петровне и стал смеяться, ей стало страшно от этого смеха-ужаса, от черноты его рта и как бы остановившихся в точке времени глаз.

— Вы знаете выход оттуда? — смеялся он.

— Откуда еще... — начала было Мария Петровна, все еще зацикленная на своем и автоматически накладывающая свое на чужое, но разверзся морок, и стыд охватил ее с ног до головы. «У него кто-то умер. Вот горе так горе. Господи! Как же не стыдно прикасаться к нему рукой и лопотать чушь, да как же можно быть такой слепой и бездарной».

Она села рядом с ним на землю, земля ответила ей холодом, и она подумала: «Простыну!» — но не встала, даже не приподнялась.

Он ей сказал:

— Встаньте. Земля в лесу сырая. Прихватит.

Хотелось сказать глупость: «Вы же лежали». Но устыдилась вновь возникшей попытки как бы сравняться с ним в горе. Сообразила, кретинка, вовремя низкость своих проблем.

Приподнялась, пересела на поваленное дерево, он же остался сидеть, и руки его, большие и сильные, безвольно висели между колен.

— Извините, — сказала она. — Я к вам пришла из собственной дури... Семейные дела, говорить не о чем. Мне не нравится, что вы тут один. Давайте уйдем отсюда вместе.

— Да мне некуда, — сказал он.

— Ну... не знаю, — ответила Мария Петровна. — Поедемте со мной в Мамонтовку.

— Спасибо. Мне надо быть здесь. Я должен встретить ночной самолет.

— Тогда поедемте ко мне домой. Когда у вас самолет?

— В полночь.

— Как раз успеете принять душ. Извините, но у вас бомжеватый вид.

Он пошел за ней покорно, Мария Петровна, правда, вся вибрировала, и хоть она была той самой из десяти одной, ей сейчас хотелось бы быть с большинством, но получалось все, как получалось. Она сама пошла в лес. Она сама навязалась человеку. Она сама его позвала.

Значит, так тому и быть. Алка переночует одна, не маленькая. И пусть поразмышляет над собственным языком. Кулачев, наверное, ее искал, но она рада, что он ее не нашел. Рада! Надо кончать этот роман, чтоб потом не рыдать в землю от горя. Она и так попалась крепко, но не до такой же степени, черт возьми! Конечно, Кулачев не был у Елены и не мог быть, но эта безумная фантазия помогла ей осознать степень ее зависимости от него, степень его необходимости в ее жизни. «А что я ожидала? У меня что, этих романов было несчитано? Он только и был один. Как единственный ребенок. Все у меня по одному. Одна дочь. Одна внучка. Один Кулачев. Так что же теперь — кинуться во все тяжкие? Вот веду за собой мужичка, нашла в лесу, подобрала, все творю собственными руками».

Так они ехали, Мария Петровна с ощущением какой-то бездарной катастрофы, а Павел Веснин тихо и покорно.

Она сразу отправила его в душ, а потом достала новую рубашку, которую купила для Кулачева, но отдать еще не успела. Строгая темная рубашка в тоненькую полоску.

— Потом вернете, — сказала она, — а я постираю вашу. И не говорите ничего, не говорите! Я веду себя абсолютно как идиотка, знаю без вас. Поэтому облегчите мне бремя моей идиотии — подчинитесь ей. Еще я вас попою чаем, и самое время будет ехать к самолету.

Они не разговаривали. Он выпил чашку чаю без ничего и пошел к двери.

— Я бы сказал вам «спасибо», — сказал он у порога, — но я не верю в слова.

— Я тоже, — ответила Мария Петровна с излишним значением.

Она замочила в тазике его рубашку. Она ни разу не стирала Кулачеву. Не стирала зятю. Миллион лет прошло с тех пор, как она что-то стирала мужу. Она расправила в воде черный от грязи воротничок, почувствовала острый запах мужского пота. И ее просто скрутило желание, тоска по Кулачеву, по его рукам, губам, по его запаху совсем другому, но тоже временами острому и сильному. «Нет! — сказала она себе. — Нет! Надо рвать сейчас, пока я еще хоть чуть-чуть сильна. Потом не сумею... Стану подозрительной, начну быстро стареть, ну сколько там у меня лет до того, как бросится в глаза разница в возрасте? И вслед скажут... Ведь обязательно скажут... А я буду как бы не слышать, а слышать буду, всегда и всюду, даже тогда, когда все будут стоять с замкнутыми ртами. Я буду слышать сквозь них».

Раздался телефонный звонок, и она сразу схватила трубку.

— Слава богу! — услышала она голос Кулачева. — А я уже на дороге в милицию. Я сейчас буду!

— Нет, — закричала Мария Петровна. — Нет! У меня Алка.

— Ты не ошиблась? — тихо спросил Кулачев. — Ты уверена? Алка сидит на террасе в качалке и ест яблоко. Я ей, между прочим, представился.

— Все равно, — отчаянно сказала Мария Петровна. — Все равно. Не приезжай!

— Тебе что-то наплела Елена? Так?

— Значит, продукты все-таки у нее твои?

— Мои. А чьи же?

— Вот и все! — сказала Мария Петровна и положила трубку.

«Он приедет, и я его не пущу, — твердо решила она. — Я лягу костьми».

Цена наших намерений ничтожна.

Кулачев был через полчаса, и она его впустила...

Елена проснулась ночью от странного сна.

...Темное поле. По полю идет Павел Веснин и странно вертит шеей, как будто ему мала рубашка. Ему навстречу идет женщина, и Елена понимает, что она идет его убить. Ей надо добежать до них, чтобы успеть оттолкнуть — Веснина ли, женщину, главное, чтобы пуля (она знает, что это будет пуля) пролетела мимо. Но когда она почти добегает, она видит, что вокруг дети, и если пуля пролетит мимо намеченной жертвы, она попадет в кого-то из детей. Как бы нет выбора... Нет выбора... На этом месте она проснулась с абсолютно ясной головой и стала думать, что бы это значило, потому что не значить ничего такой сон не мог. Кто-то ей говорил из «сестер-вермут», что именно такие, многозначительно образные сны как раз ничего и не значат. Глубинную информацию, тайное знание таким снокинематографическим языком не передают. Вещие сны — таинственны, закодированы... Она вспомнила, что их «рубильник» так просвещала, когда они завели в отделе сонник, и уже на третий день от частого употребления он рассыпался на отдельные странички. Мадам Счастье смеялась над ними, но они как проклятые разыскивали нужные странички друг у друга.

Но что-то надо было делать с мыслями сна... Эта женщина, которая хочет убить Веснина, его жена? Хотела убить бывшего мужа и попала в дочь? Приличная чушь. Елена встала, обнаружила в кухне записку. Прочитала материну приписку. Она была здесь? Она остерегает ее? От ее же поклонника, принесшего дары? Он просил ее не говорить. Кто он ей, чтобы выполнять его просьбы? Просто ей вчера было не до матушки, прости меня, Господи! Вообще не до кого. Она, например, так и не знает, где и как ушиблась Алка. Не спросила, мама называется. А дочка как раз — что абсолютно непонятно — была к ней внимательна, ласкова. Елена вспомнила Алкины руки, когда она укрывала ее. И как она на нее смотрела, такая взрослая, понимающая... Храни ее Бог, девочку мою! В конце концов, никого у нее в жизни, кроме дочери, нет. Ну, еще мама... Но у мамы она никогда не была на первом месте, а теперь у нее, как оказалось, роман. Вот уж чего она в жизни не ожидала. Был период после отца, когда она даже хотела, чтоб у матери кто-то появился. Мать тогда очень влезала в ее личную жизнь, а уже возникали разные мелкие проблемы с мужем, и мать исхитрялась приходить к ним именно в плохие дни и давала им обоим советы исключительного научно-теоретического свойства, отчего они с мужем просто заходились от злости. У матери тогда была одноклеточная сверхидея — убежденность в разрешаемости любых проблем. Интересно, думает ли она так и сейчас? Доросла ли она до простой, как мычание, мысли, что не все в жизни решается от усилий мозга и не все имеет ответ. Елена знает это давно, и ей даже стало легче, когда она это поняла и перестала биться в стенку, ожидая растворения дверей. Вопросов нерешаемых куда больше, чем их противоположных братьев. И самые большие трагедии возникают тогда, когда пытаются расколоть проблему дубьем, ружьем, вместо того чтобы оставить все как есть.

Конечно, трудно признать, как мучительно жить рядом с тем, что не дается тебе в разумение. Значит, надо смириться. Это она так говорит Алке. Как умная. Алка кричит на это, как глупая. Мама говорит, что все в конце концов познаваемо. Она же думает и понимает одно, а поступает глупо, истерически. Она во все вяжется, вмешивается...

Муж сказал ей: «Ты не просто тяжелый человек. Ты сама себе крест». Это было сказано в их хорошую минуту, в плохую и не такое говорилось.

Елена разогрела среди ночи чайник. «У меня сбилось время», — подумала она. Она взяла ту чашку, из которой пил Павел Веснин. Это, конечно, игры воображения, но она чувствовала запах и вкус его губ на кромке. Нахлынуло все то, что было той ночью, не сообразное ни с чем счастье-горе. «Я не решусь его искать, — подумала она. — Если бы его дочь осталась жива, если бы, если бы... Но она умирала, а мы любили друг друга, и он никогда мне этого не простит».

Но почему надо не прощать любовь? В ней всколыхнулся протест. Это была любовь, я знаю, не похоть, не траханье, не секс, черт его дери, именно любовь, совпадение.

Но совпадение — рай, наслаждение, а в этот момент из девочки уходила жизнь, душа... В этот последний миг к ней не пришла отцовская любовь и сила, она была в другом месте и отдавалась тебе, твоей распахнутой плоти, всей целиком, в распущенных постромках.

«С этим не поспоришь», — думала Елена. Она поняла, что никуда больше бегать не будет, что надо жить, как если бы этого с ней не было, жить ради Алки, которой она будет еще долго нужна.

И еще надо разобраться с матерью. На этой мысли Елена почувствовала легкое возбуждение. Вот она в свои тридцать пять способна же перекусить в себе — какими бы они ни были прекрасными — чувства и ощущения, способна же! Значит, надо объяснить и матери, что климакс — вещь опасная, коварная. Это у нее последнее возбуждение. Пожалуйста, попользуйся! Но так, чтобы никто не знал и не смеялся и чтоб этот тип не смел ни на что рассчитывать.

Одним словом, в ту ночь все вернулось у Елены на круги своя. Она завязала себя узлом, взнуздала злость и агрессию и почувствовала даже некоторое удовлетворение. Простыни, на которых спала, положила в стиральную машину. Прибрала Алкин диванчик. Чашку со следами запаха и вкуса хотела выбросить, но потом передумала. Хорошая чашка, с какой стати? Просто надо ее засунуть в глубину шкафчика, чтоб под руки не попадалась.

Над лесом поднималось солнце, в нем ощущалась какая-то нервность, как будто у светила было плохое настроение. Елена легла на свое место доспать. Она заснула быстро, и ей снова снился Веснин, идущий по полю в тесной рубашке, но никто не хотел его убить, и не было никакой женщины и никаких детей. Он был один и все шел и шел, вертя шеей в неудобном воротничке. Он шел ей как бы навстречу, но и как бы от нее. Шел, шел и исчез. Елена не знала, что плачет во сне. Но оно ведь и лучше — не всегда все о себе знать.

115

«Да!!! — сказала себе Алка, когда уехал этот потрясный мужик. — Да!!!»

...Приехав в Мамонтовку, она ждала — что-то должно произойти. Обязательно. Она озиралась на автобусной остановке, ища это нечто, с которого все пойдет и поедет... Но ничего не случилось. Автобус пришел полусонный и ехал еле-еле, и люди в нем были вялые, как опущенные в воду. Дома она села на террасе, глядя на то место, где еще утром были качели. Теперь их не было. Никаких следов. Мишка постарался на славу, даже песочком это место присыпал. Она думала: вот уж он появится непременно. Но он не появился. Алка пошарила в холодильнике. Увы. Надо было пограбить мать. Тут было молоко, гречневая каша, кусок забубенной колбасы. Алка сделала себе яичницу, а потом села с яблоком в качалку.

Ничего не происходило. Ожидание события было так сильно, что отодвинуло куда-то в сторону все мысли. И о том, что случилось с ней сегодня, и о матери, у которой что-то плохое (как она, бедняжечка, стояла на Грохольском) и что-то хорошее (см. в холодильник), и о бабушке, которую она обидела, но за дело! За дело! Вешает на уши спагетти про некую как бы жизнь, где главное не мужчинаженщина и то, что между ними, а какие-то бездарные идеи про смысл жизни, про место в жизни... Какое место? Какой смысл жизни, кроме самой жизни? Алка ошеломилась открытием, ведь правда!.. Она спросит бабушку: «Ну скажи мне, скажи... Разве смысл можно выучить и вставить в жизнь? Так я запросто могу вляпаться в чужой смысл! Например, в твой, который мне не подходит». Все это промелькнуло в голове пунктиром. Эдаким чуть-чуть...

Ожидалось событие.

Не так уж мы несведущи о том, что с нами будет.

Алка ждала события, и на ступеньках террасы объявился классный мужчина, из тех, что выходят из собственных хороших машин, а не из ломаных автобусов. Алка уставилась на его туфли.

— Такие шузы по земле не ходят, — сказала она ему. — Вы мамин бойфренд?

— Я это самое слово твоей бабушки, — засмеялся Кулачев. — Я сяду, а ты заешь мою информацию яблоком. — Он сел и стал ее разглядывать насмешливо и с интересом.

* * *

У Кулачева был взрослый сын, с которым он не жил никогда. На первом курсе, приехав в Москву из Челябинска, он познакомился с хорошенькой киевлянкой. Группа была в основном московской, и провинциалы стайкой сбились вокруг Симы Волович. И очень скоро обнаружилось, что их компания куда интересней. Девчонки были начитанные как черти, а все парни были с идеями. Сима выделила Кулачева. За особую «неординарность», а уже его дело было всячески это доказать. Оба они выбились в комсомольские лидеры, и к концу года стало ясно: Москва и москвичи взяты голыми руками, а Сима беременна. Летнюю сессию она уже сдавала в широком балахоне, а Кулачев все сочинял и сочинял письмо родителям, чтоб «не убить сразу». Сима родила мальчика в конце августа в Киеве. Родители просто выхватили у нее из рук ребенка, чтоб «девочка спокойно кончила образование», а расписались они в Москве уже после рождения сына. На каникулах в Челябинске (Кулачев даже не ездил в Киев, пока они не были расписаны) он промямлил что-то родителям, те сказали, что он идиот, и у него не хватило ума это оспорить. Потом, когда уже расписались, стали ездить в Киев часто, почти каждый месяц. Мальчик прекрасно рос, кормясь из бутылочек. В Москве они снимали с Симой комнатку на Дмитровском шоссе. И все было бы ничего, не случись этого поветрия уезжать в Израиль. Симины родители просто спятили от этой мысли. И хотя понятие об образовании почти в каждой еврейской семье является главным, старые Воловичи сказали: «И там не дураки живут. И там есть институты. И там примут такую круглую отличницу».

В общем, машина закрутилась. Кулачев приехал в Челябинск и косноязыко обрисовал перспективу.

— А как же мы? — спросил отец. Глаза у него стали какими-то детскими и беспомощными, а вот мама как раз вся напряглась и зажелезнела.

— Если им там будет лучше, — сказала она, — то мешать не имеем права.

Из отца вырвалось какое-то не то шипенье, не то свист, слова обгонялись без связи, просто так слова, а не фразы и предложения.

— Родина... Твою мать... Кормили-поили... Серп... Яйца... Батя... В гробе... Маца... Щи... Наше... Еще заплачешь... Затянет...

Кулачев не знал ни что сказать, ни что делать. Все бессмысленные дурьи слова отца были ему понятны, а вот мать, которая «не препятствовала», понятной как раз не была. Они ведь ни Симы, ни внука так еще и не видели, ситуация, прямо скажем, не очень, но на несвязные слова мужа мать ответила так: «Там он не сопьется, там этого в заводе нет. Евреи — люди, конечно, не простые, хитрые, но семейной надежности в них больше. Они хоботком, да в дом, хоботком, да в дом... А у нас все промеж рук и мимо счастья».

Почему-то эта фраза «мимо счастья» остро задела Кулачева и сыграла как раз не ту роль, на которую была рассчитана. Хоть он и разглядывал на карте эту загогулинку по имени Израиль, эту крошечку-хаврошечку земли, мысль, что их жизнь с Симкой, веселая, интересная и страстная, все-таки, как сказала мама, «мимо счастья», где-то там внутри внедрилась. Из Кургана на все эти израильские идеи прилетела старшая сестра Алевтина. Сима на пороге с ней столкнулась, чмокнула в щеку — и в Киев. Алевтина все оглядела, все понюхала.

— К чему ты принюхиваешься? — спросил он.

— У вас не пахнет дитем, — сказала она.

— Так он же в Киеве, — засмеялся Кулачев.

— Знаешь, — грустно сказала сестра, — ты это не поймешь... Но отец, который не знает, как пахнут первые пеленки его ребенка, так отцом и не станет!

— Господи! — ответил Кулачев. — Какие семьи распадаются, все в запахах по маковку... А мы живем.

Но что-то в словах сестры было... Было...

Когда он приезжал в Киев и брал на руки хорошего крепкого малыша, он не испытывал ничего, кроме смущения и растерянности.

Поэтому, когда встал вопрос ребром и он виновато и робко сказал о своей неуверенности, Сима подхватила это без всякого отчаяния. Более того, она как-то трезво сказала:

— А с чего тебе туда хотеть? У родителей моих идея, у меня любопытство и сын, у тебя должна быть я, ребенка ты не знаешь, но одна я маловато, да?

— Нет, — закричал он, — не маловато. Но я имею право на сомнение?

— Еще как имеешь, — ответила Сима. — Но чтоб не иметь тебе от нас неприятностей, надо развестись. А то сожрут тебя патриоты. А если затоскуешь — приедешь.

Так они и расстались. Были письма-записки. Фотографии. Все реже и реже. Он съехал с квартиры на Дмитровке. За принципиальность в поведении с отщепенцами получил место в общежитии. И что там говорить — не было тоски о жене. Было недоумение — что это было у него с Симой?

Потом встретил Катю, красивую, умную. С ней было приятно показываться на людях, и все остальное тоже было высшего разряда. К тому времени Кулачев уже был большим специалистом по женской части. Имел свои особые пристрастия — маленькую грудь, например. Не любил «в процессе» кричащих и говорящих. Предпочитал затемнение. Не любил голых хождений в холодильник за куском колбасы. Не любил, когда к нему лезли языком в рот. Потом ему объяснили, что он последователь европейских способов, а американские ему не подходят. «Неужели? — смеялся он. — А я сроду считал себя интернационалистом».

Катя до него тоже прожила бурную жизнь, получилось, что оба избегались и подустали. Они получили маленькую двухкомнатную квартирку в Останкинской деревне. Жизнь стала обретать принятые формы. Ездили к родителям в Челябинск, Катя всем понравилась, из Кургана туда же на денек прилетела «на просмотр» Алевтина, сказала, что Катя — женщина видная, товарная, но надо быстро рожать детей, потому что статистика нехорошая, когда перворожденный поздний. За это выпили всей семьей.

А уже в Москве Катя сказала, что с детьми бабушка надвое сказала: у нее отрицательный резус и были аборты, так что пусть «твоя родня на внуков особенно варежку не разевает. Одного, конечно, я вылежу... слышишь меня? Вылежу. Выносить не смогу». «Могла бы сказать раньше», — вяло подумал Кулачев. Катя не обманула. У нее подряд было два выкидыша, а потом она сказала, что не хочет получить из-за всех этих дел злокачественную анемию. У нее и так гемоглобин такой, что ниже уже не живут.

Пока суд да дело, Кулачев как-то признался

себе, что и этот брак у него «мимо счастья». Был хороший, гостеприимный дом, машина, поездки туда и сюда, вместе и порознь, а потом как-то естественно вписались в интерьер другие женщины. Одни возникали на раз, другие подзадерживались. Был ли кто у жены, он не знал и не хотел знать. Но предпочитал, чтобы не было. Ведь тогда надо было бы что-то решать... Свой блуд Кулачев воспринимал философски — куда, мол, денешься, а вот измену жены вряд ли смог бы принять. Однажды в хорошую минуту Катя сказала:

— Знаешь, если у тебя где-то завяжется ребенок, я пойму. Но об одном прошу: чтоб без обменов, разменов... Чтоб мы с тобой лицо не потеряли на метрах и тряпках.

— О чем ты говоришь? — засмеялся он. — Какой ребенок? Уже почти сорок, могу и не вырастить...

— Это да, — сказала Катя. — Вас Всевышний просто расстреливает на ходу.

— Только не Всевышний, — ответил Кулачев. — Сатана.

— А он кто? Разве не всевышний? То же самое. Только другая контора. Параллельная структура.

Когда это было? Лет пять тому.

У него тогда никого не было, потому что вовсю вошел в новые дела, крутился в политике. Жизнь ему нравилась, была пряной, разнообразной. День не походил на день, а выкидывал все новые коленца. Но Кулачеву это было интересно. Откуда-то появился новый тип девчонок-умех, лет по семнадцати, но с опытом парижских нана. Поинтересовался. Оценил. Одна дама, по нынешним меркам старуха, за тридцать, как-то зацепила его, и по тому, как занервничала Катя, понял: со стороны подруга являет собой опасность. Посмотрел внимательней — пожалуй, сорокалетней Кате страшновато, а вот ему — нет. И хоть впивались в него инструментально тонко, Кулачев понимал все: и куда ужален, и зачем, и как глубоко. Он дарил любовнице дорогие подарки, жалея ее за бесполезные старания. И Кате дарил тоже: за беспочвенные страхи.

В то же бурное время в Москве объявились Сима и сын. Сима стала толстой шумной еврейкой, у нее, кроме старшего, было еще трое детей. Она как-то катастрофически забыла Москву, вечно попадала не туда, приходила от всего в ужас, старых однокурсников не признала, но зато всех учила, как надо жить. Это было и смешно и глупо сразу, а вот сын, которому уже было двадцать пять лет и который уже имел сына, оказался самое то. Мало того, что он был внешне невероятно похож на отца, но они совпадали по вкусам, пристрастиям, просто по способу мыслить.

— Ты мне понравился! — сказал сын в аэропорту. — Я буду к тебе прилетать.

— Ты мне тоже!

Они обнялись и стояли долго, и Кулачев нюхал запах своего сына, родной запах. Сын пахнул соками этой земли, что бы там ни кудахтала Сима. Они не могли оторваться друг от друга, хотя Кулачев не видел, как он рос и вырос, не женил его и не нес на руках уже его сына.

Когда же увидел копошащуюся с баулами и чемоданами женщину, которая о чем-то его страстно просила, не сразу сообразил, кто она и зачем.

Несколько дней жил с ощущением дыры в сердце, в которой высвистывает ветер. Не то чтобы он секундно пожалел, что не уехал тогда в Израиль, и не то что надо было костьми лечь и не отпустить тогда Симу. Совсем другое... Он понял: что-то важное и нужное прошло мимо. Проклятое «мимо счастья», что ж оно его настигает и настигает? Он тогда внимательно посмотрел на свою любовницу, а слабо, мол, ей родить? Та, как почувствовала, сообщила, что вставила новую спираль. Кулачев засмеялся, а дура обиделась.

— Что в этом смешного?

— Ничего, ничего, — ответил Кулачев. — Молодец.

— Вот именно, — ответила она. — Я пилюли не признаю. Химия. А ты не любишь презервативы.

Дырка в сердце почти заросла, редко-редко из нее тянуло колючим сквознячком, но организм явно шел на поправку, когда порог его кабинета переступила женщина, на лице которой были написаны испуг и тщательно скрываемое презрение. Большие светлые глаза были, как он тогда сразу подумал, не по возрасту живые и не совпадали с бледным, опущенным ртом со стертой помадой. Ей можно было дать и шестьдесят, и тридцать. Женщину как бы не покидал возраст: и тот, что был прожит, и тот, что должен настичь. И то, что она не умеет оставлять за порогом свои большие лета, а пришла с ними вся, тронуло Кулачева как некий женский нонсенс. Он подписал ей все ее дурацкие бумаги на приватизацию дачного домика, подписал, можно сказать, не глядя, он хотел, чтобы она улыбнулась и убрала это свое презрение к чиновнику, который, по ее мысли, должно быть, вытирает под столом лапу, чтоб взять с нее мзду. Кулачев взяток не брал из чувства брезгливости, но знал, что их берут почти все и что это устойчивое свойство русской бюрократии даже как бы смазывает машину жизни и помогает ей двигаться в нужном направлении.

Женщина, которой по паспорту было пятьдесят четыре, не улыбнулась — засмеялась. Нервно. На лице ее проступило такое удивление, такое непонимание случившегося, что Кулачев решил при случае набить кому-нибудь морду.

...Сейчас он разглядывал ее внучку. «Слабо, — думал он, — слабо и ей, и ее матери повторить бабушку. Им до нее расти и расти».

Алка дожевала яблоко и выбросила огрызок.

— Сколько вам лет? — спросила она.

— Сорок шесть, — ответил Кулачев.

— Все спятили, — вздохнула Алка. — Значит, мой жених сидит сейчас в песочнице...

— Ты мне лучше скажи, — засмеялся Кулачев, — где твоя бабушка? Я ее потерял.

— Я тоже, — ответила Алка. — Мы с ней поцапались у матери, и я не стала ее ждать. Думала, она подгребет сама. Не приехала.

— Ты не смей ее обижать, — сказал Кулачев.

— Кто кого, — ответила Алка. — Но учить меня не надо... Во-первых, я этого не люблю, во-вторых... — Она запнулась, потому что готовилась сказать дерзость, но вдруг поняла: запас их на сегодняшний день кончился. Доскребла до донышка все хамство, и плещется в ее душе нечто совсем травоядное, какая-то безвкусная жалость к людям-идиотам и мутноватая, не прополосканная в нужных водах печаль... И эти малокачественные ингредиенты души разворачивают ее в ином направлении... И в этом неведомом месте почему-то хочется плакать. Взять того же Мишку... Знал же, что ее увезли в больницу, должен же был примчаться, выяснить, жива ли она. А не пришел... Не примчался... И бабушка не приехала, оставила одну... Никому она не нужна. Зато этот, в шузах, на которые у ее папеньки сроду не было денег, волнуется о старой женщине, но не потому, что она старая, а потому, что она его любовница. Как это переварить?

«Бой» же встал, стряхнул со штанов невидимые пылинки и подмигнул ей.

— Ладно, девушка, — сказал он. — Я рад, что я со всеми вами познакомился. Когда-то надо было.

— Ага! — ответила Алка, сглатывая слезы о своей неудавшейся жизни. Лучше бы ее убили качели.

А в это время Мишка тяжело выходил из-под наркоза. Дело в том, что после того, как он старательно затоптал место бывших качелей, присыпал его песочком и пошел домой, у него стал распухать на руке палец. Его шандарахнуло по пальцу металлической трубой, когда он отталкивал ее от Алки. Но тогда было не до собственной боли. Не до пальца было и пока приводил все в порядок, а уже дома боль взяла свое. Только вернувшаяся с работы мать сообразила, что дело серьезное. Она силой повела его в поликлинику, там сразу определили перелом, дали направление в больницу, пока доехали до Пушкино, пока туда-сюда, боль была уже нестерпимой, и Мишка с ужасом обнаружил, что плачет, отчего решил бежать из больницы, был силой возвращен и положен на операционный стол. Сейчас, выходя из наркоза, он считал себя попавшим в автокатастрофу, Алку считал погибшей, от этого стонал и кричал, а медицинская сестра, которая смотрела в это время телевизор, злилась на него и называла словами из всех словарей сразу. Мишка же испытывал чувство просто божественной справедливости этих слов, потому что как иначе? Он живой, а Алка погибла.

* * *

Все устаканилось. Подталкивая друг друга в спину, пошли кружить четверги и вторники, ах, уже пятница, оглянуться не успели, опять по телевизору «Итоги», какие, к черту, итоги? Что, уже воскресенье? Елена вышла на работу, и «рубильник» отдала ей свой старый телефон, потому что поставила новый с разными прибамбасами. Вечером, всунув штекер в розетку и услышав гудок, Елена почувствовала не радость, а тоску — звонить было некому. Мария Петровна жила в основном на даче, писала какую-то статью, легализованный Кулачев приезжал туда, играл с Алкой в настольный теннис, Елена не ездила туда принципиально, роман матери вызывал у нее сыпь. «Сестры-вермут» говорили, что она дура, а «рубильник» сказала круче — «бессовестная дура». Елена после этих слов решила отдать ей назад телефонный аппарат, выдернула, стала заворачивать, аппарат заворачиванию сопротивлялся и выглядел естественно только в виде узла в четыре угла. Узел совсем достал Елену, и ее резко вытошнило. Но и это прошло. Вторник — четверг, суббота — понедельник. Похолодало, задождило, засквозило. Приехала Алка, целый день трепалась по телефону, вечером вышла из ванной с чалмой на голове и задала вопрос:

— Слушай, мам, а этот Павел Веснин... Он — что? Он — где?

— Он ничто, и он нигде, — ответила Елена. — Забудь это имя.

— То запомни, то забудь... Это уж точно — на всю жизнь в памяти.

— На всю жизнь — это красное словцо. Нет ничего на всю жизнь...

— А я? Разве я у тебя не на всю жизнь? — печально спросила Алка.

— О господи! — закричала Елена. — О господи! Это-то при чем? Зачем ты валишь в одну кучу?

— Я не валю, — ответила Алка. — Я с тобой соглашаюсь. Не про кучу... А про то, что ничего нет, что на всю жизнь. Ты любила папу, теперь ненавидишь, любила бабушку, теперь завидуешь, любила меня, теперь раздражаешься, что я есть и мешаю. — Елена уже снова готова была кричать и возмущаться, но Алка сказала: — Дай я договорю. Меня любил Мишка, а потом сломал из-за меня палец и разлюбил. Палец у него теперь кривой и не сгибается. Я однажды целый день любила одного типа. Так любила, что хотела ему отдаться. Не дергайся, мама, я же не малолетка. Я так его хотела, что думала — сойду с ума. Прошло... Мне жаль, что прошло... Это было приятно и страшно... И я думала — на всю жизнь... Стала пить пилюли...

— Что?! — поперхнулась Елена. — Ты что такое говоришь?

— Уже не пью, успокойся! — ответила Алка. — И никого не хочу. И не кричи, и не дергайся. И не будем меня обсуждать. А я постараюсь забыть то, что ты мне велела не забывать. Павла Веснина.

Елена понимала одно: она не знает, как вести себя с дочерью. Смущение, гнев, страх, растерянность — все плавно переходило друг в друга, а любовь к дочери — любит же она ее, черт возьми, она у нее одна! — как бы вышла из кома и стоит в стороне, жалкая русалочка, которой земля — эта грубая, колючая, плохо пахнущая твердь — нежные ножки саднит. «Ах ты боже мой! — думала Елена. — Мне бы ее обнять, маленькую дуру, а я не могу». Не могу, потому что она уже хочет мужчину. Это меня просто убивает, и все. Я не хочу видеть и знать, как в ней это зреет, набрякает и сочится, не хочу! Я не смела сказать это собственной матери, как-то сама себе прикусывала губу, а эта даже таблетки уже пила. В пятнадцать лет! Хотя теперь все намного раньше и не так, но не до такой же степени, чтобы говорить об этом матери. Ну а кому тогда еще? Подружкам, которые скажут на это: «Хочешь — так дай. В чем проблема?»

«Надо сказать что-то умное... Ладно, пусть не

умное, — думала Елена. — Сказать то, что должна сказать мать и никто больше».

— Ладно, мам, — засмеялась Алка. — Я пошла спать. Не мучься, что мне сказать. Если честно, я и без тебя все знаю.

— Не делай глупостей, — тихо сказала Елена.

— Как же узнаешь ее в лицо? Глупость? — печально ответила Алка. — У всех глупостей диплом с высшим образованием. Они тебе такую устроят заморочку...

— Я знаю, — тихо сказала Елена. — Но ты хоть поозирайся, хоть время потяни... Если что...

Если хорошие события зреют от зерна и не спеша, то дурные возникают мгновенно. Если Божьи законы тщательно вплетены в эволюцию и постепенность, то дьявол предпочитает сломанные пальцы, революции, гнойные прыщи и оползни.

Каждому свое.

Однажды утром жена Кулачева Катя проснулась с ощущением неправильности жизни. Во-первых, она уже давно просыпалась и засыпала одна. Кулачев «как бы ремонтировал» квартиру, оставшуюся ему в наследство от дядьки, а если и появлялся, то спал на диване, ссылаясь на то, что ему нужен открытый балкон, а Катя как раз ночных задуваний боится. Конечно, это все брехня, но еще вчера была убеждена — перемелется. Ну ходок, ну делов... Это, в конце концов, у всех кончается, «мальчик-неваляшка» не вечен в своей прыткости, когда-нибудь да не вскинется. Ну походит Кулачев по экстрасенсам, ну помассируют его чьи-нибудь юные пальчики, но он не секс-гигант, а главное —

не идиот, он нормальный, хорошо поношенный мужик и, когда надо будет выбирать, выберет здоровье. Катя говорила себе: «Подожди, дорогая, он скоро ступится».

Но в это утро она проснулась с червем в чреве. Червь нудился в подреберье, покусывая скользкое и твердое дно у сердца, и Катя решила на всякий случай выяснить, кто эта новая пассия мужа, замужем она или нет, а главное — может ли она родить Кулачеву ребенка? Это был самый болезненный момент исследования, потому что Катя понимала: случись завязь, Кулачева не удержать, не остановить. На ее глазах происходило его знакомство с израильским сыном, на ее глазах возникло то самое ранение в сердце, которое Кулачев скрывал от народа. А Катя выследила и выведала. Она даже с Симой познакомилась, чтоб проверить, не грозит ли ей что-то с этой стороны. Но это был сплошной смех — многодетная шумливая немолодая еврейка, которая обожает мужа — зубного врача, детей-красавцев и внука. «Боря, нет слов! Если есть на свете ангелы, то это — он».

Катя тогда даже жалела Кулачева: хороший дядька, а с бабами промашки... Собственно, Катя своим путем пришла к давнему диагнозу, который поставила Кулачеву мать: «Мимо счастья».

Но это было когда? Сын и первая жена. Еще ранней зимой. А сейчас вовсю июль, Кулачев не спит дома и как бы уже и не собирается. Червь ухватил губами мягкий и сочный конец легкого — сколько вкуснот, оказывается, в человеческом теле, — Катя поперхнулась воздухом и вышла на тропу войны.

Если бы боевая разведка была сложной, ее имело бы смысл описать. Но секрет был таким неспрятанным, таким полишинельным, что уже к вечеру этого Дня червяка Катя знала все. И кто, и где, и сколько лет...

Последнее было нокаутом и даже как бы искажало образ Кулачева. «Да я просто сдохну, — сказала себе Катя, — если у меня мужа уведет старуха. Просто сдохну».

Червь вылизывал ей пищевод и все норовил высунуть головку в горло. Катя терла себе шею, чувствуя как бы удавку.

Она позвонила Кулачеву и попросила «поночевать дома». Кулачев согласился, хотя собирался делать другое.

Квартира, которая досталась ему от старого дядьки, партийца и принципиала, уже была почти готова, чтоб в ней жило новое время. Он отдал соседям старую мебель, тихонечко снес на помойку огромное количество брошюр — дядька много лет был лектором-общественником. Он выбелил квартиру в самый белый из белых цветов, такой, что без намека на холодную голубизну, он отполировал паркет и поменял двери и оконные рамы. Захламленная малогабаритка как бы раздвинулась в стенах, и он ждал момента, когда приведет сюда Марусю. Вот почему ему позарез надо было сделать еще одно дело. Посреди комнаты стояли в достаточном количестве бюстики великих и не очень революционеров. С ними что-то надо было делать, и Кулачев собирался отвезти их куда-нибудь за город и честно похоронить. Его чуть-чуть корежило от этой идеи, получалось, что он как бы дважды хоронил дядьку, он этого не хотел, он по-своему любил старика, но не оставлять же это металло-гипсовое наследство, которое само себя опровергло. Он приглядел место, где можно совершить захоронение, даже нашел огромный старый чемодан, который должен был стать гробом. Поэтому приглашение Кати очень уж было не в пандан.

— Такого унижения я не снесу и не допущу, — сказала ему она, когда он приехал домой, поел, попил чаю и стал перебирать старую обувку, ища такую, которую после того, как он зароет чемодан, не жалко будет выбросить.

— Чего не допустишь? — спросил Кулачев, находясь в эту секунду очень далеко от жены.

— Ты завел себе бабу, которая годится тебе в матери, и предлагаешь, чтоб я это съела? — Катя не подбирала фразы специально, она этого не умела, она человек спонтанный, считала: нужное слово само окажется под языком, и оно-то будет главным.

Но это были фатально не те слова. Кулачев уже не раз прокручивал в голове разговор, которому надлежит стать, так сказать, последним с Катей. Он жалел жену, старался смягчить ситуацию. Поэтому и с квартирой возился, чтобы оставить Кате все как есть. Думал, что надо будет ей помогать, какой там заработок у школьной учительницы биологии? Придумывал, как предложить это необидно, легко. Был уверен: сам факт его ухода ее не потрясет, они давно держатся вместе только по протоколу.

То, что он сейчас услышал, было не просто отвратительно и хамски, это меняло положение звезд на небе. Кулачев даже дернулся, когда из-под его ног ушла земля, и он, оставаясь на месте, был уже и не там, а где, он еще не знал. И он был нем и беспомощен.

Тут надо сказать, что Кулачев это в себе ненавидел.

Ненавидел эту готовность подчиниться и покорствовать собственной неуверенности и растерянности. Такой у него отец: распластанный собственным характером. Зная бесполезность выкручивания рук и ног у природы, Кулачев приспособил недостатки к делу, к пользе. Его неуверенность принималась за тщательность отбора решений, а растерянность — за специфическое чувство юмора. Столбенеет, мол, он нарочно. Для смеха. Такой у него стиль.

Но что хорошо годится в народе, ну никак не проходит в ситуации с пока еще женой. Катя усекла все мгновенно, поняла, что дернула за главную нитку, что сейчас ее потянуть как следует, глядишь, клубочек и развяжется.

— Ты дурак! — сказала она ему. — Я ее не знаю, но мне хватит образования и ума понять старую даму в климактерическом экстазе. Как же ей в тебя не вцепиться! Как же ей не выдать тебе страсть, чтобы ты сдурел. Ты же знаешь, что самое вкусное на дне сковородки. Ты соскребаешь остатки, дорогой, а потом уткнешься в железку. Ну и что ты будешь делать с высушенным ее телом, когда тебе самому будет не хватать соков?

Катя начинала как бы со своего уязвленного самолюбия. Потом непринужденно переходила к беспокойству о здоровье Кулачева и была убеждена: это самое то. Она даже успела сообразить, что сейчас начнет «третью тему», и она тоже будет беспроигрышной...

— ...Ну была бы она знаменитой артисткой, я бы поняла. Мужчины слабы и тщеславны. Но она рядовая из рядовых журналисток, которую через год выпихнут на пенсию без печали и воздыханий. Что с тобой, дорогой? Она даже собой нехороша. Мне сказали, что у нее плохие зубы и плоские ноги.

Катя даже сочувственно приблизилась к Кулачеву, который сидел над ящиком с обувью. Она хорошо видела, как широко наступает сухая степь во все стороны от его макушки. У нее даже возникло что-то материнское — обнять, прижать, покачать дурачка-несмышленыша.

Она сделала шаг вперед, а Кулачев резко поднялся, и они оказались почти в объятиях друг друга.

Кулачев держал в руках женщину, которую знал наизусть. Он ее когда-то любил, мечтал обладать, он был на седьмом небе, когда это случилось, он знал все ее привычки, знал, как у нее гнется спина и как она не любит, когда он задерживается в ней хотя бы лишнюю минутку. В ней секундно возникало отвращение, и она норовила избавиться от него, оттолкнуть, вытолкнуть, отгородиться, убежать, и должно было пройти время, чтоб из насытившейся и жаждущей убийства самки вылупилась обычная женщина, которая потянется, потом

поежится, потом ляжет поперек кровати и уснет
крепко до самого утра.

Кулачев был благодарным живущим. Он не за-
таптывал свои вчерашние следы, он их, случалось,
стыдился, но оставлял жить в себе. «Для вкуса жизни», — говорил он.

Сейчас впервые ему захотелось убить прошлое
вместе с этой женщиной, что обвисла в его руках.
Не просто не помнить, не знать прошлое, а уничто-
жить вместе с собой, вот был Кулачев — и нету, но
чтоб и ее не было тоже.

— Вот видишь, — сказала Катя, принимая дро-
жание его рук за чувство к себе.

Она не подозревала, что обозналась в темноте
коридора и не признала ненависть, а признала ту,
до которой всего шаг. Но попробуй его сделать!

— Вот видишь, — сказала она, — твои руки
меня хорошо помнят и хорошо держат.

Кулачев оттолкнул жену.

— Я бы тебя убил, — сказал он. — Я не знаю ничего адекватного той гнусности и пошлости, которую ты тут несла.

Он стал засовывать в пакет кеды, в которых пытался «бегать от инфаркта».

— Я ухожу совсем, — говорил он. — За вещами
приеду на днях. Тогда же оставлю ключи. Я ничего
не возьму и все оставляю. Условие одно: никогда
больше ты не будешь делиться со мной своими со-
ображениями. Ни о чем. Ни обо мне. Ни о ком другом. Мне ничего не жаль, — сказал Кулачев. —
Хотя час тому назад было жаль. Все! — И он хлоп-
нул дверью.

Катя села на стул, что стоял у них в передней, и очень хотела заплакать. То есть она даже плакала где-то там, где, нализавшись, дремал в кайфе червяк, и ее внутренние слезы были ему лакомством, но Кате хотелось другого: ручья по лицу, всхлипов и стонов, чтоб захлебнуться и взвыть...

«Я ей устрою, — думала она, — я ей устрою...» И хотя главным чувством было отчаяние и горе, чувства, что там ни говори, кровей благородных, насмешливый червь отпихнул в грудь одетых в черное аристократов. «Ты ей устрой подлянку! — сказал он ей. — Ты ей устрой!»

— Я ей устрою, — повторила она, — я ей устрою порчу.

И Катя стала набирать номер телефона знакомой, бывшей учительницы физики, которая свалившееся на голову время перемен оседлала весьма специфически: занялась гаданием, приворотом и порчей.

— Для ужаса у меня электрофорная машина, — призналась она как-то Кате. — Хотя ты не думай. Я не только дурю. У меня черная сила есть, это точно, приборы по биополю просто зашкаливало в институте.

Алка стучала ребром ракетки по столу в тщетном ожидании партнера. В прошлом году они стояли в очередь на игру, а в этом — куда все делись? Впрочем, Алка знала куда, уже не та дачная вольница. Многие подрабатывают летом, кто-то готовится в институт, кто что-то ищет... Кишмя кишит малышней — их полно, и они в своем праве. Хотя и шмакодявки теперь другие. Соплячок пяти лет дает свой велосипед покататься за деньги. И ему несут по сто, по двести рублей, взятых у бабушек. У «бизнесмена» деньги уже не помещаются в шортиках. А в кустах Алка шуганула малявку, которая тоже за деньги показывала мелкому народу свою пипишку. У нее для сбора средств был полиэтиленовый пакет. Алка просто слов не нашла, дала юной Магдалине по заднице и решила сказать ее матери. Но мать стояла в очереди за молоком, на хозяйстве был старый глухой дед, который тем не менее уставился на Алкин голый пуп и даже сделал поползновение ковырнуть его желтым ногтем. «Содом и Гоморра», — думала Алка. Ей от бабушки обломились роскошные мифы, и она теперь была девушка образованная по части сравнений. Она играла в поиски праведника, которого надо будет вывести, когда эти города-гнуси будут подвергнуты уничтожению. Недавно для этой роли — роли праведницы — вполне сгодилась бы собственная бабушка, но после истории с Кулачевым — какая она праведница? Блудница, ни больше ни меньше. Сама Алка не годилась тоже. Она до сих пор забыть не может тот день, когда в ней «сошло с ума это».

Алка хотела, чтобы кончилось лето и началась школа. Во-первых, веселее, во-вторых, она бы обсудила эту проблему со своей любимой подругой Юлей, которая сейчас кайфует в еврейском лагере, потому что она, как только окончит школу, уедет в Израиль. А может, и не уедет, дошлая Юлькина мама навела справки и выяснила, что у нас все еще учат лучше. Значит, все будет зависеть от ситуации: сколько раз Юльку назовут сограждане жидовкой. Алка уже дралась с одним типом, когда тот открыл свой поганый рот, но Юлька сказала:

— Ты мне испортила подсчет... Я теперь не знаю, куда отнести этот случай. С одной стороны — он. С другой — ты.

— По нулям, — ответила Алка. — Но если хочешь, можешь называть меня кацапкой.

— А кто это? — не поняла Юля.

— Это моя бабушка, мой дедушка. Это мы все. Кацапы — значит русские.

— Никогда не слышала.

— Ты много чего не слышала, — вздохнула Алка. — У тебя в ушах вечно сера, просто залежи.

Они, конечно, ссорились, потому что обе были штучки, но сейчас никто так не был нужен Алке, как Юлька. С ней они обсуждали все. Первую менструацию. Устройство у мальчишек. Боль и наслаждение. Они, «чтоб не быть дурами», нашли у себя те места, которые надо трогать. Они же после этого, тщательно вымыв в ванной руки, решили, что «так можно дойти до разврата, а потому надо себя держать в руках». Изначально они были так кондово целомудренны и так строги к собственной плоти, что им явно не хватало то ли юмора, то ли цинизма, то ли просто хорошего совета. Они же любопытствовали и мучились, мучились и любопытствовали. «Я расскажу ей про тот день и про того типа... — думала Алка. — Интересно, с ней такое случалось?»

В конце концов играть в теннис пришлось с мальчишкой-малолеткой, у которого от напряжения набухало под носом, и Алка остервенело ему кричала:

— А ну высморкайся сейчас же!

...А Мишка так и канул. Идя в магазин или просто так бродя по поселку, Алка нет-нет и встречала «сырые сапоги», все деловые до невозможности, все торопящиеся, а Мишка как канул...

— Где Мишка? — небрежно спрашивала Алка.

— Ты про палец знаешь? Вот фарт! Отмажется теперь от армии без проблем. Да дома, наверное. Где же еще?

Мишка действительно был дома. Он стеснялся своей некондиционной после гипса руки, пробовал писать без больного пальца, конечно, получалось черт-те что, но новый почерк, который обретал Мишка, — оказывается! — был точным отражением и нового Мишки, который, однажды оплакал мертвую Алку, потом обрадовался до новых слез, что она жива, и с ним произошли просто фокусы наркоза, но эта живая и такая желанная еще вчера девочка никак не приживалась к новым обстоятельствам Мишкиной жизни. Ей даже как бы и места в ней не было. Она навсегда осталась во времени до боли, а во времени после ее как бы и не было совсем.

Он не выходил из дома, потому что боялся ее встретить. Боялся, что не узнает или скажет не то, но пуще всего боялся смешения времен, наезда вчера на завтра, боялся воскрешения уже мертвого... Откуда ему было знать, что смерть любви бывает столь же оглушительной, как и ее начало. И оба эти действия руководятся таким далеким и недоступным режиссером, а главное, таким безоговорочным, что ему лучше подчиниться сразу и принять его правила.

Что Мишка и сделал, сидя дома и рисуя на бумаге буквы новых очертаний.

А в это время «сестры-вермут» заходились от желания выдать Елену замуж. Женихи плавали в море жизни кучно и поодиночке, в то лето почему-то было особое жениховое разнотравье. Даже если отбросить беженцев, погорельцев и иммигрантов, Москва сама по себе генерировала огромное количество неустроенных, но вполне подходящих по многим статьям мужчин. Непьющие, образованные, небольные, с фобиями и маниями и без них, они просто шли косяком в руки, бери, поворачивай во все стороны, заглядывай в рот, считай зубы и бери — не хочу.

Отвлекала «сестер» от увлекательного женского поиска необходимость крутиться и в других направлениях. Время-то было «крутильное», но тем не менее однажды Елена была звана к одной из сестер по имени Галя на просмотр очень перспективного по анкете кандидата: холост, стабильная работа в каком-то выжившем в борьбе «ящике», старенькая мама, с которой он «очень леп».

— Не женился не почему-либо, — объясняла Галя, — а потому, что долго был парализован отец. Очень тяжелый по весу человек...

— Ну и что? — спросила Елена.

— Уставал, — просто ответила Галя. — Раз перевернешь, два перевернешь — до женщины ли?

— Знаешь, — ответила Елена. — Мне бы кого-нибудь из мира, где нет парализованных, с другим опытом, что ли...

— Другого мира нет, — ответила Галя. — Где ты его видела? Это раньше хоть многого не знали... А сейчас все на виду. Все в глаза.

Настроения идти не было никакого. Никто ей был не нужен. Но «сестры» говорили — это и есть самое страшное. Ей мужчина нужен, как вода для грядки. Это же ненормально — иссыхать в такие годы.

«Ненормально, — думала Елена, — но и нормально тоже. Мне не все равно, кто будет поливать мою грядку. Вообще, это, как выясняется, дело штучное...» Одна ночь у нее была в жизни, чтоб сравнивать, а считала, живя с мужем, что «процесс идет нормально». А он вообще никак не шел — процесс. Чтоб забрать в себя чужую плоть, а вернуть вместе со своей, а потом запутаться, где чья, любить всеми кончиками пальцев, а в тоненьком мизинце обнаружить такие запасы сексуальной мощи, чтоб снова и снова начинались полет и счастье... При чем тут то, что было с мужем? Его даже жалко... Но и при чем тут этот добропорядочный из «ящика»? Разве телу все равно, с кем петь мелодию, разве она уже не знает закона совпадения?

Но Галя твердо сказала:

— Все! Он придет, и не кочевряжься. Надень бирюзовую кофточку. Она тебе идет. И завей волосы, Христа ради. Что ты за ними не следишь?

С волосами творилось черт-те что. Они не завивались. Снятые бигуди обнаруживали абсолютно прямые пряди. Это был фокус волос, который даже смешил. Ну, сбились волосы с пути и нахально жили по-своему.

Но тут перед свиданием с потенциальным женихом волосы завились. И хорошо уложились, настолько хорошо, что Елена решила надеть не бирюзовую кофточку, которая хороша и известна народу, а то, чего никто не видел: прямое полотняное платье с мережкой по лифу, с бахромой по низу, поверх него напяливалась сетчатая безрукавка-кольчужка. Вместе с кремовыми туфлями и бисерной сумочкой она выглядела дорого и модно. К платью был еще сетчатый шлемик. Елена в нем никогда не была уверена. А тут и он плотно охватил голову, оставляя на воле получившиеся кудри.

Елена с удивлением себя разглядывала в зеркало. Женщина в нем была вполне, но к ней имела смутное отношение. Зачем ей были даны этот вид и эта стать, зачем завились волосы, ответов на эти вопросы у нее не было, приходил первый и примитивный: кандидат для судьбы должен был быть сражен наповал. Но если так, то он судьба? Тогда кто Павел Веснин?

Жаль, что в таком виде пришлось ехать в муниципальном транспорте. Чуть-чуть помялось полотно платья, чуть-чуть слизнулись губы, чуть-чуть вытянулись кудри. Но в прихожей Гали Елена поняла, что все это улучшило впечатление, придало виду естественность, ну что поделаешь — ходят по Москве красавицы, как простые, и ничто их не берет.

Случилось то, что случилось. «Ящичный мужчина», смиренно ждавший судьбу в виде скромной труженицы в суконной там или джинсовой юбке, увидел перед собой дерево не по плечу. Он смылся практически сразу, до горячего, на Елену смотрел ошалело, а Гале на выходе сказал: «Ты бы мне еще Мадонну подсунула. Я на ее шапочку сроду не заработаю».

Галя устроила Елене выволочку:

— Сказала же русским языком: «Бирюзовая кофточка, бирюзовая кофточка!» А ты напялила эти кружева и сетки для простого мужчины. Думать же надо!

— А он мне как раз понравился, — сказала Елена. — Ест аккуратно и пахнет не говном.

— А почему он должен пахнуть говном? — закричала Галя. — За кого ты меня держишь? Нормальный дядька, со скромным, но стабильным достатком.

— Ты с ним спала? — вдруг спросила Елена.

— Да ты что? Спятила? — Галя села с раскрытым ртом, дура дурой. — Ты что?

— Ничего, — ответила Елена. — Просто интересна его материальная часть.

— Хамка! Хамка! — закричала Галя. — Я такую свинину зафигачила, без единой жилочки! Я думала, придут люди, им плохо, они одинокие... Они поедят вкусное, выпьют водочку, расслабятся... Уйдут вместе и проверят друг у друга эту чертову материальную часть. Мне что — ее надо было подать на блюде? А это, дорогая Леночка, яйца мужские натуральные, с хоботом...

Кончилось смехом... Свининка таки хорошо пошла под водочку, Галин муж молчал-молчал, а потом высказался:

— Мужик, который уходит до настоящей водки и мяса, по мне, проверки не выдерживает... Я лично люблю ходить в гости пожрать... Дома, конечно, хорошо, а в гостях интереснее... Какую-нибудь оригинальность придумают... Сейчас можно человека удивить. Я очень люблю удивляться желудком, очень.

Возвращалась Елена поздно. Возле дома стала бояться, но, слава богу, проскочила спокойно, и когда уже заперлась, и разделась, и села в кресло, ее настигли тоска, и печаль, и смута. «Будь ты проклят, Павел Веснин, — думала она. — Ты мне мир застил. Я тут замуж засобиралась, рядилась, а он испугался. А ты меня, считай, ни в чем не видел... Ну почему ты не пришел ко мне, дурак, почему еще не пришел?»

Лето кончилось стремительно. Оно уходило из Москвы нетерпеливо, как уходит человек из не своей компании, раз-раз — и нету. Кулачев помогал Марии Петровне потихоньку увозить вещи с дачи, а она каждый раз, замирая с узлом, думала о том, что, считай, лет двадцать занималась этим одна, даже при живом муже, которого хватало только на то, чтоб остановить такси. Но тогда было буколическое время, такси ездили там и тут, их, конечно, считали рвачами, но, боже, боже, как мы были не правы!

В прошлом году, году другого ее времени, она просто сдвинулась умом, пока совершила дачный съезд. Еленин муж из игры вышел значительно раньше, чем вышел из игры совсем. Елена сказала, что пусть все горит синим пламенем, и Мария Петровна сама таскала тюки, умоляла каких-то знакомых довезти ее до первого метро, потом стояла с узлами у поребрика и ждала самого нежадного из скупых, самого нехамского из хамов, а дома потом два дня распихивала подушки, одеяла, шторы в разные углы до следующего лета, но вот и оно уже прошло, и снова она вяжет узлы, но все уже иначе.

— Я не привыкла, — говорит она чистую правду, когда Кулачев забирает у нее сумки и баулы. — Я на самом деле не умею жить, когда кто-то делает за меня.

В эти минуты, бывает, он прижимает ее к себе, и она слышит, как стучит его сердце. «Это от узлов», — думает она.

Он приводил ее в квартиру, где хотел, чтобы они жили вместе.

Квартира была нечеловечески белого цвета.

— Ой! — сказала она. И потом долго объясняла ему, как ей дорог ее хлам, что у нее полно драных книжек, с которыми она не расстанется ни за какие коврижки, что акварели и батики, купленные во время оно в Битце и Измайлове, наверное, гроша ломаного не стоят, но ей лучше не надо. («Видишь, какие у него фантазии? Он — Дали из комнаты три на четыре с северным окном. Он не видел желтого цвета никогда. Он его не знает... А девочка его, дочь, сухоручка...») Она объясняла ему, доказывала, что не сможет бросить свой угол, а он ей отвечал:

146

— Мы все заберем. Все. Мне нравятся твои акварели. Знаешь, как он будет смотреться, твой художник, на белой стене?

— Не знаю, не знаю, — отвечала она. — Может, все увидят, что он не знает желтого цвета, и скажут «фи».

— Давай повесим его на один день на пробу.

— Не трогай, — кричала она. — Ничего не трогай!

Но зерно было брошено, и, независимо ни от чего, начинало свой путь. Путь зерна.

Было беспокойство по поводу Алки, которой от матери ездить в школу далеко, а от бабушки «она не хочет».

— Видишь ли, — сказала Алка, — если бы не было дяди Бори, я бы у тебя навеки поселилась, а так не хочу. Он мужик мировой, когда на машине или в теннис, а так — одна уборная, одна ванная. Не хочу ни напрягать, ни напрягаться.

«Вот несчастье», — расстроилась Мария Петровна, но Кулачеву ничего не сказала. Он сам все понял и сказал, что все надо пустить на самотек, пусть у девчонки будет возможность прийти и переночевать у бабушки всегда, в любую минуту. Надо поставить ей диван и стол, а он в этом случае будет уходить в «белую квартиру». Какие проблемы, когда машина! А к тому времени, когда Алка окончит школу, Маруся дозреет переехать к нему совсем, а девушка тоже будет совсем взрослая.

За неимением гербовой пишем на простой. Идея, с точки зрения Марии Петровны, ущербная со всех сторон, была взята за основу.

Мария Петровна с удивлением наблюдала за внучкой, которая в это лето оказалась одинокой — ни «сырых сапог», ни других мальчиков, никаких девочек, целыми днями качается в качалке и жует стебли травы.

— Бабушка, — как-то спросила она лениво и даже как бы необязательно, — а что, в твоем возрасте этого тоже хочется?

Мария Петровна почувствовала такой гнев и неловкость, что ковшик с водой, которым она поливала свои хилые посевы, едва не полетел в голову Алки. Но ответу надлежало ведь быть.

— Детка, — сказала Мария Петровна со всей возможной кротостью. — В чем ты мне отказываешь напрочь? Можешь сформулировать? В жизни тела? Души? Мысли?

— С мыслью все в порядке, — быстро ответила Алка. — Ты фурычишь вполне. Дальше я спотыкаюсь... Я не знаю, что от чего зависит...

— Когда-то мы неправильно учили: в здоровом теле — здоровый дух. Это чепуха. У Ювенала наоборот: «Надо молить, чтобы ум был здравым в теле здоровом». То есть не просто наоборот... А даже у Ювенала опасение, что здоровое тело скорей может оказаться совсем без ума, и тогда пиши пропало... Поэтому — надо молить... Надо молить, чтоб нас не оставил дух.

Спасибо Ювеналу. Ушли от ответов на жгучие вопросы. «А как бы я могла ей ответить? — думала Мария Петровна. — Что мое тело было мертвым и сухим, что им хорошо было бы топить печь, но пришел человек и тронул меня рукой. Когда-нибудь придет время, и кто-то тронет тебя. Тогда ты поймешь, как это бывает. Боюсь, что рассказать это я все равно не смогу. Кончается ли это и когда, я не знаю. И не хочу знать, но благодарю Бога, что пришла к ранее недоступной мне мысли: счастье — это такой редкий подарок, что выпихивать его прочь по соображениям ума — грех. Счастье — выше ума. Счастье — это видение рая. Это его прикосновение. Его дыхание. И оно никогда не бывает навсегда. Но как сказать это девочке в самом начале пути?.. Пусть она думает то, что думают все юные — о навсегда. Пусть!»

Как будто бы Алка об этом думала! Она как раз думала наоборот и ни в какое навсегда не верила.

Однажды она решила пойти на речку посидеть на берегу. Ей нравилось смотреть на излучину, на неожиданность возникновения поворота, сто лет знала, что он есть, а удивлялась и повороту, и своему удивлению... Она бросила на траву свое старенькое детское одеяло и с тяжелым вздохом села. Именно вздохом она кого-то спугнула в кустах, по звуку поняла: от нее отползали. Почему-то подумалось, что это та парочка, которую она гоняла в начале лета. Хорошо бы встретиться с этим типом, чтобы окончательно убедиться, что она свободна от него, в навсегда она не верит, примеров такая уйма, что это почти закон природы.

И тут она их увидела — того самого парня и ту же девицу. Они тоже бросили одеяльце и тоже с визгом на него рухнули. Алке все было видно, все. Она поняла, что начинается прежнее... Что ей хочется быть на том одеяле...

Был один способ исчезнуть — уползти, как уползли те двое, кого она спугнула раньше сама. Но она боялась быть застигнутой и разоблаченной. Сжавшись в твердый ком, она приняла на себя всю чужую любовь, ее игру, и пик, и муку завершения.

Когда все кончилось, он пошел в речку, а девица, задрав ногу, вытирала себя полотенцем, и вид у нее был тупой и равнодушный.

— В Акулово, — кричала она ему в реку, — турецкие тоненькие платья задешево. А сезон тютю... — Он вышел, сильный, отфыркивающийся, вытерся, не глядя на нее, она тронула его спину рукой, но он дернулся, как ошпаренный. Уходили гуськом, как чужие. Без слов.

Сказать, что Алку это потрясло, значит соврать. Не то слово. Не было потрясения — ей так и объясняли: «А бывает, потом смотреть не хочется». Но в ней возник ропот протеста против такого устройства людей и мира. Против этой близкой близости между желанием и равнодушием, страстью и ненавистью, взлетом и падением. Так близко, так рядом... Так незаметен момент перехода — от желания съесть до желания выплюнуть. Это любовь?! Это движет солнца и светила?! Единственный миг дрожи? А потом «турецкие тоненькие платья» и этот «дерг», когда она тронула спину.

Значит, и в их семье — баланс был в сторону «дерга». Они ходили по квартире — отец и мать, — и от них било током. Не любви — ненависти. А сейчас еще эта странная-престранная связь — бабушки и Кулачева. Смешно предположить их в экстазе, но что-то ведь есть... А поскольку в одну сторону маятник качается едва-едва, то и в другую сторону — нелюбви — он отойдет чуть-чуть. Получалось, что шансов у стариков быть вместе по причине слабых токов больше.

Мир устроен скверно. Его плохо, некачественно, абы-абы, за семь дней сляпал Создатель, негожие скороспелые его дети по причине недоразвитости сразу вляпались в историю с дьяволом. Их выгнали из дома. Теперь это сплошь и рядом — выгоны, потому как Главный Отец тоже долго не размышлял. Вот и имеет мир людей. Изначально брошенных на произвол судьбы... Почему они должны почитать любовь выше ненависти, если у них другой опыт?

Господи! Ты не прав. Ты наломал дров. Ты так запутался со своим творением, что решил отдать на заклание собственного сына. Это твоя любимая игра — заклание. То мальчика, сына Авраама, то вполне взрослого тридцатитрехлетнего человека. Стало лучше? Не стало. И не станет. Потому что надо было прийти самому и признаться: «Я не прав, люди». Надо было простить тех, первых, что откусили от яблока. Если бы ты простил, Дьяволу просто нечего было бы делать. Злу нечего делать там, где положили добро. И тогда бы любовь не кончалась так, как кончается теперь.

В чтении мифов кроется много опасностей. Но Алка ничего не боялась. Она решила, что уйдет в монастырь. То, что не было никакой логики в том, как девчонка предъявила счет Всевышнему и как ему же собиралась служить, является лишним доказательством первозданности хаоса, в котором мы движемся со скоростью свободного падения тела, и уже близка пора, когда нас снова придется создавать на новой, исключающей прежние ошибки основе. Есть мнение поставить нас для устойчивости на три конечности, а орган размножения расположить в том венчающем треножник месте, которое условно можно назвать головой, потому что есть теории, что эти самые органы в пересечении ног сыграли с нами (бывшими) дурную шутку. Вот если бы мы размножались ушами...

...Алка сочиняла третий том мифов перед уходом в монастырь.

А в это время Катя имела дела с дитем дьявола, бывшей учительницей физики, ныне гадалкой и специалисткой по порче порченого народа Натальей Стежкиной, взявшей себе ведьминский псевдоним Мавра. Сказал бы кто Наталье-Мавре десять лет тому назад, что у нее в каждой емкости без всякого счета будут лежать доллары и марки, она бы посчитала это оскорблением. А сейчас так и было — кругом мани-мани без страха и опасения.

— Все у меня заколдовано, — сказала Мавра, — кто сунется, пожалеет. Тут же станет импотентом! Может, и твоего таким образом окоротить?

— Наташка, — сказала Катя. — Ты извини, я не очень во все это верю. Но вот этого, что ты сказала, не надо. Я ж хочу, чтоб он вернулся, зачем же мне траченый?

— Ясно с тобой, — ответила Мавра.

Видимо, по причине колдовства люди напрочь

забывали, что от ведуньи и вещуньи ушли два мужа. За вторым она гонялась повсюду и даже давила на какие-то уже погибающие институты нравственности, чтоб они «сделали хоть что...». Те послали ее подальше, потому что их самих выселяли из помещения и до приворота ли им было? Спроси Катя у Мавры: «Мавра, Мавра, а где твой второй? Чего ж ты его не опоила?» — может, и пошел бы разговор по-другому, может, и призналась бы Мавра, что она, конечно, специалист, но узкого профиля, она больше по выслушиванию печалей, а суть в том, что когда их тьма-тьмущая, то всегда в тринадцатой печали есть ответ на загадку, что во второй. Во всех печалях потерянные ключики, и искать их надо в самих себе.

Сейчас у Мавры был третий муж, и с ним тоже были проблемы. Красивая ворожея все умела, но не умела чего-то простого, как мычание. Ей самой хотелось пойти к гадалке и узнать, что ж у нее не так. Но боялась — тайного похода не получится, а реноме полетит к едрене фене. Их сестра, ведьма, так и держит другую в глазу — социалистическое соревнование, тьфу, конкуренция...

Но Катя про Маврины дела не спросила, ибо, как все посетительницы Натальи-Мавры, была сосредоточена на своем. Мавра же была удивлена. На ее взгляд, Катя была женщина товарная, башковитая, с ней можно было вступать в любую тусовку без беспокойства и позора. И Кулачева Мавра хорошо знала. Вовремя спрыгнул из политики в хозяйство, в ряды дружелюбные и смирные. Достойно выступал на разных трибунах, достойно занял место в новых структурах, и иногда Мавра даже думала, что у Кулачева замах большой. Но оказалось, нет. Остался в префектуре, людей не ел, но тех, кого не любил, отрезал без анестезии.

Так как Катя была бывшей Мавриной коллегой, да и вообще они вылупились из одного института, «процесс порчи» усложнялся со всех точек зрения. Это не какая-нибудь приехавшая из города Бодайбо Анжелика Ивановна, которая сама кого хочешь испортит, и московская Мавра ей нужна больше для драматургии жизни, как тень отца Гамлета для драматургии пьесы.

— Кто она? — спросила Мавра. — Фотографии, подозреваю, у тебя нет. Но я сама схожу на нее посмотрю.

Катя набрала в легкие побольше воздуха и сказала.

Хорошо, что Мавра стояла в это время спиной к Кате: она доставала рюмки для «Амаретто» к кофе, и Катя не увидела Маврино лицо. Мавра тогда сразу подумала: «Это надо иметь в виду впредь... Мало ли кого тебе назовут... Не успеешь спрятать мимику».

— Ну и славненько, — сказала она Кате. — Вот теперь и иди. Это уже не твоя печаль...

— Мы же хотели пить кофе! — засмеялась Катя.

— Мы не хотели пить кофе, — ответила Мавра. — Ты меня сейчас оставь...

— Ну ладно, — боясь обижаться, но все-таки обижаясь, сказала Катя. — Я пошла...

— Иди, милая, иди...

Мавра захлопнула за Катей дверь и просто рухнула на диван.

Ну все, что угодно, все, только не это...

Возле входа в журналистский курятник на Савелии стояла машина и, опершись на дверцу, грелся на солнце Кулачев собственной персоной. Проскользнуть незаметно было поздно, Кулачев подставил Мавре ногу и сказал:

— Привет, Наталья!

— Ой! — ответила Мавра как бы в удивлении. — И что ты тут делаешь?

— Жду даму сердца! — ответил Кулачев.

— У тебя их вагон и маленькая тележка, — засмеялась Мавра (а может, Наталья?). — Другой бы уже темнить начал, а ты как сексуал-малолетка.

— Грубо, девушка, — ответил Кулачев. — Грубо и ни за что.

— Как же! Я тут Катьку встретила. Страдает.

На моменте страдания и вышла на улицу Мария Петровна с большими крафтовыми мешками для дачной мелочовки.

Мавра вся сникла, увяла и сказала тихо и беззащитно:

— Привет, Маша!

Елена так плохо чувствовала себя к концу лета, что не выдержала — пошла к врачу. Анализы оказались неважные — еще не для смерти, но уже и не для жизни.

— У гинеколога давно были? — спросила врач.

— Недавно, — соврала Елена. — Все в порядке. — Хотя порядка не было. У нее за лето сбилась менструация, но она — грамотная — сама себе поставила диагноз: нервная почва. Сколько она перепсиховала только за последний год, умом сдвинешься, не то что менструацией.

Но когда опять случилась задержка, хотя всю ее до этого томило и крутило, а потом томить перестало, а трусики все чистенькие, Елена, сцепив зубы, все-таки пошла к гинекологу. Это было перед самым сентябрем, всюду валялись Алкины причиндалы к школе, сама она где-то таскалась, что злило Елену, а вернее, беспокоило: ну где целыми днями носят черти девчонку? И так теперь и будет весь год? Ну два дня разговаривала с подружкой Юлькой, ну четыре, но сколько же можно?

В женской консультации было время отпусков, и на приеме сидела девочка-студенточка, к которой никто не шел, а Елена пошла.

— Я практикантка, — сказала девочка.

— А мне ничего особенного не надо, — засмеялась Елена. — Посмотрите, не выросло ли чего лишнего и не пропало ли нужное... — Такая неуклюжая у нее получилась шутка.

Девочка смотрела долго и мяла Елену деликатно.

— Все у вас чистенько, — сказала она. — Так когда у вас была менструация?

— Три недели тому, — ответила Елена.

Она не стала уточнять, что менструации, в сущности, не было, так, один намек, но зачем говорить лишние слова, если человек смотрит непосредственно туда и сам видит, что есть... Даже если этот человек — практикант. Невелика наука — влагалище и его окрестности — это не тайное тайных щитовидки там или даже зрачка.

Елена возвращалась с хорошим настроением, все-таки гинекологическое кресло — маленькая пытка и маленькое счастье, когда оно позади.

Она рассказала «сестрам-вермут», какой теперь надзор над женщинами — медицинские малолетки, вызвала этим шквал разговоров на тему, как и кого «посмотрели», но в Еленином случае все согласились: эрозию и дурак видит, кисту-фиброму и кретин ущупает, а о беременности и говорить нечего...

— Вот уж точно! — сказала Елена. И тут они все завелись, завелись...

Что, мол, неправильно она себя ведет, что если не получается долгая жизненная перспектива с каким-нибудь приличным мужиком, то разовые случаи упускать нельзя, что от этого все болезни и идут, все говорили, не слушая друг друга, все, в сущности, говорили о себе, о своей собственной жали-печали.

Женщины горланили о роли секса, женщина-«рубильник» скорбела о недостойности разговора, когда раздался телефонный звонок. Звали Елену.

— Доченька, — сказала Мария Петровна. — Держись двумя руками. Объявилась Наталья. Какая? Да наша же, наша!

Марии Петровне было тринадцать лет, когда мать ее вышла замуж второй раз за очень некрасивого мужчину. Маша страдала тогда не от замужества матери, а от внешности отчима, от неловкости, что у него огромный и расплющенный нос, что глаза его вдолблены так глубоко в глазницы, что кажется, их нет вообще, что весь он большой и неуклюжий, что волосы у него растут отовсюду, а пуще всего из ушей. Деликатная бабушка, приезжая из города Изюма, объясняла Маше незначительность роли внешнего вида перед внутренним и даже вообще как бы необязательность лица. А так как Маша никогда сроду никому о своем потрясении видом отчима не говорила, то вывод получался легкий: бабушка уговаривала саму себя. Ее, видимо, тоже удручали буйные кудри из ушей зятя как некий излишний нонсенс.

Но, как говорится, не с лица воду пить... Хотя из чего ее пить — остается неизвестным. Иван Петрович Волонихин злодеем не оказался, был смирен, начитан, и через какое-то время Маша привыкла к его лицу, бабушка приезжала редко.

Очень скоро случилось обстоятельство, которое вообще сняло все вопросы: мама Маши стала носить большой живот. Вот тут вернулись плохие мысли: может родиться некрасивый ребеночек. Маша так страдала из-за этого, так жалела маленького уродца, так защищала его от мира людей, который может его обидеть, что когда родилась хорошенькая девочка, ее любви к сестричке пределов не было. Она ее обожала и обожествляла. Иван Петрович так проникся этим нечеловеческим чувством падчерицы, что даже хотел удочерить Машу, но что-то затянули сразу, а потом стали размышлять, а надо ли переучивать девочке фамилию, и все закончилось ничем. Да и какое это имело значение?

Мама умерла, когда Маша только-только вышла замуж. Осенью вышла, а зимой умерла мама. От осложнения после гриппа. Маленькую Наташку взяла к себе бабушка в Изюм, Маша с мужем снимали комнату в Бескудниках, поэтому большую квартиру по очереди Волонихин получил как бы на себя одного, хотя в заявлении числились все. Даже мама-покойница.

В то время у Маши были свои проблемы. Она рожала Елену. Она, дурочка, просмотрела беременность из-за болезни и смерти мамы, а когда спохватилась — уже на аборт не решилась. Родители мужа отдали им свою малогабаритку, а сами уехали к младшей дочери в Александров — там как раз родилась двойня. Поэтому никто под чистым небом не жил, у всех была крыша. Нечего бога гневить.

Впрочем, все это давнее, неинтересное. Уже большой девочкой вернулась от бабушки Наташа. Красотка она была писаная и копия отца к тому же. Их бы демонстрировать в доказательство существования Фатальной Разности Духа Начал. Одним словом, где мужчина — красавец, там женщина — жуть. А где у мужчины из ушей кудри, то у женщины такая перламутровая раковинка, такой шедевр уха, что впору руками развести от этой самой фатальности.

Конечно, Маша взялась опекать младшую сестру, и, конечно, та не давалась, но сестры любили друг друга, подрастала-догоняла Леночка. Господи, что им надо, людям?

Умерла бабушка в старинном городе Изюме, что на реке Северский Донец. Ездили хоронить, наплакались. Отчим остался, чтоб решить вопрос с домом, решил, вернулся, сказал, что продал задешево: кому нужны теперь такие дрова? Это было время микроскопических денег и апофеоз отчуждения человека от собственности. Это потом случайно узналось, что и деньги были по тем временам приличные, и завещание у бабушки было на обеих внучек, но это потом, когда все уже не имело смысла.

Оглянуться не успели — выросла Елена и засобиралась замуж. А тут как раз в редакции стали сбиваться в кооператив, это же какая удача для девочки! Кинулась туда-сюда в поисках денег. Елена и скажи: «Возьми, наконец, у деда, что тебе причитается от бабушки и от мамы. Мы же ничего не брали».

Все-таки волосы из ушей растут неспроста. Волонихин сказал, что он никому и ничего не должен. Что он «заслужил спасибо с маслом» за то, что кормил и поил падчерицу в годы для семьи трудные («Вспомни! Вспомни, как жили!»), а когда бабушка стала стара, кто с ней жил? («Наташка моя жила. Считай, до самой ее смерти!»)

— Сколько я вам осталась должна? — зло спросила Мария Петровна, стыдясь и мучаясь разговором.

— Вот это не надо! — ответил Волонихин. — Ни мне вашего, ни вам моего.

Когда уходила, в дверях материализовалась Наташа, а Мария Петровна считала, что говорит с ним с глазу на глаз. Наташа хорошо смотрелась в проеме двери в цветастеньком халате.

— Ты как богиня Флора, — с нежностью сказала ей Мария Петровна. Она была убеждена: разговор с отчимом никакого значения не имеет в их сестринских отношениях. Она любит Наташку, как Елену. Они обе ее кровиночки — одна по горизонтали, а другая по вертикали.

— Ты, Маша, уходи по-хорошему, — сказала волшебными губами Флора, — а то я тебе позор устрою.

Она бежала по улице, Мария Петровна, потом билась в диванных подушках, клялась и божилась... На кооператив наскребли у друзей-товарищей. Умные люди предлагали подать в суд и решить все по закону, но Мария Петровна сказала:

— Ни за что! Суд — это то, что мне не пережить.

— Мне пережить, — сказала Елена.

— Хочешь, на колени встану? — И Мария Петровна встала на колени перед дочерью, зятем, мужем, встала, а подняться уже не смогла. Микроинфаркт ей поставили через несколько лет. «А что у вас такое было — сколько-то лет тому? Потрясение? Стресс? Смерть?»

Было! Стояние на коленях перед дочерью, чтоб не связывалась с судом. Одна хорошая знакомая, много лет живущая за границей, объяснила Марии Петровне, как дуре, ее правовую безграмотность, гордость не по делу, эту проклятую совково-русскую идею «Умри, но не дай...» во всех делах, не только в поцелуях.

— Пусть! — отвечала Мария Петровна. — Пусть! Ты бы видела ее в проеме, Наташку. Красавица и ведьма.

Это когда еще было сказано, когда девочка в институте училась, когда Кашпировский был никто и звать никак, и на стадионы не собирались люди, готовые под его руководством не мочиться больше нигде и никогда. Пусть он только скажет!

Очень скоро Волонихин умер. Наталья позвонила и сказала, куда прийти попрощаться. Как будто и не сомневалась, что они придут. Взбутетенилась Елена, но Мария Петровна сказала: «Пойдем все. И простим ему грех. А на нас, слава богу, греха нету. Не судились на смех людям».

В тот день крошечную, трехмесячную Алку Елена оставила на подругу, та курила в форточку и просквозила ребенка, у малышки случилось двухстороннее воспаление, девочка была очень плоха. Елена криком кричала, обвиняя во всем мать, которая вытащила их на это чертово погребение. Когда позвонила Наташа и обозначила девятый день, уже было не до него, а когда пришел сороковой день, то уже никаких звонков не было. Хотя Алка, слава богу, поправилась, набрала вес и уже норовила сесть.

Мария Петровна ярко, живописно запомнила свою сестру дважды. Тогда, в образе Флоры, в раме дверей. И возле гроба — в черных, без просвета, одеяниях, как у монашки. Черный узел платка под шеей нарисовал треугольность белого с синевой лица, из глубоких впадин глаз (как у отца) сапфирами сверкали глаза, и жадный и живой взгляд надо было скрывать за мотоциклетными очками, их надо было гасить, так велика была сила их внутреннего огня. Глядишь, и подпалят ненароком.

Так она и вставала перед Марией Петровной — то в ситчике в цветочек, то с сапфировым огнем, девочка, сестричка...

А больше и не встречались. Даже нос к носу, чтоб «ах»... Нет, не было. Целых пятнадцать лет...

Если бы Елена знала, какие разговоры ведут лучшие подружки — Алка и Юлька, она собрала бы общественный совет и судила девчонок судом Линча, это как минимум. Дело в том, что девочки с утра и до вечера обсуждали одну и ту же проблему — сексуальную. Оказывается, в еврейском лагере, где была Юлька, дело было поставлено хорошо, презервативы висели в туалете, а ладненькие вожатые, или как их там называть, предлагали девочкам и пилюли — «если ты уверена в мальчике». Юлька вообще до лагеря ничем подобным озабочена не была, поэтому и презерватив, и пилюли восприняла не как средство противопожарной безопасности, на случай вдруг, а очень конкретно, как руководство к действию. Невинность она потеряла на третий день, сглотнув пилюлю и предложив мальчику, который был нетерпелив и поэтому зол, «надеть вот это».

У Алки просто сердце разорвалось от потрясения и гнева, что у Юльки это случилось раньше.

Юлька сказала честно:

— Алка! Стреляться и травиться из-за этого могут только дураки. Не то что ничего особенного, а просто мокрая гадость. Да еще первый раз больно. Я много раз пробовала с разными — то же самое фи! Обдавили, обслюнили, и все счастье.

— Ты фригидная, — сказала Алка. — Я от одного вида распаляюсь. Меня прямо изнутри распирает.

— Странно, — ответила Юлька. — Конечно, когда я смотрю по видику разные ляляки, то я ставлю себя на их место, но чтоб распирало? Когда я мою себе там, мне и то приятнее...

— Ты онанистка. — Алке требовалось определение.

— Мимо, — отвечала Юлька. — Пробовала. У меня возникает плохое моральное чувство.

— При чем тут мораль? — кричала Алка. — Если все тело горит. При чем?

— Тебе надо попробовать. Может, ты и слетаешь на небо.

— Но мне не все равно с кем... Я бы не могла, как ты...

— Но я же как Павлов и собака одновременно... Поставила на себе опыт и сделала вывод. Я не смогла бы работать проституткой.

— А может, как раз и смогла... Ведь притворяться легче, чем чувствовать.

— Мне это противно.

— А мне сегодня снился сон про это... И было так здорово, что я даже плакала.

— О чем столько можно болтать? — спрашивала Елена, когда Алка на вопрос, что они делали у Юли, отвечала: «Болтали».

— Ну, мама, — отвечала Алка. — Обо всем. Мало ли...

Елена даже была рада, что Алка ее не посвящает. Она действительно чувствовала себя все хуже и хуже. Боялась сказать матери, чтобы не испугать, сказала Алке:

— Я, дочка, так последнее время гнию, что ко мне в гости стали приходить плохие мысли.

— А как ты меня учила поступать в этом случае? Заколотить наглухо дверь. Ты объясняла даже как: гвоздочками, гвоздочками по самую шляпку и — досками наперекрест. А я не понимала, что такое наперекрест. И мне было жалко шляпку.

И они обе смеялись над прошлым временем, которое, становясь прошлым, перестает быть страшным. Время — самая величайшая обманка на земле, которую не постичь простому человеку. Даже если он начинает догадываться о коварстве времени.

Кулачев просто рухнул, когда узнал, что Мавра — сестра Маруси.

— Ты хоть знала, кто она? — спрашивал он.

— Я пятнадцать лет ее не видела, выхожу с мешками, а она стоит. Мавра! Надо же такое придумать! «Везде, во всем уж как-нибудь подгадит».

— Это точно, — сказал Кулачев.

— Это не точно, а Пушкин, — засмеялась Мария Петровна. — Про Мавру. «Домик в Коломне». Хоть бы нос сунула да прочитала, прежде чем называться...

— Ну и что, что сестра? Вы же враги! — кричала Катя. — Ты ей сразу за все и отомстишь! Ведь это она хотела у вас оттяпать наследство? Ничего себе шутка! И думать нечего. Ты ее знаешь как облупленную, тебе же это будет в помощь. Или?

— Или... — ответила Наталья. — Я не отказываюсь, Катерина, нет... Я должна подумать...

— Ты что! — кричала Катя. — Какое думать, если он уже свозит вещи!

— Но на развод он еще не подал?

— Это формальность. Я ему его не дам. Возьму справку, что больная, а больных бросать нельзя.

— Вот это я тебе не советую, — сказала Наталья. — Нехорошо на себя накликивать болезни. Это сильней ворожбы. Может сбыться...

— А мне не надо накликивать! — почти плакала Катя. — Я уже ношу весь сердечно-сосудистый набор.

— Кто его теперь не носит? — философски сказала Наталья.

— Или ты мне железно обещаешь, или выведи меня на кого-нибудь из своих же... У меня на вашего брата последняя надежда.

— Давай я тебя успокою, — сказала Наталья. — Смотри мне в глаза.

— Вот это не надо, — ответила Катя. — Я спокойна, как мамонт.

На самом деле она боялась. С первой минуты, как Наталья переступила порог и сказала:

— Я тебе сразу не говорила... Хотела на нее посмотреть... Дело в том, что твоя разлучница — моя сестра. У нас отцы разные. Мы никак не общаемся много лет, не поделили слезы бабушки. Отец был абсолютно прав, а Машка залупилась не по делу. Даже на похороны не пришла, а батя мой в ней души не чаял...

В последние слова Наталья давно уверовала. Осталось в памяти: звонила — пренебрегли, а то, что это было на девять дней и Маша сказала, что тяжело больна внучка, из памяти вычеркнулось. Легенда же о том, что отчим в падчерице души не чаял, тоже выросла не на пустом месте. Умиравший старик Марию Петровну перед смертью звал и плакал. Наталья ему тогда сказала, что «Машка приходить к нему не хочет». Она не хотела признаться, что все еще опасалась, а вдруг возникнет разговор о деньгах и полумертвый старик сделает что-то не то... У Натальи тогда подходила очередь на машину, и на нее шли все бабушкины деньги. «Она меня любила больше, — успокаивала тогда себя Наташа. — Я с ней долго жила. А Машка изредка наезжала. Гостья из столицы. Все мне досталось по любви... А значит, по справедливости».

Сейчас обе женщины — и Катя, и Наталья — испытывали по отношению друг к другу не страх, а, скажем, опаску. Катя теперь уже боялась порчи себе. С чего это Наталья просит посмотреть ей в глаза? Так не договаривались. Наталья же знала скандальную природу Кати. Может такое распустить про то, что «Мавра ничем не помогла», а у нее дело идет хоть и славно, но оно еще по ее, Натальиным, планам только в завязи, в раскрутке. И ей сейчас любой плохой слух — под дых.

Так они и сидели на Катиной кухне, как бы за кофе, а на самом деле с дилеммой — расстаться им так, чтобы никогда не видеться, или использовать ситуацию на всю катушку, чтоб чертям тошно стало?

— Ладно, — первой сказала Наталья. — Я ухожу, но буду думать. В конце концов, ты права, я не единственный вариант...

— Я тоже подумаю, — ответила Катя. — Если она твоя сестра, так, может, это у вас в породе? Я еще очень подумаю, связываться ли мне с вашей нечистой силой.

И Катя решила — не связываться. Этот последний взгляд Натальи был таким, что у нее началась тахикардия. Выпила полфлакона корвалола, а результата ноль: как в тазик вылила. Хоть освящай теперь квартиру от этих долбленых глаз. Какие же они у нее жуткие, зеленой стужей из них тянет, как из хвойной чащобы. Она боится леса именно за этот его низкий, до колен, холод, за привораживающую тягость лесной земли, изнемогающей то ли от наслаждения, то ли от муки, поди разберись, какую потеху творят с ней лапы и корневища, какую в ней плетут интригу.

Она вызвала Кулачева на разговор:

— Где хочешь встретимся, если тебе домой приезжать противно.

— Не противно, — сказал он, — приеду.

Он сказал «не противно», и это вселило в Катю такой энтузиазм, что она, ленивая по природе, сварганила такую баранину с овощами, что в соседнем доме был слышен дух.

Но обязательный и пунктуальный Кулачев не приехал, по телефону его нигде не было. Баранина застыла и стала покрываться белесым жиром, настала ночь, и Катя подумала: «Это хороший вариант, если с ним что-нибудь случится. Я поплачу как следует один раз... Пусть даже с ней в паре... С этой сукой... Из ведьм...»

Случилось не с Кулачевым. С Еленой. Ей стало плохо, Алка вызвала неотложку. Неотложка не приехала. Тогда она сама вызвонила Кулачева. Тот помчался на «Скорую», и они приехали одновременно — Кулачев и неотложка.

Елену увезли в больницу. Только определив ее там, а дело было в пятницу вечером, они поехали с Алкой к Марии Петровне и рассказали, что и как.

— Наверное, отравление, — говорила Алка. — Ее тошнило, кружилась голова.

— Что вы ели? — допытывалась Мария Петровна.

— Магазинные пельмени. Нормальные. В пачке вовсю гремели.

Ни суббота, ни воскресенье не дали никакой ясности. К утру Елене стало лучше. Потом опять хуже. Врачи дежурили проходящие, специалистов не было. Анализов не брали. Ждали понедельника.

Только тогда врач, которому Елена досталась, обглядев ее и общупав, сказал, что, по его мнению, ее место в соседнем отделении.

— Это в морге? — пошутила Елена.

— Как же! Как же! — ответил он. — Я подозреваю, что вы беременны, и уже давно. Я вас перевожу в гинекологию.

Как говорится, как в воду глядел.

Если ваша разведенная и неустроенная дочь, к тому же не очень здоровая, к тому же не очень богатая, имеющая собственную взрослую дочь, вдруг оказывается беременной на ровном месте, то не надо рассчитывать на душевный подъем и силы радости.

Мария Петровна незамедлительно взяла в голову идею аборта и тут же стала ее осуществлять, ища в недрах больницы «хорошие руки», хорошую анестезию, добросовестных стерилизаторов. Такое время — за всем нужен глаз да глаз. Она так была занята «делом», что не задавала вопроса, от кого...

С той минуты, как у нее появился Кулачев, она больше не отказывала женщинам в праве любви, даже если... Ну кто-то был... Елена живая... Это было летом... Алка на даче... Конечно, надо было ей остеречься... Но не ей, Марии Петровне, судить, не ей...

Более того, она понимала дочь, которая после своего изнурительного развода, после своего мужа-зануды вдруг раз — и ударилась во все тяжкие. Мария Петровна жевала себя и выплевывала, отдавая отчет, какой могла бы быть стервой, случись такое годом раньше, до Кулачева. Сегодня гордо носимое ранее ханжество казалось ей не просто недостатком там или дурью, оно казалось ей страшным злом, тюрьмой тела, в которую как бы даже принято заточаться добровольно, гордо выбрасывая сквозь железные решетки ключ от выхода. «Нате, мол, вам!» Такой она была много лет.

Сейчас же Мария Петровна твердо решила: «Никаких вопросов. Надо помочь делом».

Она так и сказала и Кулачеву, и Алке. Большая дылда все просекла раньше всех, когда помогала матери «переехать» длинный коридор больницы из конца в конец под крышу гинекологии.

— У тебя будет ребеночек? — спросила она Елену. — Но не от папы же?

Елена ничего не ответила, чему Алка не удивилась. Скажет потом, куда денется.

Но когда Мария Петровна, как о решенном деле, заговорила об аборте, Алка спросила:

— А мама в курсе организации живодерни?

— Я ей скажу, когда обо всем договорюсь.

— Маруся! — тихо сказал Кулачев. — Пусть Лена сама все решит... Она же у нас совершеннолетняя...

— Можно сказать, совершеннозимняя, — засмеялась Алка. — Это я уже совершеннолетняя. Чуть-чуть осталось...

— Ты не в Азии, — возмутилась Мария Петровна. — А чуть-чуть тебе только до шестнадцати.

— Я лично в Азии, — ответила Алка. — Мой организм в ней.

— Перестань! — закричала Мария Петровна, а Кулачев засмеялся. Весело так, как будто это смешно...

...Елене снился Павел Веснин. Как он истаивал, наполняя ее клетки своей жизнью, как живой водой. Ее было так много, этой его жизни в ней, что она по закону справедливости отдавала ему свою, и так они перетекали друг в друга, нормальное, казалось бы, телесное дело, но и не телесное тоже, ибо в самое время счастья ее душа немножечко плакала водою слез, хотя при чем тут они, если сплошная радость и легкость, но почему-то и горе тоже?

Проснувшаяся Елена знала, что горе было от той, умиравшей в ту ночь девочки. Она не мешала им, она радовалась за них, но не удержалась, уронила слезу в их общую плоть.

«Тут и думать нечего, — сказала себе Елена. — Получается, от меня зависит убить ее второй раз... Она ведь потому к нам и пришла, что умирать не хотела... У нее не было другого варианта жить».

Решение Елены рожать так возмутило Марию Петровну, что она, как говорится, потеряла лицо. Старая, злая, некрасивая, она объясняла им всем, что такое решение может принять человек только в слабом разуме.

— В конце концов, я старалась не вникать в

подробности... но скажи мне, скажи... Отец ребенка возьмет на себя хоть часть ответственности?.. Купит коляску там... Манежик... Ведь сейчас это миллионы... Ты хоть это знаешь?

— Я все знаю, мама, — отвечала Елена. — Я даже все понимаю. Ты меня извини, но я — такая сволочь — на тебя рассчитываю... Больше не на кого... Но этот ребенок должен родиться...

— Что значит — должен? Кому должен?

— О мама! — почти плакала Елена. — Не задавай вопросов, на которые нет ответов. Этот ребенок... уже умирал однажды...

— Господи! Ты спятила? Спятила? Это что за разговоры? Про что?

— Все! — сказала Елена. — Все. Считай, что спятила. Но я его рожу... В конце концов, люди в войну рожали, под бомбежками...

— Ну и правильно, — сказал Кулачев, когда Мария Петровна пересказала ему разговор. — Поможем! Что мы с тобой, Маруся, косорукие?

— Между нами все кончено, — ответила Мария Петровна. — Между тобой и мной. Все! Я освобождаю тебя от участия в нашей дури. Живи своей жизнью, а мы будем рожать, пеленать, стирать пеленки... При чем тут ты? При чем?

Елена выписалась. Кулачеву от дома было отказано. Алка сказала Юльке, что у них в семье все спятили. Кулачев встретился с Катей, они спокойно поговорили, и он остался ночевать дома на своем диване. Катя всю ночь не спала от счастья, а утром позвонила Наталье-Мавре с глубокой благодарностью.

— Ты так все сделала тонко, что он пришел как ни в чем не бывало... Сколько я тебе должна, дорогая?

— О чем речь! — возмутилась Наталья. — Что ли мы не подруги?

Положив трубку, она крепко задумалась. Конечно, она тут ни при чем. С той встречи с сестрой, с трех-четырех незначащих слов в ее душе начался странный созидательно-разрушительный процесс.

Она продолжала принимать клиентов, засовывая мзду в чайники и сотейники, ее приглашали на телевидение, где она в течение двух минут поучала заблудшее человечество, а по телефонному голосу определяла фарингит и истерию. (Про почку она сказала тоже, но наобум, веруя, что здоровых почек у пьющей горстями лекарства истерички быть не может...) Она всем там понравилась, и даже возникла идея ее «пятиминуток» на экране. Казалось, все в масть, все в пандан... Но стояла перед глазами сестра, с крафтовыми мешками в руках, постаревшая сестра, уже бабушка, но было в ее глазах то, что Наталья определяла с ходу — «такое мне не проклюнуть». Она даже пыталась изучить таинство таких глаз — приходится же работать с разными! — но знала: эти ей не победить. В отличие от ее, глубоко спрятанных, эти были как бы на поверхности, абсолютно открыты, бездонны и плескались не таясь, почти бесстыдно.

Надо сказать, что владетели таких глаз к ней, как правило, и не прибегали. Может, припади к ней какая-нибудь несчастная, Наталья поковырялась бы в них, поизучала бы их механизм, добралась бы до секрета. Но не было таких клиенток. Не было у нее женщин с огромными светлыми глазами, и чтоб радужка вся из хрустальных кристаллов, и чтоб вокруг природная окантовка век, а не от слюнявого карандашика, и чтоб ресницы были прямыми и строгими. Как стрелы.

Нечего было Кате ее благодарить — ничего она не смогла бы сделать супротив Машиных глаз. Не смогла, хоть тресни. А оказывается, ничего и не надо было. Кончился у сестры роман с Кулачевым, игрун вернулся в стойло. И это хорошо. У нее тоже свой игрун и тоже в стойло. Когда Наталья превратилась в Мавру и сделала свои недюжинные психологические способности бизнесом, вопрос с третьим мужем стоял остро. Он у нее артист оперетты, номером, скажем, не первым, зато по шустрому делу весьма охоч.

На этот раз разговор с женой он воспринял правильно. Одно дело помеха и неприятность просто жене, другое дело — семейному бизнесу. Тем более если своей актерской удачи нет. Как миленький дал себя стреножить. Дочь от первого брака Наталья выделила еще раньше, дала ей деньги и право самоопределения. Милочка дурой не была, она умненько распорядилась материнскими дарами, заплатила большие деньги за престижные бухгалтерские курсы. Проявила смекалку и деловитость и сейчас в свои двадцать с хвостиком была в банке не последним лицом, ездила на машине, имела пистолет и черный пояс по карате. Она упивалась временем, которое было ее по составу крови, ненавидела всякое нытье и не водилась с неудачниками, считая, что это так же переходчиво, как ветрянка.

Но о Милочке мы как-нибудь потом. Она не герой нашего сочинения. Она только в связи со своей мамой Маврой, а та в связи с тем, что волею судеб оказалась сестрой Марии Петровны, которая в ту позднюю осень была одинока, как никогда, была внутренне разрушена безумным, как она считала, поступком дочери, хворала от всего этого, а тут еще сложности с выпуском газет и журналов, с их умиранием, а значит, возможная безработица, а дура-дочь на нее рассчитывает! На что?!!

Наталья позвонила на работу и предложила встретиться просто так. «Не чужие ведь».

«Этого мне еще не хватало», — подумала Мария Петровна. Но и не откажешь. Какая-никакая — сестра. Дала себе слово — ни про что свое, существенное, не рассказывать. Для Натальи — все у них хорошо. Все в порядке. Ну развелась Елена, так это, считай, повезло.

Она назвала Наталье свой адрес, но та сказала: «Я помню, Маша!»

А вот Мария Петровна как раз не помнила в своей квартире сестру. Помнила родителей мужа, его самого, всех приятелей своей молодости, а потом и Елениных школьных, помнила, как трещала квартира по швам, когда дочь вышла замуж и почти сразу родилась Аллочка.

Натальи на этом толковище как бы и не было совсем. Но она должна была быть, потому что у Марии Петровны тогда еще сумасшедшая любовь к младшей сестренке не кончилась. Значит, должно было что-то остаться и в памяти, и в сущности вещей. Мария Петровна до сих пор ощущает в старой посуде присутствие мужа, берет в руки молоток, а он укладывается в ладонь точно так, как укладывался в ладонь мужа, хотя у нее совсем другая хватка. Так вот, следов сестры в квартире не было.

Наталья все осмотрела придирчиво и похвалила Марию Петровну за то, что она хорошо сохранила квартиру, а главное, за то, что у «тебя, извини, не пахнет тленом».

— А с чего у меня должно пахнуть тленом? — возмутилась Мария Петровна.

— Ты не сердись, не сердись, — сказала Наталья. — Это ведь не имеет отношения ни к возрасту вещей, ни к возрасту людей. Это, Маша, идет от судьбы. Судьба ведь девушка живая, энергичная... Сначала мы от нее кормимся за так, как бы в кредит... Но это до времени окончания ее соков... Потом уже мы ее должны кормить. Все твои удачи — судьбе живая кровь, ну и наоборот. Я ничего про тебя, Маша, не знаю... Но ты хорошо подкормила судьбу. Она у тебя пахнет детским молоком.

«Она все-таки ведьма, — подумала Мария Петровна. — За ней глаз да глаз... А лучше пусть не приходит... Ишь! Молоко унюхала».

— Ты меня не бойся, — сказала Наталья.

— Я тебя не боюсь, — твердо ответила Мария Петровна. — Я тут до тебя тоже занималась ворожбой. Искала твой дух в моем доме. Не нашла...

— Жаль, — печально сказала Наталья. — Жаль... Значит, ты изжила любовь к сестренке...

— Так ведь и ты тоже... — засмеялась Мария Петровна. — Будем считать, что квиты...

— Но ты имей в виду, что я не имею никакого отношения к твоему разрыву с Борькой Кулачевым. Я к этому руку не прикладывала.

Сначала до Марии Петровны не дошло. Она как-то долго переваривала абсолютно ясные слова, потом по тому, как гордо вздернулась голова, как полыхнули гневом ее озорные глаза, Наталья поняла: дошло. Но лучше б не доходило, раз такая реакция. Ее просто озноб ударил от этих Марииных, считай, никаких движений — поворот головы и взмах ресниц.

— Наталья, — сказала спокойно Мария Петровна, — ты меня совсем забыла, если думаешь, что мной можно манипулировать. Нельзя. Никому и никогда. И еще я не обсуждаю ни с кем свои отношения с мужчинами. Поэтому пошли пить чай и будем разговаривать про то, что сейчас носят...

«Встать и уйти, — думала Наталья. — Я сказала главное, а отношений нам не наладить... И мы ведь обе не испытываем от этого никаких неудобств». Но если так думала Наталья, Мавра думала другое. Мавре хотелось остаться, Мавру, как в прорубь, затягивала сила этой сидящей напротив сестры. А что такое для ведьмы прорубь? Взяла да и нырнула...

И тут же почувствовала силу толчка наверх. Всему телу стало больно от этого изгнания из чужих пределов. «Нарочно заманила и выгнала, — подумала Наталья-Мавра. — Поиграла передо мной силушкой».

А Мария Петровна просто пила чай и думала:

«Вот навязалась на мою голову. Чтоб ты провалилась...»

С виду же сестры пили чай с козинаками из арахиса. И у обеих одинаково ныл от орехов один и тот же зуб.

«Я страдаю, как малолетка», — думал о себе Кулачев. Все попытки — прямые, кривые, изысканные и грубые — поговорить хотя бы на улице, хоть в подземном переходе, да в любом месте, пресекались Марией Петровной категорически.

— Наша история закончилась. Продолжения не будет, — резко и однообразно повторяла она.

Он раскручивал время назад. Все из-за этих его слов, что они с ней не косорукие и помогут Елене вырастить ребенка. Да повторись все сейчас, в эту минуту, он сказал бы эти слова снова и снова. С какой же тогда стороны он дурак? Это мучило так, что он сосал валидол почти постоянно... Так саднило в сердце.

Он разговаривал с Еленой. Та была сосредоточенной и какой-то удаленной. Токсикоз ее оставил, она чувствовала себя хорошо, попыталась думать о Павле Веснине, но мысль, видимо, была бесчувственной и одномерной. Веснин не облекался ни в тело, ни в запах, ни во вкус.

Елена старалась хорошо питаться, «сестры-вермут» просто закармливали ее витаминами. Они обижались на нее за отчужденность, ведь они за одно «спасибо» старались, поэтому уплывать от них, не махнув платком, тоже ведь не по-людски.

— Дайте ей время на себя, — возмущалась «рубильник». — Она ведь пошла на такой шаг, на который никто из нас не решится.

На этом месте все заводились с полоборота. Конечно, если не было Елены. Женщины — несмотря на витаминную кормежку и обязательство купить то и се — осуждали Елену. При муже три раза думаешь родить, а потом таки скажешь: «Нет, ни за что!» А без мужа — это уже какой-то сдвиг по фазе! Ни больше ни меньше. Старшей, Алке, сколько всего надо, а тут еще другой неимоверный расход. Мать на пенсионном выдохе. Вдова. Яко наг. Яко благ.

Но самый главный вопрос был — кто? Елена народом в романах замечена не была, на курорт не ездила, и то, что эту тему она замолчала как бы раз навсегда, будоражило «сестер».

— Устроила «Санта-Барбару» для бедных, — возмущались они. Но приходила Елена, и они доставали баночки с «домашним», что для своих детей и внуков, и кормили щедро, но и жалостливо тоже. Как убогую. И надо честно сказать, второго было больше.

Елена в этот период мало интересовалась Алкой, чему та была несказанно рада. Она училась абы-абы, только чтоб не расстраивать мать. Чтоб не расстраивать бабушку — уже не получалось.

Одним словом, к этой зиме каждый пришел в одиночестве. Кулачев страдал от него открыто, горько. Катя, счастливая оттого, что он стал ночевать дома и забросил дядькину квартиру, постепенно понимала, что ничего у нее с мужем не образуется. Никуда не исчезает стылость отношений, никаким общим ужином она не заедается. Лежа в одиночестве

щим ужином она не заедается. Лежа в одиночестве на широкой семейной кровати, она вполне резонно размышляла, что если эта тягомотина не кончится, то лучше бы все треснуло в окончательном разрыве. Что это за ворожба такая, что возвращает мужа так, что как бы лучше и не возвращала?

И тогда в голову Кати вползла, как вошь, совсем уж идиотская мысль — сестрички-ведьмачки решили извести Кулачева, чтоб не достался никому. Катя кинулась в поиск средств против этой порчи. Нашла какого-то «засекреченного спецслужбами» специалиста и скормила ему приличные денежки, а Кулачев как спал отдельно, так и спал, как сосал валидол, так и сосал. «Какая же я идиотка», — сказала себе Катя и позвонила «засекреченному», что «у них все хорошо и они уезжают отдыхать на юг».

— Это был простой случай, — важно сказал «засекреченный». — Стоило перерубить канал влияния...

— Задница! — пробормотала Катя, бросая трубку. — Засекреченная задница! Чтоб тебе канал перерубило.

Мария Петровна не позволяла себе распускаться, но попробуй не позволь. Она была озабочена сугубо материальными расчетами, и ей казалось, что она придумала выход. Когда Елена родит, ее надо будет забрать «со всеми детьми» сюда, в старый дом, где уже многие рождались и умирали. Жить одной семьей будет легче, а квартиру Елены надо будет сдавать на тот период, пока... Пока что — в голове не прорисовывалось. Жизнь впереди не виделась ясной, но хотя бы на первое время это выход из материальной ловушки. Теперь была задача сказать об этом Елене, ведь не знаешь, что у нее в голове и как она все воспримет. Тут главное, чтоб Елена не сказала: «Вот и переезжай к нам. А свою квартиру сдавай». При одной мысли об этом у Марии Петровны возникала острая боль, и хороший выход таким уже не казался. Она ведь кулачевскую отделанную квартиру так и не восприняла, потому что знала — ей в ней не жить. Только бы Елена не упиралась, только бы согласилась без условий. Тогда она выдюжит — в своих стенах, где ей помогут все умершие, которые знают именно этот дом и именно здесь дают ей силы.

Алка обсудила беременность матери с лучшей подругой Юлькой. Юлька сказала, что сейчас так принято — рожать без мужчин, а дальше только так и будет. Знает ли Алка, что многие государства имеют уже банки спермы от мужчин с высоким интеллектом и хорошим здоровьем?

— Трахаться будем с любыми, — объясняла Юлька, — а рожать сознательно, зачиная через пробирку. В этом спасение человечества. Ты посмотри на него и ахни!

Алка спросила, куда она денет любовь.

— Я же объяснила: траханье остается в силе.

— Но любовь — это же... — Алка злилась, что не знает точного ответа и выглядит дурой, а она ведь точно знает: дура — Юлька. И банки с этим самым тоже дурь. — Нас ведь с тобой зачали в объятии, — сказала она Юльке.

— Ну и где твой отец? — ответила Юлька.

— Не важно, — сердилась Алка. — Однажды был момент любви...

— Назовем это сексом, и все станет проще и яснее.

— Ты против любви? — спросила Алка.

— Где она? Где? Покажи! — Юлька разводила руками. — То-то... Это одни слова... Миром правят ненависть и зло.

Алка вспоминала свое лето и думала: наверное, Юлька права. Ей тогда просто хотелось. Но при чем тут она? Были же другие... Умнее ее, лучше ее. Они ее видели... Любовь... И она им верит, верит, будь они прокляты, эти консервы со спермой и люди из пробирки. Если впереди такое будущее, то пусть его не будет вообще.

Елена смотрела, как редко и лениво падает первый снег. Его будто разбудили среди ночи, и он едва-едва вышел на свою работу, плохо соображая, где он и что. Воистину русский снег, умирающий в процессе бессмысленного полета, спросонок, так и не осознав цель.

«А следующий первый снег мальчик уже увидит, — сказала вслух окну Елена и была потрясена сказанным. Она ведь ждала девочку, мыслила девочку, одну вместо другой, а сейчас сказала — мальчик. Она даже разволновалась, что из нее самой вышло недуманное слово. — Да нет! — сказала она себе. — Должна быть девочка... Должна...» Скоро ей назначат ультразвук, и все сразу станет ясным. Елена успокоилась и первый раз за все это время испытала радостное нетерпение.

* * *

Надо рассказать о свойстве белого цвета. Свойстве снега. Не того, едва разбуженного и умершего в полете, а того, который сделал-таки свое дело: укрыл землю белым. Это потом, когда вы провалитесь в жидкую грязь, скрытую первой порошей, вы скажете небу все, что вы о нем думаете. Но первая реакция на белый-белый снег — радость. У Марии Петровны это связано с еще одним ощущением. Она очень любила позднюю осень и голые деревья. В них она видела истинную красоту дерева, его характер, который дурные листья, на ее взгляд, только портили. Голое же, черное, острографическое дерево на фоне белого снега было для Марии Петровны верхом откровения. Именно тогда ветки и сучья были не просто для нее живыми, они были одухотворены, осмыслены, они покачивались, скрипели, гнулись, разговаривали без этой заполошной кроны, от которой только шум и мусор. Мария Петровна в эти дни могла гулять сколько угодно, не видя людей, а общаясь с деревьями. Ей стало наконец покойно, потому что виделся выход из положения, а главное, вместе с белым снегом глубоко и уже как бы и навсегда ушла боль о Кулачеве. Она сейчас чувствовала себя человеком, вышедшим из кризиса. «Нет уж! — говорила она себе. — Я себя вязать никому не давала, а уж другого вязать тем более грех». Их любовь хороша была для природы, для безделья, а когда загорлянят все, а он, как человек порядочный, станет терпеть, и мучиться, и жалеть... Он мужчина балованный, что, она этого не знает?

Была, конечно, мысль, почему бы не оставить Кулачева для природы и безделья и не встречаться время от времени, вполне подходящий вариант, и девять женщин из десяти именно так и решили бы. И правильно сделали бы, между прочим...

Но где-то мы уже упоминали, что Мария Петровна была женщиной десятой... Она думала о безмужней беременной дочери, о внучке с пышно цветущим лоном, о времени, которое наступает ей на горло, и об этой ее «страсти на поздний ужин», как она называла связь с Кулачевым.

Потом она скажет: «Я боялась горя, что он уйдет от нас естественным путем мужчины, которому не нужны чужие проблемы. Я чуяла горе и грешила на него... Горе было в другой комнате».

Последний раз Кулачев звонил на старый Новый год, потому что на новый он уехал к знакомым егерям заливать тоску.

А Мария Петровна как раз ждала его звонка. Даже Алка ждала.

— Не позвонил?! — вскричала она. — Ну и стервь!

«Значит, я была во всем права, — горько думала Мария Петровна. — И все-таки ждала как дура... Наперед тебе, Емеля, наука!»

Поэтому звонок тринадцатого января Марию Петровну всполошил.

— Я желаю тебе счастья, — сказал Кулачев, — со мной. А себе — с тобой. Других пожеланий нет. Не правда ли, я однообразен?

— Я думала, что мы это проехали, — ответила Мария Петровна.

— На морозе в лесу все прочистилось, и я вернулся новенький, но со старой песней. Знаешь, я переехал в квартиру дядьки. Она слепит меня своей белой пустотой. Этот дом строился для тебя, Маша!

— Наш журнал прикрывают, — сказала она. — Я уже оформляю пенсию.

— Очень хорошо, — ответил он. — Есть проблемы?

— Никаких. У меня стажа на двоих.

Он расспрашивал о Елене, Алке, даже о сестре-колдунье.

— Про нее не надо, — сказала Мария Петровна.

— Надо! — закричал Кулачев. — Она что-нибудь напортила?

— Господь с тобой! — засмеялась Мария Петровна. — Наоборот, она припадает на грудь... Это сложно, Борис... Это наше личное.

Дело в том, что Наталья приглашала их всех встретить Новый год вместе, выпить, вкусно поесть и забыть все плохое. Вещунья-профессионалка в голову не могла взять, что получит отказ. Она ведь построила такой грандиозный проект их будущей общесемейной любви, куда так клево укладывались роды, младенец, принесение даров и дальнейшее оберегание их всех, и дружба Елены и Аллы с ее деловой дочкой Милой, у которой все есть, но чего-то существенного нет. Одна надежда на сближение с неудачливой семьей родственников, в которой вырабатываются другие ферменты, глядишь, и девочка с пистолетом и поясом карате примет в клювик нечто ей неизвестное и доселе недоступное. В свою очередь, и внучке Алле не мешает поучиться жизненной хватке. Она, Наталья, ей скажет: «Детка! Виноград давят ногами, а получается изысканное вино». Почему ей именно это хотелось сказать Алке, Наталья-Мавра не знала. Но сидела, как заноза, эта фраза в голове для внучатой племянницы.

Ей же возьми и откажи в осуществлении новогодней мечты. Без всяких экивоков. Прямо. А тут примчалась Катя с сообщением и плачем, что Кулачев собрал вещи и ушел. Но плачет она просто так, по привычке, потому что поняла: жизни вместе у них все равно не будет, так лучше разойтись по-хорошему, она не кривая и не косая, у нее, слава богу, есть вполне серьезные поклонники, просто надо выйти из этих чертовых соплей.

— А вот чего твоя престарелая сестра от него лицо воротит, так на это у меня ума нет, — закончила Катя.

Мавра напоила ее кофе с коньяком, потом они поели грибного супа с водочкой, вернулись к коньяку, одним словом, девушки оттянулись, хотя и не нашли взаимопонимания на разлучницу Кати.

— Она сильная баба, — сказала Наталья.

— Ну и какому мужику это надо? — ответила Катя. — У нас ведь надо любить слабость, или я не так запомнила?

— Наши отношения с мужчинами — игра без правил, — ответила Наталья. — У тебя французский парфюм, а он уходит к бабе с кислыми подмышками. Другая вся проникается интересами его дела, даже выучивает терминологию, а он выбирает юристку, которая добросовестно копает под его же фирму. «Черт с ним, с делом, — говорит он. — Женщина важнее».

— Вот и меня возьми, — воскликнула Катя. — Я еще в хорошем возрасте, не дура, внешность вся при мне, в постели все умею, а он идет к старухе, которая ходит ни в чем, у которой и дочка, и внучка, и все неладно, ну?!

— Без правил, — повторила Наталья-Мавра. — Без правил.

Зимой Алка встретила на улице Мишку. Он приезжал в институт травматологии «чинить палец». Они обрадовались друг другу, время освободило их отношения от личного, и сейчас осталась только старая детская дружба.

Алка потащила Мишку домой, поила чаем, рассказывала про Юльку и ее новации про детей из пробирок. Мишку разговор смутил, и Алка подумала: «Я дура, я забыла, что он «сырые сапоги». В другой раз она не преминула бы это сказать, но сейчас промолчала, удивляясь своей деликатности. Перешли на более обкатанные темы, например, на переломы. Мишка показал, как ему пытаются выровнять палец, а он сам не очень этого хочет, потому что с армией теперь проблем не будет. Он — не стрелок. Алка очень это поддержала.

— Ты помнишь Лорку Девятьеву? — спросил Мишка — Ну ту, что все искала партию?

Еще бы Алка ее не помнила!

— Ну, что с ней? — спросила она, очень стараясь, чтоб ничего лишнего ни в лице, ни в голосе не проступило.

— Вышла замуж за того Надзора, с которым мы тогда сцепились. На Новый год венчались, а у нее было уже шесть месяцев. Ее отец сказал, что убьет Надзора, если тот не женится. И один раз побил, сильно... Венчался с побитой мордой.

Почему-то именно в этом месте напал смех. Это же надо, какое сокрушительное было то лето! Мишка с кривым пальцем, тот тип побитый и под венцом, она тогдашняя в тронутом уме. Отсмеявшись, она сказала:

— Я вспомнила, как он меня столкнул в Учу. Вот псих!

Мишка внимательно посмотрел на Алку. Она так это запомнила? Ну и слава богу! А вот он забыть не может чувство ожога от Алки, от силы их гнева — Надзора и ее, — как он просто вскипал на поверхности холодной речки. И он до сих пор не понимает: с чего так все полыхало и почему она, Алка, стала ему тогда неприятна, и хоть потом в больнице он и плакал о ней, все в нем кончилось тогда. На берегу загоревшейся реки.

Мишка этого не поймет никогда. Один раз на него пахнуло из бездны страстей, и он отпрянул. И тут же некие сторожа-блюстители взяли и наглухо заколотили где-то там в глубине его души одну дверь. И он пойдет по жизни спокойно, с исключительно нормальной температурой, ординарными чувствами, и только кривой палец будет саднить, напоминая о чем-то так и не изведанном в жизни.

Где-то все это копится... Слова, повороты головы, вздохи и взгляды — все такое мелкое и незначительное, что забывается сразу и навсегда. Мелочь. А однажды на вас сваливается Нечто. И все, что забылось и ушло как бы в другое пространство, начинает свой разбег... Мстительное незамеченное... Агрессивное неуслышанное... Жестокое пренебреженное... Может, с них все и идет?

Во всяком случае, с того момента, как Кулачев вернулся от егерей и позвонил Марии Петровне, а Катя прибежала к Мавре и сказала, что не такая уж она ветошь, чтоб ею разбрасываться, еще найдутся... С того странного слова «мальчик», которое «проговорилось» у Елены, а у Алки вырвался смех по поводу свадьбы «одной беременной» с «одним побитым», а Мишка с кривым пальцем сел в электричку и вздохнул почему-то старчески тяжело... Мария же Петровна скрепила бумажки для будущей пенсии, полезла в шкаф за сумкой с документами, а там комом лежала неглаженая чужая мужская рубашка, и она не могла сразу сообразить, откуда она у нее.

...С этих, с таких разных и самих по себе не связанных мелочей время приобрело другую скорость, оно как бы увидело цель и рвануло к ней. И первым знаком был взрыв в машине Натальи. Она только-только подписала контракт с телевидением на свою пятиминутку психолога-врачевателя, так тут же в машине рвануло. То, что Наталья осталась жива, безусловно, было чудом: именно за секунду до этого она широко открыла дверцу, чтоб та лучше захлопнулась, и вылетела в нее же взрывной волной. Она даже не успела испугаться и даже вскочила сразу на ноги, не понимая, что произошло. Ужас пришел потом, а боль — еще позже. Уже в больнице, когда выяснилось, что, кроме поверхностных ушибов и порезов, ничего страшного у нее нет, прокручивая в голове все случившееся, она памятью своей наткнулась на странное видение, которое было у нее секундно, когда она вылетела из машины. Она видела свою маму, и мама держала на руках ребенка. Наталья знала кого. Маленькую Елену. Именно ее.

Воспоминанием это быть не могло. Во-первых, Елена родилась после смерти матери. Так сказать, исторический факт. Но главное, главное...

Мама была по памяти другая, совсем другая. Она жила в постоянно переходящем спазме. То руки, то шеи, то живота. Она жила с ожиданием подкарауливающей боли, которая набрасывалась не исподтишка, а в открытую, глядя ей в лицо. Поэтому и лицо у мамы было напряженным, набрякшим... Женщина-видение была расслаблена и мягка, в ней не было страха, и она зачем-то как бы показывала Наталье Елену.

Не тот Наталья человек, чтоб, отодвинув свои проблемы, решать потусторонние кроссворды. Ну раз, ну два подумала, что бы это значило, но уходила боль — уходило и воспоминание. Вернее, даже не так. Не уходило, а отходило в сторону и как бы ждало...

Когда в больницу пришла Мария Петровна, Наталья перво-наперво ей об этом рассказала.

— Мама такая светлая-светлая... Спокойная-спокойная...

— А с чего ты взяла, что она была с Еленой? Она ее не знала, — спросила Мария Петровна. — Может, с тобой? Или со мной?

— Откуда взяла — не знаю, — ответила Наталья. — Но это была Елена.

Мария Петровна разговор на эту тему прекратила и возникшей было панике — с чего, спрашивается? — отвернула голову в два счета. Но вечером позвонила Елене и строго наказала сделать УЗИ и подумать о том, в какой роддом идти, чтоб не подхватить стафилококк. На кончике языка уже было намерение рассказать о том, как она намечтала их дальнейшую жизнь, но решила погодить. Еще неизвестно, как Елена это все воспримет. Не исключено, что придется ждать до первых трудностей быта, когда «ее выход» просто сам собой напросится и будет благом. Но саднило, саднило от «видения Натальи». И хоть одно за другим подворачивались абсолютно разумные толкования, в которых никаких страхов заложено не было, но покоя это не давало. Не случится ли чего с ребенком? Елена не лучшее время выбрала для родов, только что из развода, малокровная, бессильная, психологически раздавленная.

Мария Петровна, не получив ответа на вопрос, кто отец ребенка, никогда больше этой темы не касалась. Вся ситуация была против правил жизни, которую она прожила, но ведь настало другое время. Оно было другое во всем — на цвет, на вкус, на ощупь... Оно другим пахло. В этом времени были другие правила, а может, их не было совсем, но женщины рожали теперь детей без мужей и не рожали с мужьями. Ее Елена вышла не просто из развода, она вышла из традиционных сетей, она порвала их и захлебнулась свободой. Так думала Мария Петровна.

Елена и понесла от свободы, еще пуще думала она, а какие они, ребеночки, что от вольной воли? Жизнеспособные ли? Может, покойная мама через Наталью и предупреждает их о чем-то?

Но окончательно валун к обрыву подвинула Алка. После того как она отсмеялась тогда вместе с Мишкой, к ней вернулась легкость тела. Она даже не подозревала, какая зажатая была с самого лета, в каком напряжении были ее мышцы, откуда ей было знать, что ее прабабушка прожила со спазмом всю жизнь. Но корча кончилась. Она с удивлением ощупывала свой живот, ноги, мягкие и легкие, еще пуще удивлялась той странной, почти безумной силе, что охватила ее тогда в один день, а мучила столько... Классная руководительница, дама, продвинутая в вопросах сексуального воспитания, на беседе с девочками трендела им о презервативах и таблетках, а Алка думала, что учительница, в сущности, дура, потому что говорит о ерунде, а в жизни в человеке все гораздо круче, и на вопрос учительницы, есть ли вопросы, Алка встала и сказала:

— А не лучше ли презерватив надевать на голову? Не ближе ли это к истине?

— Какой истине? — вполне серьезно спросила учительница.

— К той самой! — ответила Алка. — Вы учите, как смазывать пистолет и куда вставлять патроны, а меня интересует — в кого я буду стрелять?

— Об этом должна думать твоя голова, — засмеялась учительница.

— Вот я и говорю, когда она думает не то, на нее надо натянуть презерватив.

Отсмеялись, но учительница Алку сцапала и отвела в сторону.

— По-моему, — сказала она, — у тебя остались вопросы.

— Ни одного, — ответила Алка.

Учительница пыталась и так, и эдак, продвинутые, они ведь все приставучие, но ничего от Алки не добилась. Решила: Алка — девочка умственная, фантазийная, а физически и сексуально отстает. Та же возвращалась и думала, что учительница просто недотраханная баба и самоудовлетворяется разговорами про это. У учительниц такое — сплошь и рядом.

Тем не менее разговор разбередил головенку. Алка шла и размышляла обо всем сразу. О бедном Кулачеве, которого бабушка продинамила. Это же надо! Такой мировой дядька, а бабушка как ножом его отрезала. Ну не дура ли? Думала о матери, которая нашла время забеременеть, и неизвестно от кого. Она хорошо помнит, как отловила ее на Грохольском без кровинки в лице. Тогда мать назвала фамилию и имя некоего мужчины, но Алка уже успела напрочь их забыть, пыталась вспомнить — никак. Алка теперь знает, как могло быть у матери: как было у нее. Не будь тогда той кретинки, Лорки Девятьевой, «тот тип» взял бы тогда ее, Алку, и повел хоть куда... Хоть в реку, хоть в лес. И она пошла бы. И могла бы сейчас носить в животе ребеночка, потому как никаких предохранительных причиндалов у нее не было, как, видимо, не было и у матери. Но она ладно. Малолетка. Но как об этом не подумала мать? Значит, это было как смерч, как вихрь, как шаровая молния. Эй ты, учительница! Ты знаешь, что так бывает? Ты хоть слышала про это? Бедная мамочка попалась... Возможно, сразу... И разве могла она после этого убить дитя, рожденное вихрем? Еще Алка думала о том, как это будет у нее и с кем... Она вычеркнула из сердца темных блондинов с культуристским разводом плеч... Ей их уже хватило. Виделся высокий, узенький мальчик — брюнет с большими карими глазами. И пусть он чуть-чуть сутулится от смущения своим ростом. Надоели незакомплексованные, гордо несущие впереди себя свое «оружие». Этот будет смущен. Не так, как Мишка — «сырые сапоги», от сверхзакомплексованности, что тоже не подарок. Он будет смущен от счастья, что в мире, где ничего не поймешь, где полным-полно всего разного, где красота валяется под ногами пополам с уродством, и часто это сиамские близнецы, так вот, в этом мире шиворот-навыворот она, Алка, выйдет ему навстречу, и он скажет ей: «Привет!»

Давайте сделаем выдох.

У подъезда Алкиного дома, опершись ногой на пенек от сломанной лавочки, стоял мальчик. Он был высокий, черноглазый, сутулый, у ног его лежал рюкзачок, и он смущенно убрал ногу с пенька и даже смахнул с него как бы грязь от собственных ботинок.

Алка даже раскрыла рот и остолбенела.

— Привет! — сказал мальчик с легким акцентом. — Я тут... жду...

Надо было сделать усилие для шага, и ей наконец удалось вынуть ногу из вязкого варева, потом с трудом вынуть другую. Она вошла в лифт с ошметками неведомого груза и слепо нажала кнопку.

Судьба прижала бока времени.

Время припустило бег...

* * *

Выписавшись из больницы, Наталья, во-первых, расторгла контракт с телевидением, во-вторых, по цепочке отменила все свои сеансы, в-третьих, вынула деньги из хрустальных емкостей, пересчитала их и спрятала, а потом, обрядившись в затрапезу и напялив темные очки, поехала к Елене. У Елены сидел Кулачев, намазывал на беленькие кусочки хлеба масло и икру и скармливал беременной девушке. Картина была вполне семейная, почти елейная, Наталья, настроенная на другой лад, была сбита с толку...

Хорошо, что была беспроигрышная тема — взорванная машина.

— Кому свинью подложила? — спросил Кулачев прямо.

— Брось! — возмутилась Наталья. — Я этим занималась осторожно. — И добавила значительно: — Тебе ли не знать... Я думаю — со мной ошибка. Не туда подцепили предмет. Я стояла рядом с такими машинками, будь здоров! Вот и вышла промашка.

— Не принижайся, — не унимался Кулачев, — не принижайся. На тебя такой был спрос.

— Все! — ответила Наталья. — Завязала. Уйду в центр нетрадиционников. Там тихо, как в могиле.

Она сама налила себе чаю, сама себе сделала бутерброд с икрой, сахару насыпала много, глотала громко, с вызовом. Кулачев засмеялся и сказал:

— Меня, кажется, выгоняют...

Уходя, он поцеловал Елену в макушку и дверь закрыл тихо.

— Чего матери надо? — в сердцах сказала Елена. — Ну скажи... Чего?

— Она боится, — ответила Наталья. — Боится разницы в возрасте. Боится другого уровня жизни. Боится изменений... Она ведь считала, что уже пришла, что уже остановилась, а ей предлагают идти и идти дальше... Страшно.

— Ты же сама говорила, что она сильная.

— Так с сильными это и происходит. Слабых несет ветер. А твоя мать всюду пускает корни...

— Жалко, — печально сказала Елена. — Жалко... Сколько там жизни осталось...

Наталья вздрогнула от этих слов. Нельзя такие слова говорить, нельзя.

— Не смей так говорить! — закричала она. — Не смей!

— Ты на меня не кричи, — сказала Елена спокойно. — Не тебе от меня мою мать защищать. Ты вообще как в нашей жизни возникла? А главное — зачем? Я все хотела тебя об этом спросить.

— Долго рассказывать, — ответила Наталья. — Но я, как ты говоришь, возникла... Я, может, и сама не хотела, может, мне без вас спокойней было бы, но случилось как случилось... Мы родственники, Ленка, и нам надо держаться друг за друга. Ну что нам делить?

— Нечего! — засмеялась Елена. — Все твое — твое...

— Ну прости меня за то, прости! — тихо сказала Наталья. — Очень прошу — прости.

— Наташка! Не в тот угол молишься! Ты перед матерью виновата, не передо мной.

— Она не простит, — тихо ответила Наталья. — Твоя мать — такая штучка, каких черт не видывал... А я перед ней даже на колени бы встала...

— Это зрелище, — засмеялась Елена, — не для слабонервных. Поэтому не становись уж... Тем более что действительно скорей всего встанешь зря.

Остро вспомнилось, как становилась на колени мать, когда Елена подбивала ее судиться за наследство. Как они ее тогда поднимали с отцом, а в глазах матери такое было непрощение... Кому? Им? Что начали этот бесполезный разговор? Наталье, за то, что превратила любовь к себе в нелюбовь к себе же? Жалкому их безденежью?

«Какая же я была стерва», — думала Елена о себе той, но не было в мысли гнева. Думалось как бы и не о себе и как бы со стороны. Последнее время с ней так бывало часто: люди, события начинали существовать отдаленно-отдаленно. «Это потому, что я ношу, — думала она. — Во мне мой мир, а остального мне не надо». Но и эта, объясняющая, мысль тоже существовала там, где Елена как бы и не существовала. Вне ее.

Вот, к примеру, сидит Наталья. Если прикрыть глаза, то можно увидеть, как она растворяется в чистом... пламени ли? небе ли? В чем-то... «Так вот накатит, — думала Елена, — а ты живи, как живая с живыми. А ты не здесь и не с ними».

Они молчали, в их молчании то ли рождался дурак, то ли пролетал ангел, но это было производительное молчание, ему бы еще несколько секунд, чтобы пройти по хрупкому мостику истины, но распахнулась дверь, и влетела сияющая Алка, ведя за собой высокого, смуглого, сутулого паренька с огромными смущенными глазами.

— Мы тоже хотим чаю! — закричала Алка. — Его зовут Георгий.

Елена и Наталья споро вскочили со своих мест и закрылись в комнате, вид у них был слегка заполошенный и даже несколько угодливый.

— Грузин, — тихо сказала Наталья.

— Армянин, — не согласилась Елена.

— Чеченец! — сказали обе одновременно и засмеялись.

И вот тут точно — пролетел ангел.

Алка намазала бутерброд икрой, а мальчик замахал на нее руками.

— Я это не ем! — сказал он тихим голосом.

— Таких людей, чтобы это не ели, на земле нет, — ответила Алка.

— Есть. Это я. — И добавил: — И ты не ешь... Это для твоей мамы. Ей нужно. Папа для нее купил.

— У нас нет папы, — с чувством сказала Алка, чтоб раз и навсегда закрыть этот вопрос честным путем.

— Тем более, — ответил мальчик, — ей нужен хороший продукт. Спрячь, пожалуйста, икру.

И Алка спрятала, хотя за секунду до того хотела

откусить от бутерброда смачно, чтоб ему стало завидно. В холодильнике было много даров от Кулачева. Алка выставила аккуратненькие, в ячеечках кексы.

Пили чай и смотрели друг на друга. Когда попили и Алка стала собирать кружевные бумажечки, в которые была завернута каждая кексинка, то нашла только свои.

— Где твои бумажки? — спросила она.

— Получается, что я их съел, — смущаясь, ответил Георгий.

Вот в этот момент у Алки и оборвалось сердце. Ухнуло куда-то вниз, затрепыхалось, заегозилось, а когда вернулось на место, Алка была не Алка. У нее закипали слезы, ей хотелось спрыгнуть с крыши, защитить маму и ее ребеночка, попросить прощения у бабушки, простить дуру-учительницу, отдаться этому мальчику и умереть от счастья.

Елену определили на сохранение, и ее надо было отвезти на машине. «Сестры-вермут» всполошились, потому что те, у кого были машины, поставили их на прикол из-за гололеда.

— Не берите в голову, — сказала им Елена. — Я найду. — И увидела, как они облегченно обрадовались. Именно в этот миг настигло Елену странное чувство отстраненности от всех проблем. Все как бы не имело значения, что было полной дурью, полнейшей! Как могли не иметь значения все эти проблемы с отвезти-привезти в ее случае, если частника-водилу ей просто не осилить? Тем не менее побуждаемые поверхностным, бытовым сознанием мысли глубоко не проникли — скользнули и ушли. Она сказала матери, что надо ложиться в больницу.

Мария Петровна даже обрадовалась, что Елена будет под приглядом. У нее сидела внутри осторожная дрожь от рассказанного Натальей сна. И конечно, она тоже сразу подумала о машине, которую надо найти.

— Уточни время, и я заеду за тобой на машине.

— С машиной сложно, — ответила Елена. — Гололед. Ездят одни крутые.

— Уточни время, — повторила Мария Петровна.

После нескольких звонков знакомым омашиненным подругам, услышав самые искренние и самые соболезнующие отказы, Мария Петровна взяла себя в рот и с чувством выплюнула. Была противна эта жалкость просьб, была противна собственная неустроенность: что же это, я дочь до больницы довезти не могу? Что же я такая косоруко-косолапая?

У Марии Петровны пальцы не тряслись, когда она звонила Кулачеву. Они были деревянными и не гнулись.

Он примчался в тот же вечер, и она, пока возилась с замками, просто упустила момент, когда он ее обнял. Щелк-прощелк деревянными пальцами, и уже вся в руках, обхвачена и захвачена.

Она уткнулась ему в грудь, услышала тарабах его сердца, даже как бы уловила синкопы, по-медицински они называются тоже красиво — экстрасистолы. «Господи! Как хорошо! — подумала она, вдыхая запах его одеколона, тела, чувствуя, как в нежности его рук окостеневшие ее пальцы становятся гибкими и способными ощутить под рубашкой майку, угадать под ней бугор его плеча, а скользнув вниз, вникнуть в теплую подмышку, такое удивительное, сладкое возвращение в свои пределы, домой. — Господи! Как хорошо!»

Кулачев замер, держа ее в руках, боясь спугнуть счастье. С этой женщины станется — вырвется, вытолкнет. Но ведь ему такая и нужна — своя-несвоя, награда, которая уходит сама, когда захочет...

— Ну что же ты со мной делаешь? — тихо сказал Кулачев в ее макушку. Седой круг ее волос нахально захватывал пространство головы, а он знал, как она к этому относится — к собственным заброшенным угодьям. Плохо относится. И до сих пор следила.

— Потому что сверху это выглядит лысиной! — так она ему объясняла летом, когда он предложил ей не красить волосы.

Сейчас в этой забытой седой тонзуре скрывалось признание страданий Маруси, ее смятения перед всем случившимся.

— Что же ты, дурочка, делаешь с нами? — спросил он тонзуру. — Кому же от этого лучше? Живу в пустой квартире один, как идиот... Пью водку...

— Не ври, — сказала Мария Петровна.

— Не вру, — ответил он. — Иначе не могу уснуть...

— Ну... не знаю, — сказала она, выходя из рук. — Она скоро рожает... Ее кладут на сохранение, я все придумала, как будет потом.

Она рассказывала ему подробно, даже излишне. В этой излишности и было самое главное — ее неуверенность, что проект будет принят. И она толклась на частностях, мелочах, доказывала — себе? Елене? — как оно хорошо придумано! Она даже употребила чужое ей слово «клево», что доказывало: Маруся видит перед собой и Алку как возможного оппонента.

— Сядь, — сказал он. — Проект хорош за неимением лучшего. А лучший есть. Никто никого не трогает, и все остаются на местах. Я переезжаю к тебе, а мою новую квартиру оставим Алке, когда ей понадобится.

Мария Петровна испытала почти ненормальное счастье. Как было хорошо! Но, уловив именно ненормальность, решила тут же придавить и счастье.

— Не будем возвращаться к теме, — сказала она не своим голосом.

— Будем! — сказал Кулачев. — Я переезжаю к тебе сегодня.

— ...Ее кладут на сохранение в сто пятнадцатую больницу. Ты меня слышишь? Что с тобой?

— Какие проблемы? — сказал Кулачев.

— Ты ездишь по гололеду?

— Еще как! Я гололедный ас...

— Я бы тебе не позвонила...

— Да здравствует сохранение и гололед! Да здравствует сто пятнадцатая группа крови...

— Что ты мелешь?

— Я спятил.

Он хитрый. Он воспользовался моментом и снова обнял ее... И она поняла, что надо сдаваться. А главное — как этого хочется...

Елена сказала в палате, что муж в командировке, а через два дня к ней пришел Кулачев, и беременные подружки спросили:

— Он тебе кто? Любовник?

— Почему не брат? Сват? Шурин? Деверь? — возмутилась Елена.

— Точно любовник, — сказала лежащая глобусом живота вверх Вера, попавшая сюда по причине плохо видящих глаз. «Мне тужиться опасно», — объясняла она. У нее прекрасно срабатывал закон компенсации — плохо видя, Вера слышала любой секрет в чужое ухо и радостно делилась открытиями. Именно она выклевала тайну, что молодой ухоженный мужик любовник не Елены, а ее матери, женщины немолодой и строгой.

«Только мне этого не хватало, — думала Елена. — Обсуждать с ними маму».

Но они сели вокруг нее кружочком, даже Вера приподнялась на локоток и сказала:

— Да ладно тебе... Разбежимся в разные концы и сроду не увидимся... Как это у них началось? Кто кого охмурил?

— Я не разговариваю с матерью на эти темы, — ответила Елена.

— А с кем же ты разговариваешь? — строго спросила Вера.

— У нас в семье это не принято. Ни с дочерью, ни с матерью... Это табуированная тема.

— Какая? — спросила Вера. — Мать гуляет с дядькой, который годится тебе, и вы про это ни гугу?

— Девочки! — сказала Елена. — Мне сердиться вредно, но если вы меня не оставите в покое, я устрою скандал. Я такое устрою, что мы все родим преждевременно.

— Скажи одно, — все-таки вставила слово Вера. — Всего одно. Он детей бросил ради твоей матери?

— Нет, — ответила Елена. — Нет у него детей. Все? Все!

Мысль, сделав нехитрый переворот, сошла с колеи и побрела туда, куда не звали. К Павлу Веснину. Не раз и не два пыталась дойти Елена в это зафлажкованное место — резервацию под его именем. Идти или не идти дальше? Искать или не искать? И всегда все кончалось одним и тем же: она его непременно нашла бы, будь она пуста. Тогда поиск был бы не поиск, а просто игра в угадайку: «Ты меня помнишь? Ты меня знаешь?» Сейчас же — что бы она ни говорила и как бы себя ни вела — задача дается ему. Как ты поведешь себя, Павел Веснин, в этом случае? А? Как? Но ведь она сама пришла к нему в ту ночь? Сама!

Нет, если бы он хотел, он бы уже объявился хоть раз. Приехал бы и позвонил в дверь. Значит, это была «в той комнате незначащая встреча». И ребенок у нее не от него... Он скорей от той погибшей девочки, что уронила на них слезу.

В больнице отметили, что у Елены все показатели пошли на минус, и ее положили под капельницу.

Наталья у места своей аварии оказалась неожиданно. Только-только отколупнула с лица струпья после несчастья и научилась тональной пудрой скрывать розовые пятнышки от них.

С тех пор как она бросила свой плодоносящий бизнес, прошло всего месяца два, но течь в дому образовалась приличная. Главное же, опереточный муж, смирно стоявший в дорогом стойле, быстро отвязался, объяснив это тем, что ему, творческому человеку, стало утомительно перебирать ногами в одном месте. «Застой», — образно сказал он о стойле.

Наталья ждала, что в этот момент у нее загорячеют ладони и возникнет тонкая звенящая струна, и вниз по струне к ней придет знание в виде слова ли, изображения, касания, и твердая, как кристалл, или густая, как горячий асфальт, проблема ли, неизбежность превратится сначала в облако, потом в туман, потом в кольцо дыма, а потом просто исчезнет навсегда, оставив после себя легкий запах сгоревшей бенгальской палочки. Но со времени аварии она была бессильна. Тогда, сразу, отказывая своим клиентам, она думала, что поступает так, руководствуясь неким высшим смыслом, а оказалось, руки, выбиравшие деньги из вазы, знали все раньше. Денежки надо поберечь.

Теперь, когда спали струпья с лица и муж вышел из пут, в которые вошел сам добровольно и радостно, Наталья поняла, что жизнь ее выкинула из машины не только в прямом смысле, но и в некотором другом тоже. Она думала, сколько еще сможет продержаться на старом ведьминском авторитете, используя накатанные приемы, а то, что к этому надо будет прибегнуть, не вызывало сомнения: она привыкла жить хорошо, начиная считать деньги сначала со ста, потом с тысячи, потом с десяти тысяч, потом с пятидесяти долларов, перед самым вылетом «в дверь, как в трубу» сто долларов были у нее расхожей бумажкой на день. Надежды на работу среди нетрадиционников лопнули. Кучно держались только слабаки. Те, что знали «струны и горячие ладони», предпочитали индивидуальную трудовую деятельность. И правильно делали, между прочим.

Оказаться без таланта и без хорошего счета в сорок лет — это штука посильнее, чем фауст-патрон. Это атомная бомбардировка, когда на стене после тебя останется одна тень.

Нет, Наталья еще не была в той панике, которая уже поражение. Нет и нет! Больше всего она злилась на мужа и сейчас прикидывала варианты. Что дешевле: быть с ним или не быть. Не проще ли его выделить... Снимая ему, к примеру, квартиру. «Самое дешевое, конечно, — думала Наталья, — его отравить. Это, конечно, я так, в порядке бреда... Но вариант красивый... Я бы его хорошо похоронила».

Именно на этой увлекательной мысли ее захватил звонок: звонила Мария Петровна.

— Елене поставили капельницу, — сказала она. — Я очень беспокоюсь. Не можешь ли ей помочь ты... своими методами?

«Господи! Где ты была, сестра, два месяца назад, когда от меня шел ток!» — подумала Наталья. Но сказала другое.

— Конечно, — сказала она. — Где она лежит?

Попала же она на место собственной аварии, потому что хотела по дороге захватить «одну ведьмочку» из молодых, да раннюю, которая ее, Мавру, чтила, которая с ума спятит, что та ее о чем-то просит. У Натальи есть хорошее объяснение: родственница. Она, Мавра, родственников не пестует. Запрет, мол, ей такой дан.

В их деле, где начинается правда, а кончается вранье, никто не знает. Сам человек не знает: плетет, вяжет лыко, а глядишь — у него в руках уже серебряная нить... Но не факт, что надолго красавица-нить попалась в руки... Глядишь — опять лыко.

Ведьмочка жила почти на том самом перекрестке, откуда вперед головой вылетела Наталья, а Мавра, сердешная, сгорела дотла.

Ступив на асфальт, Наталья почувствовала жар и изнутри, и извне. Так уже было в детстве. Она забыла про это, а сейчас вспомнила. Перед тем самым последним маминым гриппом. Она играла во дворе, сгребая лопаточкой грязь. Ночью выпал снег, но утром растаял, и ей так тогда хотелось добраться до беленьких кучек, что еще гнездились там, где не топтались люди. Она пробивалась к снегу лопаткой, а мама кричала, чтоб вышла из грязи. Мама выбивала половик, который свернула с вечера, мечтая бросить его на чисто-белый снег, а снег исчез, и приходится по половику тюкать выбивалкой, а была мечта о снеге, была...

Так вот, вдруг маленькая Наташа почувствовала жар изнутри и снаружи. Мир на минуту стал другим, без снега, без грязи, без половика, без выбивалки... Без мамы... Она смотрела в ту сторону, где была мама, но там не было никого... Там абсолютно никого не было...

...Сейчас же — наоборот — мама была. Она опять стояла, держа в руках Елену, как тогда, в первый раз.

— Что ты мне хочешь сказать? — спросила Наталья. — Если помочь ей, то я туда и иду.

Но в этот миг как оглашенная выскочила из подъезда «ведьмочка» Клара, круглая, как колобок, девица, вся в перетяжечках, как младенец. От нее тоже шел жар, отчего Натальин жар скукожился, засох, свернулся, обратился в прошлогодний лист и пристал к сапогу. Наталья аккуратненько сняла лист и спрятала в сумочку. Клара внимательно следила за этими странными движениями. Мавра — мастер в их деле и просто так грязь с улицы в сумку не положит. Хотя у пройдошистой Клары была и другая мысль, погрубее, попроще: Мавра положит любую грязь хоть в сумку, хоть к сиськам — для понту! Дело это известное, жизнью проверенное, не напустишь туману и тайны, ни черта не сработаешь. Их рыбешка очень уж часто ловится на кусочек дерьма. Но то, что Мавра ворожит перед ней, Кларой, которую сама и пригласила, обижало. Я-то тебе не клиент!

— Меня на этом самом месте звезданyло, — сказала Наталья.

— Да ты что! — восхитилась Клара. — Я знала — рвануло машину, но не знала, что тебя. — Хотя прекрасно все знала.

— Меня! — засмеялась Наталья. — Но я уверена — по ошибке. Я чернотой никогда не занималась.

— А я занималась, — сказала Клара. — Но бросила — очень потом болит физика. Видишь? — Она показала Наталье запястье. На нем странно была сдвинута кожа, как будто ей кто выкручивал руку, а сумел скрутить шкуру. На перетяжечках это виделось особенно хорошо. — Болит, сволочь. Сейчас вот болит. Ты на меня не действуй, ладно?

— Я сегодня пустая, — ответила Наталья.

— Ну и хорошо, — обрадовалась Клара. — Значит, болит от чего-то другого.

Но потом, пока ехали, у Клары рука прошла, трепались про разное, в основном про мужчин. Клара была незамужней и не торопилась: ждала знака судьбы. Наталья в этом разговоре вернулась мыслью к собственной ситуации — отпустить «своего козла» на волю или не отпустить, а Клара возьми и скажи:

— У тебя еще будет мужик. Военный чин. Так что не держись за оперетту...

Клара сказала и пожалела, потому что тут же поняла, что потом и «чина» не станет. Она косила глазом на красавицу ведунью и пыталась разобраться: что же не так с коллегой по работе, какой такой у нее изъян, что быть ей до конца одинокой... «Дала бы, что ли, ладонь посмотреть...» Клара примеряла судьбу на себя — тоже ведь одна, и в очередь никто не становится. Может, все дело в даре? Тогда, может, ну его? А как его ну? Клара вся сжалась, свернулась в себя, а эта великая Мавра аж трепещет от ее слов, засветилась, дурочка.

А Наталью действительно охватил трепет восхищения Клариным даром. Она так не умела сроду, в самые лучшие свои моменты, когда, казалось, все знала!

«Я ведь даже заблокироваться от нее теперь не могу», — думала она. Сжала ладони, потом расслабила, еще и еще...

— Ничего не вижу, — засмеялась Клара. — Не дрейфь.

Наталья давно думала об этом неуправляемом, неукротимом выплеске неведомой энергии, которая обрушилась на людей вместе со всем другим обрушением. Произошел сдвиг, и обнажилось потайное, и что с ним делать, куда его девать нынешнему человеку-обрубку, неясно. Он слепой, глухой и давно ничего не слышит. Его душа, как дурочка на базаре, ходит, бормочет, стыдит его. А он ей: да пошла ты, мразь!

Кому дано объяснить это время и этого человека, какому ведуну? Люди все поголовно живут со сдвинутой психикой, в крайнем случае со сдвинутой кожей на запястье.

Елена посетителям обрадовалась, сказала, что капельницу уберут завтра.

— Тут у нас нянечка, она ругается на лежачих, кричит, что рожать-то будут ногами! — смеялась Елена.

Посидели, поболтали. Клара тайны своей профессии не скрывала, поводила по палате руками, плохо видящей Вере сказала, чтоб та не маялась дурью — ребенок из нее выскочит, как пуля. Другим жаждущим тоже пообещала разного хорошего.

— А вы сами рожали? — спросила у Клары одна периферийная с не тем резусом.

— Мы сами не рожали, — ответила Клара. — Мы сами девушки.

— Откуда же вам тогда знать? — поджала губки резусная. — Тут ведь такая тонкость...

Клара тяжело, с натугой вздохнула и сказала, что неверующая из русской глубинки может ей не доверять, но все-таки пусть после родов муж на нее не наваливается сверху своим огромным пузом, нечего стесняться, надо сказать, что есть и другие способы любви. Резусная натянула на голову одеяло и не вылезала до самого ужина, а после ужина сказала, что понятия не имеет, как это мужу можно сказать про такое, как будто про это вообще говорится.

Но это было уже вечером, Елене сняли капельницу, и она расхаживала по коридору. Наталья же была дома и думала нелегкую думу.

Дело в том, что Клара сказала сразу:

— Ты беспокоилась о ребенке? Все в полном порядке. Такой парень! Но я тебе скажу прямо... что-то тут не так... Я не поняла что... Может, права та дура, которая меня уличила в незнании... Что-то не так...

— Что? — приставала Наталья.

— Ну не знаю, не знаю, — отвечала Клара. — Не приставай больше. Ты же видишь, я не вру, не скрываю... я не понимаю...

И теперь Наталья ждала звонка Марии Петровны, которая тоже спросит «ну?», и она ей соврет: скажет, что все в порядке, ребенок, мальчик, здоров, а Елене сняли капельницу.

И хватит с ними. То их не было, родственников, а то сразу стало много-много. Свои дела вставали во весь могучий рост. Наталья собиралась еще раз сходить на место аварии, где ее охватил сегодня огонь и жар и она вспомнила, как мама выбивала половик. Сходить надо поздно вечером, когда на улице мало людей, это, конечно, по нынешнему времени дело небезопасное, мало ли какая подворотня что в себе хранит. Значит, надо взять с собой Милку. Пусть невдалеке посидит на стреме в машине с пистолетиком в кармане. Пусть девочка посторожит маму, идущую за тайной.

Казалось, обо всем договорились: Кулачев переезжает. Но в последнюю минуту Мария Петровна все поломала.

— Маруся! Господи! Ну почему? — чуть не кричал Кулачев.

— Подожди, — отвечала она. — Все-таки я заберу ее после роддома к себе. Заберу. Хотя бы на первое время. Она очень слаба. Тебе же будет неудобно. Ты хоть знаешь, что такое крохотулечка в доме? Да и Лена будет смущаться. Я помню, как стеснялась своего свекра, когда у меня на халате проступало молоко. Я оттягивала халат, и оно бежало по животу, липкое, щекотное...

Сказать ей, как он, Кулачев, хочет это познать даже вот таким способом, через чужого ребенка? Он просто не сомневается, как она вытянется струной и скажет ему одним из своих холодных голосов: «Ты вполне можешь это иметь естественным путем». Опять объяснять, что она — его единственная женщина, и что если она не может ему родить, то это куда меньшая потеря, чем если родится ребенок без нее? Поэтому Кулачев смолчал. И попросил только не гнать его без нужды и раньше времени. «Иногда ты ведешь себя как городовой». Марию Петровну сравнение насмешило, а Кулачев просто с ума сходил от счастья, когда она смеялась и была мягка.

Мария Петровна хотела, чтобы Алка во время материной больницы жила у нее, но не тут-то было. Алка ей доставалась только по телефону, голос ее всегда был в состоянии бега и исчезновения. Но было что-то в нем, что останавливало Марию Петровну от лишних вопросов, а главное — от лишнего беспокойства. Алка просто сочилась радостью, и надо быть полным идиотом, чтобы влезать в эту радость пальцами и вопросами.

Когда Елену положили в больницу, Юлька сказала, что это замечательный момент собраться «хорошенькой компанией». И была удивлена Алкиным отлупом.

— Нет, — сказала та. — Я переросла счастье коллективизма.

На самом же деле день ее был поделен на школу и на охоту. Георгий, грузин-полукровка из Абхазии, приехал в Москву к русской бабушке, днем пек лаваш на Бутырском базаре с дядей по грузинской линии, вечером ездил в университет слушать лекции с вечерниками, хотя со всеми этими военными делами на его родине у него даже аттестата не было.

Бабушка его жила в подъезде Алки, а Алка ее терпеть не могла за страстную приверженность ко времени, которое Алка не помнила по причине малолетства. В этом далеком времени «дети не пекли лаваши на базаре», «дети имели аттестаты», «дети жили дома» и у них были «дороги жизни», «понятия правил» и «уважение к взрослым». Однажды, еще до Георгия, Алка сказала «этой старухе», что у нее лично, у Алки, тоже есть и дороги, и понятия, и уважение и не надо к ней цепляться.

— Ты ходишь ни в чем, — сказала старуха.

Алка посмотрела на свои голые ноги, на свой пуп, на кончики пальцев с розовыми ноготочками, как у мамы. Ей все это нравилось, и это нельзя было назвать ничем.

— Я одета в красоту молодости, — гордо сказала она старухе, совершенно не имея в виду сердечного приступа у той. Но бабка просто вывалилась из лифта и все верещала, верещала, как она, Алка, пропала пропадом в этой жизни. Елена ходила объясняться, вернулась и сказала Алке:

— Значит, так. В лифт с ней не садись. Увидишь на улице — переходи на другую сторону. Задаст вдруг вопрос — ты немая. Поняла?

Алка засмеялась и стала садиться со старухой в один лифт и всю их общую дорогу мычала.

Ну могла ли она знать, что у этой идиотки такой внук? С генетикой ведь не все ясно. Никто не обращает внимания на то, что Мендель был монахом, а значит, хитрецом, что он заморочил людям голову горохом, скрыв что-то всамделишное, главное. Это все равно как если бы в электрических столбах мы искали тайну электричества. Алка сказала об этом учительнице биологии, и та пошла пятнами.

— Несчастному Менделю еще от тебя не доставалось, — сказала она Алке.

— Я жить по гороховому правилу не хочу, — ответила Алка. — Мендель — хитрован. Я точно знаю, что есть другой закон природы или, если хотите, Бога. Я его чувствую, а сказать не могу.

— Ты — доказательство моей теории, — сказала Алка Георгию. — У тебя такие жлобы родственники, а ты как с другой планеты.

— Если ты будешь обижать мою бабушку, — сказал он, — я буду умирать тяжелой смертью.

Можно после таких слов мычать в лифте? Алка стала ходить максимально прикрытой, «здрасте» бабушке кричала с другой стороны улицы, и та объясняла народу, что «стоило ей взяться за ребенка», и «распутства как не бывало».

Так вот пока Елена лежала в больнице, Алка после школы ездила в лавашную и горячим хлебом расстроила себе желудок. Потом она провожала Георгия в университет и пару раз была на лекциях, но ей они активно не понравились. «Шулеры и шаманы», — сделала она свой вывод и о студентах, и о преподавателях.

Вечером же она отлавливала Георгия, когда тот возвращался, и случалось, если не сталкивалась с его бабушкой, перехватывала его. Тогда они пили чай, болтали, Алка умирала от жалости, глядя в его усталые глаза, предлагала сачкануть разок-другой из лавашного рабства, но он качал головой и объяснял, что дядя за него поручился.

Неведомая, странная жизнь приходила вместе с Георгием в их квартиру. Она уводила от мыслей привычных и беспокоящих. Почему долго лежит в больнице мама, вся наширканная иголками? Почему у бабушки-любовницы нет в глазах счастья, а один за все испуг? И что это за родственница свалилась им на голову — и звонит, и пристает, и вяжется. Наталья Алке не понравилась с первого взгляда, она так и сказала единственному нормальному в семье психов Кулачеву:

— Меня от этой тетки с души воротит.

— Не говори ей об этом, — засмеялся Кулачев. — Козленочком станешь!

Алка до мелочей помнит тот день. Позвонила бабушка и сказала, что Елена хочет видеть Алку.

— Я и сама собиралась, — пробормотала Алка.

Было воскресенье, она встала поздно. Представила Георгия в белом колпаке в лавашной. Вздохнула. С наружной стороны окна по жестяному козырьку ходила синичка, Алка ей постучала в окошко, птичка было вспорхнула, но поняла, что не стоит бояться, и вернулась на жестянку. Потом Алка почему-то долго ждала, когда вскипит чайник. Вообще время казалось тягучим и вязким. Чайник не закипал, автобус ехал сонно. Даже в метро не было скорости, Алка на эскалаторе услышала чей-то вскрик: «Поумирали вы все, что ли?»

Мама сидела в кресле в самом углу холла, а на другое кресло положила кофту, книгу и сумку: «произвела захват места». Но, как выяснилось, нужды в этом не было, народу было мало, и кресел пустых было полно.

Алка подробно (удивляясь этому!) рассказала, что и как в школе. Рассказала о Георгии и о том, что с его бабушкой у нее все о'кей.

— Даже? — засмеялась Елена.

— А что поделаешь? — вздохнула Алка.

Была выдана и информация о бабушке — «не пускает Кулачева навеки поселиться, потому что собирается забирать тебя к себе».

— Она мне говорила, — ответила Елена. Ее лоб прорезала неизвестная Алке резкая поперечная морщина, вместе с известной продольной они образовали на лбу Елены крест, и Алка не знала, как и что сказать, чтоб мать убрала эту новую морщину.

— Я хочу тебе рассказать об отце моего ребенка, — вдруг сказала Елена. — Это вовсе не значит, что я собираюсь ему об этом сообщать. Отнюдь! Я не знаю этого человека совсем... Он однажды ночью свалился мне на голову... Я его сначала выгоняла, а потом сама пришла к нему в постель... Сама... У меня не было в жизни такого никогда... Утром он ушел... У него были дела... Плохие дела... Но это не важно... Он мог прийти, если бы хотел, еще, но он не пришел... Никогда больше... Со всех сторон. обидно и глупо... Со всех...

— Ты мне говорила его имя, а я забыла, — сказала Алка.

— Павел Веснин...

— Почему ты торчала тогда у Склифа? — спросила Алка.

— У него погибла дочь... Я думала, у меня будет девочка... Одна за другую... А идет, кажется, мальчишка... Его надо назвать как отца...

— Ну и назовешь! — ответила Алка. — Это же твое право.

«Господи! — подумала Алка. — Какое это вообще имеет значение? Имя? О чем она морочит себе голову, прорезая на лбу крест! Ей же надо о веселом!»

— Хочешь анекдот? — сказала Алка. — Как раз про имя! Батюшка ведет урок закона Божьего в школе. Вызывает одну фефелу и спрашивает: «Ну, Мария, отвечай, как звали первого мужчину?» — «Валера, — тихо отвечает фефела. — Валера».

Они хохочут долго, громко, и лоб Елены делается молодым и гладким.

«Всего ничего, — думает Алка. — Смеяться надо побольше».

— Мам! Не бери лишнего в голову. Как хочешь назвать, так и назовешь. А как назовешь, так и будет правильно. Я за тебя всегда и во всем.

— Расскажи мне подробней про своего мальчика, — просит Елена. — Он красивый... Ты этого не боишься?

— Красоты? — не понимает Алка.

— Ну... Много вокруг будет женщин...

— Он же ненормальный! — смеется Алка. — Он верит во все заповеди.

— А как же его бабушка?

— Он говорит, что у каждого свой путь. Веры и

безверия. Истины и лжи. Можно помочь, если можно... А простить нужно всегда.

— Аллочка! Как же ты с ним уживаешься? С твоим характером?

— Никак! — отвечает Алка. — Я плюнула на характер. Он — такой, и все тут. Получается, что мне такой малахольный нужен...

Елена снова смеется, и лоб ее светел и красив.

Когда Алка ушла, Елена вынула из книги конверт, на котором было написано: «Для Кулачева Б. А.». Ребром конверта она постукивала по ручке кресла. Через час она ждала к себе «рубильник». Когда она отдаст ей письмо, все уже будет сделано.

...Вот уже долгое время то состояние отстраненности, неприсутствия в этом мире, которое раньше являлось к ней время от времени, теперь пришло и поселилось навсегда. Странно в этом случае выглядело это слово — навсегда. Глупо выглядело. Ибо навсегда не существовало, а существовало строго определенное время, уже отмеренное судьбой. Странным было и отсутствие страха перед тем, что, она знала, ее ждет. Как выяснилось, знание было в ней давно, оно по капельке проникало и охватывало ее всю, неся вместе с собой какие-то удивительные, доселе неведомые чувства. Чувство какой-то дальней радости, где-то ждущей ее... Чувство освобождения от каких-то мучительных веревок, от несовершенства себя самой и одновременно дороги к себе другой... Она никогда сроду не занималась, не интересовалась мистицизмом, более того, не любила разговоры про то, что там... Она бы и сейчас не стала об этом говорить, потому что ничего нельзя объяснить... Нельзя... Это не запрет, нет... Бесполезность... Она уходит... Уходит спокойно, потому что отмерено время... Осталось немного вдохов, слов, касаний...

— Привет! — сказала «рубильник».

Елена с нежностью смотрела на широкое некрасивое лицо женщины, которая должна была выполнить ее последнее поручение.

— Ты как? — спросила «рубильник».

— Замечательно, — ответила Елена. — Была Алка. Вся в любви.

— Да ты что?

— Так слава же богу. Это дар небес.

— Ну... — сказала «рубильник», но спохватилась: — Дар так дар...

— Варя! — сказала Елена. — Я тут тебе одно задание напридумала. Отдашь письмо маминому приятелю. Не сегодня и не завтра... Даже не знаю когда... Но я тебе потом скажу когда, важно, чтоб оно было у тебя. При тебе.

Варя-«рубильник» подтянулась, и лицо ее стало строгим.

— Это не плохая весть, Лена? — спросила она. — Плохую я не понесу.

— Это хорошая весть, Варя, клянусь! Я тебе потом скажу день...

— Какие проблемы, — ответила Варя, пряча конверт. — Будет при мне, и отдам.

Они еще сплетничали и пили домашний компот, Елена настояла на питии на двоих. Варя смотрела на светлое Еленино лицо, и что-то беспокойно торкалось в ее груди, но Елена смеялась, а «рубильник» свято верила в праведность человеческого смеха: он не рождает беды.

Алка возвращалась в прекрасном настроении, они говорили с матерью как подруги, ей была поведана самая интимная из интимных тайн. И ей ли, Алке, не понимать этот амок страсти! Она недавно посмотрела фильм с таким названием, была ошеломлена, случайно прочитала слово задом наперед — кома! кома! Смерть! Рассказала Георгию про фильм. Он тоже видел.

— Ты пропустила в фильме самое главное, — сказал он, — она убила ребенка.

А вот ее мамочка нет! Господи, как же она ее любит, такую несчастную, неудачливую, но такую хорошую!

Вечером Алке позвонила Наталья, на которую доброта ее чувств не распространялась. Тетя Наташа, вернее, даже бабушка Наташа, стала выпытывать все про Елену, и как та выглядит, и какое у нее настроение, и какие сроки назначают врачи, и что она ест из витаминов.

— Если вам так все интересно, — не выдержала такого пристрастия Алка, — навестили бы маму. Там скучно, а ей полезно смеяться.

— Да, ты права, — ответила Наталья. — Я куплю ей сборник анекдотов.

— Самое то, — сказала Алка, а подумала: она чего-то от меня хотела...

Наталью же мучило бессилие незнания. Ну черт знает что! А тут дочь с пистолетом не могла в своей жизни найти кусочек времени для матери.

— Ты посторожи меня, Христа ради! — просила ее Наталья.

— Возьми мой пистолет, — отвечала Милка, — и

иди себе. В конце концов, пора тебе научиться к нему прибегать. Не ходят теперь интеллигентные люди невооруженными. Это не просто легкомыслие — дурь.

Еще позвонила Клара и тоже стала задавать вопросы, как там у твоей племянницы. «Я все думаю о ней, думаю», — сказала она.

А «сестры-вермут» вопросов не задавали: купили кроватку и пеленальный столик и позвонили Марии Петровне: куда везти?

— Везите ко мне, — ответила она.

Она стала делать для новых вещей перестановку, сдвинутые с места старые обнаружили скрытую пыль и грязь, все свороченное вопило о своей свороченности, поэтому вечером Кулачев застал Марию Петровну в панике среди переполошенных предметов, стыдящихся потертости своих боков и стенок.

В ту ночь, когда Кулачев и Мария Петровна «организовывали место», у Елены родился мальчик. Она радостно и облегченно вздохнула и умерла так незаметно, что медицинская сестра еще какое-то время что-то говорила и даже с ней манипулировала, а другая сестра тоже что-то делала с ребеночком, и вообще все было хорошо.

Вот про это «хорошо» они потом криком кричали в ординаторской. «Было все хорошо. Легкие роды».

Неожиданная смерть в роддоме во всякое другое время должна была вызвать переполох и расследование, но наше время утратило удивление перед тайной смерти.

Клара же опять позвонила Наталье и, когда про

все узнала, так выдохнула в трубку, что Наталья секундно оглохла и попросила Клару повторить все еще раз.

— Понимаешь? — кричала Клара. — В ней и в ребенке была одна жизнь. Одна! Я, конечно, не поручусь, не знаю, я ошеломлена, но, если хочешь знать, Лена давно умерла... Но она не закончила свое дело, и ей был дан срок... Выносить и родить... По-моему, она это знала...

— Нет, — ответила Наталья. — Она не знала.

— Не настаиваю, — сказала Клара. — Я же ее видела один раз.

...Наталья же вспоминала свою последнюю встречу с Еленой, когда она принесла ей сборник анекдотов. Они тогда много смеялись в палате, и у близорукой Веры стали отходить воды, тогда они стали смеяться еще пуще, а Елена вдруг замерла и повторила:

— Отходят воды... Явление новой жизни... Как же приспосабливается к водам смерть? Смерть ведь безводье...

— А при чем тут смерть?

— Философствую, — засмеялась Елена. — Отошли воды... Отошел человек...

— Не отошел, а пришел, — поправила ее Наталья.

— Ты примитивная женщина, хотя и ворожишь, — сказала Елена.

— Уже не ворожу, — вздохнула Наталья. — В аварии все кончилось. Маму увидела, покойницу, и все. Как отрезало.

Она тогда не сказала Елене, что мама держала

на руках ее, но сердце сжалось, сжалось... Значит, права Клара, Елена уже была там. Мама показала ей это. Но зачем? Зачем, дорогая мамочка, знать об этом заранее? Чтоб рухнуть в горе раньше времени? Чтоб не суметь пережить? Или чтоб чему-то помочь? Старшей дочери? Маше? Но они ведь и так замирились... Не делала сестре зла Наталья, как чувствовала, как знала. И у Елены прощения попросила, что называется, ни с того ни с сего... Одна современная певичка поет песню про узелки, что «завяжутся-развяжутся», никакая из себя песня, но глаза у певички с такой тоской, с таким «крайним случаем»... Что мы знаем про собственное вязание узелков? Они тогда с отцом морским узлом завязали отношения с родней, и ей это было в кайф — жестокая крепость нелюбви. На ней она тогда взросла, и поди ж ты — ни мама, ни бабушка не приснились ей ночью, не сказали: «Окстись!» Не остерегли ее и тогда, когда ставила в стойло опереточного артиста... А он лизал ей шею языком из чувства лошадиной благодарности. Теперь же подал на развод, лизун проклятый. Все одно к одному — муж, машина, потеря бизнеса и сосед, сволочь, протек на нее океаническим аквариумом. Пришла домой, а с потолка дождь с мокрым снегом. Побелочка, что твои снежинки, липко порхает, и музыка по радио в пандан: «В нашем городе дождь... Он идет днем и ночью...»

Но какая это все чепуха по сравнению с горем Маши! Какая чепуха... Получается, что праведнице причитается горя больше? Но жизнь разве весовая кладовка? А аквариумы и смерти — что? Разновесы?

— Там вас женщина, — сказала Кулачеву секретарша.

Он торопился к Марусе, он специально взял отпуск, пришел подписать бумаги — какая еще там женщина, черт ее дери?

У Вари-«рубильника» лицо было в пятнах, что, как ни странно, делало его более живым и одухотворенным, а слезы в глазах были настоящими, горькими. Приготовившийся к бегу Кулачев сел: он понимал «лица с горем».

Женщина протягивала ему письмо.

— Она должна была дать мне знать... когда передать вам его. Теперь уже не даст... Но, может, именно этот случай она имела в виду? Я говорю о Лене...

«Кулачев! — писала Елена. — Если ты читаешь письмо, то это случилось. Опустим жалобное... прошу тебя помочь маме даже через ее сопротивление. Можешь сказать ей, что такова моя воля. Получается, что я тебе родила ребенка от чужого дяди. Но ты не верь! Это дитя любви, единственной любви моей жизни. Знаешь, стоило того! Ты хороший мужик, Кулачев, сверху это хорошо видно. Не показывай письмо маме, она будет искать в нем больше смысла, чем в нем есть. А нет ничего. Есть моление. О вас всех... И о тебе, Кулачев. Боюсь написать высокопарную глупость и ею пометиться в истории. Смолчу. Мама стоит твоей любви, хотя все время доказывает обратное. Это наше семейное, женское. У Алки оно тоже. Я рада, что родила сына... Воспитай его, как знаешь сам... Я очень вас всех люблю...

Лена».

— Я ее спросила, — сказала женщина, — нет ли в письме дурной вести, она мне сказала, что нет... Я сама — дурная весть...

— Она вам не соврала, — ответил Кулачев. — В письме нет дурной вести.

— Хотя это так бессмысленно звучит... — заплакала Варя.

— И это не так, — ответил Кулачев. — Вы передали мне замечательное письмо. Может, самое главное в моей жизни.

Потом она плакала у него на груди, а когда подняла лицо, он снова поразился его одухотворенности. И, удивляясь неуместности мысли, подумал еще о том, что такое в миру бывает только у женщин — преображение. Что царям и Иванушкам полагается для этого прыгать в разные воды, а им — не надо. У них всегда за оболочкой — тайна. Всегда. Одним словом, царевны-лягушки. И одновременно богини.

Ну что делать, если вопреки здравому смыслу вместо женщины с большими пятнами на лице стояла перед ним красавица?

Кулачев нежно поцеловал ее руку и предложил довезти до дома.

— Нет! Нет! — спохватилась Варя. — Я сама. Не беспокойтесь... — И она ушла быстро, как бы боясь каких-то уже совсем лишних слов.

«Ушло чудо, осталось горе, — подумал Кулачев. Но тут же ощутил, как странная нежная слабость, царапаясь и копошась, охватывает его всего. — Ах ты, мальчишечка, — прошептал Кулачев. — Овладеваешь мной, что ли?»

Кулачев нес мальчика на руках, потом положил в кроватку, купленную «сестрами-вермут». Он ощущал их спиной — Марусю, Алку и примкнувшую к ним Наталью с тюком детского белья, — но ничего не мог поделать с этим странно охватившим его чувством главности. Мой мальчик и мои женщины — так бы, наверное, небрежно подумал восточный человек, какой-нибудь сахиб. Но он как бы и не сахиб... Хотя кто знает меру азиатского в русском? Но приятно, черт возьми, думать так: мой мальчик, мои женщины. Он обнял Марусю и сказал, что завтра они распишутся, потом усыновят маленького, дадут ему имя и будут жить долго и счастливо.

— Назовем его Павел, — вдруг сказала Алка.

— Замечательно, — ответил Кулачев. — Павел — значит малыш. Павел Борисович Кулачев — звучит гордо.

Как сказали, так и сделали.

Когда вернулись домой и уложили маленького, Наталья, которая так за ними всюду и ходила, отозвала Марию Петровну в комнату, закрыла дверь и встала перед ней на колени.

— Прости меня за все, — сказала она. Она чуть не добавила, что у Елены успела попросить прощения, но ей не хотелось никакой индульгенции. Вернее, хотелось, но не могла... Боялась, что будет хуже.

— Встань, — сказала Мария Петровна. — Грех на мне...

— Как же на тебе? — закудахтала Наталья. — Деньги, дом... Это же мы с отцом...

— Встань, — повторила Мария Петровна. — Я тебе завидую... У тебя ноги гнутся... Мои — уже нет... Во мне, Наташка, столько гордыни, что куда твоему греху до моего.

— Да, да! — затараторила Наталья, вскакивая. — Этого в тебе действительно полно... С детства... Жила черт-те как, а форсу... — К ней даже как бы возвращалась сила Мавры, сила превосходства, ладошки загорелись, может, зря опереточного лизуна отпустила?

— Иди домой! — тихо сказала Мария Петровна. — Я тебя простила, а ты иди домой.

Наталья засуетилась, ладони стали холодными и липкими, противно дрожали колени. Не забыла Маша, ничего не забыла. Слова сказала, а под ними — пусто. Захотелось заорать на сестру, уличить ее, обвинить: «Я ж к тебе с добрым словом, я ж к тебе в ноги...» Ну и ляпнула:

— Елена, та меня простила.

Вот тут Мария Петровна и заплакала первый раз за все это время. Не плакала, когда позвонили из роддома, когда опускали гроб, когда билась в истерике Алка и черненький мальчик на руках унес ее куда-то, и по всему кладбищу пошел шепот: «Там мальчик уносит девочку! Мальчик уносит девочку... уносит девочку... девочку». Она тогда каменно стояла и молилась, чтобы у мальчика хватило сил отнести Алку от горя как можно дальше, а Наталья толкала в бок, мол, надо же Алке попрощаться, а ее унесли... Мария Петровна тогда сжала руку Наталье так, что хрустнули пальцы, но они обе так и не поняли, у кого из них это случилось. Наталья же тогда замолчала.

Не плакала Мария Петровна и на поминках, когда в один голос заговорили «сестры-вермут» и говорили долго, перебивая друг друга, молчала только их начальница, женщина с большим и добрым носом, потом она оказалась на кухне и вымыла всю посуду, а когда Мария Петровна стала ее благодарить, сказала странные слова:

— Если Бог есть, то он потерпел с нами крах... Мы у него не получились... Если его нет и мы просто ветвь фауны, то мы ее худшая ветвь... Если мы высеянный кем-то эксперимент, то его тоже пора кончать... Но случаются какие-то вещи, и я начинаю думать, что не понимаю ничего... И тогда — совсем уж глупость! — приходит ощущение, что все не зря. Глупо же, когда именно незнание возбуждает веру... Смерть Лены в этом ряду...

Мария Петровна смотрела, как по длинноносому лицу бегут слезы, хорошие подруги были у Лены, дай бог им здоровья, но пусть они скорей уйдут. Ей больно на них смотреть иссохшими глазами, пусть уйдут.

...А тут ее как прорвало от этих никаких слов: «Елена меня простила».

Она плакала так, что Наталья побежала за Кулачевым, и он пришел сосредоточенный, строгий, неся в руках бутылочку смеси. Он нежно поставил бутылочку и так же нежно увел Марию Петровну, рукой вытирал ей слезы. Это почему-то особенно потрясло Наталью, ладонью ведь вытираешь свои слезы, получается, что и ее слезы — его, эта высшая родственность ошеломляла, от нее у Натальи закружилась голова, пришлось прислониться к двери.

— Слава богу, что она заплакала, — сказал Кулачев, возвращаясь за бутылочкой. — От тебя, Мавра, иногда бывает и прок.

— Дурак! — сказала Наталья. — Я ж ей какая ни есть сестра. Какая я ей Мавра? Я вообще уже не Мавра.

— Ну ничего, — ответил Кулачев. — Выживешь! Ты девушка сильная. Может, и Маврой обернешься.

«Гад! — подумала о Кулачеве Наталья, с чувством высмаркиваясь в лифте. — Какой гад». Но гнев был какой-то тухлый, непродуктивный. Ну гад... Мало ли? А может, и не гад вовсе... Ладошкой Машке слезы вытирал, как дитяти... Наталья ехала домой и думала, что замуж больше не выйдет никогда, а если надумает, то уревется и подставит тому, за кого надумает идти, свое скукоженное, мокрое от слез лицо и будет ждать, как он поступит, претендент? Может, его с души своротит? Может, за платочком в карман полезет? Может, скажет: «Да умойся ты!» А примет ли кто ее слезы на свою ладонь?

Кулачев же пожалел, что был с Натальей грубоват. «Надо будет потом позвонить, — подумал он. — Одинокая оказалась баба. Мимо счастья...»

На этих словах он затормозился. Откуда они? Ах да! Это про него когда-то говорила его уже покойница мама. Надо будет пригласить сестру Алевтину, пусть увидит, что жизнь имеет свойства поворачиваться.

Но она ведь определенно задаст все вопросы. Тогда лучше не звать, ради Маруси, но тут же что-то возмутилось в сердце, загневилось. «Какого черта! — кричал он себе самому. — Какие вопросы! Какие могут быть вопросы?!»

Этот месяц отпуска, который он взял, чтоб помочь Марусе, был лучшим месяцем в его жизни. Не дай бог, конечно, проговориться и выдать свое счастье, не дай бог! Ему ведь чужое горе обломилось счастьем, он это понимает. Но ничего не может с собой поделать: каждая клеточка его вопиет, что у него есть сын, его сын, которого он пудрит и пеленает, к которому встает ночью, который косит на него своим блестящим глазом, то серым, то черным, то вообще неизвестно каким. Глаз изучает его, исследует, а Кулачев замирает перед ним, и сердце его плачет от любви и ласки. «Мой мальчик! — шепчет он. — Мой мальчик!» А за спиной тихонько дышит женщина, и он, не отрывая глаз от ребенка, протягивает руки к ней, и она становится рядом. Он чувствует ее запах, теплый, с горчинкой, он слышит, как сбивается ее дыхание, когда она смотрит на ребенка, и обнимает ее за плечи, перехватывая ее у злой судьбы.

— Смешной! — говорила Мария Петровна. — Похож на Алку. Только та орала с утра до вечера.

— А этот смеется! — гордо говорит Кулачев.

— Это гримасы! Он еще маленький, чтоб смеяться...

— Он смеется! Он большой! Не смей его преуменьшать! — как бы сердится Кулачев.

Алка категорически отказалась жить у бабушки и жила дома.

«Там этот мальчик, — думала Мария Петровна. — Он ей сейчас нужнее».

Она не знала, что Георгия не было. Его вызвали родители, вызвали срочно, телеграммой, он уехал стремительно, оставив Алке в дверях записку и пообещав позвонить сразу.

Поэтому Алкина жизнь превратилась в ожидание звонка, и она перестала даже ходить в школу.

Одиночество и ожидание и по отдельности-то не радость, а тут в тандеме... Она бы очень удивилась, если бы знала, что процесс вымеривания квартиры ступнями совсем недавно проходила ее мама. Что ею тоже был изучен пейзаж из окна, лес и горбатый мостик... Что вскрылась тайна числа «тринадцать», закамуфлированная как бы тщательно, но и с расчетом, что будет открыта. Только злой дух, устраивая эти маленькие пакости, в случае числа «тринадцать» обмишурился. Тринадцатого мая родился Георгий. А значит, это число могло нести для Алки только счастье.

Но он не звонил и не ехал.

Алка пришла к его бабушке, но выяснилось — она уехала тоже. Соседка, которая ей об этом сообщила, знала о несчастье Алки, была к ней расположена, но не была расположена к «черным сволочам, которые все захватили».

Разговор получился содержательным. Соседка захлопнула дверь и кричала все свои слова отважно, потому что у нее была металлическая дверь, а Алка ключом от квартиры разламывала ей звонок и забивала в замочную скважину подручный материал в виде сгоревших спичек и сигаретных бычков.

Домой она вернулась полная злой и неукротимой энергии, посмотрела на себя в зеркало, осталась вполне довольна и поехала в лавашную. Там ей сказали, что убили одного из дядьев Георгия, и теперь семья будет решать, что делать мальчику, когда пролилась кровь.

«Ну что же, — подумала Алка. — Я ведь тоже могу что-то решать».

А вечером примчалась бабушка, вызванная сразу и школой, и соседкой с испорченным звонком. Бабушка требовала, чтобы Алка переехала к ним. Алке было ее жалко, она понимала: будь она бабушкой, она бы вела себя так же. Очень хорошо это виделось — собственная внучка, отбившаяся от рук. У Алки даже гнев в душе возникал против той «будущей дуры», которая непременно испортит ей кровь. Мария же Петровна не могла понять, откуда у Алки покладистость: переехать к ним отказалась, но в школу пообещала вернуться. Что касается соседки...

— Пусть она попросит у них прощения, тогда я починю ей замок.

— У кого — у них? — спросила Мария Петровна.

— Она знает...

С тем и разошлись, а тринадцатое число все-таки оказалось счастливым — Георгий вернулся.

Он робко постучал — не позвонил! — ночью, боясь напугать Алку.

— Я вернулся, — тихо сказал он. — Это имеет еще для тебя значение?

Алка медленно спустила с плеч лямки ночнушки и переступила через нее.

— Сколько же можно ждать! — сказала она ему.

— Я женюсь, — сказал мальчик, принимая ее всю.

— Еще бы! — ответила Алка. — У нас такая будет стерва-внучка. Она уже бьется в окно от нетерпения.

— Как — внучка? — не понял Георгий.

— Потом объясню, — ответила Алка. — Но нам времени терять не надо. Если человеку не терпится родиться...

Утром он спросил, правильно ли он понял, что они будут рожать сразу внучку.

— Дурак! — ответила ему Алка, вытянув вверх ногу и разглядывая ее как незнакомку. — Посмотри лучше, какая она стала красивая, моя нога... В ней бежит твоя кровь.

Он поцеловал ее колено. Потом косточку свода, потом пятку, он замер перед пальцами ее ног и перламутровым блеском ее изящных ногтей...

— Как красиво, — прошептал он.

— Как у мамы, — ответила Алка.

— Ты мое счастье! — сказал Георгий, обнимая ее всю и бормоча какие-то слова на своем языке.

ЭПИЛОГ

На Ярославском шоссе сошли с автобуса мужчина с молодой женщиной. У ничем не обозначенного места они остановились, и мужчина положил на землю букетик ландышей. Мимо ехали машины, но мало кто обратил на это внимание, стоят себе двое и стоят.

Правда, одна из машин притормозила как раз за ними. Из нее вышла женщина с ребенком на руках, а потом мужчина с детской бутылочкой. Они поили малыша водой, отойдя в сторону от дороги и пыли.

«Поздний ребенок... — подумал мужчина. — Или внук. Соображают... Не поят на ходу...»

— Ушлые родители, — сказал он своей спутнице.

Женщина молчала.

Вчера по телевизору крепкий парень с коровьими глазами обещал, что на этой неделе больше ничего не случится. В смысле — не случится плохого. Хорошего, думала она, не случится тоже. Ни на этой неделе. Ни потом. Она полетела с ним в Москву, чтоб случилось... Но, видимо, зря... Тот, с коровьими глазами, прав.

«Ушлые» пошли к машине. «Храбрая, видать, по жизни, — думала одна женщина о другой. — Немолодая, а решилась на ребенка, но ведь у нее есть заботник. Ишь как бутылочку несет... В марлечке... А этот... Его больше нет, чем он есть... Дура, что я за ним увязалась. Думала, будет момент... Надо возвращаться — и сразу в больницу. Десять недель не срок. Душа, говорят, еще не залетела».

— Что ты бормочешь? — спросил мужчина, поворачиваясь к ней и одновременно следя, как те, с ребенком, усаживаются в машину. Откуда это ощущение, что он их знает и уже где-то видел? Чепуха! У него в Москве не так много знакомых.

— Обзавидовалась! — сказала спутница резко. — Везет же бабе! Дали родить как человеку. Ухаживают.

— А тебе кто не дает? — спросил он.

— Дед Пихто! — ответила она. — Пошли, вот уже автобус, кажется.

Машина с семьей проехала почти рядом, осторожно сделала поворот и слилась с потоком.

Павел Веснин проводил глазами машину с немолодыми родителями. Вот, собственно, и закончился его приезд в Москву на годовщину гибели дочери. Вечером у них самолет.

«Царство ей небесное! — подумал Веснин. — Ладно мы, Господи... Отработанный пар. Но детей побрег бы... Их жальчее всего...»

...Мария Петровна все оглядывалась назад, и что-то не давало ей покоя. Она не знала этого мужчину, но как бы и знала тоже...

Когда они секундно были почти рядом, она хотела вскрикнуть: «Ах, вот что, оказывается!» Но воспоминание исчезло. Со складкой на лбу она села в машину и стала смотреть назад на того, оставшегося.

— Произвел впечатление? — спросил Кулачев у Марии Петровны. — У него вид одинокого красивого волка.

— Знакомое лицо, — задумчиво сказала Мария Петровна, — но, видит бог... Не помню.

Она хотела еще сказать, что с ней это не первый случай. Ей теперь приходится вспоминать, что за человек крикнул ей «привет!» или улыбнулся в лифте. Может, просто надо носить очки постоянно, может, что-то похуже... Может, этот год просто стер с памяти обилие лиц за ненадобностью. Она всегда так гордилась своей зрительной памятью, ну и что? Когда умерла Леночка, они обвалились на нее — лица, сто, тысячно раз размноженные, и кружили перед ней, кружили, пока кто-то мудрый не убрал их совсем. И ей тогда сразу стало легче, и она увидела внука, который смотрел на нее распахнутыми глазами.

— Все время ими лупает и лупает, — сказала молоденькая нянечка-украинка. — Як разведчик...

«Надо носить очки», — окончательно решила Мария Петровна. Она заметила, что Кулачев расстроился, видимо, потому, что она так сосредоточенно молчала. Она ласково положила ему на плечо руку и погладила его. Он улыбнулся ей в зеркало, и машина как бы приободрилась и побежала быстрее. Мария Петровна продолжала держать руку на его плече, рядом крепко спал Павлик-разведчик. «Господи, не оставь нас!» — подумала она.

Широкую дорогу Веснин с женщиной переходили в два приема. Затормозив на белой разделительной полосе, Веснин притянул женщину к себе: все она норовит от него оторваться.

— Отстань! — закричала она. — Хватаешь, как волкодав!

— А ты не лезь под колеса. Куда торопишься?

— У меня сроки выходят, — зло сказала она. — Беременность десять недель. Надо поспеть, пока души нету. Не дергайся. Обойдусь.

Он впился ей в плечо.

«Пять пальцев — пять синяков, — подумала она. — Чего еще от него ждать?»

...Было решено. Себя, каменного, он не навяжет никому. Женщины не приживались в его жизни. Они или уходили, или погибали, или являлись как фантомы... На один раз... В те дни, год назад, одна такая, фантомная, отдала ему рубашку, другая пустила переночевать. Но так и не назвались... Не сочли нужным представиться.

Это плечо, которое он сейчас раздавливает, последние полгода приклеилось так, что думал: его придется отдирать с кровью. Тут главная мысль — придется отдирать. Хватит с него боли...

— Только попробуй, — сказал он ей вопреки всему. — Только попробуй его тронуть.

Никто не знал, что на разделительной полосе Ярославского шоссе начинается новая история. Ее еще придется прожить, просмеяться, проплакать. Поэтому эти двое все не могли стронуться с места... Перед долгим путем.

Сколько же можно давить ей плечо? Больно же... Но она знала — именно так выходит страдание. Для начала — из него в нее. И она терпеливо принимала эту боль, как бы сделали девять из десяти женщин. Она не была десятой... Она была как все.

Веснин же не понимал, откуда эта странная слабость, что тяжелит ноги и плечи. Он ничего не мог с ней поделать, этот похожий на одинокого волка человек. Он ей покорялся, слушая, как распутываются в нем странные лихорадочные нитки.

Другой же, юный, понимал все.

— Неправда, — говорил Георгий Алке, — что любовь — сила. Любовь — слабость и нежность, и это гораздо лучше силы. Это выше ее. Ты меня понимаешь?

— Нет, — ответила Алка. — Все твои мысли дурацкие. Я люблю тебя сильно... А ты, значит, слабо! И что мне с тобой делать?

— Давай померяемся, — смеялся Георгий. — Ты сама увидишь, что прав мужчина,

...И они мерились любовью... Единственной мерой из всех мер... В бесконечной игре без правил.

Слабых несет ветер

Я положил к твоей постели
Полузавядшие цветы,
И с блестками .... увяли
Мои усталые мечты.

Я нашептал моим левкоям
Об угасающей любви,
И ты к оплаканным покоям
Меня уж больше не зови.

Наконец они перешли дорогу. Боль в плече не проходила, и Тоня, так звали женщину, вспомнила, что еще в школе на физкультуре она ломала ключицу. По дури. Ей хотелось досадить одной девчонке, и она стала выкомариваться на брусьях — подумать сейчас: зачем, для чего? Тогда та девчонка решила лихо соскочить с переворотом. Тоня же этого не умела. Но что-то там внутри ее закрутило, завертело, полезла, дура. Если посмотреть на всю Тонину жизнь взглядом назад, то это был единственный и неудачный случай выделиться из толпы. Она была настолько как все, что ее вечно путали с другими, а эти другие, случалось, обижались, что их принимают за нее. В общем, никакую. И дома мать говорила: «Ты не красавица, не умница, ты простая. Простых большая часть. Они пекут хлеб и шьют штаны. И тебе так жить. Другой жизни у тебя не будет». Обидно не было. Тоня была очень уравновешенная — сначала девочка, потом барышня. Бывало, слышала по телику и на уроке литературы, что, мол, каждый человек — удивителен, что в каждом есть свой секрет, своя красота. Тоня смотрела себе вовнутрь, внимательно смотрела, заглядывая за створки легких, в мякоть печени, в клубок кишок. Ничего секретного в ней не было. Ей ничего не хотелось особенного, у нее не было никакого таланта, она была простая, из самых простых, мама не ошибалась. Так она и построила свою жизнь. После школы пошла не в институт — боялась, что конкурса ей не одолеть, — в техникум. Техникум готовил работников для жэков. Ее научили перекрывать воду, ломиком растворять двери застрявших лифтов, пробивать «бабой» забитый мусоропровод, чинить газовые конфорки. Это был очень провинциальный техникум, выбившийся в люди из профтехучилища благодаря очень большим амбициям директора, члена бюро райкома партии.

Возможно, он был первым в том величественном движении по переименованиям, которое потом приняло размеры тифа. Школы стали гимназиями с теми же самыми плохо говорящими учителями, институты все как один стали университетами, последние перевоплотились в академии, и пошло-поехало. Жаль, что фамилию первого члена бюро райкома никто не вспомнит, когда бани станут термами, улицы — авеню, а вокзальных блядей начнут величать гетерами. Все это еще впереди, мы пока еще в процессе. Слава тебе, неизвестный член!

По сути дела, Тоня ничего толком и не умела, жила в общежитии, в отдельной комнате, сделанной из душевой и уборной. Уборная сразу была поставлена во дворе — рабочие не баре какие-нибудь, сходят на улицу, баня тоже была недалеко. Тоня кое-как перекрасила сине-зеленые стены в подобие бежевого цвета, повесила тюль. Приехавшая из поселка в райцентр мать купила ей диван-кровать задешево, ибо он, чертов диван, не раскладывался в кровать и продавался как вещь с браком. Но какое это горе, если Тоня спит одна. Наоборот, лежишь на боку, а спине мягко. Отдельность Тониной жизни вдруг возбудила мужской интерес. Но мама Тоню предупредила: к тебе в каморку будет ломиться мужичье, вставь замок покрепче. И Тоня вставила дорогой блестящий замок на тоненькую дверь. Имея в виду, что вламывание посредством плеча — уже хулиганство и можно звать милицию. В милицию Тоня верила. Поэтому первый ее мужчина был милиционер. Звать на слом двери его не пришлось, Тоня его пустила сама, повернув блестящую защелку дорогого замка. Он-то и разломил надвое диван-кровать, после чего диван уже никогда не сложился, так и остался хорошим пространством для двоих и неуютным (без спинки) для женщины одинокой. Ну конечно, он обещал жениться! А как же! Все ведь обещают, милиционеры в этом деле не хуже других. Но женился он на другой, сказав Тоне, что жену раскупорить хочет по правилам отцов и дедов после заключения официальных процедур, а не до. Именно потому, что так сказал милиционер, Тоня приняла измену достойно — сама, мол, виновата, надо было не пускать. Вообще как-то в изложении получается, что Тоня — дура, но это абсолютно не так, а если и так, то почти все русские бабы — дуры, но тогда непонятно, почему они так притягательны для мужчин других стран. Много есть ответов на этот вопрос, и дурь в том числе, ибо она еще и неприхотливость, и непривычка жить по-людски, и благодарность, если не бьют и не обзывают. Тоня, обжегшись на милиционере, не научилась ничему, да и какой смысл? Если главное достоинство было уже порушено к чертовой матери? И к ней ходили. Однажды в их общежитии поселился очень мрачный дяденька. Естественно, пьющий. Вид у него был вполне такой, что «убить может». Его Тоня стала бояться и обходила стороной, а когда встречалась на лестнице, жалась к стене, представляя, как он в одну секунду может кинуть ее через перила. И накаркала насчет перил. Однажды подымалась с тяжелой сумкой, держась за них, и на самой середине пролета почувствовала, как уходят перила из-под рук, как сыплются вниз стоячки из слабых досточек. Сильные руки дернули ее вверх, и она оказалась прижатой к этому ужасному мужчине, которого так сторонилась. Мужчина заматерился смачно и с чувством, отчего Тоня на секунду потеряла сознание. Не из-за мата, нет, что, она его не слышала? От голоса — глухого и мощного, исполненного такой ненависти, что мысль «убить может» просто как бы была продемонстрирована на факте противоположном — спас ведь. Он взял ее сумку и понес к ее двери, что говорило о том, что он знал, где она живет. Тоня стала искать ключи в кармане, больше им быть негде было, и не нашла. И тогда мужчина сделал то, что и полагается делать всякому нормальному злодею: легко, не напрягаясь, выдавил филенку.

Потом он же ее и чинил, а она его кормила варениками с картошкой, и он попросил у нее нож, чтоб разрезать вареник, а все предыдущие мужчины ели их одним захватом рта. Эта странность слегка удивила и даже напугала ее: пользование ножом было фактом чудноватым после выдавленной филенки. Больше он к ней не заходил, но починил перила лестницы и принес ключи от замка. Видимо, тогда, когда она наклонилась, они выскользнули из кармана и звякнули где-то внизу. Она сказала «спасибо», добавив, что они ей теперь ни к чему, она поставила новый замок. Он кивнул и ушел. И все молча, она даже про себя назвала его Молчун Герасим. Ну, тот, что из «Муму». Потом она узнала, что зовут его Павел, что он из Ленинграда, геолог. Все.

Павел-Герасим действительно ходил с геологами, хотя был классным электронщиком и даже лауреатом Госпремии какой-то там степени. Он вырос в семье, где к столу подавались салфетки, где суп ставили в супницах, а кофейные чашки не путали с чайными. Это его раздражало, мир давно жил без этих правил. Их квартира из двух комнат была частью большой коммуналки, где сроду не водились супницы, а если и водились, то стояли, как правило, где-то высоко на шифоньерах и буфетах и выполняли роль потайного места для всяких мелочей. Но он очень любил своих родителей, переживших и блокаду, и репрессии, поэтому готов был все стерпеть, даже мамины уроки вальса, которые она ему преподала в шестнадцать лет. Как же ему было неловко тогда держать маму за талию и делать эти раз-два-три, раз-два-три. Но от родителей он готов был стерпеть все: и супницы, и вальсы. О воле мечтал очень крепко, хотя женился рано. На однокурснице, которая ела апельсины с такими брызгами во все стороны, что это даже вызывало интерес: как это у нее получается? Девочка с брызгами привела его в свой дом, где все толклись на трехметровой кухне — первые дома хрущевских новостроек. После обеда столешница подымалась вверх и цеплялась за крючок. Тогда на оставшемся пространстве сидели кружочком и пили чай-кофе с передвижением в сторону чайника или кофейника, стоящих на плите. Дурь какая-то, думал Павел, почему не закончить обед по-людски, за столом? Он даже спросил девушку, ее звали Катей, что бы значило такое чаепитие со сдвигом. Она сказала, что это мамина заморочка, что столы ее стесняют, они разделяют людей, а так, коленка к коленке, — интимно и душевно. А то, что люди идут за печеньицем через чужие ноги к подоконнику, — самый большой кайф («Мама хранит коммунальский дух»). Нет, это было не его. Это тоже была неволя под сенью поднятой столешницы, на которую он смотрел подозрительно, боясь, что она когда-нибудь рухнет на головы. И все-таки он женился на Кате. Ее бабушка отдала им крохотульку однокомнатку, а сама переехала в этот дом со столешницей.

И все было замечательно. Девочка с брызгами была и хорошенькой, и умненькой, с ней было интересно трепаться на любые темы. От Гумилева до невесомости, от особенностей строения гениталий до фактов наличия божественного начала в жизни людей. Павел был счастлив легкостью своей подруги, которой хорошо и уютно было везде: и у его родителей с супницей, и в тесноте кухни, где все ходят как хотят, ища необходимое, и дома, где пусто и вместо кровати на чурбачках лежит огромная дверь, а на ней два матраса, которые вечно сдвигались в стороны. Бывало, они оказывались на середине голой двери, а матрасы — на полу. Но это было так смешно. Дочь родилась, когда они оба уже работали, и их ставили в пример: какие разумные молодые — дождались окончания вуза, а разума в этом не было ни грамма, они не предохранялись, просто ничего не завязывалось по Божьей воле. С рождением девочки в Кате появилось новое. Она все время что-то требовала. «Нам нужен миксер», «Я хочу эту горку». Первые ее требования дружно исполнялись всеми родителями сразу. Складывались — и покупали горку. Шубу. Овальный ковер. Греческие овечьи шкуры на диван. Первыми из игры вышли Катины родители. Они сказали: «Хватит. Живи с тем, что есть». Родители Павла держались дольше, собственно, до самой смерти матери, болезни которой Павел как-то даже не заметил. А потом не заметил, как Катя стала выменивать две комнаты отца Павла на отдельную квартиру. И нашла. Но отец был так поражен предложением съехать с насиженного места, так оскорблен тайностью всего деяния, что резко замолчал. И молчал много лет, разговаривая только с внучкой. «Я не знал! — кричал Павел отцу. — Не знал!» Отец смотрел на сына каким-то скорбным взглядом, в котором Павлу виделось презрение, хотя это была жалость.

Катя же теперь могла говорить только о метрах, высоте потолков, окнах на север-юг, паркете, ширине ванны и прочая, прочая. Она вошла в плотные слои меняльщиков и маклеров, и ей там было самое то.

Кончилось тем, что Павел переехал к отцу, а Катя с дочкой оказались в выгородке из барской квартиры, но вполне изолированной и комфортабельной. Отец Павла отдал на это последние, что «на смерть», деньги, а родители Кати из хрущевки вернулись в коммуналку, дух которой так блюла теща. Но вернувшись в излюбленный быт, она умерла через месяц, потому что ее желудок не совпадал с очередью в уборную, однажды она просто обделалась, от стыда получила инсульт — и как не было женщины.

Павел не пошел хоронить тещу, потому что шел развод и Катя требовала «для дочери» те самые супницы и сотейники, которые так не любил Павел, но отец, продолжая не разговаривать с сыном, написал ему: «Пока жив, не отдам».

— Пусть напишет завещание, — сказала Катя. — Ты же можешь жениться, и тогда с кем мне придется разговаривать?

Вот тогда он ее ударил. А дело было на улице и среди бела дня. Катя заорала не своим (хотя почему не своим, теперь это был как раз ее голос) голосом, милиционер оказался «в кустах», и пошло-поехало. Павел получил за хулиганство по максимуму. Потерял работу, был лишен встреч с дочерью, отец отдал без звука все супницы и сотейники.

Вот тогда Павел и ушел с геологами. Было ощущение завершенности жизни, ни хуже, ни лучше, казалось, быть не могло, а значит, пусть все течет как течет. Без него умер отец. На похороны он не успел — приехал, а в квартире дочка, Наташка, тринадцати лет. Сидит за кончиком стола, решает задачки. «Мама велела сторожить квартиру», — сказала она тихо. «И давно сторожишь?» — «С тех пор, как дедушку увезли в больницу». А ему казалось, что все то кончилось, что геологической грязью он и омылся, и очистился. Было! Было желание вытолкать взашей девчонку, но такая она была худенькая, такая сразу виноватая, что он сел с ней решать задачки. И пока вспоминал, как это делается — объяснять себе известное другому, вспомнил и все остальное. Какая она была крошечная, и как они боялись, что у нее врожденный тазобедренный вывих, и все вытягивали ей ножки и смотрели на складочки попки. А ведь он думал, что гнев и ненависть к жене уволокут за собой и это слабенькое чувство к малышке. Не уволокли. Он радостно с ней пожил несколько дней, даже с Катей по телефону поговорил, сказал, что ребенок очень худ и не мешало бы слегка подкормить.

— Подкормлю, когда начну получать алименты, — ответила Катя. — Тебя ведь ищи-свищи — не сыщешь.

Он уехал и стал пунктуально присылать деньги сам, аккуратно складывая корешки переводов. «Вот так становятся жлобами, — думал он, запихивая в специальный карманчик очередной корешок. — Знать бы, что это идет на девчонку». Написал дочери письмо, чтобы прислала фотографию. Прислала. Хорошенькая, веселенькая, похожая на мать. Должны были встретиться летом.

В тот год они засели в забытом богом поселке. Были все основания считать, что стоит он «на нефти», так говорил начальник партии. Вот они и ковырялись вокруг, расселившись по поселку, можно сказать, как в гостинице. Павел попал в общагу тамошних строителей, народа пьющего и без претензий. Все было грязно, все воняло, полы проваливались, окна наполовину выбиты. Павел все это ненавидел, ненавидел это в народе, который где жрет, там и срет. Уходя из комнаты, он сворачивал матрас с бельем в рулон и связывал все веревкой, потому что видел, как работяги садились на чужие постели, могли и улечься с ботинками, как сморкались в чужие полотенца, надевали чужие куртки и трусы, если своих под рукой не оказывалось. Конечно, его за это невзлюбили. Ишь какой не свой! Вроде и грязь на нем другая, не наша русская. Однажды чуть не убилась девчонка, опершаяся на перила, едва ее подхватил. Потом чинил и дверь, и перила, а она его кормила. Ее комната была единственным человеческим, а не свинским местом. Девушка самая простая, техник-смотритель.

— Какой же вы смотритель, если у вас все рушится?

— Я знаю, — сказала она тихо. — Вот кто-нибудь насмерть убьется, и меня посадят. Я уже к этому готова. Даже в тюрьму ходила посмотреть, как там... Поверите, никакой разницы.

Он был потрясен этой готовностью тюрьмы, а главное — замечанием, что разницы-то никакой. Края эти раньше были сплошь утыканы пересылками да лагерями. Срослись воля с неволей, превратившись в одно. И еще она ему сказала, что в этих краях живут люди, меченные горем. Человек с радостью внутри отсюда бежит.

— А какое у вас горе? — спросил Павел.

— Я тут родилась. Это не горе, это доля.

Бродя по геологическим дорогам, Павел знал степень обреченности людей, прошедших и веру, и неверие и остановившихся на мысли: значит, так тому и быть. Он возмущался этим покорством, но и преклонялся перед ним, он хотел что-то изменить, но постепенно сам становился таким. Но тот случай с Тоней показался ему столь несправедливым, что где-то внутри полыхнуло: надо бы ей помочь, но тут же накрыло другое. Кто поможет? Ты? Ты себе-то помог? Ты дитю своему всегда помогаешь? Ты даже на смерть отца не успел! Так и моталась его душа между «сделай» и «остановись», и он то возникал у Тони и рассказывал ей о Питере, о белых ночах, и она, замерев, слушала, думая совсем о другом: по-разному к ней мужики подбирались, но чтоб через музей Эрмитаж — так вроде еще не было. И она выставляла его за дверь на самом интересном месте, а он, уходя, клял себя, что идиот, что живет себе девушка по «написанной судьбе», и не его собачье дело расшатывать перила этой ее судьбы. Что он ей может предложить? Какую такую дверь выхода? Бывало, что приходил он с собственной тоской и говорил про дочь, которая растет под влиянием матери, а мать... «У нее на лбу вздымаются жилы — символ алчности». Тоня думала: интересно, что это такое — символ алчности? Слово было чудное и непонятное. Спросить она стеснялась. Пошла в библиотеку, спросила у знакомой библиотекарши: «Валя, алчность, это что?» — «Ой! — сказала Валя. — Я понимаю, но объяснить не могу. Это что-то грубое». — «Дай словарь», — попросила Тоня. Но Валя сказала, что словари у нее только для правописания, без объяснений значения.

Потом у них с Павлом случилось это. И снова, как и с другими мужчинами, Тоня подумала: зачем? Никогда близость не приближала ее к мужчине больше, чем поход в кино или танец. «В этих отношениях, — думала Тоня, — есть нужда у мужчины, а женщина просто приспособлена для этой нужды».

— Ты бы сказала, что это тебе ни к чему, — сказал Павел. — Я ведь не насильник.

— Но ведь тебе хотелось...

— Мало ли чего мне хочется! Это же не повод тебе соглашаться. Хорошо бывает, когда хочется двоим. Тогда кайф...

— С женой было лучше?

— С женой до поры до времени была любовь. Но любовь в наше паскудное время — исчезающая природа.

Больше он ее не трогал. Прошло какое-то время, и она почувствовала, что ей это обидно. Но обидно не в душе, а как бы телесно. Руке обидно, ноге, животу... Ей никто никогда не говорил о тайности желаний тела, «которому хочется». Одна штукатурщица время от времени, сжимая колени, кричала во всю мочь: «Ой, бабы, хочу! Все аж горит во мне!»

На ее крик шли мужики, и все было просто, как у кур. Раскрасневшаяся штукатурщица приходила из подсобки с довольной мордой, и работа у нее так и горела в руках. Тоне было неловко от такой открытости стыдного дела, но она молчала, принимая людей, какими они родились. «Один — такой, другой — другой. Так ведь и травинок нет одинаковых». Но настигшее ее томление тела было ей неприятно, ибо она сразу стала слабой, стала от него зависеть, стала высматривать Павла, потому что не абы кого, а именно его хотела ее кровь. И однажды она его позвала к себе.

— Ну, что у тебя? — спросил он, переступив порог.

— Поесть хочешь? — ответила она.

— Да, в общем, нет, я из столовой.

— Жаль, — сказала она, — у меня голубцы.

— Так бы и сказала, — засмеялся Павел. — Голубцов я сто лет не ел.

Они ели и смеялись, отчего это так обозвали капусту с начинкой. Ни голубь, ни голубой цвет тут как бы не подходили. Она боялась, не заметит ли он скрытого смысла ее голубцов — вот позор-то будет, а потому говорила больше о пище — вот, например, салат оливье. Что бы это значило в корне?

— Повар был такой, — сказал Павел. — По фамилии или имени, этого не знаю, Оливье. Он и сочинил этот салат.

Вот над этим «сочинил салат» Тоня и задумалась. Что-то сдвинулось в мыслях и стало раскручиваться. И повар может быть сочинителем и оставить имя. Ну и что? К тебе-то это какое имеет отношение? Никакого. Но Павел заметил в ее глазах это легкое смятение и даже понял его: девушка первый раз задумалась над тем, что человек в деле своем может оставить имя. Даже в таком деле, как готовка пищи. Ах ты, господи! Какое же непаханое поле душа русского человека, все в нем растет вповалку, а тронь, заинтригуй — и пойдет плодоносить незнамо какими чудесами. «Лучше и не трогать, — решил Павел. — Зачем сбивать ее с толку. Что ей тут светит?»

Он приобнял Тоню по-отечески, как старший и мудрый, а она рванулась к нему с такой силой, с такой страстью, что он сначала даже растерялся. В общем, это случилось так, будто они встретились после долгой-долгой разлуки и уже задыхались от муки и тоски.

Потом он долго держал ее в руках, прильнувшую и горячую. Боялся что-нибудь сказать, какую-нибудь глупость, потому что чего-то он не понимал в этой простоватой барышне и, по извечной мужской трусоватости в таких делах, предпочитал уйти, скрыться, хотя ему так было хорошо на этом абы как сделанном раздвоенном диване. Вся страна на таких любила, болела, умирала, рожала. Диван-кровать — символ отечества, победивший своих человеков. И он делал свое дело — символ, он выталкивал Павла как сделавшего дело, в конце концов он скатился на пол, потому что Тоня раскинула руки и уснула. Лицо у нее было ясное, спокойное — у Павла даже горло сжалось от нежности. Он укрыл ее одеяльцем и ушел, потрясенный случившимся, — уже сто лет ему так не отдавались и не забирали всего. А этого Павел боялся. Он уже прилично одичал в холостячестве, послевкусие семейной жизни было отвратительным, когда-то он сказал себе: «Это наука на всю оставшуюся жизнь». Поэтому радость нежности, так неожиданно свалившаяся ему на голову, пугала — так ведь бывает при чувстве, а у него чувства к Тоне не было. Но и профессионалкой-обманщицей Тоня не была, он-то это знал. Значит, чувство могло быть у нее. «Что же я ей могу предложить, кроме как ничего? — думал Павел. — Ей муж нужен, чтобы дети пошли. А я просто мимо шел».

Он дал себе слово не ходить больше к этой наивной дурочке, нечего ей портить жизнь. Ему было неловко, но, думая такую мысль — что он Тоне не пара, он имел в виду мысль наоборотную: ну какая она ему пара? Заскорузлый, грубый, заматерелый мужик вдруг вспомнил, откуда он есть и пошел. И все его детство с супницами, и родительский этикет, и походы в оперу всколыхнулись в нем темной противной пеной — мол, и что ты будешь делать в Питере с этой барышней с голубцами? Но разве он собирался в Питер? Разве не порвал он все корни после той прошлогодней беды, и только корешки старых почтовых переводов были знаком его связи с этим городом — и больше ничего. Ничего! И тут он вдруг примеряет — как бы! — Тоню к тем забытым местам, в которых вырос, и ставит ее рядом с Медным всадником, и Тоне это — как бы! — не личит. Пропадет она на этом фоне. Стадность мыслей стала абсолютно определенной, когда он вдруг взял и представил их рядом — Катю и Тоню. И получалось, что сволочная бывшая жена больше соответствовала ему, Павлу, и городу Питеру, а Тоня, не виноватая ни сном ни духом, не годилась для Северной столицы — извините, рожей не вышла. От всех этих мыслей Павел совсем озверел и напился по-черному, попал в вытрезвяк, а когда вышел, то как бы и подзабыл, откуда и что пошло... Осталось только остережение: от Тони надо держаться подальше.

Сама же Тоня, не имея столь богатого опыта любви и предательства, не зная жизни в столице и хождения на певца Штоколова (бас и брови), была поглощена собой, своим странным состоянием, в котором Павлу как бы и места не было, потому что открытием она была сама, такая вот вся распахнутая для любовных дел, будто только ими и занималась всю жизнь. Чувства были волнующие, но самой себе Тоня такой не нравилась. Она не хотела быть похожей на знакомую штукатурщицу. И потом, этот диван, такой весь стыдно-жалкий. И скомканная односпальная узенькая простынка, на которой остались следы, и теперь их надо застирать и высушить в комнате. Конечно, никто на это не обращает внимания, кастелянша просто часто говорит: какая сволочь выгвоздал простыню, что никакая машина ее не возьмет, и какая другая сволочь менструирует, как фонтан Дружбы народов, у нее кровь аж на подушке. И все ржут — дело житейское: и трахаемся, и менструируем, где такой закон, что этого нельзя? Кастелянша кричала, что будет такой закон, что нельзя на государственном белье совершать личные дела. «Женись, купи простыню — и вперед! А на государственной — это свинство!» Этот разговор, как дождь в стекло, Тоня слушала сотни раз. Вот почему она, подстирав простыню, аккуратненько повесила ее над электроплиткой, чтобы она подсохла до возможности глажки.

Павла она не видела и даже вроде и не хотела

видеть. Но дней через десять забеспокоилась, не случилось ли чего, узнала, что он на дальней делянке, а до того хорошо побывал в вытрезвителе, вышел «зеленый, аж синий» и сразу уехал. Тоня не посмела спросить, когда вернется, ей вслед крикнули, что возвращается он через три дня.

Вот когда началось мучительное проживание этих трех дней, Тоня испугалась по-настоящему. Уже не тело ждало и маялось. Болело сердце, ныла душа, мысли рисовали страшные картины столкновений машин, валяющихся на земле электрических проводов, ядовитых грибов и прочая, прочая. Кто доподлинно может знать, с какой ноги встанет любовь? Вот может и так, с видения поваленного электрического столба на дороге и неосторожного шага к нему. Но Тоня этого не понимала. Она просто мучилась все три дня, ожидаючи. Она приготовила салат оливье, рецепт которого прочла в кулинарной книге. Тоже мне, повар из Франции. Да она сто лет знала, как его делать! И все делали его на праздники, целыми огромными тазами. Без оливье и праздник не праздник.

Мысль, что Павел, вернувшись, не придет к ней, в голову не приходила. Придет! Тут интересен вопрос, откуда у скромной, очень неуверенной в себе женщины рождается несвойственная ей уверенность? Тоня бы очень удивилась, что думает так с подачи своей плоти, вкусившей радость, — чур меня, чур! — закричала бы Тоня. Но это было именно так, и хорошо, что Тоня не додумалась о сигналах плоти, а то каково бы ей было? Ведь Павел, вернувшись из поездки, не пришел. Салат оливье в полном составе был снесен на помойку, где его съели собаки, подклевали птицы, и даже брезгливые кошки лапками вытаскивали испорченную, на их взгляд, майонезом докторскую колбасу. Мсье Оливье вполне мог быть доволен. Продукт не пропал.

Павел поселился на другом конце поселка у приятеля, жена которого поехала хоронить какую-то родню, а поездки теперь по стране долгие, несколько границ, считай, переезжают. Украинскую, молдавскую, а назад — еще белорусскую. Так что приятель, гробовой шутник, сказал жене: «Если в другой стране встретишь судьбу, я буду без претензий. Я человек тяжелый, пьющий, даю тебе волю...» — «Дурак, — сказала жена. — Но если умного встречу, то уж точно воспользуюсь. Только боюсь, что всех умных корова давно языком слизала». Вот у этого приятеля Павел и затормозил. Спал на полосатом матрасе, положенном прямо на пол. Приятель был беден до неприличия, но имел по этому поводу свое толкование: бедность — это свобода. Он со своей уехавшей (вернется! вернется! ты не думай!) объехал всю страну, все видел, все знает. Кто больше всего пострадал? Те, кто что-то имел. А он ни на одном месте даже подушку мягкую не покупал, даже туалетное мыло в руки ни разу не брал, жене, окромя галош и рукавиц, ничего не дарил. Ничего никогда нигде не оставляли, чтоб было жалко. Как что-то жалко, так пали сразу. Не надо нам хорошего — свяжет, и сдохнешь. А голяком, без скарба всегда пристроишься, дефицита развалюх и бараков не было, нет и не будет. Нырнешь в холодную нору, сунешь в печку то, что оставили предшественники, и на этом огне согреешься. Потом свои портки, которые уже ни для чего не годятся, оставишь возле печи и уйдешь свободен и наг, как ветер.

Павла такие речи иногда доводили до исступления. Пару раз они дрались, как мальчишки, до первой крови.

— Сам-то ты! Сам! — кричал приятель, вытирая юшку из носа, но Павел свирепел: он не такой. Он за оседлость, за достаток, за комфорт. Он изгой — да, но не идейный люмпен. Хорошо жить лучше, чем жить плохо.

— А чего же не живешь?

На этом и мирились. Какой он, к черту, изгой? Изгои — евреи. Но как чисто и достойно проживают отрезки своих оседлых жизней! Русские же на своей земле, а ее — во сколько! — глазом не охватить, а освинячили всю. И он, Павел, ушел к свинарям-люмпенам, протирает матрасы пролетариата, данные ему в вечное пользование. Вспомнил свой матрас, обвязанный веревкой и поставленный на попа. Надо бы сходить в общагу, не выкинули ли его к чертовой матери. А там эта девушка, что горела в его руках. Как же ее зовут? Он теперь с пьяни стал забывать имена. Все помнил — лица, обстоятельства, цифры. Имена же вылетали как в трубу. Расчет был на то, что можно и не встретиться. Он войдет в общежитие в узкую дверцу, что в торце, она сразу у лестницы, что на второй этаж, а каморка девушки без имени на третьем и совсем с другого боку.

Нет, его не выписали. Матрас так и стоял торчком. Никому Павел не был нужен: ну пришел, ну уйдет. Люди жили без интереса друг к другу. Они уже не строили коммунизм, совсем молодые знали о нем только из анекдотов да еще от озверевших стариков, помнящих значащие для них слова: «плечом к плечу», «все как один» и «за того парня». Молодые и старые ненавидели друг друга, но коммунизм был тут ни при чем, это была биологическая ненависть молодости и старости, лишенная сыноотцовской родственности. Общность источала зло инстинктивно, как у тех диких предков, что сбрасывали немощных стариков в пропасть, потому что на всех не хватало еды. Тут еды хватало, но сбросить могли запросто. Павел опять вспоминал детство, и супницу на столе, и подносимые к нему тарелки, и мамину руку, тонкую в широком рукаве капота (именно капота, халат — это другое, это у папы халат, толстый, с кистями на поясе), и как они глухо звякали, полные тарелки, становясь на плоскую мелкую, на краешек которой уголком ложилась салфетка с мережкой. Но пусть не это. Пусть даже то сидение в другой маленькой кухне с соприкасаемыми коленями, где кофе пили на весу, а на колени выкладывались полотенца — одно на двоих. Это тоже была человеческая общность, в ней были разногласия, споры, но не было биологической ненависти, чтоб другого головой вниз, чтоб наверняка в пропасть.

Как же он оказался вне всего того, что было для него важным, ценным? Ну да, ну да, случилось уличение в зломыслии и предательстве, и тогда откровенная дикость людей и природы показалась истиной. Будь каким хочешь, но яви свое лицо без обмана. Волк, лев, крокодил — они без обмана, без хитростей. Они лучше людей. Это, конечно, была не лучшая его мысль. Она не исчерпывала вопроса. Возвращаясь из общежития, Павел увидел на другой стороне девушку, имя которой забыл. Она смотрела на него и улыбалась, и тогда он, натянув на лоб кепку, пошел совсем в другую сторону, подло припадая на ногу, будто хромой. Свернул в какой-то магазинный двор с ящиками, вонью, притоптанными коробками и почувствовал, как он весь горит от стыда и как красен лицом, всеми потрохами. Он купил бутылку водки и вернулся к приятелю.

Тот сидел посреди комнаты с раскрытым ртом и изо всей силы сжимал в руке какую-то бумажку. Что-то мыча, он протянул ее Павлу.

«Шура попала аварию. Приезжай забирай».

Он не понял смысла. Он видел только одно слово — авария. Восемь месяцев он каленым железом выжигал в себе это слово-проклятие. И вот оно в его руках. Какая-то Шура...

— Кто такая Шура? — спросил он.

— Сама, — ответил приятель. — Понимаешь, сама...

Нет, он не понимал.

— Жена? — переспросил он.

— Ну? Я же говорю — сама. И знаешь, что тут самое главное? Не авария. А забери. Понимаешь? Помять могут каждого. Делов! Полежит-полежит и пойдет, это тебе всякий скажет. А тут — забери. Понимаешь? Значит, она без ног. Вот!

— Где ты тут такое вычитал? — заорал Павел, одновременно принимая без колебаний версию приятеля. Умно рассудил. Лучше не сообразишь. Степень такого горя отпихнула в нем ту, старую аварию. Смерть сразу выглядела красавицей супротив существования без ног. Он обнял приятеля, тот уткнулся ему в живот сененькой головенкой, выработавшей за долгую жизнь одну, но зато лихую мысль: бедность — это свобода.

— У тебя тут что в кармане? — шептал он в Павлово брюхо. — Случаем, не спасительница?

Павел достал водку.

Они выпили по стакану сразу. И по чуть-чуть остаток.

— Где же я денег возьму на дорогу через три границы?

Павел сказал, что даст, сколько у него есть. Вечером он проводил несчастного на вокзал. Уже повиснув на поручнях, приятель сказал Павлу как-то сердито:

— Ты не думай. Я деньги верну, даже если там останусь. Может, она не захочет уезжать далеко от своих ног. Но я ведь ее не брошу. Она мне всю жизнь была верная.

— Не думай про деньги, — прокричал вслед Павел. — Но сообщи решение.

Он вернулся в чужую развалюху. Это было решение вопроса, чтобы не встречаться с Тоней. А! Вот как! Она — Тоня. Павел взял ручку и написал прямо на стене: «Тоня». Никакой логики. Ушел ведь, чтобы забыть. Зачем же слово на стене?

На следующий день обнаружилось, что самая страшная на свете несвобода — бедность. Павел отдал другу все те деньги, которые были приготовлены на поездку в Москву, на год смерти дочери. Но собрал их начальник партии и сказал, что все свободны, их поиски тут кончаются как бесперспективные, так что гуляй, ребята, кто куда. Им, правда, выдали некие отпускные-отступные, но до лета и того дня еще три месяца плюс дорога, плюс поиски места, где он может и где он нужен. Таких денег у него не получалось. Павел съехал из общежития, совсем, все-таки жилье у приятеля ему ничего не стоило. От нечего делать стал ликвидировать порухи дома, которые хозяин считал не то достоянием, не то завоеванием своей жизни. Дверь на одной петле, окно с фанеркой, крыльцо без ступенек, просто кирпичики положены нетрезвой рукой. Так Павел и тюкал то молотком, то топориком целый день, радуясь хоть и маленьким, но трудовым победам. В погребе нашел картошку, квашеную капусту, в сарайке на гвоздочке висели сушеные грибы. Входя в комнату, он видел написанное на стене имя. Но пришла пора побелить комнату, он нашел и горшок с побелкой, и кисть. Забелил имя. Но странное дело, каждый раз, глядя на белую стену, он говорил себе: «Тоня». И тогда он повесил на это место фотографию хозяев, когда они были молодые, веселые и с ногами. Именно в этот день и пришло письмо. В письме было про то, что Шуру сбил грузовик и сильно сломал ей ногу. Думали даже отрезать, но обошлось. Но своими ногами ей не вернуться, все-таки костыли, так что надо ее забрать, потому как все на работе, крутятся, как собаки, а муж все-таки имеется, и он ей всех ближе. Остальные, как говорится, вода на киселе. Хотя в больницу ходят по очереди раз в неделю, и что есть у самих, то есть и у нее, не звери же. Но надо приехать быстро, может, соберутся и даже дадут телеграмму. «То тогда вы уже можете быть в дороге и, может, где-то уже на границе».

«Ну, слава богу, — подумал Павел. — Будет жить с костылем. Мало ли таких?»

Вот ведь подлость жизни. Нищета и голость жизни как-то легко принимали в себя и одноногость, калечество. Вон приятель готовился совсем к безногой, ему, считай, подарок. Павел смотрел на их молодые лица на фотографии. Кудрявые, веселые, на ней платье в горошек, на нем штаны широченные и даже тоненький галстук, сдвинутый к сердцу. О чем они тогда мечтали? И мечтали ли? Ну не могла же уже тогда, когда у них были все зубы и все ноги, жить в голове мысль о свободной бедности и о нищете? Наверняка ведь покупалась кровать с шишечками, собирались деньги на гардероб? Хотя что он знает про их жизнь? У него смолоду было все. А потом все кончилось. Сам кончил. Пошел на дно, как топор. Он вспомнил одну странную ночь в Москве, в чистой постели, с чистой, легкой женщиной, которая пришла и положила ему голову на грудь. И было так хорошо, что хотелось плакать, но плакать от счастья он не мог, потому что у него тогда было горе. Больше он не попал в этот дом, где ему было хорошо, покойно и хотелось остаться. Случайный дом, случайная женщина. И вот через столько времени защемило сердце. А со стены смеялись молодые, и Павел пошел чинить крыльцо из расчета хождения по нему на костылях.

Он даже сделал чертежик и подгибал ногу, чтоб представить, как это может быть лучше. Дни шли за днями, и он не мог представить, когда хозяева вернутся. А вдруг не вернутся? Он мыл окна и тер подоконники, совсем уж не мужское дело, отчищал сковородки и кастрюли, уже гневаясь на женщину, так запустившую хозяйство. Ну что это за жизнь без порядка и чистоты? Почему-то вспомнилась Тоня, у которой в страшненькой комнате пахло человеческим жильем, вспомнил ее горячее податливое тело. Стало стыдно, как он уходил от нее, притворившись хромым. Ну не сволочь ли? Пока выносил на улицу матрасы и подушки, чтоб пробрало их холодом и ветром, опять вспомнил ту, москвичку, как же ее звали? Но, кажется, он и не знал. Хотя теперь имена в его голове чудят, может, и знал, да забыл уже навсегда. Хорошо, что эту вспомнил. Как ее? Ничего, ничего, она записана у него на стене, теперь не улетит. Сейчас пойдет и посмотрит. Он вернулся в комнату. Какой идиот! Он же побелил комнату, а на место имени повесил вот эту рамочку. Он тронул рукой рамочку, и она сказала ему: Тоня.

Павел побрился, надел чистую рубашку и пошел в общежитие.

Тони не было. С той минуты, как последнюю горошину из оливье склевал старый воробей, Тоня сказала себе: «Никогда больше!» Что было в этих словах, она сама толком не знала. Касалось ли это «никогда» всего мужского рода или это была заостренная обида только на Павла — бог весть. Скорее всего, это был приказ себе, собственной слабости и, как оказалось, падкости на мужское внимание.

Хотя какое там внимание? Ну не дал разбиться с лестницы! Так, может, лучше б дал. Тоня легко представляла себе смерть — это полное неприсутствие в жизни. Это окончательно сформулированное отделение от мира людей. Типа «пошли-ка вы все к черту!», а они возьми и пойди. А ты одна, и тебе хорошо. Не холодно, не жарко, не горько, не сладко, не громко, не тихо. Никак.

А потом еще в жизни случилась эта встреча. И он — здоровущий мужик — дал дёру, прикрывая лицо козырьком. Ей стало так стыдно, что выть захотелось. И уже не умереть, а сделать что-то злое, больное. Она тогда на всех орала, пока ее не покрыли матом из тех, после которых слов уже нет. И она стала реветь, и пошла вся в соплях домой, и в результате заболела: у нее, у молодой, случился гипертонический криз, и она лежала две недели, а потолок над ней все кружил и кружил. Но и это прошло. В тот день, когда пошел к ней Павел, она как раз брела выписываться. Ноги были ватные, дрожащие, сердце билось в ямочке горла, хотелось все время пить, и она, чего никогда не делала, — откуда у нее такие деньги? — купила бутылочку воды и тихонько, стесняясь, пила по дороге. Но все, чему должно быть, случается. Высший закон встреч и расставаний, который может остановить и поезд в степи, и самолет задержать на сутки, сработал и в этой простенькой и нехитрой истории. Павел, не найдя Тоню, снова вспомнил ту московскую женщину, имя которой так и не узнал, решил, что пора сходить на станцию и изучить расписание поездов. Ведь он собирается съездить на год смерти дочери и положить цветы на место аварии, потому что бывшая жена на все его просьбы так и не сообщила, где она похоронила прах дочери. Муж у нее военный, может, поехала куда за ним, трудно им взять с собой урну? Во всяком случае, то, что Наташу кремировали, он знал. Последняя весть была такая: «Наташина урна стоит у меня в цветах на балконе. В этом есть и ужас, и какое-то утешение, что какой-то малостью она со мной. Когда решусь и выберу место, сообщу. Хорошо бы умереть и лечь с ней рядом».

Последние слова почему-то очень разозлили Павла, он им не верил, никого он не знал из людей, кто бы лег рядом или за другого. Какая бы ни была любовь, сила жизни в человеке все равно сильнее. И это правильно. Он шел на станцию, самое красивое место в их поселке, все в цветах и зелени, а с задней стороны — их поселковая поликлиника, здания почти срослись стенами. Уже изучил расписание — единственный поезд в Москву, который останавливается здесь на одну минуту, приходит сюда в три часа ночи. Билетов на него практически не бывает, и надо просить проводника взять за живые деньги на то место, которое освободится через два часа на узловой. Вот за минуту и надо пробежать состав, чтоб такого проводника найти. Павел почувствовал усталость. Он еще не совсем привык к приступам, когда начинает болеть душа, боль хватает намертво, а главное — не лечится ничем, кроме водки. Но и то только на время, потом возвращается как новенькая, будто ей, боли, водка была как раз для усиления.

Павел свернул на площадку перед поликлиникой, там был аптечный киоск, а неопытный в болезнях Павел от всех болей, душевных и физических, лечился анальгином. Возле киоска, вернее, спрятавшись за него, какая-то женщина глотала таблетки, запивая их из бутылочки. Пока он покупал анальгин, женщина пошла, и он пошел за ней, просто другой дороги там не было, а когда они дошли до развилки и женщина повернула налево, он узнал в ней Тоню, похудевшую и поникшую. Жалость вытеснила боль, и была она горячей до муки. Он догнал девушку и взял под руку. Как же она дернулась! Будто враг, будто насильник, будто незнамо кто!

— О господи! — сказала она, узнав Павла. — Я не люблю ходить под ручку.

— Ну, извини, — засмеялся Павел. — А я уже не знал, что думать. Ты из больницы, я понял. Хворала?

— Да так... — ответила Тоня.

— Но все-таки? — настаивал Павел. — Я к тебе сегодня приходил, тебя нет, решил посмотреть расписание поездов, значит, правильно решил, раз тебя встретил.

Тоня хотела сказать, что видела, как он бежал от нее хромаючи, и все, все, все про него поняла. Но он ей сказал про поезда, и тут произошло крушение ее мыслей, она ухватилась за близкое дерево, потому что испугалась упасть.

— Ты держись за меня, — сказал Павел.

— Нет уж, — ответила Тоня. — Обойдусь.

— Я приходил узнать, как ты... Я ведь жил у приятеля, у него жена осталась без ноги в аварии, он поехал за ней. А я там у него немножко ремонтировал. Крылечко, то да се... Нашу контору закрыли, так что я теперь вольный казак...

— Понятно, — ответила Тоня. — Понятно, почему расписание смотришь.

— Это как раз другое... — сказал Павел. — Скажи мне все-таки, что с тобой? Ты похудела.

— Ничего особенного, — ответила Тоня. — Что у людей, то и у меня. Особенных болезней нет. Давление подскочило.

— Молода ты для этого, — сказал Павел.

— Врач мне сказал, что гипертония теперь помолодела, а рак постарел.

Они шли медленно, Тоня не говорила, что у нее кружится голова, но когда Павел сказал, что проводит ее на третий этаж, согласилась сразу — боялась не дойти.

И действительно, после двух пролетов она побледнела, пришлось подхватить ее на руки и нести — получалось, что второй раз их сближала лестница. Он открыл замок, уложил ее на диван, укрыл одеялом; Тоню бил озноб, и она приняла сразу горсть таблеток и закрыла глаза. Павел не знал, как ему быть. Его ведь не пригласили, он просто помог, но оставить девушку не решался, потому что было ему и стыдно перед ней, и жалко ее, и еще неизвестно что.

Тоня уснула. Павел, томясь странностью своего нахождения здесь, пытался придать ему смысл: он стал думать, что надо бы ее накормить — дело при всякой болезни важное, — оглядел Тонины шкафчики, но, кроме чая и твердых пряников, ничего в них не обнаружил. Понял, что надо бы выйти в магазин. В кармане у него было двадцать рублей, с такими деньгами в магазин не ходят. Тогда он вспомнил, что в доме, где он живет, есть картошка, капуста и грибы. Хорошо бы сварганить грибной супчик.

Он поискал и нашел у Тони бутылку с маслом. Картина вырисовывалась, и он уже собрался идти, но в дверь постучали, и вошла женщина, знакомое общежитское лицо, она несла ковшик с манной кашей и кусок колбасы на листочке из тетради.

— Спит? — спросила она. — Это хорошо. Проснется, пусть поест.

Она посмотрела на Павла без дружелюбия и даже с каким-то тайным гневом.

— Ты ведь у нас живешь? — спросила.

— Сейчас у приятеля, — ответил он. — Пока его нет.

— Но место держишь?

— Держу, — ответил Павел.

— Мы с племянником спим в очередь, как в тюрьме, — сказала женщина, — а места все заняты. Это твой матрас стоит на попа?

— Мой, — ответил Павел. — Поставьте его в сторонку, пусть человек спит. Но я вернусь. Мне больше некуда возвращаться.

— Ясное дело, — сказала женщина. — Ни у кого ни кола ни двора. Как цыгане. Только хуже. Они по природе, а мы по порче.

И она ушла, посмотрев напоследок на оставленную еду. «Боится, что я съем», — с тоской подумал Павел. Почему-то эта мысль была обидной. О нем, Павле Веснине, человеке из хорошей семьи, могут думать как о порченом, которому ничего не стоит съесть еду болящего. Потому что он такой человек. Без стыда и совести. И матрас на попа держит. Хотелось догнать женщину и сказать, что он не быдло, не собака бешеная, он отдает ей свою кровать от всей души, с пониманием, хотя и во временное пользование. Временное пользование ударило слева, и очень больно. Владелец железной койки и скрученного матраса посмотрел на свои широкие руки, ища в них спасения: какое такое дело не стыдно предъявить людям этими руками? И сердце будто сдвинулось с места и прижалось к грудине. Павел сел на пол, положив голову на кровать, где спала Тоня. Его учили дыханию по Бутейко — дышать не быстро, а, наоборот, задержать дыхание, дать сердцу передых и пространство. И сердце послушалось, вернулось куда надо, а он концом одеяла вытер холодный пот со лба. «Не хватало ей забот, — думал он, — найти, проснувшись, мой труп». Теперь он думал о возможности своей смерти, о той обременительности, которая ляжет на чужих людей, о неопределенности места, куда положат урну ли, или его целиком, о том, что даже некому будет сообщить, что был, мол, и не стало. И жизнь предстала стыдной и жалкой. «Надо что-то делать», — кричало в нем. Но ответный спорщик, всегда в нем живший, не возникал, не кричал, что все, мол, о'кей и помирать нам рановато, есть у нас еще дома дела. Дома только вот нет. Павел замер. Он вспомнил свою ленинградскую комнату, закрытую на очень хитрый замок. Он унюхал запах той пыли, что осела на стол и буфет, на диван и на полки с книгами. Пыль пахла вкусно.

В ней был запах вишневой настойки и четырехтомного Даля, запах пепельницы, протертой одеколоном, и запах диванной подушки, горьковато-кисловато-сладковатый сразу. И еще там был запах детского горшка, который стоял под табуреткой, у входа, на случай его прихода с маленькой дочерью. Эта комната-консерва — его родина, его то самое, откуда он есть и пошел, а он пошел незнамо куда, сидит на полу, вытирает морду концом дешевой байки, которой укрыта женщина. Она ему абсолютно никто, но справа по борту уже без парки стоит ковшик с кашей и лежит кусок колбасы, которыми он должен ее накормить. Выпить бы водки. Он сглотнул и понял, что желания у него нет, что водка возникла, как вещь безусловная, но и необязательная, а вот дух петербургской комнаты был абсолютен и реален, им-то он и насыщался сейчас допьяна.

Одним словом, к моменту просыпания Тоня не знала и не ведала, что ей уготована встреча с совершенно другим человеком, родившимся только что у ее ног.

Услышав ее шевеление, Павел вскочил и сказал, что обязан накормить ее кашей, которую принесла женщина, а он собирался варить ей суп с грибами, но наверняка не поспел бы — за ними надо бы еще бежать.

— Какие грибы? — сказала Тоня. — Их еще и близко нет.

— Сушеные, — ответил Павел и уже шел к ней с ложечкой и ковшиком. Но Тоня закачала головой и сказала, что ей надо выйти.

Единственный туалет в общежитии был на втором этаже и в противоположной стороне.

— Я провожу, — сказал Павел.

— Нет! — закричала Тоня. — Мне самой жить и самой справляться. Вас это не касается. — И она, прихватив полотенце, вышла и пошла по коридору вдоль комнат, слегка касаясь пальцами левой руки стены. «Там будет лестница, — подумал Павел. — Я ее встречу».

И он выждал сколько-то минут и пошел ее встречать, но она уже шла назад по коридору, трогая пальцами правой руки стену.

Тоня не дала себя кормить. Поела чуть-чуть, допила водичку из бутылочки, сказала, что бюллетень ей продлили еще на пять дней, ну и что она с ним будет делать?

И тогда Павел сказал, что заберет ее с собой, пока пуста хата, что он будет наводить там порядок, а она будет сидеть на лавочке и развлекать его разговорами, а то поодиночке они бабаями станут, или как там называют молчунов-одиночек?

Она была потрясена, потрясена не предложением, а уверенностью мужчины, что она пойдет, куда он скажет, и будет где-то там сидеть для его нужды.

— Еще чего! — сказала она.

Он не понял. Не понял этого «еще чего», разве у нее есть выбор?

— Пойдешь как миленькая, — сказал Павел со всей возможной для себя улыбчивостью. — Там природа. Птички летают. А через пять дней доставлю по месту прописки, вернее, в поликлинику, чтоб увидеть, что был прав и оздоровил больную.

— Нет, — сказала Тоня. — Вы мне никто. Вы даже хромали от меня, чтоб я вас не узнала. Так не бывает, чтоб человек сегодня был один, а завтра другой.

— Бывает, — тихо сказал Павел. — Это называется преображение. Я пока тут у тебя сидел, столько всего вспомнил. Знаешь, я хороший был мальчик, добрый. Потом оскотинел. Потом умерла дочь. Потом закаменел. Проводи меня назад в дорогу... Я хромой, один не дойду.

Ему было стыдно за жалкость слов, за тайную их ложь. И не хромой он, и дойдет, но нужно, чтоб она пожила не одна и не тут. Ей пригляд нужен, ну жалко ее, девчонку. Не подумала б только другого.

Она же как раз подумала. И потому и пошла, что подумала, а не спасать. Чего его спасать? Здоровый пьющий мужик. Порода почти редкая. В основном пьющие — больные. А то, что он лопотал про что-то свое, это она не поняла.

И она пошла за ним по писку сердца, по зову воспоминания о том, как у них было. А он лопочет, что он как бы заново родился. Конечно, родился. Ишь, какой вымахал, лет на сорок, не меньше.

Дальше все просто, как три рубля. В чисто побеленной комнате было одно спальное место и одна чистая неподрубленная простыня. Остальное грязное белье кипело в выварке на улице на специальных кирпичиках. Вот и сказке конец. Легли вместе. И до полночи он боялся ее тронуть — нездоровая же, а в полночь она сама его развернула к себе, потому что не могла уснуть и вся горела не от температуры, а совсем от другого.

Хорошие были дни. Павел рассказал ей про Ленинград, про то, что хочет туда вернуться. Что он хороший был математик, его студенческие работы получали призы. Конечно, сейчас все ушло вперед.

Но как знать, как знать... Может, и вспомнят его, дурака. А если не математика, то геология. Он не просто землю рыл. У него дневники есть, наблюдения. Вполне может преподавать, как перехитрить тайны земли. В этих его рассказах Тоня не присутствовала, она поняла, что она у него — девушка бюллетеня.

Хозяева так и не возвращались, и не было от них ни слуху ни духу. Тоню выписали, строго наказав время от времени мерить давление, не есть острого и жирного, не подымать тяжелое, а главное — не нервничать.

Павел отвел ее домой, сходил в свою комнату, где на его кровати спал парень с белыми нечистыми ногами. Он посчитал свою наличность — ни о каком билете в Москву и речи быть не могло.

Собственно, выхода не было, и он вернулся в тот кривой домишко, в котором было чисто, где крылечко было что надо, где он приладил у рябины лавочку со спинкой для отдыха женщины с костылем. Ел картошку с капустой, варил суп с грибами. Жил, одним словом.

От хозяев не было вестей, вернулись сами. Он не узнал дружбана в сером полосатом костюме и в шляпе на затылке, а женщину он не знал вообще — тяжелая, большая, она вдавливала костыль в землю гораздо выше резинового наконечника. Она оглядела дом, двор, лавочку, посмотрела на мужа и сказала как-то необидно, но с большим внутренним подтекстом:

— Видишь, какой ты бесконечный козел.

Павел сказал, что у него было время и дело шло в охотку, но он уже беспокоился, что их все нет и нет, ему пора уже делать свои дела, но не мог он все бросить.

— Я понимаю, — сказал хозяин, — когда красоту сделаешь, ее бросать жалко.

— Заплати ему за все, — сказала женщина.

— А как же! — сказал хозяин.

Женщина пошла в дом и оттуда вернулась почти со слезами.

— Иди, козел, посмотри, какую он нам чистоту развел.

Особенно ее умилила фотка на стене, а на плите в сверкающей кастрюле пах горячий суп.

— Одним мигом, — сказал хозяин и вынул из чемодана пол-литру.

Ели суп, и Павел слушал историю, которая если и случается, то в России с Иванушками-дурачками. Оказывается, они вернулись богатыми. Первые деньги выпали, когда грузовик наехал на женщину. Чтоб она не подавала в суд на водилу, тот, кому принадлежал груз («Оружие, Паша, оружие с военной базы!»), заплатил нам одним махом тыщу «зеленых», а другим, когда пришлось ломать кость ноги, — еще тыщу. Ну и билет купил обратный, а на дорогу дал уже рублями. Я их и не считал. Родне мы, конечно, ничего не сказали, понимаешь, ведь убили бы... Но там, Паша, на Дусю было оставлено наследство — домик. Мы им сказали, мол, берем и остаемся жить. Я это сказал для понта, Паша. Мне тот климат не подходит, там уже в апреле жара и воздух не тот, Паша. С говнецом воздух, Паша, не поверишь, но именно с ним. Ну нам и предложили за домик эти их дурные деньги. Я сказал: вы что?

Я ж в России живу! Ну, они скрипом, скрипом дали нам пятьсот «зеленых». Паша, «зелень» вся цела. Доехали на выданных нам в дорогу рублях. И еще на них поживем.

— Заплати, — сказала Дуся.

— Значит, так, — ответил хозяин. — Сколько ты мне дал на дорогу? Восемьсот рублей? Ну, теперь за все остальное, как считаешь? Но если я отдам тебе рубли, где я тут буду менять «зеленые»? Бери, Паша, «зеленые», как ты считаешь, Дуся?

— Отдай ему триста «зеленых» за все про все. Я в такой чистоте не жила с детства.

Павел не хотел брать лишнего, но с выпивки в голове заклинило. Он что-то множил, вычитал, но ему все казалось, что остается момент надувательства «бесконечного козла». Его как-то ошарашило определение, почему именно бесконечный, козлы очень даже конечны, они, можно сказать, обреченные твари, а бесконечность — прежде всего нескончаемость. Спросить Дусю, да она, наверное, уже и забыла, что ляпнула. Да притом она сейчас была занята. Прямо сидя за столом, она задрала широкую юбку, и Павел увидел огромное плато живота, обтянутого розовыми панталонами, подрезанными в нижней части, откуда как бы истекали Дусины неохватные ноги. Потом она приспустила панталоны, и Павел увидел белый пришитый карман, сверху застегнутый тремя английскими булавками. Она расстегнула одну и достала полиэтиленовый пакет с русскими деньгами. Она отдала их мужу.

— Спрячь где надо, — сказала. — Брать будешь с моего согласия.

— Как же иначе, Дусечка, — затараторил мужичок в новом костюме. — Как иначе.

Потом Дуся расстегнула вторую булавку и достала другие деньги. Павел как-то испуганно посмотрел на дверь: а как кто войдет?

Дуся почувствовала его беспокойство и откуда-то из глубин юбки вынула пистолет.

— Ну, ребята, вы идиоты! — закричал он. — А если человек придет за хлебом-солью...

— Смету, — сказала Дуся. — С добром человек стучит. И при этом три раза.

— Я смываюсь от вас, — сказал Павел. — Я привык тут жить без стуков. Вы от денег спятили.

— То-то я и отдаю тебе триста, — резонно ответила Дуся. — За все добро. За то, что все сберег...

— Не все, — ответил Павел. — Картошки и капусты подъел прилично.

Дуся отслюнявила триста долларов и запаковалась булавками.

— Пусть тебе повезет, как повезло нам, — сказала она. — Видишь, как я удачно оказалась на дороге. Мог ведь сбить какой пьяный, что бы я с него взяла? Я сейчас думаю, что и с этих могла бы содрать больше. Оружие, оно ведь дорогое, и всем надо. Пистолетик мне подарил племянник, чтоб ихние пятьсот у меня не сперли. Про другие они не знали. Знали бы — прибили, хотя и родня. А дом я им оставила не этому чета, вернее, дом — говно, огород хорош, земля. У тебя ведь земли нет?

— Откуда? — ответил Павел.

— А что у тебя есть?

— Койка в общаге, — заржал хозяин.

— У меня в Питере была комната, поеду проверю. Если сохранилась, попробую осесть. Может, ваши деньги и принесут мне удачу.

— Принесут! — сказала Дуся. — Я это руками чувствовала, когда деньги давала. Они хорошо скользили, не сцеплялись друг с другом. Они радостно шли.

— Спасибо, — сказал Павел.

— Нет, мужик! — ответила Дуся. — Ты себе цены не знаешь. Чтоб побелить до белизны эту засратую комнату, чтоб повесить наши молодые морды, когда мы еще верили этому полудурку Ленину и комсомолу, это надо что-то в себе иметь не заплеванное жизнью, какую-то чистоту. Ты понимаешь это, дурак? — спросила она мужа.

— Очень! — ответил он. — Очень! Очень даже.

— Ни черта ты не понимаешь.

Павел вдруг вспомнил, что под побелкой карандашом написано имя. Что-то, видимо, мелькнуло у него на лице, потому что Дуся спросила:

— А баба тут бывала с тобой?

— Бывала, — ответил Павел. — Наша общежитская.

— Это плохо, — сказала Дуся. — Тебе нужна оседлая женщина, вроде меня. В общежитии все бляди, я это без осуждения, такая у них жизнь. Или твоя не такая?

Как она учуяла, что Павлово сердце все трепыхнулось от несогласного гнева?

— Не такая, — ответил он. — Совсем.

— Ну тогда слава богу! И прости за грубость.

— А я ее знаю? — встрял хозяин. — Она с какого этажа?

— Не знаешь, — резко ответил Павел. И засобирался уходить. Уже на пороге спросил Дусю — она вышла на крыльцо и держалась за балясину, и Павел обрадовался, что хорошо закрепил ее для необъятной женщины, скрывающей на животе «зеленые» и пистолет.

Павел наметил день, вернее, ночь отъезда. Днем надо было выспаться, вечером зайти к Тоне, попрощаться и узнать, как она там после болезни.

Тоня лежала на кровати, укутавшись в стеганое зеленое одеяло в цвет лицу.

— Нехорошо? — спросил Павел.

— Да нет, — ответила. — Справлюсь.

Павел рассказал о своих планах, о том, как после Москвы он поедет в Питер и откроет комнату, и осядет в ней, потому что сколько ж можно по миру шататься, как шатун какой. Он не заметил, как вжималась в угол Тоня, как уменьшалась на глазах, будто дух из нее стал выходить толчками.

...Тоне и после выписки не становилось лучше, и врач спросила, нет ли у нее еще какой болезни, наследственного туберкулеза там, например, или анемии.

— Так у вас же анализы! — сказала Тоня.

И врач как-то раздраженно полезла в бумажный карманчик, где все спокойно лежало, но посмотреть руки не доходили. Все у Тони было в норме. И гемоглобин, и флюорография.

— У гинеколога была?

— Нет, — ответила Тоня. — У меня там тоже все в порядке.

— Много знаешь. — И врач отвела ее сама к гинекологу и не ушла, а села и стала ждать.

Гинеколог была старой женщиной в толстых очках. С тяжелым вздохом она стала смотреть в самую Тонину нутрь, в эти розовато-синеватые глубины, щупала их привычно и без интереса.

— Ну и какую тайну я должна найти? — спросила она Тониного врача, стаскивая осклизлые перчатки.

— Да не нравится она мне! — в сердцах сказала врач. — Давление устаканили, кровь хорошая, все путем, а жизни в ней нет.

— Все наоборот, — засмеялась гинеколог. — Жизнь-то в ней как раз и есть. Она беременная.

Тоня как раз влезла в трусики, стояла на одной ноге, и ее прилично качнуло, но она удержалась, потому что ужас был сильный и здоровый, он и спрямил.

— Ё-мое! — закудахтала терапевт. — Значит, это не мои дела, вот тебе карточка, разбирайтесь с ней сами. Я дальше ведь бюллетенить ее не имею права по закону. — И она просто вылетела из кабинета, а Тоня осталась, и на нее смотрели толстенные очки, переливающиеся разными цветами. А может, это в Тониных глазах рябило.

— Замужем? — спросила гинеколог.

— Не-а, — ответила Тоня, стараясь показаться беззаботно-отважной. Все девчонки из общежития на аборт ходили, как в уборную. Никто его не боялся, боялись упустить срок — до десяти недель.

Одна верующая им объяснила, что именно в десять недель бог определяет душу, какая подоспела в его хозяйстве для переселения. И тогда уже выковыриваешь живого человечка — с ощущениями и, может, даже мыслями.

— Какой срок? — спросила Тоня.

— Недель семь. Ты знаешь лучше, когда у тебя что было и была ли потом менструация. Выписывать на аборт, как я понимаю?

— Я подумаю, — ответила Тоня. Хотя что там думать? Павел исчез, как и не было. Потом вырос как из-под земли, и снова исчез. С ним, что ли, решать этот вопрос?

Вот она и лежала сейчас под зеленым одеялом, сама вся в зелень, а он возьми и снова приди. Весь такой-эдакий. Комната у него в Питере, где стоит Медный всадник, в змею упершись, где такие-растакие белые ночи, где живет артистка любимая с самым печальным ртом на земле — Алиса Фрейндлих, и еще в этом городе мосты ночами разводят, так это, наверное, красиво, когда небо темно-синего цвета. И до такой острой боли захотелось все это увидеть, что в ней даже сила откуда-то возникла про это сказать:

— Павел! Извините, конечно, это нахальство, но мне очень хотелось всегда увидеть Ленинград, с детства. У меня есть денежки, я три года не была в отпуске, откладывала на юг. Но на юг мне теперь нельзя, из-за давления. Я только туда с вами и сама обратно. Мне бы только посмотреть — и все.

«Какой же я идиот, что зашел, — думал Павел. — Ну зачем она мне, эта зеленая хворь?» Сказал же он так:

— Это неразумно, Тоня, пока ты нездорова. Но я клянусь: обустроюсь и вызову, и все тебе покажу, я Питер как собственный карман знаю. Ей-богу!

Почему ей это не годилось? Но она знала, не то. Она не собиралась говорить про главное, что где-то угревалось и росло в ее животе его семя, у нее ведь, кроме него, никого не было. Но не годилось! Ехать им надо вместе, это как то, что знаешь до того, как узнаешь на самом деле. Ехать! Ехать!

Что-то изменилось в ее лице, оно засветилось, оно просто сияло, потому как лицо уже знало, что никуда он не денется. Он потащит за собой эту едва выздоровевшую девчонку. И те триста долларов, которые свалились ему из панталонного кармана, — это как бы перст судьбы, знак свыше, или как это еще называется.

В эту же ночь они втиснулись в забитый плацкартный вагон, на одно нижнее боковое место, и Тоня спала, сидя у него на коленях, а ему все время наступали на ноги ходящие туда-сюда люди.

Потом был тот день, когда они положили на дорогу букет цветов и видели пожилую пару с ребеночком на руках, и Павла пронзила зависть к отцовству, которое он потерял, и эта женщина, казалось, что он где-то ее видел, но он не видел. Не мог. У него не было знакомых пожилых дам в Москве. Тоня же, увидев маленького, вдруг занервничала о сроках, точно ли она не ошиблась, ей для Ленинграда остается день, не больше, если выехать сегодня, чтоб потом успеть вернуться и убрать из себя то, что еще только кровь и слизь, но еще не человек. И пока они ждали на широком шоссе зеленого цвета, она скорее для себя, чем для Павла, проговорилась, стояла и бормотала, а он так вцепился в нее, что ей хотелось кричать дурным криком, но она стерпела.

В этот же вечер они выехали в Питер. Но еще до поезда Павел вызнал у нее все. Она все боялась, что он скажет ей хамство. И дождалась. «У тебя, кроме меня, кто-нибудь был?» Она сразу сказала: «Был ты». До этого все называла его на «вы», а тут тихо, почти шепотом выдохнула «ты». У нее-то этот выдох случился сам собой, и Павел это учувствовал. Поэтому никаких мужских подробностей не смел бы потребовать, не смел — и все.

В квартиру они вошли спокойно, видимо, никого из соседей не было, дверь в комнату была закрыта, как он ее закрывал, и они вошли в тот дух и запах, что жил в его ноздрях. И у Тони хватило каких-то знаний не сказать: ах, сколько здесь пыли! Она сразу пошла к окну и уперлась глазом в серый торец дома, по которому шла хлипкая лесенка вверх на крышу. Нет, это не было той красотой, которая еще из школы существовала в словах «Невы державное теченье, береговой ее гранит». Ни Невы, ни гранита. Серый цементный цвет и черная лазейка. Павел подошел и встал сзади. «Странно, — сказал он, — эту я не помню. В детстве мне снилась подобная, не эта, как я карабкаюсь по лестнице, и где-то на середине проваливается целый проем. И я вишу в пустоте». Он не сказал, что после этих снов просыпался с мокрыми трусами и слышал, как тихо беспокоилась мама, говоря отцу: «Понимаешь, он ведь большой. Может, надо к врачу?» Но ничего не случалось до очередного сна.

Он старался не смотреть в окно даже сейчас, он боялся этого детского сна, где он висит над пропастью, и нет у него никаких сил перекинуть ногу на перекладину. И еще во сне тишина. Не хлопают окна, не кричат люди из домов с улицы — один на этой стене, и у него нет выхода. Павел стоит за Тоней и смотрит на ужас своего детства. Интересно, в каком месте она обломилась, эта чертова лестница? Он не знает, а детский ужас охватывал его именно с того места, которое совершало грех, стыли бедра и мертвели ноги.

— Надо бы сходить поесть, — сказал он.

— О да! — ответила Тоня. — У меня в животе уже тянет.

— Тебе надо хорошо питаться, — сказал он.

Она посмотрела на него чуть сбоку. Зачем, мол, говоришь такое? Это ведь мои проблемы, мне надо возвращаться быстро-быстро. Она помнила — да и как она могла бы их забыть? — там, на дороге, сказанные сквозь сцепленный рот слова, которые он мог перекусить легким смыканием губ, но не перекусил, но ведь и не повторил больше, ни когда она спала у него на коленях, ни когда он горячо дышал ей в затылок, а она смотрела на хлипкую лесенку, как бы специально придуманную для легкой смерти. Нет, он спросил только, был ли у нее кто еще. Тоня внутренне засмеялась доверчивости мужчин — она, конечно, сказала правду, ну а солги? Но после этого ни словечка. Зовет поесть.

Они пошли в «Макдоналдс» — для Тони чудная

новинка, но ничего, чистенько и вполне вкусно. Потом пошли бродить по городу, и Павел, как знал, повел ее к Медному всаднику, она разглядела эту «упорную змею», дивясь изобретательности скульптора. Сам Петр ей не понравился, он ей не нравился еще из школы — самодур, грубиян. Учитель объяснял, что именно такой человек всегда нужен России, потому как иначе не справиться. «А добром пробовали?» — хотела она спросить, но постеснялась. Могли и засмеять. Нет, город, конечно, красивый, но в нем надо родиться, чтоб его любить. Она его полюбить не сможет. Из-за лесенки-убийцы, из-за вздыбленного Петра. Тоня даже расстроилась, осознав свою простоватость, хотя тоже ведь не в деревне жила, ну, скажем иначе — свою отдаленность от этих больших и красивых домов, в которых живут не ее люди, не ее народ.

— Отведи меня на вокзал, — сказала она. — Я уже все увидела и поняла.

— И куда собралась? — В голосе Павла была какая-то неприязнь, противность, будто он не знает дороги, куда ей ехать.

— Домой, — сказала она твердо, даже не ожидала такого от себя.

— Ну, тогда пошли, — сказал он, — тут близко. Эти двое, что шли рядом, были так отделены друг от друга, как, может, не отделены друг от друга галактики. Между ними лежала некая не вычисленная учеными формула, в которой расстояние, помноженное на время, было к тому же возведено в степень разностью происхождений и к тому же делилось на коэффициент судьбы. Одним словом, черт-те что и сбоку бантик. Но два чужака пришли на вокзал, и Павел ткнул пальцем в окошко, на котором было написано: «На Москву». И Тоня было пошла туда, но тут по дороге увидела другое окошко. К нему и встала, прочитав, что поезд останавливается в Свердловске, а оттуда ей уже рукой подать до Верхнего Уфалея. Ну а там уж всего пять остановок на автобусе.

Павел стоял в стороне, курил. И он был зол. Даже зубами скрипел. Он смотрел на Тоню со стороны: простенькая такая провинциалочка, нитка из подмета выпросталась, висит, ветерком колышется. Он ведь ей сказал: «Только попробуй, только попробуй его тронуть». Это было вчера, когда они стояли посреди дороги, а вокруг на север и юг мчались машины, и он сейчас снова ощутил то, что было вчера, межеумочность своей жизни, которую давно волочит, как отросший хвост, вроде и человек, но уже и зверь. Зверь-недотыкомка. Люди вокруг с чемоданами, полными целей и устремлений, которые аккуратненько так притерлись к мыльницам и трусам. А у него все по отдельности: запертая комната, матрас на попа совсем в другой стороне, какие-то женщины, принимающие его за человека, спать с собой кладут, а одна — спать не положила, а вот новую рубашку дала. И тут он сообразил, что это ее лицо видел в машине. Такое хорошее лицо, а мимо... А еще одна женщина расстегнула на своих штанах булавку и дала триста долларов: на, говорит, возьми на счастье. И все это какие-то куски, осколки жизни, а самой жизни как бы и нет. Некуда все это присобачить, чтоб получилась судьба. Вон девчонка подходит к окошку, сейчас возьмет билет, уедет. Надо ей оборвать нитку на подоле. Уедет и увезет частицу, что может стать судьбой, то маленькое его зернышко. И тут он понял, что сам висит на той ниточке, что на подоле, и единственное, что нужно сделать, вернуть Тоню, но, господи, зачем она ему? Эта Тоня? Кто она? Что? Откуда взялась?

Тоня как раз и поспела к окошку, но кто-то грубо вытащил ее из очереди, у нее даже голова закружилась и затошнило оттого, как ее волокли, будто она какой куль.

— Никуда ты не поедешь, — сказал Павел, а глаза у него были злые-злые. — Ты рожать будешь. Ясно тебе или нет?

Она рванулась от него — стыдно же, тащит, как воровку. И быстро пошла к выходу. И там, на улице, ей стало нехорошо. Ее вытошнило прямо на прилично ухоженный газон. А он стоял над ней, как пытчик, потом грубо так вытер ей рот своим носовым платком. «Бежать от него надо, — думала она. — Мне такого не надо. Мне нужен добрый. А этот как укушенный».

Они сели на лавочку, и она так ему и сказала:

— Ты как укушенный кидаешься. Неужели же я рожу ребенка такому ненормальному? Смотри, сколько детей бездомных! От отцов-матерей убегают, потому как битые, мученые. Видят, как отцы матерей за волосы таскают... А я тебе не жена, я тебе никто, и дитя у нас еще нет, а ты уже озверел. Я ведь понимаю, я тебе ни к чему, и ребенка тебе тоже не надо. Но он по природе твой, тебе хочется его к себе в живот, а жизнь — она устроена не так, как тебе хочется. Вот ты и звереешь. А мне зверь не нужен. Я хочу смирной жизни. Дитя я сама не выращу, но на такого, как ты, не оставлю. Значит, пусть его не будет вообще. Все! Я тебе сказала, и отстань от меня, слышишь, отстань!

И пошла в очередь, где ее, конечно, не признали, и пришлось становиться в хвост.

Оказывается, так бывает. Ты сидишь вроде как все. А с тебя в этот момент сползает шкура. Ошметками отваливается то, что было тобой. И тебе становится холодно, нижняя шкура нежная, она не греет. «Как голый на морозе», — сказал себе Павел и засмеялся. Нет, с виду он был почти тот. Только чуть светлее, казалось, стала кожа, как будто ее хорошо помыли. Он не помнил, сколько сидел на лавочке, но, когда Тоня вышла, он там все еще был. И она подошла и сказала спокойно: «Мне у вас надо взять свою сумочку. Спасибо, что подождали».

— Как ты себя чувствуешь? — спросил Павел.

— Нормально.

Дома их встретила заполошенная соседка с дикими умоляющими глазами.

— Я не знала, где вас искать. Но вы моя последняя надежда. Я сейчас встану перед вами на колени, я буду валяться у вас в ногах.

— Я этого не заслужил, — ответил Павел.

— Вы заслужите! Заслужите! — кричала она и вела их в свою комнату, которая была много меньше, но светлее Павловой, и вид из окна у нее был другой, зеленый и с большим куском неба. — Слушайте меня. Я умру, если мы не договоримся.

Не с первого раза, но Павел наконец понял, что от него хотят.

В Москве у соседки дочь и внук. Разошлась с мужем. («Теперь это дело нехитрое».) Они как-то там разменялись. Девочке досталась однокомнатка на окраине, а мужу — огромная комната в коммуналке с окнами на Христа Спасителя. Ездить на работу девочке полтора часа. Не успевает вечером в садик. Скандалы. Нервы у ребенка. Я здесь. Я могу устроить ее к себе на работу. Мы с ней зубные техники. Но нет обменного варианта. Никто не хочет ехать из центра Ленинграда в какое-то там Лианозово. Хотя квартирка отдельная. Просто куколка. Вы человек неоседлый. Вас тут нет вообще. Какая вам разница, куда приезжать на раз? Если есть моральный ущерб — экономического никакого, вы в плюсе — я готова его возместить. Мне надо скоро, надо вчера. Ребенка, за которым приходит поздно мать, щиплет сторожиха. У него в синяках все ручки и попка. Ну какая вам разница, если вас тут нет?

Это было сказано круто: «Вас нет». Он мечтал вернуться сюда, но он не ощутил эту комнату как свою. Он думал — из-за присутствия Тони. Но если честно, Ленинград был городом его другой жизни. В которую ему уже не вернуться. Не вернется он и к своему матрасу, стоящему на попа. Так, может, пусть будет Москва? Там память о дочери. Там где-то в необъятности города живет призрак женщины, которая приходила к нему ночью. И еще та, что одарила рубашкой. Москва поставила свои манки.

— Как считаешь? — спросил он Тоню.

У Тони глаза растворились так, что Павел замер, дивясь их цвету: ну чистый изумруд. А соседка уже вокруг Тони колготится: Москва, она, мол, столица, это ведь не халам-балам, товарищи-господа, и возможности там не нашим чета. Петербург — город с несчастной судьбой. Помогите, Христа ради, щипаному ребенку.

— Хорошо, хорошо, — сказал Павел. — Мы вас поняли, дайте нам в себя прийти и к себе войти.

— Но вы думайте, конечно, думайте, но думайте и соглашайтесь.

В своей комнате Павел просто рухнул на диван и расхохотался.

Тоня же стала собирать свою сумку.

— Ну, что ты на это скажешь? — смеясь, спросил Павел.

Она ведь не видела его смеющимся, а он хорошо смеется, душой. И лицо у него делается другим, без дикости. Но к ней это не имеет никакого отношения. Она все сказала.

— Это как вам нравится! — ответила она.

— Ну а тебе? — настаивал Павел. — Тебе бы где лучше жилось?

— Мне что-нибудь попроще, — сказала Тоня. — Такие города мне не по карману, да и не по характеру.

— В общежитии, что ли, лучше? — сердито спросил Павел.

— Хуже! — сердито ответила. И они оба засмеялись — такая складная на двоих случилась у них злость.

Он встал с дивана, вырвал из рук Тони сумочку и посадил ее рядом с собой.

— Я, конечно, мужик диковатый и, может, даже с придурью, но мне очень хочется ребенка. Искать кого-то, чтоб жениться, не буду никогда, но ты уже случилась. И глаза у тебя такие, что помереть можно. Ну что тебе стоит попробовать, а вдруг я не самый последний на этой земле? Я не дерусь, не щиплюсь... Я просто слегка каменный... Но из камней дома получаются крепкие... У тебя ниточка на подоле, дай оборву. — И он оборвал и обмотал ее вокруг пальца, осталось чуток. Он взял Тонину руку — ниточки хватило и на ее палец.

— Видишь, — сказал он, — я ее давно приметил, пока ты стояла в очереди. Обручимся ниточкой?

Она долго плакала у него на груди, просто слезы потекли сами собой, плакала и думала, что полагающееся по случаю слово сказано не было, но, оказывается, была ниточка, ровнехонько на два их пальца. А ребеночка ей хочется, но, как сказал Павел, не пойдешь же искать специального мужчину, если уже узелок завязался с этим. И хотя слово главное сказано не было, но именно на этого мужчину у нее трепыхается сердце. Как-то так случилось, но возможность помочь плачущему в детсадике ребенку стала главной для Тони, а Павел сказал, что ему чуть-чуть жалко комнату и Питер, но начинать новую жизнь надо с нового места.

Соседка все хлопоты взяла на себя, Павел отдал ей паспорт. Вот с Тоней было сложнее. Ей надо было ехать и выписываться, но Павел сказал, что все это мура собачья, никому не нужная. Поселятся в Москве по законному ордеру, а там будет видно. Можно будет и съездить вместе или потерять это к чертовой матери. Соседка предложила не трогать мебель, а оставить все как есть, и дочь ее оставит в своей квартире все как есть. «Это будет и дешевле, и спокойнее. А антиквариата ни у вас, ни у нее. Доски. Возьмите, что вам дорого». Павел открывал дверцы, высовывал ящики, но ни от чего не вздрагивало сердце.

— Посмотрите еще ваш шкаф в кухне.

Ну, там совсем была одна ерунда. Он встал на табуретку, чтобы посмотреть верхнюю полку. В самом углу ее стояла прикрытая полотенцем супница. Бог ты мой! Из-за нее была свара с женой, а он ей доказывал, что все супницы кончились еще в его детстве. Оказалось, что одна, правда, с отбитой ручкой, дождалась его. Сама ручка лежала в супнице, она гремела, когда он ее доставал.

— Я ее возьму, — сказал Павел.

— Я к ней приглядывалась, — честно сказала соседка. — Она хороших кровей, но вряд ли ее можно реставрировать. Очень будет заметно. Но берите, если екнуло. Иногда именно на такое екает...

Вечером они сдали Тонин билет и взяли два билета в Москву. Потом на такси ехали через Москву на север, мимо выставки, дальше, дальше... За каким-то мостом свернули в переулок. Пятиэтажный дом смотрел на железную дорогу, но был весь в зелени, на площадке третьего этажа их ждала молодая женщина, очень похожая на свою маму. У нее были испуганные глаза, и она как бы стеснялась своей квартиры.

Тоне же квартира понравилась сразу, чистенькая, окно во двор, — значит, не будет стучать дорога. Все маленькое, коридор, кухня, но большего у нее и не было никогда. Павел же, как назло, цеплялся плечами за проемы дверей, а головой за люстру.

— Понятно, — сказал он, — это не мой размер. А швы выпустить нельзя? Как тебя зовут? — спросил он. — Или будем чваниться по всем правилам?

— Чваньтесь, — засмеялась женщина. — Денег своих у меня нет, но мой бывший, который от крестов за окном стал как бы новообращенным, дал мне тысячу долларов для доплаты за низкий рост и узкие швы. Я понимаю...

— Что вы понимаете? — спросил Павел. — Я, было дело, жил в норе, из которой зверь ушел. Я жил зимой на дебаркадере, а когда треснул лед, меня затащили в ледяную воду доски. Но это я так... Чтобы вы не думали, что я только вчера из Петродворца и хочу ходить по анфиладе. Нет. Вам надо к маме, а мне надо, чтоб ей понравилось. — И Павел приобнял Тоню. — Она моя жена, но мы еще не расписаны.

— Это как раз не проблема, — ответила она. — Если у вас будет прописка — распишетесь.

Потом она оглядела уже как бы не свою квартирку и сказала, что, конечно, все хорошо, уютно, но имейте в виду: без ремонта не обойтись, все на ладан дышит. Она строго соблюдала внешний декор для сменщиков. Но знайте, бачок протекает (под ним стоит литровая банка), душ течет в три дырочки, пол весь в провалах, одно хорошо — клопов и тараканов нет.

— А у вас там их тыща, — сказала она, глядя на Павла.

— Что-то я не заметил.

— Крепко спали, — засмеялась хозяйка. — Ну ничего, я их победю. — Это у нее прозвучало лихо.

Она написала телефон паспортистки (Тамара Сергеевна), телефон начальницы дэза (Софья Николаевна) и — на всякий случай — участкового (Николай Иванович).

— Рюмочку-две примет без чванства, а пока вы не прописаны, — кивок в сторону Тони, — любителей просигналить куда надо более чем...

От чая она категорически отказалась, к тому же подъехало такси. В последнюю минуту сказала, что все платежки и телефонная книжка в ящике кухонного стола, который ближе к окну.

Только когда хлопнула дверь, они поняли, что стояли все время навытяжку, что находились под властью жизни более сильной и верткой, чем обе их две. Павел захохотал, за ним Тоня.

— Слушай, — спросила Тоня. — А где щипаный ребенок?

Но, судя по всему, ребенка в этой квартире не было. И они снова стали смеяться над той ловкостью, с какой их обдурили.

— Мы им родим ребенка, — смеялся Павел. — Это уж точно.

— Прям! — ответила Тоня. — Что я, им рожала? С чего бы это!

И они снова смеялись.

Павел достал из сумки супницу и поставил ее на подоконник в кухне. Она засияла на солнышке синими цветами.

— Как гжель! — воскликнула Тоня.

— Это, дурочка, Саксония, Мейсен, — засмеялся Павел. — Обломок оседлой жизни, когда люди знали, как надо жить.

Тоня было обиделась на дурочку, но потом поняла, что не было в слове обидной мысли, а была даже как бы нежность. Ее уже многое прикрепило к этой квартире. Во-первых, слово «жена». Ей было покойно и хорошо, до десяти недель оставалось четыре дня. Ну и пусть! Она не будет их считать. И, может, в этой комнатке будет жить ребеночек, маленький и слабенький — сильного ей не родить. И, возможно, большой мужчина, достающий головой до люстры, будет брать его на руки, и ребеночек будет курлыкать, как голубок. И Тоня сжимала под столом колени.

Хозяйка оставила им ключи, Павел сказал Тоне, чтоб та купила, что считает нужным, чтоб квартира не выглядела как обчищенная налетчиками.

Тоня испугалась, она никогда этим не занималась, она боялась сделать что-то не так, как ляпнула с гжелью. Она осторожно вышла на улицу, магазины были близко, и она ходила, присматривалась. Павел же сказал, что сходит поищет кого-нибудь из знакомых на предмет работы. И придет часам к пяти. «Готовь еду, хозяйка!»

Мальчишество всех последних решений, их сумасшедшая скорость веселили Павла, как будто он обвел мяч против всех и последним ударом вбил его точнехонько в левый угол, оставив в правом с растопыренными руками судьбу-вратаря, которая, по логике всей его жизни, должна была поймать его удачу и отбить ее к чертовой матери в аут. Так всегда было. У него жизнь не получалась не побольшому — по-малому. Она у него росла не вверх, а куда-то в сторону, в глубину. Он ведь и правда однажды загнанно жил в норе, хотя с какой стати — умнице (так считалось), с комнатой в Ленинграде — быть в норе? Но его нес ветер, а может, и не он, а что-то изнутри моторило и тащило. А сейчас разве не так? Разве не бросил он по неведомо какому приказу то, что было ему дорого, — кусок от родителей, их дом, их дух, где он родился, где он качался на качелях, прицепленных в широком проеме двери. Эх, идиот! Не посмотрел, остались ли там, вверху, те стародавние крюки! А может, и правильно, что не посмотрел, — зацепился бы за них мыслью, потом поступком, потом жизнью, и пошла бы совсем другая история. Ведь так у него всегда: какое-нибудь полено на дороге сворачивает ему путь, а последние пятнадцать лет ему было уже все равно куда идти. Хоть в хоромы, хоть в нору. Он был свободен в каждом своем последующем шаге, такой дядя-самокат. А тут вот — на тебе: его самобегающее устройство решило, что он должен этой женщине с зелеными глазами, ловкой бедолаге, которой упасть с лестницы легче, чем сойти с нее по-человечески. И он именно ей абсолютно бесчувственно, а, скажем, чисто по мужской потребности загнал внутрь свое семя. Он ей верит — это его семя. И там, где-то внутри ее, происходит ежеминутный процесс деления на два, на четыре, на шесть, на восемь... И какое на сегодня количество клеток сбилось в кучу, он не знает, но ему, оказывается, это не все равно. Хотя если посмотреть на все это с высоты (или широты) жизни, то сколько таких делящихся клеток он оставил на дороге геологии, шабашках и прочих трудовых деятельностях, которые и называть так неловко, если помнить, что человеческий труд изначала суть созидание. Но чего не было — того не было, если только отчеркнуть первые послеинститутские годы, когда был интерес к работе, к спору вокруг нее, когда хотелось черт знает чего, Нобелевки — ни больше ни меньше. Но его изгнали из пространства интереса, сначала алчная женщина, а потом он сам. Он тогда думал: а ведь свободное падение — это высший кайф. И падал. И ловил чертов кайф в какие-то редкие минуты.

Павел шел быстро, он как-то не взял в расчет существование транспорта, ибо давно привык к долгой ходьбе. Он замер посреди дороги, потому что место ему показалось знакомым. Ни с чем нельзя было перепутать этот горбатенький мостик. Он по нему шел? Или он его видел? Но, встав на деревянные мостки, он вспомнил их скрип. Это свойство ходячих. Они помнят землю ногами. В них хранят память. И он перешел мостик и зашел в лес. Да, и здесь он был, но почему, с какой стати? И когда? И Павел резко развернулся. Длинный дурной серый дом тянулся бесконечно. И он вспомнил все. Вспомнил горе. Вспомнил, как искал приятеля, а попал к этой женщине, у которой не было телефона. И она оставила его у себя, а потом пришла ночью, а утром, когда она была в ванной, он попил кофе и поставил чашку вверх дном. Сроду так не делал, а тут поставил, как большую точку навсегда. И ушел. В больнице он узнал, что дочь спасти не удалось, и пошло-поехало. В момент отчаянной пустоты, которая была страшнее горя, он почему-то вернулся к этому дому снова и поднялся к этой женщине, в которой было столько тепла и нежности и столько странной слабой силы, что хотелось упасть ей в колени и получить капельку ее силы, чтобы пережить горе. Но у дверей стоял другой, из той породы, которую он не знал. Они иначе носили костюмы, иначе держали шеи, у них были чистые лица, и он много думал, как они успели образоваться, эти люди, в какое ухо влезали, из какого выпрыгивали, пока он месил грязь, не зная зачем, не зная для кого. Как он тогда рванул оттуда! Он сразу понял, что ему не надо стучать в дверь, в которую вхожи такие мужики. Конечно, плохая, гадкая мысль о женщине болью прошла насквозь, и вот тогда-то он пошел на горбатый мостик. Лешему полагается скрыться в лесу.

А сейчас он наобум лазаря опять шел в дом, по памяти «стоп». Он уже не помнил этаж, он шел пешком, рассчитывая, что признает дверь по тонкой памяти. Признал сразу. По тому случаю, когда он столкнулся тут с мужчиной из тех, кто лощен, удачлив и без грязи под ногтями. Они стояли тогда вот так. И Павел встал так, как стоял тот мужчина, а потом как стоял он. Потом он бежал, а внизу его ждала зацепившаяся за перила куртка.

Потом он разыгрывал ту старую мизансцену, отворилась дверь, и вышла девочка. Конечно, она испугалась и закричала: «Георгий! Ко мне!» И тут же в дверях вырос худенький мальчишка, странно, но Павел подумал, что выйдет мощный бультерьер, и захочет ли девочка сдержать собаку?

— Простите, простите, — сказал Павел, — видимо, я ошибся квартирой. Здесь жила дама, фу-ты ну-ты. — Именно это несвойственное его лексике слово выскочило на язык, но сказал, как сказал.

— А как ее зовут? — спросила девочка, и глаза ее открылись так широко и так заинтересованно, что Веснин сразу понял, что ногами вступает в самое сердце чьей-то жизни, а эти глаза — просто дверь в него. Но была и дурь обстоятельств, которая заключалась в том, что он не знал ответа на элементарнейший вопрос девочки, а соврать ей что-то не мог опять же из-за этих ее глаз, которые не смотрели, не разглядывали, а проникали в самую печень. Что это за свойство такое у нее, можно сказать, ведьминское. А оно и было таким, и Алка впервые в жизни ощутила в себе некую силу знания ли, догадки, которой обладала одно время ее родственница тетя-бабушка Наталья, с которой она встречалась редко, но каждый случай помнит, каждый почему-то помечен...

— Стыдно признаться, — честно сказал Павел, — но я не знаю ее имени. Просто однажды она была ко мне добра, когда мне казалось, что это последнее на земле кончилось совсем и навсегда. Она помогла мне выжить, а я не удосужился узнать ее имени.

— Заходите, — сказала Алка, несмотря на остораживающие ее движения Георгия, — заходите, заходите... Вы Павел Веснин.

Он вошел, ошеломленный знанием девочки, кто он есть такой. Разве он тогда представлялся? Не помнит. Черт его знает. Может, и представлялся. Та кошмарная ночь так и осталась ночью, темнотой, бедой и женщиной без имени.

Да, он узнал эту квартиру. В маленькой комнате все так же стоял диванчик, но его провели в большую, и тут он увидел портрет женщины, имени которой не знал. Алка увеличила фотографию матери с любительского снимка. Сама Алка такой маму не знала, это была совсем молодая и счастливая девушка, но ведь именно счастье, идущее от нее, Павел и помнил.

— Да, — сказал он. — Это она. Только очень молодая, как сейчас вы.

— Нет, — сказала Алка, — здесь маме двадцать лет, а мне еще восемнадцать.

— Скажи, как мне ее увидеть? — спросил Павел.

— Мамы нет, — ответила Алка. — Она умерла еще в прошлом году.

— Господи! — прошептал Павел. — Господи! Как же так? Почему? Я вообразить себе не мог, когда оказался у ваших дверей.

— Ну откуда же вам знать? — сурово сказала девочка.

— Что у нее было? — растерянно спросил Павел. И тут увидел, как девочка взяла мальчика за руку и сжала. Это был определенно какой-то сигнал — молчать, не возникать. Не говорить правду.

— А вы в Москве проездом? — спросила Алка. — Или как?

— Да нет, — ответил Павел. — Я теперь тут живу. Простите, а где похоронили вашу маму?

— На Ваганьковском, — сказала Алка. — Сами не найдете. Это в самой середине. Туда надо знать, как идти.

Павел не настаивал, потому что понимал, что если живая женщина кусочком своего счастья однажды поделилась с ним, то мертвая не имела к нему никакого отношения.

— Извините. Ей-богу, я потрясен.

Он уже уходил, когда девочка сказала:

— Мою маму звали Елена Громова. Она вас помнила.

Алка рассматривала его. Мысли кружили разные. Вот человек, который стал причиной смерти ее матери. У него есть сын, который на самом деле сын бабули и Кулачева, он даже похож на Кулачева. Они все обожают Пашку, он такая прелесть, что других таких просто нет. И при чем тут этот могучий дубол, на которого когда-то запала ее бедная, потерявшаяся в жизни мамочка. Но она сто раз ей повторяла: «Запомни: его зовут Павел Веснин». Зачем? Вот он сидит перед ней. Что делать ей дальше?

— Она умерла родами, — сказала Алка. Именно так, как говаривали раньше. Сейчас говорят: умерла от родов.

— В наше-то время? — пробормотал Павел.

— Сложный случай, — ответила Алка.

— А ребенок жив?

— Замечательно жив, — сказала Алка. — Между прочим, его зовут Пашка. — Это была уже подсказка.

Но имя Пашка никогда не идентифицировалось у Павла с собственным именем. Дома его звали Павлик, Павлушка, в нежности — даже Люшенька. А Паша была дворничиха. Она собирала «пьяную посуду для семейного додатку». А Алка смотрела ему прямо в зрачки, она ждала, как вспыхнет в них потрясение. Но зрачки как зрачки. Черные неговорящие точки. В них не было ничего.

— Видимо, вы о чем-то с мамой недоговорили. — Теперь она спокойно уводила от главного. — Во всяком случае, от мамы я слышала ваше имя и фамилию, не помню в связи с чем.

— Мальчик живет с отцом? — спросил Павел.

— О да! И с бабушкой! Они так над ним трясутся, как ненормальные. Я его тоже обожаю. Сейчас я вам покажу фотографию.

И Алка вынесла большую фотографию, на которой Кулачев (тот самый умелец, удалец, что стоял у двери — узнал Павел) держал на руках толстого ребенка, из тех, которым полагается рекламировать прикормы и витамины. Обняв взрослых за плечи, широко улыбалась Алка, а мальчик из соседней комнаты (скорее всего, грузин) стоял со стороны бабушки, слегка смущенно отстраненный.

— Спасибо, — сказал Павел, возвращая фотографию.

— Каков наш Пашуня?

Он идиот. Он не понимает, что фотографии с детьми показывают исключительно для восхищения.

— Классный! — ответил Павел, подымаясь. — Извините, что явился «не звали».

Он рванул из квартиры, толком не попрощавшись, потому что вдруг испытал странное беспокойство: вот он выйдет, а на площадке тот, отец этого бутуза, и создаст Павел ситуацию, которую ненавидел больше всего, — объяснение с мужемкозлом со свежевыросшими рогами, а ты ему: ты что, Вася, Коля, Борюха, я ж за спичками, за солью, я ж просил мне брючину зашить, помнишь, как я на гвоздь напоролся.

Одним словом, Павел выскочил как ошпаренный и, как в прошлый раз, лифтом пренебрег, а пошел, как знал, на мосток, потом в лес, а там глянь — к метро вышел.

Ну что ж, сказал он себе, эту тему мы закрыли гробовой доской. Осталась мысль: от родов все еще помирают. Тоня очень слабая, с давлением, надо, чтоб она не напрягалась, а значит, ему срочно нужна работа. Он целый день вызванивал старых знакомых, и, надо сказать, никто его не отпихнул, это все были мужики, с которыми он кремировал дочь. Все дали слово помочь, взяли его телефон, сказали, что это здорово, что он теперь в Москве, что тут возможности большие, была бы голова с мозгами. Он сказал, что с ним женщина, которая ждет от него ребенка. Тоже приняли правильно, и никто глупого вопроса: откуда, мол, взялась — не задал. Вернулся он не к пяти, а к восьми. О том, что мог позвонить, сообразил уже дома, а потом стало интересно, как она это воспримет — никак, мол, твои дела; или пожурит, что опаздывает; или вообще сделает вид, что ей — пришел не пришел — по фигу.

То, что он увидел, потрясло. В чистенькой, уютненькой квартирке пахло вкусно, а на пороге стояла зареванная, испуганная женщина с такой паникой в глазах, с таким ужасом, что он не знал, что ей сказать и как повиниться. Она думала, что с ним что-то случилось, — там, где она жила всю жизнь, женщины бежали в кабаки, в милицию, обегали по кругу знакомых. Но тут, в Москве? Куда и к кому ей бежать?

У мужчин принято считать, что самое отвратительное — это бабьи слезы, мол, нарочно душу тянут, со своим каким-то подлым расчетом, что у всякой бабы слезы очень близко к выходу, что даже слова есть: «Пускай она поплачет, ей ничего не значит». Правда, железных теток его сотоварищи тоже не жаловали. «Баба без слезинки, что цветок без росинки».

Сейчас не годилось все. Была всесокрушающая вина перед женщиной, которая ждала, которая повесила на окна свежекупленные тюлевые занавески, а на стол постелила льняную скатерть с синими квадратами, поставила тарелки и чашки. Все это было сделано для него, черт возьми, он уже не помнит, чтоб что-то делали именно для него. Даже мама всегда прежде всего имела в виду отца, по его правилам был выстроен их быт, а эта как-то догадалась, что он любит синий цвет, он даже вспомнил — господи, сто лет не вспоминал, — откуда это пошло. Синий цвет его пронзал, он входил в него, как к себе домой. Маленький, такова семейная легенда, он плакал, когда шли демонстранты и полыхало красным, а он прятался под кровать. А с синим у него лады. Он любит синее платье Ахматовой у Альтмана, синий цвет Шагала. Да что там говорить — небо-то синее! И сейчас у него в доме измученная его невниманием, испуганная возможной с ним бедой женщина положила на стол сине-пресиние квадраты на бледно-голубом фоне. Где ж ты нашла такую красоту, женщина? Он готов был виниться всю оставшуюся жизнь, но слов не было — горло было пустым. А супницу Тоня подняла на горку, и она теперь сияла и своим светом, и светом падающей на нее лампочки. Супница сине золотилась, золотились большие толстые чашки на столе. Павел пошел в комнату — там тоже было славно, тоже висел тюль, а на диване лежал плед, и подушки были новые. Павел подошел к окну — за домами, деревьями виднелся кусочек колоколенки.

Сам от себя не ожидая, Павел перекрестился и сказал: «Господи, прости меня, грешного». Других слов к Богу у него не было. Или он их не знал. Но эти были самые что ни на есть правильные.

С той минуты, как Мария Петровна увидела в окошко машины Веснина, она казнила себя, что не остановилась, что не напомнила о той встрече, что не спросила, как у него дела. Хорошо, что сейчас он с женщиной. Наличие женщины при мужчине она считала фактом умиротворяющим. Но потом все забылось. Когда на руках маленький, долгие мысли в голове не держатся. Кулачев уже работал, к ней приходила женщина убирать квартиру и ходить в магазин. Непривычная к обслуживанию, Мария Петровна терялась, робела, переплачивала, но отдавала себе отчет, что все сама не потянет, что маленькие дети должны расти на руках молодых мам. При этих мыслях градом лились слезы, и надо было утишать сердце, но боль не проходила никогда. И только счастье Кулачева, обретшего сына, не то что смиряло со смертью дочери, конечно, нет, но показывало некую другую правду и радость, которые абсолютно на равных могут существовать с горем, и в этом есть такая большая мудрость, что сразу и не поймешь, а потом она сама придумала, что это божественное равновесие, которое есть и будет во все времена. А когда нарушится — мир рухнет. Однажды пришла Алка и шепотом ей на кухне рассказала, что приходил Павел Веснин.

— Кто это такой? — спросила Мария Петровна.

— Ну этот... Мамин... Она мне все повторяла: «Павел Веснин, Павел Веснин».

Ну скажите, можно ли в здравом уме и твердой памяти связать в один узел мужика, когда-то подобранного на дороге, его же встреченного на Дмитровском шоссе, и какого-то знакомого мужчину умершей дочери, имя которого она сказала Алке? Ну сказала. Может, взаймы дала? Может, по работе встречались? Мало ли...

Мария Петровна шепотное слово внучки в голову не взяла. И правильно сделала: пусть недобрые вести едут к нам на самом медленном поезде, пусть они увязают в трясинах, пусть выдыхаются на подъеме — глядишь, и утратят мощь удара.

Проснулся Пашоночек. Тютешки-тютенечки, памперсы-мамперсы, бутылочка со смесью — вот и он, королевич Елисей, уже в манежике со своим любимым зайцем, покорно дающим выковыривать черную пуговку глаза.

Раздался телефонный звонок. Это Наташка. Бывшая Мавра, а ныне генеральская жена.

— Все в порядке? — спросила. — А то мне какой-то сон дурной снился. Собака все к дому прибивалась.

— Собака — друг человека, — сказала Мария Петровна. — Это хороший сон.

— Черная и большая.

Спросить бы Мавру-Наталью, ну зачем ты лезешь с такими подробностями, та очень бы удивилась. С той поры, как она утратила свой дар, — все из-за Машки, думала она, из-за нее, ее-то энергия куда сильнее моей, но она без понятия ее пристроить, — ей встретился вдовый генерал, который пришел к ней как к целительнице. Ну как скажешь ему честно: дядя, разучилась, не могу больше, если в карточке посетителя данные. Вдовец. Трое детей. Мавра прикрыла строчку о детях линейкой и долго смотрела на красивое по звучанию и по написанию слово: вдовец. Почти ведовец. Родная душа. Она помнила, как сильная в магии Клара предсказала ей мужа в чине. Чин ей подходил. Он подошел и когда они встретились глазами. Ну... Чуть низковат, так это почти правило генералов. Или они не растут во имя Наполеона, или Наполеон из верхних пределов кладет честолюбивым мальчикам ладонь на головку, как бы присаживая их. Конечно, был Рокоссовский. Но его уже сто лет как нет. А ей нужен живой, именно такой — присаженный. И хотя силы врачевания у Натальи не было уже совсем, сила обаяния была при ней, а вдовцу и немного надо было.

Сейчас она уже жила в генеральской квартире, вытравливая из нее дух бывшей, прежней жены. Дети были при чинах, званиях, машинах и квартирах, дачах, не чета папиной. Наталью это злило. Неправильно, когда подрост сильнее и выше леса. Ее приняли спокойно, все давно было распределено и поделено, но это не волновало Наталью. Она не с улицы пришла, ее не курица снесла. Магиня хотела почтения или в крайнем случае уважения. Но с этим было непросто. К ней нормально относились, но главным было то, что ненароком сказала младшая невестка: «У папашки еще временами стоит, так лучше пусть дома на своей постели, чем в кабинете на столе или в лифте».

— В лифте? — воскликнула Наталья.

— Именно, — засмеялась невестка. — Если папочку настигает, он вырубает к чертовой матери электричество. У них у всех большие блядки заменяют большую войну. Так что вы за ним поглядывайте. Он еще о-го-го!

Это было не совсем так. А если точно, то совсем не так. Генерала прихватывала природа неожиданно, но и замирал он тут же. Он засыпал, едва положив голову на подушку. («Во нервы!» — думала Наталья.) А мог накинуться на нее в прихожей, когда машина уже стояла у входа, но он все равно заваливал вешалку, выпрастывая из шинели, брюк и кальсон коротенькое орудие, и не принимал никаких увещеваний и пристойных предложений. Причем ему одинаково хорошо годилась подмышка, рот, горловая ямка или же пупочная, хорош был бок, спина, однажды Наталья подсунула ему свою меховую шапку — сгодилась как миленькая. Делов-то на секунду.

«Так они и стреляют, — думала она, закрывая за ним дверь. — Не глядя куда...»

Потому-то ее и выводило из себя чистое и пристойное счастье Машки. Она бы тоже так хотела, чтоб по правилам, чтоб со словами, но не получалось. Генерал был в любви молчалив, горяч, бестолков и никакому сексуальному упорядочению не поддавался. Наталья уже хорошо огляделат тот мундирный мир, в который попала. Он был безнадежен во всем.

«Чертова судьба», — думала она о Кларином пророчестве. Мысль о том, что, зная о нем, можно было бы внимательнее посмотреть на нареченного, отвергалась сразу. «Клара видела — значит, все. Никуда не денешься. Она вон и смерть Елены увидела, тогда как та веселенькая сидела и все у нее было о'кей».

Так и получилось — Наталья возненавидела Клару «за правду» увиденного и стала ее бояться. Там, где была Клара, туда теперь не приходила Наталья, а так бы узнала, что скоро, прыгая с подножки боевой машины, завалится на бочок неприхотливый петушок, раз — и как и не было. И будет у Натальи кайф сидения у постамента гроба, и целование ее руки, и пожимание выше локотка и прочая, прочая. И ей будет так хорошо в траурном ритуале, как в детстве у бабушки. Но это еще не сейчас. Сейчас генерал еще прыгает и скачет, путая женины чресла с предметами как живой, так и неживой природы.

Вот тогда Наталье и приснилась большая черная собака, которая рвалась к ним в старый дом, бывший еще их общим с Машей.

Идиоту же понятно, что виделось явление Веснина народу, только он-то никуда не рвался. Он устроился референтом в фирму, занимающуюся разработками недр Урала. Своими знаниями и

умом он легко вытеснил трех писюшек из геолого-
разведочного института, с ногами до ушей и абсолютно полыми головенками, с которых свисали с
невероятной тоской о лучшей жизни длинные прямые волосы (а почему, собственно, волосам и не
иметь свою мечту, если вся их жизнь — висеть без
толку и содержания). Девуль перевели в другой
статус, где незнание географии и недр даже поощ-
рялось, ибо не туманило пустые головки. За Павла
ухватились, как ухватились бы инопланетяне,
явись к ним человек с Земли. Он читал очень наво-
роченным ребятам лекции о богатстве недр и истории из жизни нищих разведок, они не были дура-
ками, его слушали, под его предложения давали
деньги, и Павел почувствовал себя, как в молодом
КБ, где идеи искрили, где каждая мысль была золотая, но даже копейки не стоила в той жизни.

Тоня видела его преображение и отдавала отчет, что чем ему лучше, тем ей с ним неудобнее и
стеснительнее. Они расписались по настоянию
Павла, понимающего, что ей нужен медицинский
догляд, которого не может быть без прописки. Потом он узнал, что у фирмы есть своя поликлиника,
и больница, и прикрепление к роддому, где они все
имеют полисы. Получалось, что можно было и без
прописки и регистрации. Достаточно было звонка.
Пакостная мысль вильнула хвостом и стала смотреть ему в зрачки.

Нет, он не жалел, что женился на Тоне. С ней
ему было хорошо и покойно. После первой жены,
которая идеально подходила под категорию стерв,
он имел в доме простую и добрую женщину. Пара-

докс же заключался в том, что она была оглушена Москвой и свалившимися на нее возможностями. И это осложняло их отношения.

Когда Павел пошел с ней в богатый магазин для беременных, она рванула оттуда как укушенная, увидев первый же ценник. Конечно, по логике человека из общежития в глубинке широкий лифчик с передней застежкой не мог стоить почти тысячу рублей, но у него ведь были деньги, большие деньги, чтоб купить ей его и за тысячу долларов. Но он увидел полные ненависти глаза Тони, признающей только другой счет. Вся ее жизнь крутилась вокруг средней цифры — пятьсот рублей. Ничего дороже у нее не было, она искала себе одежду в рядах переходов улиц, в толкучке возле метро и вокзалов. Тысячу за один лифчик — это был удар в солнечное сплетение, оскорбление плевком, это было нарушение всех ее нехитрых простеньких приспособлений к слову «выжить». Когда однажды Павел принес огромного копченого угря, не подумав оторвать ценник, Тоня отказалась его есть.

— Так, как ты жила, ты жить больше не будешь. Это позорно! — закричал Павел. — Хватит выживать! Мы имеем право жить.

Она замерла над этими двумя словами — жить и выживать. Жить-поживать — это было в сказках, это было хорошо, правильно. Жить-выживать — слова-враги, в одном — покой, в другом — смертельная схватка. Всего ничего — приставочка «вы», а какая злоязыкая: выйти вон; на-кася выкуси; выломать; выбить, но, господи боже ты мой, и выродить тоже. Но если выродить, то получается выродка. Но она так не говорит никогда, она говорит — родить. Роды, род, родина — это хорошие слова.

В конце концов, она на товарных ярмарках купила себе одежду.

— Ну как? — спросила она у Павла, крутясь перед ним в широком платье-балахоне.

— Хорошо, — сказал он. — Но не забывай, что я сейчас зарабатываю как человек. Вот родишь — купим квартиру побольше и в месте получше.

Она смотрела на свой прекрасный тюль, на салфетки в клетку — разве тут плохо?

Однажды, сидя на лавочке во дворе и глядя на детей, играющих в песочнице, она поняла: это другие дети, не те, которых она знала раньше. Мальчишечка, набрав в совок песка, целенаправленно шел к ней и, пока он ковылял, она вдруг поняла, что он будет целиться ей в живот, в того неродившегося человечка, который ему может помешать в его жизни. Нет, конечно, мыслей как таковых у дитя не было, был инстинкт борьбы и самоутверждения, и она быстро встала и ушла, и он высыпал ей песок вслед — не нести же его обратно.

Остро, до боли захотелось туда, где она жила раньше и где были понятные ей люди, с рублями в потертых кошельках, старыми, лицованными одежками, с детишками, выросшими в яслях и садиках с синью под глазами и вечно припухлыми железками. Это был ее бедный, несчастный, но знакомый до последней крошки хлеба народ. Там ее место — не тут, здесь росли другие дети, а она носила прежнего. А какого еще она могла носить?

Тихо, бесшумно Тоня стала готовить себя к отъезду. Она сделает это без объяснений, потому что Павел удержит ее словами, которых она тоже не знает, и победит ее ими. Значит, надо тайком. Она купила большой чемодан, в который стала складывать вещи для ребенка, купленные тоже в переходах. Разные детские штучки, бутылочки, уздечки для первой ходьбы, пищалки и мягкие мелкие зверушки. Она узнала расписание поездов и наметила день. Здесь, в Москве, она собиралась сходить еще разок к врачу и получить советы в дорогу и для другой жизни. Но раньше надо было купить билет. В очереди никто не пропустил женщину на седьмом месяце. Сказали: вы идите и сидите, вы заметная, мы вас припомним и скажем, что тут еще в очереди женщина с пузом. Она нашла место, чтоб видеть движение в кассу, но там очень дуло. Она не могла себе позволить простудиться, она пошла искать другое место, но всюду были люди, дети, мешки, углы чемоданов, и она вдруг вспомнила выражение: «Бедлам, как на Казанском». Именно на нем она и была. Ее что-то беспокоило, пока не поняла — неустройство всея Руси, именно дух, не запах, дух сдвинутой с места жизни. Запах же от дна вещей и дна людей, запах из того укромно спрятавшегося места, где в неглубокой ложбиночке плещется последняя надежда на последнее счастье, хотя ни первого, ни предпоследнего сроду не было, но плещется лужица веры, плещется, только бы кто не толкнул, не пролил ненароком. И пахнет она желчью, горечью. И все это: задевание за мешки и русский дух, что Русью пахнет, и страх заплутать среди лавок подняли в ней панику, которая так легко и непринужденно перешла в рвоту, и вот уже на нее стали орать, и эти открытые в слюне рты закружили ей голову, и Тоня стала падать, падать, хватаясь руками за воздух, думая, что это смерть, но почему-то не боясь ее, а даже как бы радуясь, что теперь не надо никуда ехать, потому что некуда, и не надо ничего объяснять Павлу, потому что не надо. Ничего уже не надо.

Очнулась она в медпункте, вокруг стояли женщины в халатах, и у них были тоже открыты рты, она была им некстати, она была жива, эта облеванная брюхатая сволочь, напилась, зараза, и что с ней такой делать? Убить мало! Вот эти слова как-то дошли до Тони, и она, готовая умереть по собственному желанию, тут испугалась, что ее убьют уколом, или таблетками, или еще как... И она закричала и потребовала, чтоб позвали мужа. Она вспомнила телефон. Потом она снова отключилась, только дух вокзала неуловимо шел в ноздри и дальше, поражая круче, чем радиация, ибо лишал воли жить.

Павел, примчавшийся на вокзал, не мог понять, как Тоня там оказалась, но тут к нему подошла незнакомая женщина и сказала, что она предупредила и кассира, и очередь, что с беременной стало плохо, что она стояла, и когда вернется, чтоб ее пропустили как стоящую. «А то вы знаете, что у нас за народ». Павел ничего не понял, он связывался с больницей, номер которой ему дали, оттуда обещали прислать неотложку, и действительно очень скоро приехала машина, и он повел Тоню, которая была уже в себе, но в глаза ему не смотрела и на вопросы не отвечала. Ему объяснили, что с беременными такое бывает, депрессия и прочее. И еще сказали, что он мог утром сделать что-то не так, но даже мелочь могла прорасти и дать вокзальный результат. Ничего такого Павел вспомнить не мог. Тоня всегда была молчалива (или задумчива?), это он сейчас сам задавал себе такие вопросы и сам же на них раздражался, потому что не понимал, с какой такой хрени впадать в депрессию, если у женщины все в полном порядке, муж не пьет, не бьет, а уж что касается достатка, то тут все вообще о'кей. Где она жила раньше — в переделанном сортире, а сейчас — в Москве, в своей квартире. Павел начинал даже раздражаться, но видел тонкий рисунок капилляров вокруг Тониных глаз — сколько же их, боже мой, и уже начинал пугаться: он боялся, что проглядел какую-то болезнь и Тоня не родит ребенка.

Ее отвезли в хорошую, спонсируемую нефтяниками больницу. Павла выставили, он позвонил на работу, и ему сказали: «Иди-ка ты домой, там знают, что делать, а ты выпей и ложись спать».

Первое, что он обнаружил в доме, был открытый, почти заполненный для отъезда чемодан. Значит, та тетка, что говорила ему про очередь в кассу, не врала. Тоня собиралась уезжать. Куда? Зачем?

Нет, он не стал пить, он лег на спину, чемодан был в уровне его обзора, из него торчали лапки плюшевых зверушек, сверху лежал безобразно-серый халат с неоторванной биркой. Бирка была из тех, что сопровождали нас всю жизнь — коричневый грубый прямоугольник на белой суровой нитке, продетой в пуговичную прорезь. Вещи всегда были куплены у теток из переходов, пропитым голосом зазывавших на продажу самых-самых последних вещей со склада. «Почти даром». Павел старался их обойти, но они всегда торчали на ступеньках выхода из метро, и эти бирки почти звенели — хотя как может звенеть бумага? — в его ушах. Значит, Тоне они не звенели. Именно эту загадку он хотел понять. Он ведь без иллюзий. Он знал, что их разделяет пропасть, в которой канули его и ее детство и юность. Где-то там, на дне воспоминаний, они сейчас были вперемешку, как мусор в контейнере. Его Ленинград, его кони Клодта, которых он видел с младых ногтей. И ее окраинная жизнь с вонючими деревянными уборными, с вечной нехваткой самого простого — пшенной крупы там или картошки. Он понял сейчас, что, пройдя после развода кусок ее жизни, пройдя неустроенность и грязь, он тем не менее легко вернулся в жизнь чистую, устроенную, он перешагнул горе прошлого радостно и с надеждой. Он стал прежним, кони Клодта смотрели в его окно, и юноши, натягивающие поводья, были сильны и умелы. Ему приятно было вести за собой женщину-неумеху — умех он видел, с ними у него не получалось. Он был рад дать ей недоданное в жизни, и он хотел за это многого — дитя. Взамен той девочки, которую терял дважды. Один раз — при разводе, а второй раз — уже окончательно. Он верил, что Тоня будет хорошей матерью, а он создаст им мир, в котором им будет комфортно. Что же тогда случилось с Тоней? Почему она хотела от него бежать? Боль сжала сердце, настоящая, не мысленная, пришлось встать, чтоб положить в рот валидол, но боль не уходила. Наоборот, она исхитрилась угнездиться в нем, но он уже понял, что это не сердце, что это стонет душа — совесть. Эта парочка хлопает в нем крыльями, крича ему о его вине, а может, и зле, которых он в упор не видел и не чувствовал за собой.

Тогда он встал и стал ворошить чемодан, ища в нем ответа. Его руки вытаскивали пинетки нежнейшего белого цвета, бутылочки со светловолосыми младенцами. Всего было много — Тоня оснащала своего нерожденного дитятю всем лучшим, прикрыв это лучшее отвратительным халатом для себя.

Но как же можно, где логика: желая ребенку всего самого лучшего, тащить его в барачную выгородку и пьянь? Чего ей тут не хватало? Какого рожна?

Он стал вспоминать своих женщин, собственно, особенно вспоминать было нечего. Ну, с женой как бы все ясно. Потом были просто женщины без лиц, от всех или почти от всех всегда пахло вином. Как теперь говорят, вино и женщины в одном флаконе. Некоторые возникали дважды или трижды, но потом растворялись в миру. Он бы сейчас не узнал ни одну. Нет, одну бы узнал. Москвичку, к которой ворвался как тать какой, а она ему постелила на узкой кроватке, а потом пришла сама. Он тогда так и не узнал, как ее зовут. Так сказать, переспать переспали, а вот до знакомства дело не дошло. На сколько-то минут, секунд он забыл о своей беде, растворив ее в незнакомке.

Когда у него случилось с Тоней, возникло это проклятое дежавю. Было, было. И он вспомнил ту, другую. Что же получилось с Тоней? Милая хорошая женщина сама по себе как бы не существовала, то есть он ее уважал, ценил, но чтобы взять в руки и отдать ей всего себя, щедро, по-мужски, зная, как прекрасна эта отдача, нет, такого не было. Боль широко расправилась в теле, она толкалась в ребра, била ногами изнутри в пах, толкалась в горло, норовя застрять в нем и удушить окончательно. Павел вскочил, нашел в холодильнике початую «Смирновскую» и сделал глоток. «Она решила уйти от моей нелюбви, — понял он. — Я бы ушел тоже».

Стало легче, не то от водки, не то от осознания причины. Значит, пусть едет. Он не оставит ее и ребенка, он не монстр какой, но того, что ей нужно, у него нет. У него брак по сговору. Не по любви.

Но легче не стало. Боль опять распрямлялась в нем, норовя найти места понежнее, поделикатнее. Например, иглой вылезти в сосок, так что захотелось согнуться до слома. Или в шею, чтоб ни вправо, ни влево. Когда его ударило в солнечное сплетение, он понял, что мучает его не боль — стыд. Стыд за готовность отправить женщину и собственного ребенка на замечательном основании: а я тебя не люблю. А ты полюби, сволочь, закричал в нем стыд, ты полюби ее за ее любовь и за эту чертову бирку, которую ей носить всю жизнь, если ты ее отправишь от себя. А ты ковырни в себе каменную обиду, что все твои бабы (кроме одной) были фуфло. Ковырни, может, и найдешь в себе живую воду для тебя же самого, дурака, а не для дяди-соседа. Во всяком случае, попробуй, идиот, полюби сам, приди и обними сам, как обняла, не зная имени твоего, та ночная незнакомка. А ты ведь знаешь, кретин, кого обнимаешь, — женщину, которая носит твое дитя. Ей ведь тут просто страшно без прикрытия твоей нежностью.

Уже через час он был в больнице. Его пустили в холл, а потом медленно, виновато пришла Тоня и села рядом.

Если бы они знали... Если бы знали, если бы...

...Какое-то время тому назад, где-то год тому или больше, на этих же точно местах сидела Елена и говорила своей дочери: «Запомни! Его зовут Павел Веснин. Павел Веснин».

Что мы знаем о памяти вещей? Диванов? Штор? Светильников? Но было то, что было. Павел почувствовал странное ощущение: место это казалось известным и своим. Он ведь знал роддом, где он родился. Это в Ленинграде. Он не был здесь никогда и одновременно был, вернее, даже не так: со всем этим холлом, с подлокотниками кресла, на которых лежали его руки, была связь, какая-то глубинная, можно даже сказать, кровная. И это подвигало его к простой и естественной мысли, что он правильно приехал, правильно держит в руках руку Тони, отсюда и кровность. Но может, это и хотели сказать шторы и светильники?

— Я тебя никуда не отпущу, — сказал Павел. — Это черт знает что за идея с отъездом! Ты, в конце концов, моя жена, и я отец нашего ребенка. — Он замолчал, потому что сказал, на его взгляд, главное, он видел, как смягчились Тонины черты, как быстро она вздохнула и тут же испугалась, что это заметно. А потом сказал главное: — Я буду вас любить крепко, крепко... Пойми... Я без вас пропаду.

Нет, последнее было ложью, он это знал. Но именно ложь оказалась самой нужной в нужный момент. Тоня сделала то, чего не могла сделать ни при каких обстоятельствах жизни. Она пересела к нему на колени, обняла и заплакала в его вполне обозначившуюся плешь.

— Господи! — прошептала она. — Да куда же я без тебя?

А потом она ему призналась, как ее выпихивает Москва, как ей тяжело в ней дышится.

— И сейчас? — спросил он.

— Нет, — сказала она. — Сейчас совсем хорошо.

— Мы поменяем квартиру, чтоб было больше зелени и воды, — сказал он. — Я же тебе это говорил.

Он стал ей объяснять свои возможности, но она уснула на его руках. Он не мог поднять ее с сидячего положения. Привезли каталку, и врач объяснила ему, что все со стороны ребенка и анализов матери в полном ажуре, просто у нее депрессия. Это случается у беременных в конце срока. Паника. Страх.

— Вы уж ее не обижайте.

«Значит, по мне видно, что я могу обидеть, — подумал Павел. — Такая у меня рожа».

Тоня чувствовала себя как в раю. Никогда в жизни за ней так никто не ухаживал. Страшные истории, которыми всегда полна больница, ее не трогали: они не казались ей страшными. Смерть? Она ее не боялась. Она с детства знала, что жизнь куда страшнее. Правда, сейчас у нее есть муж, который сказал, что любит и пропадет без нее. Соврал. Не пропадет. В нем жизни и силы на дюжину мужиков. Все равно ей это приятно, но она ведь понимает: больному надо сказать хорошее, а Павел умный. Сказал, конечно, ему нужен ребенок взамен той, что погибла. Но человеческих замен нет. Просто не может быть, потому что человек — штучная штучка. Она засмеялась. Вот не может найти слово. А он бы нашел в два счета. Нет, конечно, у нее сейчас жизнь, о которой она и не мечтала. Но она еще не вошла в нее так, чтобы бояться смерти. И то и другое она примет с одинаковой благодарностью. Тоже не то думает. Можно ли благодарить смерть, если она здорова и беременна? Это ведь не тот случай, когда боль рвет зубами тело и нет сил ее побороть. Ей сейчас хорошо, очень хорошо. Пусть сейчас смерть не тревожит ее. Откуда было ей знать, что тревожила ее другая, давняя уже смерть на этой самой кровати. Ах, эта память предметов, как она сильна и как ей хочется рассказать о своих воспоминаниях. Кровать просто вся изнывала от невозможности словами передать, как лежала тут женщина и как она знала, что умрет. И как она в такой неудобной позе писала письмо. Как она не плакала, как она разговаривала со своим сердцем, прося его биться до последнего. Как она просила мозг отдавать правильные команды своему практически мертвому телу, пока оно не исторгнет живого младенца. Кровать скрипела, если бы могла, она бы даже кольнула Тоню, чтоб та прикоснулась к ее железному телу и, может, тогда лучше поняла, что ее судьба счастливее и нечего ей думать о смерти. Последней и близко нет рядом. Она будет жить и жить, и ей будет хорошо с этим мрачным мужчиной. Но кто у нас прислушивается к голосу предметов? Мы людей-то не слышим и не видим в упор. Кровать могла бы сказать, что, по ее наблюдениям, одним людям бывает плохо оттого, что другим хорошо. Эта русская железная кровать принимала только русскую человеческую природу и уже понимала, как в ней велика сила зависти. Ах, думала кровать! Эта беременная будет это понимать с болью, но так никогда и не поймет. И умрет в старости от простой обиды, которую походя нанесет ей ребенок. Знать бы чей... Слава богу, что это не скоро, и всегда остается вариант смерти в аварии, в случайности... Нет, она не провидица, кровать. Так, иногда заглянет в даль времени, и что-то там мелькнет. Но за точность она не поручится.

А Тоне просто снился сон, как в нее в детстве кидали камни мальчишки ни за что, за просто так, от детского звериного гнева напасть и победить слабую.

В тот день, когда ее выписывали, в палату на сохранение клали женщину с толстенными очками, без которых она была практически слепой. Она сказала, что не ляжет на Тонино место, Тоня оскорбилась и чуть не заревела, но очкастая сказала, что дело не в ней, просто она уже лежала в этой палате на сохранении первого ребенка и родила очень легко и хочет на свою же койку, ну, суеверная она. Но пока Тоня ходила за обменной картой, новенькая преспокойно улеглась на другое освобождавшееся место, хотя до этого показывала кровать, где она так удачно лежала в прошлый раз. Тоня уловила перекушенный, сломленный на полуслове разговор и снова приняла все на свой счет, не выдержала и разревелась. Женщины всполошились, пришла медсестра, очкастая вышла с ней, они вернулись уже с врачом и даже с психиатром, которая именно в этот день приходила в отделение пестовать сильно слабонервных. Хотя где теперь другие.

— Мамочки! — сказала психиатр. — Бросьте ваши глупости. После того случая на этой кровати лежало много женщин, и со всеми было все в порядке. Не берите в голову, роды — самое здоровое дело на земле. Женщина в этот момент божественно сильна, она творит мир. Случаи трагические уникальны, и их у нас практически нет.

В конце концов Тоня все узнала. Она, оказывается, лежала на кровати, на которой год с лишним тому умерла женщина. Слепая тогда тоже тут лежала и родила легко, как из пушки. Поэтому и на второго ребенка идет смело, хотя с глазами у нее стало хуже, но она не боится и опасениям врачей не верит. Они в прошлый раз чуть силой ей аборт не сделали. А такой мальчик родился, все приходили смотреть. Теперь у нее по УЗИ девочка. И она в себя верит.

Тоня обрадовалась, что дело не в ней, а в какой-то неизвестной ей женщине. Она к этому как раз отнеслась спокойно. В конце концов, умерших на земле гораздо больше, чем живых. И на каждом месте, где ты находишься, до тебя обязательно кто-то умирал, просто иначе не может быть. Целые города стоят на мертвых городах, на кладбищах — дома и огороды. Так что и думать про это нечего. У живых есть одно место — место мертвых.

Дома смехом она рассказала эту историю Павлу. Вот, мол, я на себя подумала, что какая-то я такая, а там просто была одна психическая... Не хотела ложиться на кровать, где когда-то умерла женщина.

— А как ее звали, не знаешь?

Какое ему дело, скажите!

— Умершую? Кажется, Елена... Фамилия простая. Не помню. Психиатр сказала. Случай с этой Еленой не помню какой — уникальный, редкий. Ему даже нет описания в книгах.

Павел весь аж похолодел. Вот он-то как раз испугался и поверил в эту невозможную закономерность, вдруг Тоня лежала на месте Елены Громовой... Он ведь даже не услышал фамилии, но поверил сразу. То была та Елена, она умерла, а он на своих руках на это же место принес Тоню. Как бы определил ей судьбу. Переносчик смерти некоторым образом. Надо, конечно, иметь в виду, что стакан водки по приезде Тони был принят, но что это за мера, стакан, чтобы спятить с ума? И не такое брали на грудь.

Георгий прижимал к себе Алку и повторял как заведенный: «Успокойся! Успокойся! Успокойся!» Но девочку бил озноб, и ему это было так понятно, он терял родных и знает, что боль не проходит долго, что когда покажется — все прошло, она набрасывается, как барс на несчастного Мцыри. Боль — барс, сидящий в засаде. О! Как хорошо это знает кавказский мальчик!

Но как мало и плохо он знает устройство русской девочки, у которой боль приходит совсем из другой засады, что, на его взгляд, это не боль вовсе, а вот колотит его любимую так, что в руках не удержать.

— Она сказала: запомни. Его зовут Павел Веснин. Значит, я ему должна была сказать о ребенке. А я не сказала. Нет, не так! Я помнила, но думала: а я ему не скажу, а я ему не скажу! Понимаешь, я ее предала! Маму!

И Георгий понял, что все может быть гораздо хуже, чем он себе представлял. Он любил Алкину бабушку и ее мужа, любил их не своего ребеночка, Пашку, мальчишечьку. Он мечтал, что у них с Алкой будет такая же семья, только сын у них будет собственный, но надо научиться у этих пожилых людей любить так, как они. В их доме эта, как теперь называют все непонятное, то, что как бы сияние... Ну да, вспомнил. Аура. Это сияние он видел маленьким у себя дома, в Гантиади. Оно было утром в расщелинах гор, а вечером на море, оно не уходило никуда и никогда, пока не было войны. А сейчас нет ничего. Даже море не светится.

Георгий нюхом улавливал зло, он издали узнавал милиционеров, которые могли к нему прицепиться с документами. У него было все в порядке, но не в этом дело. Дело в порядках, которые устраивает зло. Он выходил — не мог ехать — из троллейбусов, вполне с виду спокойных, в которых, он чувствовал кожей, волосами, зреет злая энергия людей, готовых понести по кочкам живущее рядом, но такое слабенькое и немощное добро. Он так понимал эту страну: в ней плохо не потому, что много плохих людей, олигархов там, чечен, евреев, журналистов, а как-то прискорбно мало хороших, а те, что есть, с такой радостной готовностью превращаются в плохих, что уже не видно света. Несветлая страна ему досталась, и он бы ушел из нее пешком, ползком, любым способом, если б не билась в руках его птичка-невеличка, в которой был для него смысл его пребывания именно тут и именно сейчас. А сейчас от девочки шло зло, и он не нашел другого способа, как покрыть поцелуями ее искаженную «идеей» мордаху.

— Нельзя ничего разрушать, — шептал он ей в ухо. — Ты же не президент, который мочит людей в сортире. Ты девочка. Ты моя невеста, скоро мы с тобой поженимся, вот только кончится у меня траур.

— Траур не кончится никогда! — закричала Алка. — В нашей стране он навсегда.

Она говорила его мысли, но как же далеки они были от понимания друг друга.

— Это его сын! — кричала Алка.

— Он внук твоей бабушки, с которой ему замечательно.

— Бабушка — не отец! — кричала Алка.

— А дядя Боря кто?

— Кулачев тут ни при чем! Он, что называется, мимо шел и копеечку нашел! Бездетный, как евнух, а тут раз — готовый ребеночек, даже штаны не пришлось расстегивать.

Георгий очень не любил, когда Алка, как говорила ее бабушка, распускала язык. Он ненавидел шуточки и фразочки, которые касались самого прекрасного и удивительного на свете — любви, он не понимал, как это говорят теперь «трахнул», «перепихнулись». Ну нельзя так, нельзя! Он понимает, но ему трудно объяснить это. Есть нечто не касаемое словом, ибо слово грубо само по себе. Оно материально. Ведь не приходит же мысль в голову плюнуть в восходящее солнце? Боже мой! Какая чепуха! Ему рассказывали, как стреляли солдаты в солнце, показавшееся над землей. И случилось страшное — солнце нырнуло назад, и очень долго было хмурое, черное, злое утро, а потом день, и только вечером солнце показало свой краешек, окрасив полоску горизонта в цвет крови, но снова какой-то безумец стал палить в него. Кто был этот человек? Русский? Грузин? Абхазец? Или заблудившийся в горах чеченец? Но это уже не имело значения. Война родила человека, способного стрелять в солнце. Поэтому его мысль из сегодняшней почти мирной московской жизни о том, что в солнце нельзя плюнуть, есть... Как это слово называется? Он забывает некоторые слова. Это те слова, которые, как правило, в жизни не нужны. Вот недавно, полчаса тому, забыл слово «аура». Оно нужно этой жизни? Этим людям? Ему оно нужно? Да, ему нужно. Но это сколько правда, столько и обман. Можно без этого слова прожить вполне, оставаясь приличным человеком. Второе слово, которое он забыл сейчас, — «идеализм». Тоже слово для другой жизни. В этой жизни в солнце плюют и стреляют.

— Он теперь в Москве, — говорила Алка. — В принципе, если он живет легально, его можно найти. И я хочу знать, как он живет и какой он. Я не такое чудовище, как ты обо мне сейчас думаешь... Я обожаю своего братика, я хочу ему только хорошего. Но я хочу также справедливости. Что ты имеешь против этой женщины?

— Какой женщины? — не понял Георгий.

— Справедливости, — отчеканила Алка.

— А она разве женщина? — удивился Георгий.

— А кто, по-твоему, стоит в судах, не у нас, конечно, с повязкой на глазах? Мужик?

— Фемида, — ответил Георгий.

— Одно и то же, — сказала Алка. — Справедливость — женщина, и кончен бал. Я найду этого Павла Веснина, если он не беглый вор. Хотя кто у нас в стране не вор? Я сколько раз крала яблоки в магазине, одной рукой отвлекаешь, другой — берешь. Класс!

— У тебя нет денег купить?

— Какая разница? Мне нравится обдуривать это государство. Оно нас так дурит всю жизнь, что плюнуть ему в рожу — святое дело.

Георгий уже боялся этого разговора. Он уходил в такие пределы непонимания Алки, что еще чуть-чуть...

Он страшился этого чуть-чуть, такого зыбкого, неопределенного, такого опасного...

Она не заметила, как он отодвинулся от нее, она рисовала себе причудливые картины, как некий мальчик бросается на грудь некоего мужчины, а на облаке сидит мама, как на этой фотографии. Она находит место и бабушке, в белом таком полукресле, каких теперь навалом в Москве летом. В них сидят некрасивые люди и некрасиво заглатывают пирожки. Нет, бабушка сидит как раз красиво, в белом платье и опираясь на зонтик. Правда, нету на этой небесной картине Кулачева. Алка морщит лоб и находит ему место. Он, оказывается, несет два стаканчика мороженого — себе и бабушке. И люди уже все красивые и красиво жуют, потому что это уже Париж, и бабушка с Кулачевым путешествуют на старости лет, как им и полагается. А воспитывать сыновей должны молодые и рьяные, типа Караченцова, Машкова или Павла Веснина. Вот это отцы так отцы!

И Алка стала смеяться и звать Георгия куда-нибудь сходить побалдеть. Надо сказать, что Алка в институт не поступила, так и таскалась с Георгием на вечерние лекции в университет, отец ей выдавал каждый месяц деньги не по исполнительному листу, а по совести. Ни Мария Петровна, ни Кулачев про эти деньги не знали, давали свои, и все тщились куда-нибудь приспособить деваху, но та выскальзывала из рук, а они, поглощенные ребенком, сдавались без боя.

Алка росла по своим понятиям, то есть без них вовсе.

Но вот кому было странно и беспокойно в тот период — Тоне. Никогда сроду она не была в центре чьего бы то ни было внимания, а тут! Муж над ней трясется. Медики так почти каждую неделю являются. Появилась женщина, которая стала убирать квартиру. Боже, как она с этим боролась, как кричала: «Мне неловко, чтобы мою грязь кто-то отмывал, я что, безрукая, что ли?» Но смирилась. Павел сказал, что если не женщина, то он сам будет убирать, ей же не даст наклоняться и хватать табуретки и ведра. Он ее выгуливал, и сначала ей и это было стыдно. Стеснялась других беременных, которые тащили сумки, детей... Они, как назло, появлялись навстречу, именно когда Павел осторожненько поддерживал, когда надо переступить колдобину величиной с палец. «Ты что? Ты что? Я калека, да? Я калека?» — «Спокойно, — говорил он, — спокойно. Ему нельзя нервничать». На этих словах Тоня замирала, потому что, как это ни странно, во всех ее беременных переживаниях, где полнокровно вибрировали домработница, медсестра, Павел и даже канава на дороге, не присутствовал младенец, мальчик, как показало УЗИ, ее дитя, ее сын. Сама она никак к этому не относилась, это была данность жизни, другой не было. Ожидание, предчувствование, предлюбовь, если не было полнокровного чувства любви, не казались ей чем-то таким, над чем надо ломать голову. Из ее наблюдений над жизнью никто и не ломал, в свое время покупалась кроватка, ванночка, а чтоб мечтать, какой он, так явится и покажется. Инстинктивно она не проговаривалась на эту тему, она знала, что у мужа другое отношение, будто дитя уже есть и с ним надо считаться, а его еще нет, думала она, нет его, ищи-обыщи. В животе он, но это еще не на самом деле ребенок, это еще только ее тяжелый, вымучивающий живот.

Павел видел, что у Тони напрочь отсутствует лихорадка ожидания. Это его удивляло, но не беспокоило. Он видел в этом здоровый простой русский опыт жизни, когда детей бывало много и на каждого не набеспокоишься. Хотя где их сейчас много? У Тони вот первый, но у нее не проснулось материнство, а у него уже была дочь, у него все каналы любви открыты давно и широко.

Однажды ночью, когда ребенок очень брыкался, Тоня сказала себе: «Господи, намаюсь я с ним!» Она почему-то увидела свое возвращение с дитем в свои края, как он висит у нее на шее. Тут же заболела шея, а он еще и ногами дрыгает, когда им надо перейти через железную дорогу, а рельс уже постанывает — значит, где-то близко товарняк, а ты его тащи на себе. И она торопится, боится поезда. Господи, а ведь идет встречный, и она замирает между двумя грохочущими составами, конца им нету. Шум рвет ей перепонки, грязь — глаза, а ребенок орет, виснет и дрыгает ногами. Господи боже мой, как же ты мне надоел! Какое же тяжкое бремя! И она чувствует, что уписывается от тяжести бессилия. Как-то очень странно из нее льется, не ручейком, а потоком, и она уже здесь, в кровати, а не между поездами, в мокроте, и чувствует, как Павел рукой лезет в эту гадость, потом вскакивает и велит ей одеваться быстро. Она слышит, как он кричит по телефону: «Отошли воды!»

«Ах вот что это, отошли воды. Это неправильно, — думает она, — теперь ребенок будет продираться сухой дорогой, а я буду орать. Буду! Я ведь знаю, что это только начало. Я с ним намаюсь».

Тоня родила мальчика в полдень. Было очень солнечно, и в родильной все сверкало и блестело. «Обман, все обман», — подумала она. Она чувствовала облегчение, но покоя в душе не было. Ей все казалось, что она между грохочущими поездами, что каким-то непостижимым образом они могут сойти с параллельных прямых и сомкнуться на ее теле. «Вот было бы хорошо», — подумала она.

Ребенок, которого ей принесли, был копией Павла, это даже невероятно, что так бывает. И это как-то утешило, потому что от чего-то ее освобождало, то ли от вины перед ним, то ли от будущей ответственности за то, каким он будет. Ясно ведь каким. Уже ясно.

Счастливое лицо Павла тоже раздражало, так, что хотелось хамить. Сказать ему что-нибудь типа... а пошел ты со своим ублюдком... Или бросить ему в лицо роскошные цветы, на которые он потратил не меньше двух тысяч рублей. Лучше б нищим раздал, сволочь такая!

Однажды, бродя без дела, Алка увидела Павла. Он нес огромный пакет из «Детского мира», и Алка подумала: вот грохнет у Кулачева и бабушки, когда он заявится незваный. Но тут же сообразила, что к ее семье это не имело никакого отношения — она ведь еще ему ничего не сказала, тогда это все еще интереснее, для кого барахлишко, и Алка резво пошла ему наперерез.

Он ее узнал сразу и даже обрадовался.

— Вот, парень у меня родился. Оснащаю его жизнь!

— Вы женаты? — удивилась Алка.

— А как же! — ответил Павел. — В законном браке. А почему такое удивление?

Ну что она ему могла сказать? Что ее мамочка, царство ей небесное, подзалетела не от вольной птицы, а от окольцованной. Следовательно, ее план уже и не так хорош, как ей кажется. Зачем ему еще один ребенок, о котором он слыхом не слыхивал? Вряд ли мама, будучи живой, тоже стала бы возникать. Но обида за мать возникла и стала колоть где-то в подреберье. И хотелось этому гаду — а кто же еще он такой? — сделать какую-нибудь пакость, раз не удалось принести радости. Она даже не отдавала себе отчета об этой легкой взаимозаменяемости внутри самой себя, где добро и зло лежат так рядом, что одно неверное движение — и ты не знаешь, что явишь миру. Но это даже доставило ей изощренное удовольствие от самой себя, от собственной непредсказуемости, которой она непременно попользуется всласть.

— Познакомьте меня с вашим ребеночком, — сказала Алка, не зная, что скажет именно это.

А этот дурак Веснин и рад. Тоня все оттягивает крестины-именины, врачи ему сказали, что у нее послеродовая депрессия, болезнь противная, как для нее самой, так и для вас, папаша. Давайте ей возможность высыпаться и побольше положительных эмоций. Павлу подумалось, что девчонка, веселая и вздорная, может подействовать как-то на заторможенную Тоню.

— Мы с вами давно знакомы, — упреждающе сказал Павел, усаживая Алку среди игрушек и пакетов в машине, — вы дочь моих приятелей.

— Вы меня знаете как сироту, — парировала Алка. — А моих родителей вы знали когда-то...

Павлу не понравился этот вариант, он требовал многих объяснений. Но он рассчитывал, что Мишка, так он назвал сына, просто поглотит все лишние слова и вопросы, но, может быть, девчонка — первый человек в доме после родов — как-то подействует на Тоню. Встряхнет, заинтересует, развесе-

лит — ну что угодно, только не это сомнамбуличе-
ское состояние, в котором тупо и беспросветно
живет Тоня вот уже две недели.

Приехали. Алкины руки пригодились, и она с
удовольствием помогла разгружать машину.

— Это моя старая знакомая девчонка, — сказал
Павел. — Я знал ее родителей, а тут случайно встретил. Она помогла мне все грузить. А это Тоня, моя
жена, а это спящее существо — мой сын Михаил.

Тоня и вправду встрепенулась, оглядела квартиру — все в порядке, не стыдно.

— Давайте чай пить, — сказала она, к собственному удивлению.

Алка сразу отметила, насколько Тоня не пара
Веснину. «Какая она деревенская», — брезгливо
подумала столичная штучка. Павел сказал, что он
чай пить не будет, у него дела, что он исчезает и
благодарит девочку, что она не даст поскучать
Тоне, которая все время живет затворницей и людей не видит и не слышит.

— Расскажи, Алла, — сказал он, — что там происходит в свете. Кто с кем? И что поют сейчас такие девчонки, как ты.

Нет, на это рассчитано не было, чтоб он так вот
сразу исчез, да и у Павла решение уйти возникло
мгновенно. Он сразу скумекал, насколько лишним
он может оказаться. И о чем вообще с ними говорить? А вот между собой, может, и зачирикают?

Алка учуяла, что это не дело, а побег. Сонно-бес-
покойным сознанием поняла это и Тоня. И впервые после родов в ней возникло чувство живого
конкретного беспокойства, зачем и почему сидит у

нее эта девочка из другого, неведомого ей мира. И кто она вообще? Не было ее, не было, и родителей никаких не возникало — и на тебе! «Ты зачем явилась?» — хотела прямо так и спросить Тоня, но понимала: невежливо, нехорошо. Но ушла апатия, всю ее охватил тревожный интерес. И она, сама не зная зачем, закрыла дверь в комнату, где спал ее ребенок.

— Вы откуда? — спросила Алка, потому что именно это не давало ей покоя. Такой классный дядька этот Веснин, весь такой супер, а эта — квашня из эпохи даже не совка, а крепостного права. Тогда, наверное, такие тетки жили и плодили рабов и пьяниц всея Руси.

— С Урала.

— А! Вот откуда ваше оканье.

— Я думала, его у меня нет!

— Куда ж оно денется? — сказала Алка. — Во, Гурченко сто лет в Москве, а как заговорит, так и прет из нее Украина.

— В этом нет ничего плохого, — гордо ответила Тоня. — Это голос земли, на которой родился.

— У земли голоса нет, — ответила Алка. — Земля немая.

На это Тоня не знала, что сказать.

— Вы, москвичи, — через какое-то время нашлась она, — тоже говорите, с нашей или украинской точки зрения, глупо. Сплошное аканье-каканье. Тоже другим противно.

Если б ей кто сказал, что может вот так незнакомому человеку, гостье говорить, не боясь, она бы сроду не поверила. А еще она подумала: «Хорошо, что нет Павла. Я эту московскую соплюху поставлю на место». Тоня еще не понимала, не отдавала себе отчета, что ее сила, явившаяся в ней и жгущая ее огнем, от этой закрытой двери, за которой спал ее ребенок. Для него ей полагается по закону природы быть сильной, чтоб защитить его право говорить на своем языке свои мысли, не оглядываясь ни на кого и никогда. Тоня еще вчера не подозревала в себе такого.

Вот от этого Алка и оробела. Перед ней была другая женщина, не теха-растеха, а сильная и — никуда не денешься от правды — красивая, что было со стороны не подозревавшей об этом Тони лишним. Не тот Алка человек, чтоб дать другому овладеть собой надолго. Она глотнула чаю, огляделась и спросила грубо и прямо:

— А как вы отхватили такого потрясающего дядьку, как дядя Павел?

Тоня ответила сразу и тоже нагловато:

— Это он меня отхватил! Я уже беременная от него уйти хотела.

— Что, никуда не годится? — ехидно спросила Алка.

— Нет, он очень хороший. Но ведь вы его знаете дольше. Так ведь?

— Его хорошо знала моя мама, я — в меньшей степени.

— А папа?

— Папа тут ни при чем.

Тоня поняла, что готова выгнать эту девчонку, что еще секунда — и та скажет какие-то непоправимые слова.

Та сказала:

— Да не беспокойтесь вы! Мама умерла. Ваш муж от меня это узнал. Так все быстро случилось.

— Господи! — прошептала Тоня. — Сколько молодых умирает. Этот рак чертов. Сколько у него видов — не сосчитать. С кем же вы живете?

— Я замуж скоро выхожу. У моего жениха траур. У него папа погиб на Кавказе.

— А еще эта проклятущая война... У нас в палате те, кто родил девочек, так радовались. Моя же мать говорила, что в войну женщинам бывает хуже, чем мужчинам.

— Женщинам всегда хуже, — сказала Алка.

Но тут заплакал ребенок. И Тоня пошла к нему. Алка убрала со стола и даже вымыла чашки. Заглянула в комнату. Тоня кормила ребенка. «Так бы и моя мама могла кормить Павлика», — с печалью подумала она. Почему-то хотелось думать, что в том, что этого не случилось, виноват Веснин. Он пришел и ушел, а мама осталась одна. Он и к этой тетке когда-то пришел, но не ушел. А разве можно их сравнивать — маму и эту?

Несправедливый мир должен был быть подвергнут разрушению. «Запомни, его зовут Павел Веснин». Для чего-то это было сказано? Она теперь понимает — для мести. И Алка сделала глубокий вдох.

— А у меня есть братик. Ему полтора года.

«Кажется, она сказала, что у нее умерла мать. Тогда что это за ребенок?» — подумала Тоня.

— Я понимаю ваше недоумение, вы ведь придумали моей маме смерть от рака, а она умерла родами. Это правильное выражение. Не в родах, не рожая. А именно так — умерла родами.

— С кем же ребеночек? — спросила Тоня, которую охватил какой-то ледяной ужас, как будто за ней гнались и достигли и уже хватают за руки. Но как можно хватать за руки, когда в них ребенок?

— С бабушкой, — чирикнула Алка, с наслаждением наблюдая за смятением Тони, за чернотой лица, которая проступила. Мысль о том, что эта женщина ни в чем не виновата, приходила в голову Алке, она даже повертела ею туда-сюда, но смерть слишком тяжелая гиря, чтоб ей был под стать живой противовес. Конечно, виноват Павел Веснин, который все-таки пришел, но пришел слишком поздно. А эта тетка хоть и говорит, что куда-то там от него уходила, набивает себе цену: на самом деле она Веснина своим пузом держала и вот кормит ребеночка, а бедный Пашка — искусственник, что нехорошо, она читала где-то, что потом это отразится на человеке — отсутствие прикасания к груди матери.

— А отец помогает мальчику? — спросила Тоня, потому что знала: у нас помогают плохо. Ушел из семьи, и ищи-свищи. Бросить ребенка у нас — почти дело доблести. Она столько этого видела.

— Я сейчас решаю этот вопрос, — важно сказала Алка. — Мне удалось узнать, кто отец.

«Зачем она тут? Почему не уходит?» Тоня чувствовала беду, но не знала, с какой она стороны. Она то так, то сяк разворачивала ребеночка, чтоб он не попадал в зону видимости Алки. Беда шла от нее. Но какая? «И как он смел привести девочку каких-то своих знакомых, как выясняется, их уже и нет, и оставить у нее? Как он смел?!»

Алка все это видела, и ей уже было немножко

жалко женщину. Этих простых в конце концов всегда жалко, хотя вначале убить хочется. Ладно, черт с тобой! Я уйду. Переваривай меня, переваривай!

Алка поднялась и сказала, что ей пора идти. Тоня молчала. Алка подошла к телефону:

— Можно позвонить?

Тоня едва кивнула. Но там, куда звонила Алка, никто не отвечал. Ничего страшного. Георгий всегда оставляет записки, где он и что.

— Какой у вас номер? — спросила Алка.

— Я его не знаю, — ответила Тоня. — Не могу запомнить.

— Так не бывает, не знать своего номера.

— Значит, бывает, — ответила Тоня. Она положила ребенка в кроватку и уже шла к Алке.

— Ухожу, ухожу, — зачирикала девчонка. — Спасибо за чай. Дяде Паше привет.

Тоня уже распахнула дверь наружу, а Алка все толклась в пятачке передней, задерживаясь глазами то на одном, то на другом, ища неизвестных ей самой знаков, примет. Чего?

— У вас на счетчике мало набежало. Он у вас новый. Да?

— Уходи, — сказала Тоня. — Уходи, и чтоб я никогда тебя не видела.

Она захлопнула дверь и заплакала. Откуда ей было знать, что слезами из нее выходит депрессия, что хотела того или не хотела наглая Алка, но она возбудила в Тоне силы сопротивления апатии, силы защиты ребенка и даже некое смутное беспокойство за мужа, которому что-то угрожает. Знать бы что... Но носит же земля таких юных стерв, не подпаливает им пятки. Сколько ей там лет, а сколько уже подлости и наглости. Чаю, называется, пришла попить! Сучка молодая...

Павел всегда знал, что мир устроен из простых кубиков. Ставить кубик на ребро, а то еще и на острие — это шуточки фантастов и сумасшедших, а, в сущности, все достаточно плоско и грубо. И эта девчонка не зря прицепилась к нему в «Детском мире». С этой девчонкой его связывает ее мать-покойница, с матерью — его ночь с ней, а потом ее смерть за рождение.

Павел понимал, что желание знать больше о той женщине с Ваганьковского может быть разрушительным для его жизни. Хотя с какой стати? Что за дурь лезет в голову? А с той стати, сказала дурь, что у тебя жена только что родила, а ты про другую думаешь, мертвую... Но ведь мертвую? Чем она может навредить Тоне? Чем? Ничем! А мыслями о ней — вот чем! Поэтому, сказала дурь, забудь. Окажешься при случае на кладбище, ну, нырни в толковище могил, может, найдешь Елену Громову, не найдешь — положишь цветы Высоцкому. Хорошее кладбище, очень много знакомых. И даже любимых. Ты ведь места захоронения дочери не знаешь. Это была правда. Жена забрала урну, а потом уехала с мужем жить в Чехию, вся ее родня двигала лобиком вверх, выражая удивление, что если уж он, отец, не в курсе такого дела, где похоронена дочь, то уж они... Он свирепел, но так ничего и не узнал, наиболее достоверные данные были таковы, что дочь лежит где-то, подхороненная к дедушке, в

Новгороде, откуда есть и пошла его благоверная. Но если уж совсем честно... Совсем... Не так уж он и искал. Смотался тогда в экспедицию, пил горькую, придумал себе, что дочь похоронена в его сердце, а где горстка пепла, то ему и знать не надо, пепел, он и есть пепел. Прах. В какой-то момент изнутри поднялась лютая ненависть к бывшей жене, что он едва не врезался — в длинный, как катафалк, «Линкольн», сразу пришел в себя, вообразив степень неприятностей на свой лоб, прикоснись он к заду великосветской барышни. За рулем нельзя ни любить, ни ненавидеть. Надо быть шпалой, настроенной на одну-единственную задачу — доехать благополучно. Мысль о жизни и смерти после гибели дочери пребывала в нем постоянно. Под Богом все ходим. С чего бы взять и умереть этой Елене, молодая еще женщина. Оставила дочь в весьма экстремальном возрасте. Возле нее тут же оказался молодой грузин — ну, шустрые они ребята, всегда в курсе, где что плохо лежит. И вообще, как она живет, девчонка? На чей счет? В доме нищетой не пахнет, чисто, славно, но кто это блюдет? Трудно представить, что сама. Хотя чего это он разволновался? Он же тогда столкнулся с мужиком, от которого шел дух шикарной жизни. Наверное, он и есть отец. Видимо, они были в разводе. Но дочку содержит, вот грузина, сволочь, упустил. Он бы ни за что. Он в этом смысле даже жесток. Но девчонок охранять надо любой ценой. Сколько раз ему в руки шли малолетки, он просто зверел. Над ним смеялись, когда он уходил с какой-нибудь сорокалетней, тогда как рядом толкались восьмиклассницы. Как может на такое пойти мужик? Сломать, стоптать, сничтожить. От них же жизнь идет потом, а какая жизнь в свороченной в детстве рожальной природе. Ублюдочная. Нет, надо было спросить, чем она занимается, эта девочка, и что тут делает этот чернявый мальчик. Послала бы его девочка колбаской по дорожке косой. Теперь грубо нельзя. Нужен подход. Но нет у него подхода. Не обучен он этому. Вот и жена его молодая — вспомнил наконец, скотина! — уйти от него хотела, потому как не хватало ей с ним воздуха. Это ерунда, что, мол, дорога, машины.

Ей с ним дышать было нечем. Вот он какой. А теперь у них сын. Ей нужно в четыре, в десять раз больше воздуха жизни. Пришла странная мысль, что, если бы на месте Тони была Елена, не возникло бы проблем воздуха. Мысли ведь птицы вольные и, скажем прямо, не всегда отягощены нравственными постулатами; мысли, они по другому ведомству, ведомству разума и воли, а вопросы «хорошо — плохо» — это ведомство, хочешь ты этого — не хочешь, неволи, запрета. Сколько в тебе его, столько ты и стоишь. Сколь позволяешь себе дурного или хорошего, таков ты и есть. Павел это знал давно, другое дело, что жизнь, идя своим чередом, не всегда требует правил высокого качества, более того, более... Давно все можно. Еще до того, как этот студентик старушку укокошил... А сейчас так милое дело быть дрянью и скотом. Барышни в телевизоре в ряд выстраиваются — мы все стервы, нас потому и мужики любят. И мужики в ответ просто урчат от удовольствия, такой им смак от их бабьей стервозности. Все видно, но ничего не стыдно. Но чего ты, Веснин, потянул на женщин, если ты сейчас впустил в себя мысль обидную для твоей собственной женщины. Она тебе как бы не та, так, что ли? Ну, езжай на Ваганьковское, вырой Елену Громову, оживи ее, а эту, для тебя маркизу недостаточно маркизную, пинком в зад. В общем, всю дорогу Веснин себя жевал и выплевывал, жевал и выплевывал. До тошноты дошло.

Это все от мыслей о той женщине. Надо будет ее помянуть. Почему-то девчонка знала его имя. Значит, знала его и мать. Может, когда он был в душе, она полезла в рюкзак и нашла паспорт. Делов на полминуты. Сейчас ему нужна простая арифметика — когда она умерла. Если от той ночи получается девять месяцев, то есть шанс быть отцом еще одного ребенка. Это ему ни к чему. У него есть свой. Но это ему интересно как факт.

На другой день Павел Веснин уже знал все даты. Когда он вычел из дня рождения-смерти Елены девять месяцев, то в лицо ему ударила дата смерти дочери. Та самая ночь, когда он был пущен в дом и где его прикрыла собственным телом женщина, так и не назвавшая себя. Таких случайных совпадений в простом мире из кубиков не бывает, где все четко на своих местах. Через девять месяцев полагается быть родам. Плюс-минус какое-то количество дней. Но здесь была классика срока — будто судьба была вычерчена кем-то. И про это знала эта девчонка, она не смогла бы его найти, не явись он сам. Но он явился, и она сказала: «Ах, вот ты какой, Павел Веснин». То, что они встретились в

«Детском мире», случайность, но ведь все случайности закономерны, не в этот раз, так в другой — это должно было случиться. Вот то, что он привел девчонку в дом, — дурь и подлость по отношению к Тоне. Ее это не касается никоим образом. Она не должна пугаться, она и так не очень в нем уверена, будто он ходок какой-нибудь. Да ничего же подобного! Просто ему надо узнать, не нужна ли его помощь тому ребенку — не более. Таскаясь по свету, он видел достаточно брошенных детей. Он этого не допустит никогда. Может, дитя уже кто-то усыновил, он не против, он за, он только хочет знать, что ребенку хорошо.

Когда пришел домой, нашел сильно плачущего малыша, Тоня и так и сяк крутилась с ним — мальчик плакал.

— Сейчас! Сейчас! — говорил Павел. — Я к тебе иду. Видишь, я вымыл руки, я их вытираю.

Ребенок на руках Павла замолчал сразу. Вздохнул и перестал плакать.

— Я и так и сяк, — оправдывалась Тоня. — Он же и сухой, и сытый. Ничего не понимаю.

— Ш-ш-ш, — говорил Павел. — Он ждал меня. А я задержался, на что права не имею. Ты сама отдохни, полежи.

— Да нет, — сказала Тоня. — Я просто очень испугалась. Ведь не знаешь, что...

Мальчик же смотрел на Павла. Это разглядывание крохоткой было таким ошеломляющим, таким не похожим ни на что, что Павел подумал: «Так мог бы смотреть сам Бог, знающий то, что, в общем, не постичь живому человеку». Вот и его дитя смотрит на него с той высоты ли, глубины, из сути, сущности сущного — значит, как ни крути, ни верти — из Бога. Малыш, как бы передав эту главную свою мысль, прикрыл глаза, и Павел почувствовал такое счастье, такой восторг, что, положив дитя в кроватку, обнял сидящую в кухне Тоню и сказал:

— Я так благодарен за сына. Клянусь тебе, я всю жизнь буду вас любить и сделаю для вас все.

— Нами ты замаливаешь грех, — сказала Тоня. — За дочь, что погибла, и за сына, который родился без тебя от мертвой женщины.

— Откуда ты все знаешь? — спросил Павел, испытывая облегчение оттого, что слово сказано и ему не надо ничего объяснять.

— Догадалась, — сказала Тоня. — Девчонка сказала, что ищет отца ребенка, но наврала. Она тебя нашла, потому и явилась.

— Это я ее нашел, — сказал Павел и рассказал всю ту давнюю историю от начала до конца, не избегая подробностей ночного прихода Елены, до утреннего побега и того, что, возможно, она заглядывала в его паспорт, пока он был в душе. И как он потом приходил к ней еще раз и столкнулся с лощеным хмырем и убежал. Как пришел во второй раз, уже сейчас.

— Зачем? — спросила Тоня. — Ты же ничего не знал. Это я тебя подтолкнула, да?

— Нет, не ты. Ты не поймешь сразу, но ты постарайся. А главное — поверь. Как-то так случилось, что для меня вы обе оказались связаны какой-то бескорыстной женской нежностью, готовностью давать в долг без гарантии отдачи. В вас обеих было это великое женское: «на», «возьми», «бери». Я хотел ей сказать, когда шел, только спасибо, не больше. Я хотел ей рассказать про тебя, похожую на нее. Больше ничего мне не было нужно.

Так он сказал эту полуправду-полуложь, но он так истово верил, что так все и было, что очень может быть, что все так и было на самом деле. И факт — не всегда истина, и мысль — не всегда иллюзия.

Внутренне Тоня плакала, ей было обидно, что сама она — не сама, а как бы часть некоего странного чувства мужа. Но плакать вслух было бы глупо, потому как той женщины на земле уже не было, остался ребенок. Но где-то он живет полтора года. А если это его ребенок и он хочет помогать — это дело святое. Тоня тоже достаточно видела брошенных и забытых детей. Не доведи Господи!

— Я тебя понимаю, — сказала она, — только об одном прошу — пусть эта девочка сюда больше не приходит. Никогда. Она плохая. От нее Миша плакал.

— Не придет, — твердо сказал Павел.

«Очень может быть, что и от нее», — подумал он. Есть такие злые энергии, он их нагляделся. Его начальник по геологической партии как-то сказал ему: «Заметил, как человек стал фонить? Возьмет такой прибор в руки — и вся работа к чертовой матери. У него все клапаны энергии наружу. А она — сплошь на разрушение. Раньше такого не было».

Тот начальник время резал на куски, как пирог, — долями от центра. Где-то там, в центре, было время правильное, когда и человек не фонил, и природа была щедра. Но доля мудрого времени чем дальше от центра, тем шире. И тем больше в нем пакости. Павел не любил с ним разговаривать. Он иначе понимал время и людей в нем, но вот вибрирующего человека он признавал. Да, он знал таких, от которых фонит. Это люди, уже до конца истощенные жизнью, ее мучительностью. Таким людям больно, просто так больно, от ничего. Они как бы без кожи, без изоляции — оголенные провода. От них могут плакать дети, еще как! В этой девчонке что-то было от старых геологов, прошедших Крым и Рим, но она-то что прошла? Смерть матери. Достаточно, чтоб зафонить. Значит, приходить ей сюда не надо. Ему предложили на фирме обмен: взамен его, близкой к Кольцевой дороге, квартиру в центре. Фирме нужно периферийное отделение офиса, купить частную квартиру обойдется дешевле. Павел решил, что согласится. Ему не надо, чтоб плакал его ребенок и страдала жена, если девочка явится «не звали». Странно, она абсолютно не напоминала ему его дочь, хотя они были ровесницы. Дочь была тихая и боязливая, «затурканная матерью», — говорил он. Но в какой-то момент мысли о них всех соединились: две матери, две дочери, две смерти. Он даже испугался этих походов собственных размышлений в незнаемое. Ему это не надо. Ему надо вырастить сына.

Алка пришла домой и, как и следовало, нашла записку от Георгия, где он и что. Он у дяди в лавашной, а потом — сразу на лекции. Вечером он зайдет к бабушке, а потом вернется домой. Из всей записки приятно было одно слово «домой». Все остальные слова — «лавашная», «дядя», «бабушка» — были ей противны, они претендовали на жизнь Георгия, не имея на это права. Георгий принадлежал ей без остатка. Он не был ее частью, он был ее всем. Делать Алке было абсолютно нечего, и она решила, что маленький снаряд надо занести в бабушкин дом. Это будет честно. Она уже уходила, как позвонила эта непутевая бабушка — тетя Наталья.

— Алка, ты меня беспокоишь, — прямо сказала Наталья.

— Интересно, чем?

— Потому и звоню, что не знаю. У тебя все в порядке? Ты не подорвала университет или бабушку Георгия?

— Их? Нет, но снаряды со мной, — засмеялась Алка.

— Девочка, не делай ничего дурного. Слышишь меня?

— Вам были глюки? — спросила Алка.

— Были, — ответила Наталья. — Именно так и представились. Отвратительные глюки, сплошное горе, я прошу тебя, держи себя в руках. Не поддавайся.

— Я посмотрю по обстоятельствам, — сказала Алка и положила трубку.

Наталья же, давно свободная от своего дара или не дара, последнее время все видела Алку. Девочка в ее видениях взрывалась, она видела огонь и летящие во все стороны камни, но осыпались камни и оседала пыль, а Алка стояла целехонькая, только лицо у нее было черное от копоти. И на этом лице были такие страшные глаза, что именно сегодня

Наталья не выдержала и позвонила. Ей так и не удалось вернуть пусть не родственную близость, но хотя бы дружественность с потерянной родней. Сестра ее не простила ей жадности и предательства молодости, в дом не звала никогда, хотя они с Кулачевым приглашались на все мероприятия ее новой семьи, но пришли только на свадьбу. Наталья сразу поняла, что ее избранник родне не понравился, что Мария Петровна под каким-то благовидным предлогом не села рядом с новым зятем и что ушли они раньше всех, ссылаясь на ребенка. Выпившая Наталья тогда распустила язык и рассказала любопытному народу и про то, что Кулачев моложе жены, и про то, что ребенок дочери Марии Петровны неизвестно от кого, и они теперь воспитывают его, хотя у Кулачева в Израиле уже внуки. И что есть еще внучка, которая живет сама по себе с грузинским мальчиком, а учиться не пошла. Никто ей не указ, стерва.

Одним словом, отвела душу. Но был на этой свадьбе один гость, он знал Кулачева и при случае рассказал ему даже не факты — факты ему были известны, а, так сказать, тон речи и вкус яда, который тек по губам новобрачной. «Вы от нее держитесь подальше», — посоветовал он Кулачеву. Кулачев сказал, что ноги Натальи в их доме не будет. И когда Маша говорила, что хорошо бы позвать Наталью, у покойной мамы день рождения, Кулачев забалтывал предложение, и они в этот день оказывались в церкви, ставили свечи, а поминать шли куда-нибудь вдвоем. И было так хорошо, что Мария Петровна даже не виноватилась. Бог с ней, с Натальей. Все было как следует и правильно.

А Наталья по-своему мучилась. Потерпев неудачу в браке с придурочным военным, оказавшись в роли сосуда сливания похоти мужа, общаясь в кругу очень ограниченных людей, она тосковала по нормальной русской речи, по умному разговору, по радости гостевания, которую военруки уничтожали на корню. И она уже не удивлялась ни десятилетней афганской войне, ни бесконечной чеченской, потому что дуреe и ограниченнее ее новых знакомых в ее доме был только веник. Да и то! Он хоть мести умел. «Хуже веника», — думала Наталья о муже, и тут же ее мысль перескакивала на моложавого, интересного Кулачева, который ушел от жены и юной любовницы к пожилой даме с седыми корнями волос и отяжелевшей от жизни плотью. В этом была насмешка судьбы. Бывало, что, раздевшись догола, Наталья разглядывала себя в трюмо и — объективно же! — не находила в себе «ни одного, ни одного, ни одного изъя-я-яна!». От вспомнившейся арии из музыкального фильма начинала нервно смеяться перед трюмо над собой, но успокаивалась, когда строила планы, как ей избавиться от нынешнего своего урода, чтоб потом, на заходе солнца, найти какого-нибудь Кулачева.

Что ни говори, а надо бы с ними дружить. У них другой круг людей. И бедных среди них нет. В последней своей жизненной программе она отказывала навсегда и во всем бедным и военным. Но кому это было интересно? Очереди на ее будущее не выстраивалось, а крепкое, с металлическим отливом в зеркале тело продолжало использоваться бездарно и глупо, практически не по назначению. Фу!

Алка же плелась к бабушке. Братик сладко спал, в доме вкусно пахло ребенком и покоем. В том доме, где она была сегодня, так не пахло.

— Между прочим, ба, я нашла отца нашего Пашки. Он сам пришел, а потом я сходила посмотреть его бытовые условия.

Ну разве можно падать от слов, что найден отец? Это просто какое-то извращение. Но Мария Петровна завалилась. Хорошо, что близко был диван, и она головой упала на него, как-то сразу переломившись пополам.

— Ба! — закричала Алка. — Ты что?

И от крика Мария Петровна очнулась и сказала тихо: «Не кричи! Он же спит».

Потом она как-то неловко уселась на диван, откинув назад голову, и Алка увидела белую, очень слабую с виду шею, можно сказать, беспомощную, стебелькового происхождения шею, которую носить во время суровое и злое не пристало. Такая шея была у мамы — и где она? Алка испытала гнев на этих женщин, от которых она есть и пошла. Нельзя же так, женщины! Вы что? Вы где родились? Конечно, смешно предъявлять претензии матери, которой уже нет, но от бабушки таких финтов, чтоб завалиться, она не ожидала.

— Помнишь, — сказала Алка, — мама повторяла: его зовут Павел Веснин! Павел Веснин! Помнишь? Так вот, он приходил, спрашивал про маму. Я сказала, что она умерла родами. А потом я его встретила в городе, он покупал разное детское, у него родился маленький сын Миша.

— Слава богу! — прошептала Мария Петровна. — Слава богу!

— Но я считаю, что он имеет право знать, что у него есть еще один сын. От мамы. Эта жена у него — калоша.

— Ты не смеешь, — тихо сказала Мария Петровна. — Не смеешь.

Кажется, в эти малые слова ушла вся ее сила, потому что она снова потеряла сознание и была так жалка и беспомощна, так стара и бессильна, что Алка испугалась не на шутку и стала звонить Кулачеву. Тот приехал через десять минут вместе со «Скорой». Мария Петровна сидела так же опрокинуто, Пашка проснулся — стоял в кроватке и вопил громко и требовательно. Кулачев взял малыша на руки, медики принялись за Марию Петровну, на Алку никто не обращал внимания, даже маленький: когда она ему хотела сделать «козу-козу», отвернулся и спрятал лицо на груди у Кулачева. Мария Петровна пришла в себя быстро и сразу захотела подняться, но ее уложили. Врач произнес слова «спазм» и «декомпенсация», он с откровенным интересом смотрел на лежащую старую женщину, на вполне кондиционного мужчину с ребенком, на девицу из нынешних, у которой не хватило ума взять ребенка на руки, врач не понимал связей и предпочел быстро уйти. Он давно многого не понимал в отношениях людей друг к другу. Но если об этом задумаешься, уже не захочется лечить, а лечить надо всех, без разбору, хороших и сволочей, убийц и недоубитых, коварных и простодушных. В этой семье сидел червяк, но кто из них он, врач понять не мог. Все выглядели как люди. Врач был немолодой, он уже думал о пенсии, но знал, что не уйдет: «Скорая» — его наркотик, его и болезнь, и жизнь. Тысячи лиц, прошедших перед глазами, никогда не раздражали его, но никогда не переставали и удивлять. К первому своему пациенту — ребенку — он едва поспел, еще чуть-чуть — и тот погиб бы в родах. Через тридцать семь лет он уже к нему опоздал. Здоровенный мужик не искал себе смерти полегче, он загнал себе в сердце трехгранный напильник и умер на руках человека, который принял его из лона матери. Доктор увидел тогда, как обветшал за это время дом, как он тоже умирал в конвульсиях стропил, скрипе арматуры, гниении стен. Та квартира, в которой родился человек, была чиста и пристойна, в этой, умирающей, — стаями ходили тараканы, а в дырках попискивали мыши. И он, врач, благословил напильник за то, что он был скор в решении. «Здесь люди не живут», — подумал врач, но это было вранье. Вместе с тараканами бегали дети, чьи? Покойника? Чужие? И разве в других домах было лучше? Он попадал в очень престижные дома с новомодной мебелью и театральным свисанием штор, — он шел по дорогому ковру и давил шприцы, разбросанные по всей квартире. И тут люди умирали у него на руках, а оставшиеся умирали завтра. Это было время всеобщей смерти, и он боялся, что ему придется увидеть последнего покойника. Если случится так, он положит таблетку под язык и тихо, безболезненно пойдет вслед. Он не сомневался ни на минуту, что времени жизни осталось мало. Хотя в последней квартире все были живы и пахло ухоженным ребенком, в доме была беда. На улице он понял кто — девочка. Это она вирус беды. Ему даже захотелось вернуться и разобраться, но не та у него работа, чтобы заниматься профилактикой. Пусть это делают другие, но девочку он запомнил. Почему-то он знал, что они встретятся и он ее узнает. Что это будет — рождение или смерть? Мария Петровна пришла в себя и стала уговаривать Кулачева идти на работу. У того действительно был трудный день, и его уже ждали люди, и он с надеждой посмотрел на Алку, чтоб та осталась.

— Останусь, — сказала та. Но Мария Петровна почему-то побледнела.

— Пусть идет по своим делам, — прошептала она, но вдруг сразу передумала и быстро добавила: — Нет, ладно, пусть останется.

Кулачев не понимал жену первый раз в жизни. Ее как будто било током, и голос был не ее, и Кулачев сказал:

— Никуда я не пойду. — Он позвонил по телефону, что-то объяснил и стал раздеваться, чтоб надеть домашнее. Через пять минут он уже что-то делал на кухне, а Алку заводило. Она даже с интересом наблюдала рождение в себе сокрушительного вихря, который просился на волю, бил копытом. И не хватало только одного — полного отсутствия любви к тем, кто был рядом, — ребенку, бабушке и Кулачеву. Но любовь была. Эти люди ничего никогда не сделали ей плохого, они были счастливы, и в этом была самая большая их вина. Они смели быть счастливы после смерти мамы, они смеют быть счастливы, когда отец ее братика живет с «этой калошей». Они были виноваты, что никогда не искали отца ребенка. Да, она не читала, но что-то слышала о мамином письме к Кулачеву, но в это же время ей, дочери, более близкому человеку, было сказано: «Запомни! Его зовут Павел Веснин». И вихрь был выпущен.

Она подошла в кухне к Кулачеву и сказала:

— Я нашла Пашкиного отца.

Он развернулся так, что упала сковородка, снося по дороге носик заварного чайника.

— Что там у вас? — спросила из комнаты Мария Петровна.

— Маруся! Все в порядке. Я неуклюжий! Я столкнул сковороду.

Одновременно Кулачев оттеснял Алку в угол, за холодильник.

— Бабушке ни слова, — сказал он.

— Она знает, — ответила Алка.

— Ах ты стерва, — сказал Кулачев. — Вот, значит, что случилось! Чего ты добиваешься?

— Мне мама велела его найти. И я нашла. Он отец. У ребенка должен быть отец.

— А я кто? — спросил Кулачев.

— Ты взял чужое. Теперь все хватают не свое. Такое время.

— Бабушка не своя?

— Видишь, какая она старая. Завалилась от одного слова.

Он ударил ее сильно, без снисхождения, без скидки на девичью слабость. Это была хорошая пощечина, от души и от сердца, и у нее левый глаз стал меньше и как бы слепее. Она не закричала, она даже была рада, потому что все определялось. Все становилось на места. И ей, хоть и было больно, было хорошо в этом новом кипящем ненавистью мире, где, как выяснилось, она была своя. И ее тут ждали.

Плохо было Кулачеву, потому что его мир рухнул. Он боялся потерять Пашу, еще больше он боялся потерять Марусю. Все трещало по швам. Откуда-то из небытия шел тать, разбойник, вор, и у него было право на свою разрушительную гульбу в его доме.

Алка же вышла из угла, а потом и из квартиры. Она знала, куда ей идти. К Веснину. Принести ему весть. Это все честно. Она упредила этих и получила за это по морде. Очень хорошо. Веснин ее бить не будет. Веснин поцелует ее в заплывающий глаз.

Наталья не находила себе места. Вышла, дура, замуж, чтоб выйти, чтоб не торчать в глазу замужних подруг, ну и что? Дочка смеется: «Ну, мать, как ты можешь жить с этим питекантропом?» Она забыла, что такое питекантроп. Полезла в словарь, разозлилась на самою себя, на состояние противной зыби, в которой находилась, и так же неожиданно, как вспомнила питекантропа, поняла, что ни дурацкий ее муж, ни бессердечная дочь не имеют отношения к ее состоянию, что где-то внутри ее болит Алка, болит как часть тела, как порез, как ожог. Алка ей никто. Никто была и Елена. Ей нужна сестра, когда-то ею преданная и за это не прощенная. Ей нужно родственное существо, кровная связь, которую, получается, не дураки придумали, если она в тебе криком кричит. Родители, родня, родные, родственники, даже Родина — все от рода, рождения. Говорят, сейчас рвутся корни самые что ни на есть глубинные. Пусть говорят! У нее они связываются, она через столько прошла, чтоб понять: нет ничего дороже этого родственного тела, тела твоего замеса, твоих атомов. Она сейчас же поедет к Марии. Она скажет ей о тревоге, которая носит имя Алла. Может, это дурь, а может, нестоящая ерунда, но надо поговорить с родными.

Она собиралась быстро, как всегда умела. Откуда ей было знать, что род имеет еще одно значение — преисподняя, ад, что просто когда-то обмишурились переводчики, потеряли букву. Вот и взгрывает слово своей адской сутью, издеваясь над людьми, припадающими к искаженному слову.

Наталья домчалась быстро, ей открыл Кулачев — как говорится, на него рассчитано не было; Маша лежала бледная и осунувшаяся, вот уж точно — бабушка своего сына. Но никто с ней не хотел поделиться — «все хорошо», «все хорошо», но она ведь видела — плохо. Потетёшкала малыша, между делом как бы спросила, как дела у Алки. Определилась ли она как-то в жизни или так и будет хвостиком у грузинского паренька?

— Теперь нас. не спрашивают, — сказал Кулачев.

— Ну, спрашивать никогда не спрашивали, — ответила Наталья, — но общее понятие, правило, как надо, существовало. А потом его кошка языком слизала.

— Ты правильно сказала, — Мария Петровна поднялась на подушках, — общее правило было, а свое, личное, считали чушью. Теперь и общего нет, и личное понятие пробивается сквозь асфальт.

— И какое имя у асфальта? — насторожилась Наталья. Она в этом доме всегда настораживалась.

— Бездушие, зло...

— А, это, — засмеялась Наталья, — оно, Маша, от дьявола. Бог лишает разума, дьявол отнимает душу. Что заслужили, то и получаем. А девчонка растет беспутная, не в смысле гулящая, а в смысле без пути. Вы, дорогие мои, маленьким занимаетесь, а большая от рук отбивается.

— Ты что-нибудь знаешь о ней? — спросил Кулачев.

— Ничего не знаю, но у меня какая-то тревога.

— Не бери в голову, — сказал Кулачев, — она была у нас. Деловая и энергичная.

«Нет, — подумала Наталья. — Не те слова и не тот тон. Она была тут, в результате Маша навзничь, а ты дома у плиты. Не хотите говорить — не надо. А вдруг бы я могла помочь?»

— Наталья — гиена, — сказал Кулачев, закрывая за ней дверь.

— Что мы будем делать, Боря? — тихо спросила Мария Петровна.

— Ничего, — сказал он. — Пустой номер. Как он докажет, что это его ребенок? И что Алка знает? Может, Павел Веснин остался Елене должен две тысячи рублей. Или она ему? Конечно, меня беспокоит Алка. Тут гиена права. Пошла к чужому человеку в дом. Ну и каково им после нее стало? Успокойся, Маруся. У нас с тобой сын, зарегистрированный по всем правилам и по воле его матери. Все. Девчонка просто сволочь. Прости меня, дорогая.

— Не прощу, — сказала Мария Петровна, —

это я имею право на гнев, ты не имеешь. Она моя внучка, она дурит от сиротства. Мы ведь правда бросили ее на произвол...

Глаз совсем заплыл. Болела скула. «Если пойти и снять побои, то Кулачева можно забрать в милицию, — думала Алка. — Но бабушка останется одна и может рухнуть. Этого мне не надо. Она хорошая, просто попала в плохие обстоятельства. Не по своей вине, по незнанию. Поэтому пусть Кулачев сидит дома, она поедет к Веснину и скажет, что все предупреждены и он может ехать к своему сыну и забирать его. Он отец, а Кулачев дал ей в глаз за правду — значит, чует кошка, чье мясо съела. Я поступаю справедливо».

Пока она добралась до Весниных, уже был вечер. Павла дома не было, у него была встреча с геологами, давно назначенная. Тоня успокоилась, и маленький больше не плакал.

Алка позвонила в дверь. Тоня открыла ее на цепочку. Увидев Алку, она тут же захлопнула дверь и ни на звонок, ни на стук ногой в дверь не отвечала. Опять заплакал ребенок. Алка спустилась во двор и стала смотреть на окна Весниных. Но ничего не было видно. Горел маленький свет. Она не знала, что делать. Но энергия ада не давала покоя. Она остановила мальчишку и попросила листок бумаги и ручку написать записку. Мальчик полез в ранец. Листок был мятый, в крошках булки, ручку он не дал — «самому нужна», дал огрызок карандаша с едва видным грифелем. Алка писала на цинковом подоконнике окна первого этажа. Было высоко, косо, неудобно, но ничего подходящего не было.

«Ваш сын Павел, — писала она, — живет на улице Новослободская, квартира 29, в доме, внизу пельменная. От метро направо пять минут».

Карандаш на этом кончился. Алка положила записку в почтовый ящик. Доверия он не внушал, как и все остальные. У них был заброшенный вид, и возможно, что им уже не пользовались. Она попыталась достать записку, чтобы перенести ее под дверь квартиры или в замочную скважину, но записка хорошо упала на дно и светилась в почтовом окошке.

«Захочет — увидит», — подумала Алка, хотя ее не устраивала такая неопределенность, ей хотелось стремительных действий и быстрой, как олень, справедливости жизни. Но пришлось ехать домой. Георгий был уже дома, он ездил только в библиотеку, лекции пропустил, ему хотелось поговорить с Алкой, его бабушка настаивала, чтоб он жил у нее, она говорила, что неприлично жить вместе с девушкой, на которой еще только собираешься жениться, но она говорила это каждый день, она молчала только сначала, когда умерла Елена. Сегодня бабушка сказала странные слова:

— Ты думаешь, что всегда будет только любовь? А будет столько разочарований, обид и даже ненависти. Семья не всегда может пройти через это. Любовь может. Но вы же размазали и любовь, и семью. У вас все сразу неправильно. А неправильность — зло, уродство.

Он стал кричать, на что бабушка сказала:

— Раньше ты этого не умел.

Георгий понимал, что горе не закаляет человека, оно его искривляет. У него слишком много потерь. Но у него ведь и приобретение. У него Алка. Но последнее время с ней что-то случилось, она не так пахнет, она не так светится. У него появился страх за нее. Надо бы уехать на время, но именно сейчас он набрал книг из библиотеки, ему нельзя отставать.

Алка пришла с подбитым глазом. Он стал выспрашивать, она ответила, что это ей орден в борьбе за справедливость. Он обцеловал фингал нежно, кончиками губ.

— Не выходи на улицу, пока я не найду тебе большие очки.

— Подойдут мотоциклетные, — смеялась она. Но правды так и не сказала. «Значит, есть вещи, которые даже мне нельзя сказать», — думал Георгий. Видимо, есть. Он ведь не рассказал ей о разговоре с бабушкой.

Вечером Алка обычно звонила Кулачевым. Такое было правило.

— Ты еще не звонила своим, — сказал Георгий, когда она вышла в ночнушке из ванной.

— Я у них была, — ответила Алка, накрываясь одеялом.

— Все в порядке?

— Отнюдь, — торжественно ответила Алка. — У них потрясение основ.

— Что ты имеешь в виду?

— Это будет завтрашняя новость, — сказала Алка.

— Я боюсь, — сказал Георгий. — Я люблю твою бабушку.

Она дернулась под одеялом. Она ведь тоже любила бабушку, но себе самой она сказала, что есть что-то выше любви.

— Нету! — в спину, прямо между лопаток выкрикнул Георгий. — Ничего нет выше любви.

Она сжалась в комок. Разве она сказала это вслух? Или мысленные слова можно услышать, прижавшись к спине? Потом она почувствовала мокроту. Этот дурачок плакал ей в рубашку, прижавшись к позвоночнику. Он сказал ей, что плачет из-за ее глаза. Но он-то знал, что плачет от другого. Что эта девочка, которую он обнимал и любил, уходила от него. Это было совершенно осязательное чувство, как будто роняешь яблоко. Еще минуту тому держал, оглаживал, а оно — раз! — и выскользнуло, подпрыгнуло и теперь катится себе по закону физики, а ведь только что было по закону чувства.

Он держал ее крепко-крепко, он удерживал ее выскальзывание, он оплакивал любовь и очень надеялся, что, когда завтра купит ей очки, этого ужаса просто не будет. Бабушка ведь говорила: может быть все, но любовь все победит.

Павел прошел мимо почтовых ящиков. Они не выписывали газет, не получали писем. У них даже не было ключа. Поэтому он просто не смотрел в их сторону.

Наверное, через неделю, а может, больше бумажку в дырочках заметила Тоня, выходя гулять с маленьким. Она мизинцем двинула бумажку, та легко изменила положение, и ее не стало видно совсем. Дома Тоня в ящике для гвоздей и всякой металлической дряни поискала, нет ли какого ключика. Не нашла ничего. Взяла гвоздик, спустилась, попробовала открыть — нет, не мастер она по таким делам. Мимо шла женщина, предложила свой ключик — «сто лет уже висит на колечке без надобности», но — надо же! — и он не сгодился, хотя, казалось бы... чего их разнить, ключи от почты?

В общем, Тоня для себя ничего не ждала, никто ей не писал. Да и с виду это не письмо, бумажка, но Павлу сказать надо — мало ли что? Потому что на этом «мало ли» вспомнилась та девчонка: может, сунула какую гадость, чтоб навредить.

Именно это заставило Тоню спуститься к ящикам еще раз с отверткой и тонким острым ножичком. Она раскурочила ящик и достала записку. И хотя мысленно она была готова к этому, сердце сжалось так, что кровь из него стала капать не в сосуды, а просто во все стороны, бессистемно. С этим бессистемно работающим, протекающим сердцем она и поднялась домой. Бумажку положила на видное место, на телевизор, куда Павел кладет часы и ключи, что неправильно, но она не делала замечаний по мелочам, она считала это дурным тоном. Что такое дурной тон, Тоня толком не знала: ну, дурной — понятно, тон — как бы тоже, но вместе — не очень. Когда-то слышала, как кто-то сказал: это дурной тон. Запало. Понравилось. А главное — подходило к разного рода мелочам. Встрять в чужой разговор. Исправлять чьи-то промахи. Указывать на то, что не туда сел, не на ту вешалку повесил шапку. Вот и эту привычку класть на телевизор разную мелочь из кармана Тоня тоже считала дурным тоном, но еще дурнее было поучать. Она положила записку и села над кроваткой. И тут случилось невероятное: она увидела, какой у нее красавец сын. Ресницы длинные, лежат на щечках так хорошо, так мило, что даже она растерялась от этой красоты. Носик крохотуля, не курносый, не ноздрюшками наружу, а ровненький, как слепленный, щечки цвета необыкновенного, загорелой розы, например, но это очень приблизительно. А ротик — такая сладкая ягодка, что Тоня испытала небывалой силы восторг, что это ее дитя, ее соками вскормленное, что это мордочка ангела к ее груди прижимается и тянет ее за сосок. Господи, счастье-то какое! Мой! Сын! Сокровище. Это было такое удивительное чувство, что Тоня едва не захлебнулась им. Ничего ведь не испытывала раньше. Чисто автомат по имени мать. Накормить. Обмыть. Подержать столбиком. Положить на бочок. Помнить, что их два. Сейчас же — упоение. Умиление. Завертелся в простынке. Пукнул. А она вся изнутри до кончиков волос счастлива этим признаком жизни и здоровья. Сколько же счастья упущено, ведь сыночку уже шесть недель. Где же ты была все это время, раззява? Куда ты смотрела, дура? Она забыла про бумажку. У нее был свой ребенок — свое счастье. Ее не интересовали другие дети.

— Где ты это взяла? — спросил Павел, когда нашел бумажку.

— В ящике почтовом. Разломать пришлось, но, видишь, записка важная. Пойдешь?

— Это еще крепко надо подумать, — сказал Павел.

Но возможности, что пойдет, он не отрицал. А ей хотелось услышать: «Что за дурь?»

Он думал о том мужчине, с которым столкнулся нос к носу, когда однажды вернулся в ту квартиру. Он кто? Если бывший муж, то, может, ребенок у него. Или у каких других родственников? Ну а если у чужих? И они его взяли с охотой, надо будет доказывать, что это его ребенок. Или не доказывать, оставить жизнь, как она сложилась? Он ведь знал, что лишний раз не стоит трогать состояние вещей. Наклоненная башня Пизы может стоять тысячу лет, а найдись доброхот, желающий ее подправить, может рухнуть как миленькая. В живое, живущее нельзя влезать пальцами, чтоб посмотреть, а что там внутри. Но так бывает сплошь и рядом: выстраиваешь одну мысль, холишь ее, любишь, а ноги лезут в ботинки, а руки ищут рукав. Глядь — а ты уже готов для совершения абсолютно противоположного мудрой мысли действия. Павел, правда, еще ничего подобного не сделал, мысль о действии он тоже продумал и вот сейчас собирался задать главный вопрос Тоне.

— Я ничего не знаю доподлинно... — сказал он.

— До чего? — переспросила она, хотя прекрасно все слышала, но она знала, что будет разговор о записке, что Павел что-то решил и сейчас будет втягивать ее в то, во что она не то что не хочет вмешиваться, но одновременно и хочет, еще как! Зачем она, кретинка, оставила эту бумажку? Надо было ее выкинуть. Но не факт, что не подбросят другую или не сообщат Павлу лично. Но это другое дело. Она же сама — сама! — подложила бомбу неизвестного заряда в дом, где посапывает ангел! Она дура, как говорится, со знаком качества.

— Я не знаю, насколько все верно, — повторил Павел.

— Но ребенок есть?.. — спросила Тоня.

— Я говорил тебе, что было.

— Я помню. Редкий случай, но, конечно, бывает, что с первого раза...

— Ну!

— Ну пойди посмотри, может, тот лучше этого.

— Идиотка! — закричал Павел. — Разве в этом дело, кто лучше? Нашему-то хорошо, я знаю наверняка, но вдруг тому плохо? Я это должен узнать, как по-твоему?

— А если тот понравится тебе больше? — спросила она. И столько в ее голосе было ужаса, что Павел все понял, всю тягомотину этого разговора. «Бабы все-таки дуры, — привычно сложилась мысль, — но с другой стороны...» Он подошел к кроватке и, глядя на сына, сказал отчетливо, как по шпаргалке, хотя это была чистая правда:

— Лучше нашего нет, дурочка. Я смотрю теперь на детей... Красивых много, а такого нет...

— Ты давно это понял? — спросила Тоня.

— Сразу! Это же было видно сразу!

— А я только сегодня, — сказала она. — Я шесть недель была слепая.

Павел мог, конечно, сказать ей, что эта записка стала катализатором ее прозрения, но не стал, потому что Тоня настолько искренний человек, что, может, у нее так и было. Все с некоторым запозданием.

— Но ресницы-то ты хоть видела?

— Ресницы — да! — сказала она. И очень удивилась.

У мамы — она ей рассказывала — ресницы были в пол-лица, и дразнили ее Дунькой. Так звали соседскую свинью. С длиннющими белымиресницами. Она рассказывала, что однажды взяла ножницы и подстригла ресницы, чтоб быть как все.

Мама стала до такой степени как все, что Тоня с тех пор каждый день, выходя на улицу, вздрагивает, видя в каждой идущей женщине маму. Легкий наклон к земле не́ головы, а всего тела, иногда смешно, ноги как опаздывают за головой и плечами, хотя идут-то ноги.

Абсолютно серая кожа лица — такой цвет, никуда не денешься, не тронутый никакими пудрами-румянами. Черная юбка и серый мужской пиджак, даже «для приличия» не перезапахнутый на женскую сторону. Прямые коричневые волосы в пучке. Часто плохо вымытые, и тогда они лежат на голове не плотно, а оставляют светлые рядки бледной кожи. Очень часто платочек, под подбородком схваченный. Тогда выступает нос, не носатый, нет, просто торчащий на безлюдье лица. Тысячи таких женщин в провинции, чуть меньше в Москве, но все равно их туча, и иногда ей хочется крикнуть им всем: «Мама!»

Как же мог родиться у нее, тоже не красавицы, такой сын? Это ее переполняет! От этого в ней бурлит что-то похожее на шампанское. Она его терпеть не может. Значит, не оно. Но шампанское — знак радости. На похоронах или там на сорок дней ему не полагается быть. Значит, в ней бурлит кровь! Так что ей сказал Павел? Что-то важное... Вот что! Он увидел, какого она родила красавца, сразу.

— Я должен тебя спросить, — говорит Павел.

«Спроси, спроси, — думает она. — Я все равно не расскажу тебе про маму, отстригшую ресницы». Она ловит свое разгоряченное лицо в зеркале. Это нехорошо — нравиться себе, это неприлично, дурной тон, но она себе нравится. Она думает, что она похожа на сына. Надо посмотреть на ресницы.

— Это маловероятно, — говорит Павел, — но если допустить невозможное, — мы ведь с тобой здоровые и сильные, могли бы воспитать и двоих. В случае ситуации, если мальцу плохо... Это ж нормально, как ты считаешь? По-людски?

— Конечно, — говорит она. — Я тебе об этом хотела сказать. Ты как бы вдовец... Я всегда хотела выйти за вдовца. Еще в школе. Мне не нравились мальчишки.

Павел несколько обескуражен. Он ведь спросил, во-первых, на всякий случай, а во-вторых, он приготовил клятву, что будет любить детей одинаково, хотя как это можно знать заранее? А она, оказывается, заранее готовилась идти за вдовца, он что, всю мечту порушил? А сейчас как бы разворачивается назад?

— Значит, договорились, — как-то вяло говорит он. — Я съезжу гляну и тут же вернусь. Что купить в магазине?

— Все есть, — говорит она. — Иди и возвращайся.

Он ушел, а она вдруг поняла, что в одну секунду ее жизнь может измениться. Так уж пошло, что после встречи с Павлом повороты и извивы жизни стали почти правилом. И она хотела сказать, что ей это «осточертело», именно так, именно, но заплакал сын, она кинулась к нему. Другое отступило, только когда она села и приложила его к груди и он жадно, проливая молочко, стал ее сосать. Она вернулась к брошенной мысли, к некоему точному слову, которое так удачно пришло на ум, но вспомнить его не смогла. Она стала думать о другом ребенке, который мог бы стоять сейчас рядом и смотреть на сосущего братика. И она бы ему что-то говорила, объясняла, и ей вдруг так страстно захотелось такого разговора с малышом, который уже стоит на ножках и смотрит в глаза. Какие, интересно, у него глаза? Ресниц, конечно, таких, как у ее сына, нет, откуда? Глаза же... У нее карие, у Павла тоже... Пусть и у того ребенка будут такие же. «Сколько хлопот!» — подумала она. Но тут же вспомнила того вдовца, за которого хотела выйти в десятом классе. Хромой учитель литературы. Его жена, учительница географии, умерла от рака. У нее в аттестате против географии прочерк. Не аттестована. Хромой остался с тремя детьми, все маленькие, дошкольники. Учительницы у них были сплошь старые девы. Но никто за него не пошел. Он уехал, выпустив их класс, в деревню к родителям. А что она могла сделать? Подойти сама и сказать: вот она я. Но на это нужен характер. А тут еще мать ее бухтела: «И кто ж это пойдет на ораву, если одного поставить на ноги практически невозможно».

Если ей приведут ребенка, она докажет, что возможно, только это и правильно на земле — ставить детей на ноги. Остальное чепуховина на постном масле.

Через пятнадцать минут на леваке-лихаче Павел стоял у подъезда дома Марии Петровны.

«Я тут когда-то был», — подумал он, но он не мог тут быть, это точно, он знал, что лукавый мозг подстилает ему дорожку: мол, иди, все хорошо, ты тут был. «Не был», — кричит он мозгу. Но тут же вспоминает этот медленный лифт с продавленной чьим-то сильным плечом филенкой. И скрип, и клац дверей помнит, и эту дверь, черный дерматин в шляпках серых гвоздочков.

Открыла дверь немолодая женщина, и он вспомнил. Вспомнил, как подымала она его с сырой земли, как привела сюда и дала ему чистую рубашку для встречи с мертвой дочерью. Как она поила его чаем. Знал ли он, как ее зовут? Может, и знал, но сейчас не знает. В дверях комнаты стоял мальчишечка, весь такой беленький и веселый.

— Вы меня не помните? — спросил Павел.

Мария Петровна нахмурилась. Откуда-то она знала этого человека.

— Такие вещи, как правило, забываются, но мне кажется, что в прошлом году вы переходили Ярославское шоссе с женщиной, а мы остановились покормить сына. Я запомнила... — Она хотела сказать, что запомнила его одиночество, такое выразительно вызывающее среди людей и машин, но остановила себя: с ним была женщина. Кто бы она ни была ему, нельзя ее обижать вычеркиванием из жизни этого одинокого волка.

— А мы с вами виделись еще и раньше, — сказал Павел. — На шоссе я вас не помню. А вот рубашку я вашу сносил. А вы мою обещали постирать. Помните?

— Господи! — воскликнула Мария Петровна. — Вспомнила! Ваша рубашка живет на даче. Я в ней гуляю, когда прохладно.

— Вот и славно, — сказал Павел. — Я Павел Веснин.

— Я вас ждала, я ее мама, — ответила Мария Петровна. — Теперь я даже понимаю, почему вы тогда лежали на земле возле ее дома. Она вас не пустила?

— Все глупее, — ответил Павел. Сейчас он смотрел на мальчика. Он искал в нем черты той женщины, но, господи прости, он ведь не помнил ее лица. Он видел перед собой фотографию девчонки на стене. Ту, которую не знал, — ту, которую знал, он забыл. Напрочь.

— А это Павлуша, — сказала Мария Петровна. — Иди сюда, познакомься с дядей.

Они сидели на диване, мальчик пускал инерционную машинку. Он даже вспотевал, прижимая ручкой колесики.

— Вас нашла Алла, она очень горда этим.

Павел молчал. Была та самая ситуация, о которой говорят, лучше б ее не было. С другой стороны, ему было хорошо в этом доме, с этой женщиной; какая-то жила, что сидела внутри, ослабла, и пришло ощущение, что все хорошо и он не виноват.

— Мы усыновили Пашу, — продолжала Мария Петровна. — Муж в нем души не чает, про меня говорить нечего. Я бы после смерти Лены без него не выжила.

Да! Вот еще их связь, их пуповина. Смерть и ее, и его дочерей. И две мальчишечьи жизни взамен двух смертей.

— Расскажите о себе, — сказала она. — У вас тоже маленький ребенок?

— Да! Да! Но совсем кроха. Семь недель.

— Теперь каждая неделя будет интересней и интересней. Я просто упиваюсь этим. Когда росла дочь, была занята своими делами. Бездарными делами, между нами говоря. Но кто ж из молодых поверит в такое?

— Моя жена не работает, — ответил Павел, — она хорошая мать.

— Дай вам бог счастья, — сказала Мария Петровна.

Они замолчали, и возникла тревога, и в ней рождалось дурное, гадкое. Мария Петровна сдерживала себя, чтоб не встать и не сказать: «Извините, у меня дела». А Павел катал языком бездарную фразу типа: «Разрезать ребенка пополам не будем. Будем договариваться». Он даже побледнел от мысли, что мог бы произнести эти слова, но слова изгалялись, прятались где-то в лакунах миндалин, потом высовывались, особенно это гнусное «типа».

Бледность Веснина напугала Марию Петровну как готовность произнести страшное. И она сказала первая:

— Почему-то я не допускаю мысли, что вы пришли с ломом. Я права?

— Господь с вами! — едва выдохнул Павел. — Я пришел посмотреть, не плохо ли... Вижу: хорошо. А главное — это оказались вы. — Он поднялся, но Мария Петровна взяла его за руку и посадила обратно.

— Не уходите, — сказала она. — Сейчас придет муж. Вы должны его увидеть, а он должен увидеть вас. Мы ведь родственники, Павел Веснин. Считайте меня бабушкой вашего маленького. Потому что в случае с Пашкой у меня путаный статус. — И она засмеялась. Ах, как она была хороша в смехе! При всех прибежавших на лицо морщинках. И он решил, что останется хотя бы для того, чтобы увидеть человека, которому досталась такая женщина. Они пили чай, и Павел сказал, что помнит: тогда же он пил из этой чашки.

— О нет! — сказала Мария Петровна. — Эти чашки новые. — Она не стала говорить, что эти чашки ей подарила Наталья, когда она расписалась с Кулачевым. Что очень долго она ими не пользовалась, пока Наталья не пришла вся в слезах и не стала требовать чашки назад, чтоб выкинуть их к чертовой матери, раз ими так пренебрегают.

— Кто тебе сказал? — удивилась Мария Петровна.

— Я знаю. Они так и стоят у тебя в бумажках, — сказала Наталья. — А я на всякий случай от самой себя их освятила.

Мария Петровна спустила с антресолей подарок, и с тех пор чашки в ходу.

Павла же занимало другое: его готовность признать своим и родным все в этом доме. Он, суровый геолог-матерщинник, грубиян и забияка, тут стал иным, и этот иной даже не очень ему и нравится, но что тут поделаешь: слетела защита-короста, а под ней, оказывается, жило что-то нежное и слабое. «Нельзя этому поддаваться», — думал Павел. Но поддавался, потому что слабый и нежный Веснин был ничуть не дурее грубого и дерзкого Веснина.

«Это оттого, — думал он, — что я вижу, как хорошо ребенку. Моему сыну».

Пришедший Кулачев, едва кивнув гостю, кинулся мыть руки и ушел к ребенку.

— Ему пора кушать и спать, — сказала Мария Петровна, — мы тут заболтались.

Кулачев пришел с ребенком на руках и стал кормить его с ложечки супом, который стоял завернутый в байковое детское одеяльце. И пока шло кормление, они молчали. Павел думал, что в том пижоне, с которым он когда-то столкнулся на лестнице, он никогда бы не заподозрил нежного отца, но тут же подумал о себе, о той нежной коже, что проявилась в его заскорузлом сердце. Ему стало стыдно, что чужая (чужая, чужая!) семья так проняла его, а дома у него лежит красавец младенец, молодая жена, где его любят, и ему сразу стало и стыдно, и радостно, что все у него не хуже, чем у других, а эта удивительно смеющаяся женщина сказала, что она будет бабушкой его сыну и что вообще они родня.

Потом мальчика положили спать, Кулачев сказал, что негоже встречать такого гостя чаем, и они выпили виски. И было им уютно и хорошо.

Когда Павел ушел, оставив все свои телефоны и адреса, а Кулачев отдал ему визитку, Мария Петровна сказала, что больше всего боялась, что придется прибегать к письму-завещанию Елены, но человек оказался хороший, и они его когда-то видели на шоссе.

— Я помню, — ответил Кулачев, — я подумал: какой одинокий волк. Собственно, — добавил он, — он таким и остался. Он принципиальный одиночка, одиночка по сути. С ним должно быть трудно.

— Значит, надо приручать, — сказала Мария Петровна.

— Волка? — засмеялся Кулачев.

В эти дни опять места себе не находила Наталья. Она уже в очередной раз прокляла глупость своего выхода в генералитет, но беспокойство, которое саднило ее сейчас, было не отсюда. Алка не шла из головы. Бабушка мальчика, живущая в этом же подъезде, слала проклятия на голову девчонки. Наталья их чувствовала, она видела призрак возможной беды, но не понимала, из какой щели та появится. Не то что Наталье была дорога и необходима Алка, но с ней — так получалось — связалось возвращение утраченного дара. Так вот предвестницей несчастья Наталья быть не хотела. Неудачное бездарное замужество, и к тому же не в первый раз, холодные отношения с дочерью, живущей столь отдаленно, что даже разговор по телефону казался какой-то потусторонней связью. Через всю несуразицу личной жизни Наталья прозрела простую библейскую истину: раз сама никого не любила — нечего и ждать ответа. Ее окружали не неудачные избранники, а холод собственного сердца, что уже вышел за пределы ее тела и стал сторожем-панцирем всей ее жизни. И это была беда. К ней не вернулась сестра, от нее ушла дочь, у нее нет подруг. И в этой ледяной пустыне только похотливые козлы в погонах щиплют ее и лижут. Наталья всерьез думала о том, что хорошо бы отравить мужа, но боялась еще большего оледенения. Но она не могла прозреть то, что, когда в одночасье умрет муж, она будет биться в истерике, потому что увидит в этой смерти как бы свой замысел. Но никто, ни один человек не будет верить в ее горе, а все будут считать ее притворщицей. И это будет неправда, но правдой не будет тоже.

Но пока муж, объелся груш, был жив и суетлив, а сердце болело, предчувствуя дурное, хотя она так хотела увидеть хоть что-нибудь хорошее и счастливое. Она даже ходила во Дворец новобрачных, чтоб подпитаться чужой любовью, но после трех раз отказалась: столько увидела там кипящей зависти, ненависти и зла. И тогда она пошла в крематорий. Все было как в загсе. Чистое горе подымалось вверх такой тоненькой струйкой, а злая радость так клубилась и была почти материальной, что тоже пришлось бежать. Церковь была опробована давно — в ней было то же самое.

Наталья поняла, что ей самой предстоит высадить и вырастить хоть слабенькую тростиночку добра, потому что девочки Герды, которая капнет на нее слезой, ей не найти. А вот другой девочке грозила беда, хотя она понятия не имела какая.

Алка встретила ее с удивлением. Как всегда, ей нечего было делать, и она смотрела видак. Наталья успела увидеть с порога голый свальный грех, но Алка тут же все выключила.

— Развратничаешь? — спросила Наталья. — Не противно самой с собой?

— Частная жизнь неприкосновенна, — вяло, без всяких эмоций сказала Алка. — Поэтому заткнитесь.

— Тебе за хамство дали по роже? — спросила Наталья.

— Еще видно? — поинтересовалась Алка.

— Видно.

— Пожалуй, я схожу и сниму побои, — все так же вяло говорила Алка. — Пусть кому-то станет плохо.

— Я знаю кому? — спросила Наталья.

— Узнаете на суде. Я им всем устрою Варфоломеевскую ночь! — И опять жестокие слова выходили из Алки какими-то потрепанными и жалкими, и в этом была какая-то неправильность. Это когда одна за другой ломаются сухие спички и тебе не разжечь костер — хорош сухой хворост, хороши спички, но они ломаются, и костер не возгорится. «Такие слова без энергетики — это хорошо, — думает Наталья, — но куда ушла сила девчонки? На что-то ведь она потрачена?»

Но молчит Алка. Долго молчит, а потом спрашивает:

— Вас ко мне подослали?

— Кто меня может подослать? — удивляется Наталья. — Я тебе все-таки как-никак...

— Вы мне какникак, — перебивает ее Алка. Она произносит это одним словом, и оно, как пуля, летит в Наталью и — надо же! — делает внутри какую-то поруху, потому что всегда равнодушная к хамству, имя которому легион, Наталья почему-то возбуждается, оскорбляется и уходит. Уже на пороге, глядя в равнодушное лицо Алки, на котором единственно живое — след от синяка вокруг глаза, Наталья говорит:

— Знаешь ты кто? Ты говно собачье...

Странная вещь, но, выйдя из лифта и уже приближаясь к собственному дому, Наталья все больше и больше убеждается, что нашла самые правильные слова. И она даже кладет их на сидевшую в голове с утра мелодию, которая привязалась ни с того ни с сего, и вот на ее ля-ля очень хорошо ложится «соба-а-чье говно».

Алка же надевает черные очки и идет из дома.

Ей надо узнать, выполнил ли Павел Веснин ее наказ, наказ ее мамы. Она не знает, куда ей повернуть, к бабушке или к его жене-калоше. Она топчется во дворе. Она видит большую кучу собачьего дерьма, еще отдающего парок.

«Я — оно?» — думает она. Ей хочется размышлять о свойствах ругательств: что это есть? Она воняет? Лежит на дороге? Она отброс? Чепуха! Все не то. Ведьме нечего ей сказать. Ведьма пред ней бессильна. Но все-таки она сбита с толку, поэтому и идет просто так, как ведет тропа. На окраинах Москвы их несчетово. Просто пойти туда, не знаю куда. Алка перешла кривой мостик, прошла лесок, хранивший тайну встречи ее бабушки и маминого друга Павла Веснина, в этом леске было много травинок, выросших из чужих слез, из слюны, из спермы, он был очень человеческий, этот лесочек между двух дорог — железной и автомобильной. В нем пряно пахло человеком. Это был не аромат, а тяжелый дух. Дух леса оказал на нее странное действо — лес на это не рассчитывал. Ей захотелось плакать. Тут можно многое сказать. Например, как мы зависимы от тайности вещей, что не в нас и вне. Что есть нечто, что способно перевернуть душу и, между прочим, в любую сторону — от желания убить до желания заплакать. Что же тогда человек? Все-таки колеблемая ветром тростиночка, но отнюдь не мыслящий тростник. Ну почему — скажите — идет по слабенькому лесу сильно вредная девчонка и заливается слезами, не испытывая при этом ни горя, ни радости, просто льются слезы, вызванные чьими-то другими слезами, пролитыми здесь, и те, другие слезы почему-то нуждаются в собственном продолжении в жизни — и вот нашли девчонку? Но это такое грубое объяснение, другого же мы не знаем. А девчонка все идет и плачет. Она не смотрит на землю, но и на небо она не подымет глаза, потому что небо приватизировали сплошные жулики, всякие астрологи, попы с похабными рожами и космонавты, которые, столько летая, не рассказали ни одной увлекательной истории о нем. Ну стоило ли болтаться вверх ногами и ничего нового не открыть?

Эти мысли, или похожие, или просто тени чужих мыслей покрутились-покрутились возле Алки, но не нашли путей в ней поселиться, а она как раз вышла к железнодорожной платформе, и к ней подходила электричка. И было у нее желание сесть и поехать в неизвестном направлении. Но направление было известно. Электричка была полупуста и ехала в Москву, к трем вокзалам. И вот именно это — три вокзала — сделало свое дело. В последнюю секунду Алка вскочила в вагон.

— Ты его не брал на руки? — спросила Тоня, когда Павел ей подробно рассказал о своем визите.

— Нет, — растерянно ответил Павел. — Знаешь, мне это даже в голову не пришло. Я же с улицы, ну как хватать ребенка? Я ж ему как бы чужой.

Но, сказав это, он вдруг понял, что даже порыва у него такого не было. Он просто смотрел на ребенка — и все.

— Знаешь, — невесело засмеялся он, — дети рождаются в голове. Ты его ждешь, представляешь, то да се... В общем, у него хорошая семья, родная бабушка-мама, хороший мужик-отец. Все хорошо. — И он взял спящего сына и стал носить его на руках, и Тоня поняла, что он исправляет ошибку, не взяв того ребенка.

— Они похожи? — спросила Тоня.

— Нет. Тот беленький, светлячок. Видимо, в мать... И знаешь, он похож на того мужика. Точно похож. А наш — другой. Смотри, ресницы черные вполлица. И вообще он смугленький. Как я. Все, мать, закрыли эту тему. Они могут нас позвать в гости, но мы — как захотим.

— Я не буду возражать, — ответила Тоня. — А девчонки, значит, там не было?

— Но она ведь живет отдельно, там, где жила ее мать.

— Ты можешь понять, зачем она все это устроила? — спросила Тоня.

— Сейчас, когда я их всех видел, я ничего не понимаю. Какое-то злодейство по отношению к бабушке.

— У нее никого нет?

— Нет, я видел мальчика. Кавказского типа.

— Понимаешь, зло приходит от одиночества, от обиды, что ты никому не нужен.

— Не похоже...

— Но что-то в ней сидит и гноится. Это плохое дело. Она может опять прийти.

— Ну, придет. Сейчас, когда мы знаем все, это уже несущественно.

— Зло всегда существенно, — ответила Тоня.

Алка походила по Ярославскому вокзалу, по Ленинградскому, перешла на Казанский. Здесь она была в первый раз и была оглушена размерами, другим запахом, видом огромного количества людей, стронутых с места. Те два предыдущих были все-таки московские, они возили дачников, и люди на них были в основном едущие недалеко. На Казанском люди были смятенные. И Алка поняла, что это ее вокзал. Она уселась на лавку и стала впитывать в себя воздух и запах этого вокзала. Она придумала себе отъезд, неважно куда, но именно отсюда, на волне этой общей повисшей над куполом тревоги. В ней ни грамма не было той чванливости, какой она отличалась в Мамонтовке, считая тамошний люд глубокой и несимпатичной провинцией. Там она была московской штучкой, здесь она была частицей огромного народа, бестолкового, потерянного, немирного, настороженного, со всем тем, что существовало в ней. И еще народ этот — разрушитель, и это, может, самое главное в нем, как и в ней. Сломать к чертовой матери тех, кто взял на себя право считать, что знает, как надо. Не знает! Вот почему все так озираются, вот почему у всех такой загнанный вид. Они едут по билету, но едут в никуда. Мама взяла и родила от первого встречного, такая была в ней сила смятения. Родила и умерла. Вернулся первый встречный, а там уже добропорядочные, они взяли себе дитя свободы воли и теперь уже не отдадут. А встречный тоже уже родил ребенка неволи, то есть ребенка правила, а мама ей твердила: «Запомни! Его зовут Павел Веснин». Ну вот она и запомнила. Ничего из этого не выйдет, а она бы отняла ребенка, рожденного не по правилам, потому что только такие дети и нужны народу Казанского вокзала. Может, взять Пашку на руки и просто принести Павлу? На, мол, если сам не можешь... Мысль была соблазнительна, упоительна, в нее хотелось нырнуть с головой и совершать в ней всевозможные кульбиты, туда-сюда, туда-сюда...

Бестолково кружил люд, рождая тревогу, но и толику счастья. Как приправу. Рядом села старая восточная женщина с высушенным, как инжир, лицом. Она улыбалась Алке абсолютно беззубым ртом, а может, это была не улыбка, а был вдох, потому что открытый рот тут подзапал, исчезли губы, и старушка как бы умерла, но она не умерла, она, как мышь, опасливо следила за окружающим и, только глядя на Алку, она открывала рот, показывая мокрые сжеванные губы, — значит, все-таки это была улыбка. Алке хотелось сделать ей что-то хорошее, но она не знала что...

— Хотите, я вам принесу воды? — спросила Алка.

— Тюп-тюп-тюп, — прохлопали губы.

«Твоя моя не понимат», — подумала Алка. И тут ее осенило, что общее смятение — это общее непонимание. И еще она подумала, что это «тюп-тюп-тюп» у нее с бабушкой, у которой все в жизни в порядке, и она никуда, слава богу, не едет, не сорвана с места. Это она, Алка, хочет все у нее порушить. Это по ее вине бабушка может оказаться на вокзале, без памяти, без разума, и будет говорить «тюп-тюп-тюп». Но ведь эти мысли были противоположны предыдущим! Они шли, как два груженых состава навстречу друг другу, и еще чуть-чуть — столкнутся, и кончится ее, Алкин, мир, потому что эти составы раздавят ее до полной аннигиляции.

Она бежала с вокзала как оглашенная, ей хотелось спрятаться. И она знала, что есть на свете единственные руки, которые могут защитить ее на этом свете.

— Она совсем ничего не умеет готовить? — спросила бабушка Георгия, кормя его на своей кухне.

— Ах, баба, какое это имеет значение? — ответил Георгий.

— Человек не может без пищи, — ответила бабушка, — или это мой старческий маразм?

— У тебя нет маразма, во-первых, а во-вторых, в Москве нет проблемы поесть.

— Ты вырос на другом!

— Я вырос, — ответил Георгий, — и прошу тебя: не надо.

— Не буду, — ответила женщина. — Ты же знаешь, я смирилась.

Подымаясь пешком к себе, то есть к Алке, Георгий думал, что смирение всей его родни с Алкой растет совсем не из корня благодати: родня смирилась, так как считала, что его женитьба на девочке из Москвы — его спасение. Семья потеряла четырых мужчин за время всех последних войн. Семья не хотела кануть, не оставив побега. Разве ему говорили об этом? Нет, но он это знает. Он открыл дверь — Алки не было. Ее часто нет дома, она всегда в брожении, то там, то сям. Она не ждет его. Его беспокоила вся эта история с как бы отцом маленького Павла. Георгий любил Марию Петровну и уважал Кулачева. Да что там говорить! Они их содержали. Когда он говорил, что в Москве нет проблем с едой, то это не потому, что он был слеп и не понимал, как много в Москве малоимущих, а потому, что в их холодильнике всегда была еда. Приготовленная и в полуфабрикатах, она возникала как бы сама по себе. Но он-то знал: ее для них, для обоих, привозил Кулачев. Его это смущало, Алку — никогда. Это противоречие в Алке — есть чужой хлеб и готовность нанести зло кормящему — его оскорбляло. Но когда она была рядом, он про это забывал, а сейчас, когда ее нет, он думает именно об этом: она неблагодарна и неблагородна. Но ведь каков он! Как он может думать так о той, с которой собирается жить всю жизнь, ибо никто, никто, никто ему не нужен на этом белом свете. Но, повторяя это как заклинание, Георгий чувствовал, что сердце его уже не прыгает от счастья — наоборот, оно замирает, утихает в момент заклинаний, будто умирает на время.

Щелкнул замок, ворвалась Алка и бросилась ему на грудь, и он обхватил ее так, как будто боялся, что она исчезнет.

Она рассказывала ему в теплую майку все про «тюп-тюп-тюп» старой восточной женщины, про то, что она была у Весниных и была у бабушки. Что, по ее понятию, надо, чтоб сына воспитывал отец, и она сама готова принести ему ребенка. Рассказывая обо всем этом, она не сумела услышать, как неровно стало биться сердце Георгия. Она кричала ему в грудь, что ей жалко бабушку, жалко, что она станет такой же «тюп-тюп-тюп», когда останется без маленького, но есть верхний (?) закон жизни, и была мама, которая просила ее запомнить. Руки Георгия ослабели. Он просто чувствовал, как она уходит из его рук, как ее уносит от него чужая, чуждая ему сила, и он пытался ее прижать, но бесполезно прижимать пустоту — Алка стояла носом в проплаканный ею же сосок, но ее уже тут не было.

И это было странное, но одновременно и счастливое чувство освобождения.

— Ну что? Что ты на это скажешь? — кричала она ему, как будто тоже знала, как они далеки друг от друга.

— Никто не вправе вторгаться в жизнь людей. Ты же не разбойник!

— Я разбойник! — радостно закричала Алка. — Господи! Какое замечательное слово ты мне придумал!

— Думай, что говоришь, — тихо сказал Георгий. — Думай о последствиях.

— Надо все встряхнуть! Нельзя, чтоб мальчик дикого мужчины жил в шкатулке моей бабушки, а у дикого мужчины была жена-калоша. Сообрази головой, как это можно не разрушить?

Он понял, что он абсолютно свободен от этой девчонки. Ему, конечно, ее жалко, как жалко человека без руки или ноги, но уже не больше. Он сегодня же уедет на свою стреляющую родину, где люди тоже стали много хуже, чем раньше, но они — свои. Эта же девочка ему чужая, как говорит его бабушка, «до мозга костей». Он как-то не понимал этих слов — «мозг костей», а сейчас понял. Когда уходит любовь и сердце остается мертвым, остается один мозг. В голове и костях. Каково это жить с мертвым сердцем, он еще не знает, наверное, страшно. Он понимает, что мозг костей не заменит живое и теплое чувство, но с ним случилось это несчастье.

— Что ты смотришь на меня, как будто у тебя горе? — кричала откуда-то Алка.

— Мне надо сегодня уезжать, — мягко сказал он. — Меня вызывают.

— Начинается! — закричала Алка. — Опять по новой. Мне это надоело. Они там не договорятся, а при чем тут ты?

— Прости, — сказал он. — Прости, но так надо.

— Ну и катись к черту, — сказала она. Сначала это возникло в кончиках пальцев — легкое холодное онемение, потом оно побежало по жилам. С этим надо было что-то делать, не ждать же, когда он уйдет, она сама уйдет, и Алка выскочила, крикнув на бегу: «Оставишь ключ соседке!» — и хлопнула дверью. Она пешком сбежала по лестнице, не зная, куда ей бежать дальше. Георгий же позвонил Марии Петровне и сказал, что у Алки сумасшедшая мысль отнести Пашку «тому человеку». Мария Петровна сказала, чтоб он не беспокоился, что человек был у них и все хорошо.

Георгий высунулся из окна, высматривая Алку. Надо же ей сказать, что родители все решили сами, и не их это дело — решать за других. Алка стояла на остановке, и он решил, что успеет ее догнать. Но пока бежал, автобус уже ушел. Возвращался он пешком. Это было глупо после бега. Тем более лифт стоял внизу. Но тело хотело медленной ходьбы. Была потребность в остановке скорости, в замедлении процессов и в себе, и в жизни. А тут еще эта фраза: «Беги, Лола, беги». Нет, он сейчас не помнил фильма, он помнил неправильность бега как такового. Разве можно догнать то, что будет? Или бегом вернуться назад в то, что было? Ну да, ну да... Это когда мчатся машины, а ты на разделительной полосе, и все — туда и обратно — мимо тебя. Но какие, к черту, машины? Алка уехала, убежала. Она тоже подвержена этому вирусу бега. Ей до смерти надо соединить порванные времена. Она тащит за собой прошлое, как девочка с колясочкой, и одновременно она мчащийся на велосипеде мальчик. Он сердится, когда она такая. Он столько похоронил родных, он столько слышал о мести! И никто не обращал внимания на его писк, что месть — это кровь навсегда. «Пусть, — кричали люди. — Пусть навсегда». И это были хорошие люди, которых он любил. Но разве Алка кого-то убивает? А разве нет? Она убивает счастье, это больше, чем смерть человека. Или меньше? Что-то у него сегодня плохо с головой. Так все-таки — больше или меньше? «Я кладу на весы, — думает он, — то и это...»

Но вспоминается ощущение своих рук, которые отпускали Алку, облегчение сердца, что он ее не любит, — но как это может быть? Сердце просто разрывалось от непонимания самого себя, того предательства, к которому он был готов в тот момент, когда она, Алка, запуталась, растерялась, одурела. Она ведь прибежала к нему, ему проплакала майку, с другой же стороны — такая глупая и злая она ему была не нужна. Скажите пожалуйста, какая он штучка! Разве любовь — это только согласие, только понимание и сопереживание? А если возникает это проклятущее непонимание, несогласие? Собирай манатки и катись? Но тогда любовь надо вынести за скобки как вещь бесполезную. Тогда это не любовь.

Он любил секс. Это было прекрасно. Но он помнит другое. Они едят черешню, свежевымытую, прямо из дуршлага. Сидят с ногами на диване и кормят друг друга черешенками. Алка пугает его тем, что глотает косточки. Каждый раз, когда она со смехом сообщает ему об этом, он пугается и становится проводником косточки, чтоб та, дура, не запуталась в тоненькой Алкиной природе, не навредила ей, а прошла правильно и благополучно. Этот его страх за косточки в ее животе... Что он такое, если он сильнее даже секса? Он не заметил, что уже не идет, а сидит на ступеньках, что в спину ему вбили кол и медленно так, со вкусом, его поворачивают. Ему ничего сейчас не хотелось, как только еще раз увидеть Алку и сказать, что он ее любит всякую. На то он и есть на этой земле, не для войны же он явился. Это было бы так бездарно, что не стоило и родиться.

Автобус сделал поворот, и Алка в окно увидела, как на остановку бежит Георгий.

Ее, оледенелую, всю жаром охватило счастье. И она выскочила на следующей остановке и побежала со всех ног домой. Квартира была открыта, полураскрытый чемодан так и стоял посреди комнаты. «Он у своей бабушки, больше не у кого», — подумала она. И, уже злясь, что ей приходится идти к противной старухе, пошла по лестнице вниз.

Он лежал мертвый, и она закричала так, что люди выскочили из квартир, а уже давно не выскакивали — кричат и пусть кричат, мы-то дома; если и убивают, то пусть убивают — всякого не спасешь. Кто-то тут же вызвал неотложку, кто-то пытался делать Георгию искусственное дыхание, кто-то брызгал ему в лицо водой. Алка мешала людям, она мешала неотложке, цепляясь за мальчика. Здоровенный санитар по-омоновски скрутил ей руки за спиной, и тогда она стала изо всех сил бить его ногами, не чувствуя, как трещат у нее запястья.

Собственно, из-за сломанной санитаром кисти Алка была тоже взята в карету «Скорой помощи». А санитара-омоновца врач не пустил в машину — тот остался во дворе и все норовил вздернуть на толстой ноге штанину, чтобы показать следы от Алкиных ударов, но синяки ведь не появляются сразу, тем более на таких мощных, слоновых ногах, какие были у так называемого медбрата. Он не нашел здесь себе союзников и поковылял к остановке, где у вышедшей из автобуса бабки (бабушки Георгия) выклянчил денежку на автобус, ссылаясь на то, что отстал от «Скорой». Та деньги дала, но очень пеняла его за проступок. «Как это можно покинуть карету?» — «Какую еще карету?» — недоумевал санитар. «Вы же со «Скорой»?» — подозрительно переспрашивала бабушка. «Ну...» — «Вот и говорю: карета».

В автобусе на «омоновца» напал смех. «Карета»... Это надо же такое сказануть!

Врач же, сопровождавший Георгия, все смотрел на Алку. Он вспомнил, где ее видел. Ему было жалко «омоновца», которого она избила ногами, жалко мальчика, над которым она орала дурным голосом, — выживет ли? От этой девочки у него разрывалось сердце — такая ненависть, что больше любви и жалости, шла из ее худенького маленького тела. Он думал: если поймет ее, поймет энергетику зла всего мира, но знал, что не поймет.

Но он хотел знать и понимать, поэтому подсел к Алке и обнял ее за плечи. Такие тоненькие косточки. И сердце стучит в ребра так громко, что не нужен никакой фонендоскоп. Не девочка — птичка. Откуда в ней столько обиды и гнева? И на кого?

— Гады! Гады! Гады! — кричала Алка. — Он лучше всех, а живете вы! Я подорву вашу больницу, я подорву Россию. Я всех вас уничтожу, гадов!

— Не завезти ли нам ее по другому ведомству? — спросила медсестра.

— Сама такая! — кричала Алка. — Тебя бы завезти и бросить к змеям и паукам.

— Да я тебе в матери гожусь, а ты мне «тычешь»! — оскорбилась сестра.

— Ты мне в матери? А в дочки не хочешь? Я б тебе надрала жопу, дуре!

И вдруг девчонка замолчала, увяла, голова у нее как бы сломалась на шее, глаза потухли, и Алка ушла в спасительное бессознание, где никто не умирал, где было тихо-тихо и мира еще не существовало.

В подъезде бабушке Георгия в лицах была рассказана вся история, начиная с нечеловеческого крика девочки. Соседка Алки сказала, что их квартира стоит открытая. Почти теряя сознание, старуха поднялась туда.

Конечно, она увидела чемодан и поняла: мальчик хотел уйти. И хоть сейчас сердце ее разрывалось от горя, старая женщина испытала что-то подобное чувству глубокого удовлетворения этими сборами. Она оставила чемодан в этом же полураскрытом виде, дабы не сбивать мальчика с толку, когда он, дай бог, вернется. Вернется и уйдет от этой отвратительной девчонки. Она оглянулась по сторонам — она ведь никогда здесь не была. Ничего особенного, быт малообеспеченных людей. Это быт всех ее знакомых. Она видела по телевизору шикарную мебель, но старый мозг уже не мог вообразить пребывание ее самой среди новомодных вещей. Эта же квартира была ее. Из другой бы она ушла сразу, а тут стала озираться. И увидела портрет Елены на стене. Именно такой она никогда не видела Елену. Она знала хмуро сосредоточенную женщину с проблемами, которая неохотно здоровалась с соседями, а иногда летом надевала шляпу типа сомбреро и надвигала ее так, что глаза не были видны. Умерла, бедняжка! И теперь ее мать растит внука как сына. Здесь же со стены на нее смотрела молодая, очень ясная, очень светлая девушка.

На каком перегоне ее жизни произошло такое превращение женщины? Что должно было случиться, чтобы исчез из глаз свет? И что это такое вообще — свет глаз? Из каких субстанций он состоит? Или это все словесные игры определений? Но вот ведь нет этого света у ее дочки, еще девочки, можно сказать. Как-то они ехали втроем в лифте — она, Алка и еще одна дама. Когда спустились и девчонка тут же исчезла, дама — между прочим, доцент института — сказала: «Ужас какой! Я вдруг поняла, что выражение «бритвой по глазам» имеет основание. Столько в них зла, что хочется по ним бритвой». Она тогда ответила, что дети в определенном возрасте проходят эту «стадию зверя». Пройдет! Она врала. Она просто защищала таким образом Георгия.

Ну вот, теперь этого не надо будет делать. Она еще раз посмотрела на фотографию. Девушка светло улыбалась. Странно, но сейчас она уже не могла вспомнить ту, другую, умершую. Фокусы фотографий.

Все на них красивые, никто не способен на зло, вон какой был Ленин с кудрявой головой. При чем тут Ленин? Она не имела против него ничего. Она не жила до революции, а после были злодеи покруче. А фотографии — мертвые обманки. Люди успевают «сделать нужное лицо».

— А дочь у тебя недобрая, злая, — сказала бабушка Георгия. — Мой внук, слава господу, уходит от нее.

И она пошла к дверям, но услышала «нет», хотя в квартире была одна и радио молчало.

Она повернулась и встретилась с глазами на фотографии. Они были другие. Конечно, другие, ведь сейчас она смотрела на них сбоку, но случилась неправильная оптика или какая-то еще физика, если глаза на портрете были повернуты к ней, а улыбки как бы не было. Женщина с проблемами говорила ей «нет» холодом стекла, и бабушка, она была смелая старуха, вернулась и стала смотреть прямо в лицо фотографии.

— Видишь чемодан? — говорила она. — Это он его собрал, чтоб уйти.

— Нет, — сказал портрет и улыбался уже лучезарно, как раньше. — Нет. — И губы — казалось! — слегка шевельнулись.

Дальше все пошло не по законам жизни, все пошло иначе.

Старуха стала вынимать вещи из чемодана. Она нашла им место в шкафу, она спрятала чемодан и вымыла чашки в кухне, она вытерла пыль и подтерла пол. Она делала это все, испытывая странное подчинение какой-то неведомой ей силе, которая, как она тряпочкой пыль, так та чем-то нежным и мягким промыла какие-то внутренние опоры старой женщины, и она забыла все плохое, что думала об Алке. Ей даже стало казаться, что Алка и Георгий всегда росли вместе, что они оба ее внуки, а Алка даже роднее, потому что женщина. «Я научу ее всему, что знаю, — думала бабушка, — надо научить ее прикладывать к дому руки, сейчас это уже мало кто умеет. Поставить мебель может и дурак. Но дом требует рук и сердца. Она забыла про Георгия и вспомнила только, когда, закрыв квартиру, оказалась дома. Тут же раздался звонок. Алка сказала, что Георгий пришел в себя, что у него все будет хорошо, и пусть она не волнуется. Алка не сказала, что у Георгия инфаркт, что вся больница сбежалась смотреть на красивого молодого мальчика, у которого в девятнадцать лет не выдержало сердце. Не сказала Алка и того, что у нее сломано правое запястье и номер ей набирает санитарка. Не сказала она и номер больницы, но не по вредности, просто санитарка стояла рядом столбом, ожидая мзду за оказанную услугу, а Алка левой, тоже перевязанной, но не сломанной — просто поцарапанной ногтями санитара — рукой рылась в кармане, ища пятак и думая, не мало ли, не много ли?

«Хорошая девочка, — подумала старуха. — Я правильно сделала, что разобрала чемодан». Потом — что было ей несвойственно, среди бела дня, когда не почищены три картофелины на ужин и не вскипячено молоко — старуха села на старое-престарое кресло и повернула его так, чтобы видеть небо в окне.

Чудное было небо. Синее и безоблачное, оно отливало чернотой, и женщина решила, что с другой стороны, с запада, на который у нее не выходят окна, собираются тучи и отсвечивают на восточную половину. Хорошо, когда ты материалист и знаешь законы природы, законы теней и подсветок. А так бы черт знает что пришло в голову. Для предощущения дождя не хватало томления в суставах, но это результат лечения пироксикамом и гомеопатией «Метеоплюс».

Но пока она отключалась на ревматизм, небо перестало чернеть, оно совсем сдурело, став вдруг ярко-фиолетовым. А с фиолетовым цветом у бабушки Георгия были сложные отношения. Она любила фиалки — от них-то и пошло название цвета. Когда они цвели, а особенно когда они пахли вечерами, она могла знать, что случится завтра. Она закрывала глаза и видела завтра, как в кино. Но это все по молодости лет. Сорок лет она уже живет в Москве, и фиалок у нее не было. Однажды в Ботаническом саду она случайно вошла в их запах и узнала, что завтра умрет ее муж. Так и случилось. С тех пор она никогда не ходила в Ботанический сад. «Не хочу знать!» — говорила она себе. Она тогда вступила в партию, ища в ней опору. Стала яростным борцом с мракобесием. Эту страсть донесла до времени шарлатана Кашпировского. И ничто не могло ее сбить с толку. Сегодня же случилось фиолетовое небо, а она разговаривает с портретами и моет чужие чашки, а три картофелины на ужин как лежали, так и лежат. «Видимо, все-таки мир устроен не по физике Фалеева и Перышкина», — сказала она окну и фиолету неба. И засмеялась, как молодая, как будто после долгих-долгих уговоров дала добро выйти замуж за другую физику. «Хватит ли у меня времени для познания? — подумала старуха. — Это ж, наверное, совсем новая наука».

— Ты и так все знаешь, — сказал голос. Ни слева, ни справа, ни сверху, ни снизу. Голос вокруг. Это было интересно, и она подняла голову. Потолка не было — было небо. Оно было фиолетовым и остро, до сладкой боли, пахло фиалками.

«Значит, он есть, Бог, — думала женщина. — С какой дури мы решили, что его нет, если пять или семь тысяч лет люди знали, что он есть. С чего они поглупели, люди?» Откуда ей было знать, что в одной «Скорой помощи» один пожилой врач пытался понять природу зла на примере девочки, она же пыталась найти ту тропу, по которой сбились люди, и еще многие, многие другие люди, решая свои простые дела, замирали в этот момент над словами «почему» и «зачем», и им было тревожно и радостно думать свои мысли. Хотя фиалки были только у нее.

Мария Петровна всегда звонила Алке, каждый день, но после визита Веснина она была на Алку зла и в тот день не звонила. Но позвонил мальчик, и она ему сказала, что Алка приходила, но беды не произошло. Она очень рассчитывала на Георгия, на его глубокое, недетское добросердечие. А Алка любила этого мальчика, и, кажется, серьезно.

На следующий день она позвонила им утром, но никто не ответил. Мария Петровна звонила каждый час, а потом не выдержала, позвонила мужу.

— Я съезжу в перерыв, — сказал он.

По дороге Кулачев, как всегда, купил продуктов, именно для этого он востребовал у молодых ключ для себя. Дом был пуст и чист. И в нем не ночевали.

Он оставил записку позвонить как только, так сразу и вышел из квартиры. Тут же проявилась соседка, и до того, как Кулачев успел что-то спросить, рассказала, как увезли мальчика, «а он уже был почти труп», как кричала девочка, «у меня волосы встали дыбом, не поверите», а потом бабушка мальчика пришла и закрыла дверь, потому что «все нараспашку, заходи — и бери».

Кулачев спустился к бабушке Георгия. Старуха открыла дверь, не спрашивая.

— Я думала, Алла. Она вчера звонила, а сегодня еще нет. И ночевать не приходила, где-то же она должна была быть ночью? Я думала, у вас. Нет? Так где же, боже мой!

На вопрос, какая больница, женщина стала заламывать руки, говоря, что она — старая идиотка, не спросила. Это же надо так потерять разум, чтоб не задать самый главный вопрос. «Вы можете себе такое представить? Полный маразм, полный!»

Кулачев стал ее успокаивать, это и у него бывает. Надо просто дождаться звонка и все узнать.

— Но уже почти полдень, — кричала бабушка, — обход по утрам! Значит, уже есть что сказать? А если он умер?

— Это бы вы узнали сразу, — ответил Кулачев. — Плохие новости мгновенны.

«А то я не знаю, — подумала она. — Конечно, он жив. Зачем же я так сказала? Зачем помянула всуе смерть? Так будет часто, — решила она. — Меня сейчас две. Та, что знает, и та, что как бы не знает. Люди ведь не поверят моему знанию, объявят сумасшедшей или будут просить объяснить. Я не могу пока объяснить, не могу. Значит, мне надо говорить их словами. Я не могу терять с людьми связь. Мы все нужны друг другу. Почему? Не знаю. Так надо».

На душе Кулачева было тревожно, он оставил все телефоны и просил тоже позвонить как только, так сразу...

Он ехал и думал: куда могла деться эта сумасшедшая девчонка? И еще он подумал: все ли ему сказала старуха? У нее очень вдохновенный вид для случая болезни внука. Слишком ярки у нее глаза. Слишком фиолетовы. Может, бабушка чуть-чуть клюкнула?

Алка собиралась ночевать в больнице. «Хоть где, хоть на чем», — клянчила она врачей. Весь день она простояла у окна реанимации. Она ничего не ела, хотя сестры звали ее в столовую. Вечером было решено подбросить ее на «Скорой», которая поедет в сторону ее дома. Но Алка не хотела домой. Не хотела она и к бабушке. Почему-то к бабушке она не хотела особенно. В смятенном мозгу (или сердце) родилась странная диковатая мысль: их дом слишком хорош для нее, в нем все правильно, а ей это не подходит. Ей надо туда, где люди страдают и мечутся, где ищется выход, где живет боль. Алка даже подумала о ясновидящей Наталье, но отвергла ее потому, что та будет ей рада. Нет! Это ей тоже не подходит. В одиннадцать вечера она села в неотложку, которая почти довезла ее до дома Весниных. В дверь она позвонила без двадцати двенадцать. На резкий звонок заплакал ребенок.

Павел открыл дверь и, увидя Алку, вышел на площадку.

— Чего тебе надо? — Ей послышалось, что еще он сказал «чудовище». — Что с руками?

— Мне негде ночевать. Пустите? — спросила она. — Моя мама вас пустила.

— Нет, — жестко сказал Павел. — Нет. У тебя есть дом. У тебя замечательная бабушка. Мы тебе никто, и звать нас никак.

— Позовите вашу жену. Я ей кое-что скажу.

— Нет, — сказал Веснин, сжимая кулаки. — Оставь нас в покое.

Открылась дверь, и вышла Тоня.

— Она сейчас уйдет, — ответил Павел. — Иди спи.

— Идите вы спать, — зло сказала Алка. — Я пришла к ней.

Тоня побледнела. Она боялась девчонки, но у той были перевязаны руки и такой несчастный вид, что Тоне стало неловко за свою боязнь. Она их столько насмотрелась, битых, никому не нужных уже не детей, но и не совсем взрослых, что все в ней перевернулось от жалости, и она сказала мужу:

— Иди. Если я ей нужна, так я же тут.

Она взяла Алку за руку, и они спустились на один пролет к большому подоконнику слухового окна. С тех пор как Тоня жила здесь, она мыла лестницу и мыла камень подоконника, она представляла на нем детей и оберегала от грязи взрослых.

— Что с рукой? — спросила она.

— Да ничего! Дуболом один не рассчитал силу. — Алка тяжело вздохнула. — Мой парень попал в больницу. Девятнадцать лет — и инфаркт. Ничего себе? Я его довела. Меня вообще надо было бы убить. Я думала об этом. Но если я это сделаю сама, это будет тоже дуболомство. Все начнут считать себя виноватыми. — Она говорила так быстро, что Тоня не могла вставить слово. Она ближе придвинулась к ней и обняла за плечи. — Даже вы будете виноваты, хотя вас я не жалела ни капельки. Мне просто хотелось что-то сделать для мамы. Я ничего не сделала ей хорошего, пока она была жива. Я такая была стерва. Но честно, и ей было не до меня. Мой отец ее не любил. Она случайно встретила вашего мужа и забеременела. Всякий другой скажет: подумаешь, сходи и вычистись. Но мама оставила ребенка, потому что он не случайный, не ошибочный, он избранный. Для нее, конечно. Потому что от вашего мужа. Она любила одну ночь или десять минут, я не знаю. Но он значил для нее все. И она повторяла мне: «Запомни! Запомни! Его зовут Павел Веснин».

Я мечтала его найти через много лет и познакомить с выросшим Павлом, моим братом. Но он возник раньше. Ваш муж. И я серьезно думала: я украду Пашку у бабушки и отнесу вам. Мне не жалко было бабушки. Она старенькая, колотится с малышом. Она, конечно, его обожает, но в ее возрасте сидят на лавочке или вяжут, а не с рожком носятся. Но меня все запрезирали. Все! И даже муж ваш. И мой парень. Они дали мне понять, какая я сволочь. Я это поняла. Там, в больнице. Там столько горя, и половина его от человеческого непонимания. Каждый кричит в свое горло. А ничего нельзя делать горлом и насильно. Даже добро. Я виновата перед вами. Я совсем не брала вас в расчет. Подумаешь, жена, думала я. Мама важнее. А потом стала думать: так ли я ее поняла? Она, видимо, хотела, чтобы я с ним когда-нибудь познакомилась и поняла ее любовь и ее смерть. Это был женский разговор, а не то что: отними и отдай ему ребенка. Был разговор о любви. О том, что бывает и так. А я стала дуболомничать, как санитар. Выкручивать руки всем, своему парню. Это ужас какой, как я вела себя с вами со всеми. Я обрушила мир, и он посыпался на Георгия. Мама меня за такое прибила бы. Она хоть и слабая была, но и сильная тоже. Даже если б была жива, она бы не стала вязаться к вам. Я клянусь! А я, сволочь такая, стала вязаться. Ваш муж ведь больше не появился — значит, мама не была для него тем, кем был он для нее. А я пру, как пьяный на буфет. А мой парень — о, вы его не знаете! — у него сердце на тонкой ниточке, состоящей из одного сострадания. Тронь — и ему больно. Он меня запрезирал. Вот вы меня сейчас держите, и я чувствую ваше тепло и сочувствие. Когда я ему это все рассказывала, у него руки просто отсохли держать меня. Не в прямом смысле. Он меня отверг всем телом. И я сказала: «Ну и пошел к черту!» И он пошел, и у него лопнуло сердце. Если он не выживет, я умру, не покончу с собой, а просто умру естественно. Во мне сейчас ровно столько жизни, сколько в нем. Поэтому я и пришла к вам, перед вами я больше всех виновата. Я ведь шла сквозь вас, как танк. Ужас какой! Я вам говорю, а сама думаю: танк простить нельзя. Даже если он мысленный. Забудьте обо мне как о дурном сне. Можете так?

Тоня обняла ее и стала укачивать, как маленькую. А она и оказалась маленькой. Свернулась калачиком и уснула.

«Запал кончился, — подумала Тоня. — Сопит, как дитя. А если ее парень действительно умрет, что с ней будет? Ничего не будет. В этом возрасте все проходит, любая рана зарастает». Но Тоню смутили её мысли, будто она уже допустила смерть неизвестного ей мальчика. Но он ведь тоже в том возрасте, когда выздоравливают, это раньше не было лекарств, не знали, как лечить, а теперь... А теперь у девочки умерла мать, и не от болезни. Так что не все просто и сейчас, хотя и спит она как младенец. Беззащитный младенец с перевязанными руками. «Будут думать, что вены резала», — огорчилась за будущие мысли людей Тоня. И именно это — возможный навет — довело Тоню до слез. «У нас ведь такое злодейство — мысли». Она укачивала Алку и плакала, и молила Бога о милости и спасении.

Павел на руках отнес Алку в квартиру. По дороге та, не открывая глаз, прижалась к нему и сказала тихо: «Папа!» Они уложили ее на диван. Укрыли. Павел из ванной позвонил Марии Петровне и сказал, что Алка у них. Спит. Мальчик жив. В реанимации. Номера больницы он не знает. Не было случая спросить.

— Если бы я что-то могла понять в ее поступках, — тихо сказала Мария Петровна.

— Поймем, — сказал Кулачев. — Дерево растет и кучерявится.

— Я сама в детстве была дуболомом, — говорила Тоня Веснину. — Пару раз по голове жизнь стукнула — пришла в себя. А эта городская, домашняя, небитая.

— А как помрет мальчишка? — спросил Павел. — Что с ней станется?

— Дождемся утра, — ответила Тоня. — Говорят, оно мудренее.

— Ты в этом уверена?

— Нет, — засмеялась Тоня. — Я давно ни в чем не уверена. Она мне сказала, что — как это?.. — у мальчика сердце висит на ниточке сострадания. Вот в это я верю. В тоненькую ниточку... На которой мы все едва держимся.

— Ты у меня философ, — сказал Павел, обнимая жену. — Я бы лично ее выдрал как сидорову козу.

Солнце уже шевелилось за горизонтом, но никто, кроме малых детей, не спал.

И что день грядущий им готовил, никто не знал. Но все понимали: главное сегодня — Георгий. Если он выкарабкается, все сложится. И у взрослых, и у детей. Каждый молился по-своему. Кулачев предлагал свои годы: «Возьми от меня немного»; Мария Петровна просила Богородицу, ей ли, милосердной, не знать, что такое потерять сына, а потом иметь такие последствия. Павел просил Бога не трогать детей, так как они, какими бы ни выглядели по молодости, все равно «лучше нас». Тоня не формулировала. Ее губы шептали: «Спаси и сохрани. Спаси и сохрани, Господи».

Георгий умер, когда Солнце с ясным неудовольствием, сопя и урча, по-медвежьи выползло из-за Курил и Сахалина. «О эта Россия! — думало Солнце. — Она меня достала!»

Как у всякого труженика, у Солнца было желание сделать свою работу как следует. Но с некоторых пор возникало чувство-мысль, что эта земля от Курил до Балтики им, Солнцем, не прогревается, что его лучи вязнут в смраде испарений... Оно ярилось как могло, а людям все равно было холодно.

...Георгий летел, как летал в детстве. Он не знал

этих мест, ему казалось, что он перелетает Черное море, но тут же волны превращались в песчаные барханы, барханы тут же вытягивались в небоскребы, и он легко пролетал сквозь них, удивляясь умению и наслаждаясь своей силой. «Оказывается, я не боюсь высоты», — радостно подумал он, взмыл вверх и тут же камнем бросился вниз, и не было страшно, а было упоительно. И, только насладившись свободой полета сполна, он подумал о людях. Где-то во сне должны быть и люди. И он стал озираться. И увидел их. Оказывается, они летали рядом. И он устыдился своей невнимательности. Кувыркается, как ребенок, даже не поздоровался ни с кем. Но они все, как и он, были поглощены движением. Тысячи самозабвенно кувыркающихся людей, без интереса друг к другу, как рыбы в аквариуме. Скользнут — и мимо.

И ему захотелось вернуться туда, где его знают в лицо, где он может показать, как красиво у него получается лететь по-стрижьи или по-ласточьи. Ах, если бы это увидела Алка! Где она? И он увидел, как она спит на чужом диванчике, и у нее почему-то перевязаны руки, а маленькие детские кисти лежат на одеяле одиноко и беспомощно. И еще там были мужчина и женщина и ребенок. Ребенок тоже спал. А взрослые сидели на кухне, и женщина наливала в синие чашки кофе.

— Ты обязательно поспи днем, — говорил мужчина.

— Господи! — сказала женщина. — О чем ты? Я думаю о мальчике. Я хочу, чтобы он жил.

Георгий вернулся в комнату и посмотрел в колыбель. Ребенок — мальчик? — сопел и одновременно писал, сосредоточенно хмуря лоб.

— Писает, — сказал он громко взрослым, но они его не слышали. Тогда он вернулся в кухню и стал трогать женщину за плечо и говорить, что мальчик живой и писает, но она не обратила на него внимания.

«Я сплю и вижу странный сон. Со мной так бывает», — подумал он и вернулся к Алке, к ее маленьким рукам, и поцеловал их. И тут только понял, что его нет. Что он, сильный, летающий и думающий, здесь бестелесен и прозрачен. Что с ним случился не сон... С ним случилась смерть...

И он закричал так, как, ему казалось, не кричал никогда, он хотел найти то место, с которого он перестал быть, чтобы все переиграть. «А зачем? — услышал он голос. — Разве тебе плохо здесь?» И он снова летал, а потом сел на полянку, и уже тамошние люди стали объяснять ему, насколько лучше здесь, чем там. У них у всех были равнодушные пустые глаза, и он взметнулся так вверх, что оказался на высочайшем ледяном торосе, с которого была видна вся земля. И он увидел, что все врут календари. Земле не миллионы лет, она молоденькая и игривая девушка. Она так кокетничает шапочкой ледников, так бахвалится золотистостью песков и зеленью лесов! И это ее фуэте вокруг себя самой просто эротично. Он даже увидел как бы ножки на пуантах, которыми она раскручивает леса, поля и горы. А на нее вожделенно пялятся Марс, Сатурн и Плутон. «Понятно, — подумал Георгий. — У Юпитера другой интерес — Венера».

Ему стало обидно и больно, что люди не видят

красоты мира, в котором живут, что они не участвуют в этом танце любви природы, что они не жалеют эту свою молоденькую матушку-Землю, которая полна страсти и желаний.

«Неужели надо всем умереть, чтобы это понять?» — думал он.

Он слетел с тороса. Ему не хотелось к людям с пустыми глазами, которым нравится смерть. Но пока он не видел других. Ему уже не хотелось летать. Делов! Он вдруг остро вспомнил радости живой жизни, вкус воды, шершавость персика, запах Алкиных подмышек, такой теплый и горьковатый, но такой единственный во Вселенной, что он заплакал. Слезы вытекли из глаз на пятой минуте его клинической смерти, и сердце выстрелило маленький зубчик на электрокардиограмме.

— Запустилось! — сказал потный, измученный врач-реаниматолог, который, получив на дежурстве столь юного инфарктника, просто озверел от гнева на жизнь, что без жалости отдает смерти молодость. — Чертова страна! — кричал он. — Наделала, сволочь, оружия, носится по миру, чтоб кто-нибудь его купил хоть за копейки, а потом на эти деньги будет делать новые пушки, а медаппаратуры нет, лекарств нет. Да просто ничего нет, чтоб человеку хотелось жить. Отняла родина-мать, еб ее мать, у человека радость существования. Девятнадцать лет парню! Девятнадцать! Да я б на месте начальства этой страны совершил коллективное самоубийство за одного этого парнишку. Ну что за мудаки, что за страшилы стоят и рулят в бездну! Ты, спятившая с ума Россия, открой пьяные зенки!

Этот зубчик на электрокардиограмме был знаком, был ответом на эту неправильную по словам, но точную по существу молитву доктора — молодые должны жить. Потом был второй зубчик и третий... Слезы со щек Георгия слизала девочка-практикантка. «Это божественные слезы», — сказала она.

В то же утро с острой болью в сердце проснулась Наталья-Мавра. В кухне она накапала себе валосердин, положила под язык коринфар и легла не в супружескую постель, а на диванчик в гостиной. «Не хочу рядом с ним помирать», — сказала она вслух. И потом долго думала над этими словами.

Фатальная неудачливость с мужским полом давно требовала анализа типа: ну что я за дура такая? Ведь не кривая, не косая! И сейчас, свернувшись калачиком и прислушиваясь к собственной аритмии, она хотела наконец обсудить с самой собой себя самою. Но аритмия увела ее в сторону от себя любимой.

Думалось о том, что круг жизни, по которому идет человек, большой, и не у всех хватает на него сил. «Но нельзя сходить с дистанции. Ни за что!» — сказала она себе. Ибо никуда не девается непрожитое, непройденное. Оно остается на земле другим людям, и им приходится донашивать то, что было сброшено на полпути слабыми. А это, как правило, горе и нелюбовь. Дети потом несут груз недожитых жизней отцов и матерей. А жизнь свою надо проживать полно, даже горькая жизнь должна быть исчерпана до дна. Конечно, для этого нужны отвага, мужество... Да нет же! Глупости! Это же просто, как убирать за собой. Полный круг жизни — это и рождение, и посев, и уборка. Нельзя уходить, не сделав круг. Нельзя после себя оставлять грязь. Но Боже! Боже! Она видела миллионы людей, ушедших не по своей воле. Их куда больше, чем живых. И человечество гнется под тяжестью недожитых жизней. А сгубленные смотрят на него сверху пустыми остекленевшими глазами без жалости и сочувствия. Они вышли из игры. Наталья плакала в подушку, и злые слезы прожигали дорогой импортный бархат. А в это время девочка-медсестра сцеловывала со щек Георгия божественные слезы. А врач ругался матом на людей-убийц, многажды увеличивающих не только чужое, но и тем самым собственное горе.

— Это безнадежно, — сказала Наталья, высмаркиваясь в подол халата. — Мир безнадежен.

В пустой квартире, в которой никто не ночевал, долго трезвонил звонок из больницы. Его слышала только молодая девушка на портрете. Она вышла из-под стекла и босыми ногами прошла по квартире. «Да, всюду заложено тринадцать, я помню», — думала она. Но это просто. И дом чуть дрогнул, будто выдохнул, и уже не было тринадцатой кафельной плитки. Девушка вынула из лежавшей на полу цифры жало, оно было в открытом животе тройки, цифра распрямилась и стала птичкой, которая выпорхнула в форточку. Телефон звонил до тех пор, пока не истекла водой единица и не высох после нее пол. В отличие от других та, что из-за стекла, прошла свой путь до конца. Она не оставила зла, она убрала за собой. Хотя могла бы сказать, что «другого материала для добра, кроме зла, нет. Для счастья нужно горе. Для жизни нужна смерть».

И девушка вернулась под стекло. Она была спокойна и прелестна, и она знала...

...Знала, что вырастут мальчики Павел и Михаил, но так и не узнают, что братья. Не найдется силы встретиться родителям. Они покинут страну, потому что им будет здесь неинтересно. Впрочем, все уже ведь есть... И вчера, и завтра. Они уже где-то далеко и не говорят по-русски. Но жизнь их полна и насыщенна.

...Вырастет Алка. У нее тоже будет двое сыновей. Она будет с ними маяться, потому что характером они будут в безвинно убитых предков. Вот они никуда не уедут, они останутся. От них пойдет род.

...Кулачев похоронит и Марусю, и Веснина, и Тоню, и Наталью. Он будет называть себя «гробовых дел мастер».

...За ним, стариком, приедет из Израиля старший, уже даже старый сын, чтоб забрать к себе. Когда старик Кулачев с красивым чемоданом будет спускаться к машине, его захотят пристрелить Алкины сыновья, но пуля срикошетит, и они убегут, бросив на земле табличку: «Сдохни, иуда!» По ней их и найдут. И на этом месте Георгий, их отец, умрет уже окончательно, а Алка будет биться до крови с правосудием, пока ей на помощь не придет Кулачев, который вернется назад, потому что в его окно в Израиле постучит клювом птица, и он скажет сыну: «Прости. Но я не понимаю здесь ничего, даже внуков. А те хулиганы, между прочим, тоже мои внуки. И может, даже больше». И его старый сын заплачет от горестной обиды, но билет на самолет купит.

В городе по утрам и вечерам будет летать странная птица, похожая на число «тринадцать». Но для этого надо всматриваться, а людям некогда глаза поднять вверх, это будут низкорослые люди, на плечах которых будет лежать почти непотребная ноша выживания. Сверху же это хорошо видно, как они все больше и больше становятся похожи на жуков-копров. До самой смерти, соединившись в пары или в одиночку, копры катают навозные шары, в которых лежат личинки их будущих детей. Люди-жуки. Люди без солнца.

«Значит, они этого хотели, — однажды в сердцах скажет Бог. — Это их выбор судьбы».

«Снова он все свалил на этих недочеловеков, — позлорадствует Дьявол. — А мог бы для справедливости отметить и мою работенку».

— Зачем ты отпустил того мальчишку? Он так хорошо смотрелся бы в твоем синклите.

— Он любил девочку, — сказал Бог.

— Ну сколько же можно ставить на эту безнадежную пустую карту? Полный отстой, старик. Они любить умели только мертвых. И то когда-то.

— Другой силы нет и не будет... И ты это знаешь.

— Один туберкулезный писатель написал пьесу, где несчастная девица уже сто лет заклинает, что дождется неба в алмазах. Умные давно ржут как кони, идиоты же плачут. Но ни те ни другие так и не видели неба. Никакого!

— Он ни разу не соврал.

— Кто?

— Писатель. Чехов. У него перед смертью на щеке тоже была слеза. Как у того мальчика. Но ее никто не сцеловал.

— Теперь у тебя новая новость! Сцелованная слеза спасет мир. Была просто слезинка. Теперь слезинка сцелованная. О! Засмейтесь, смехачи! Твои люди — мерзость... Навозники. И ты бессилен перед их тупостью.

— Исчезни.

Бог смотрел на танцующую красавицу Землю. «Я дал им лучшее, что у меня было. Почему же они оказались слабыми? Почему? Слабее муравьев... И их несет ветер зла...»

Великий, всемогущий, всещедрый, всеславный, перед которым ниц лежали миллионы и миллионы и на которого ругался врач «Скорой помощи», хотел заплакать, он хотел ощутить вкус человеческой слабости. Той, что меньше, чем у муравья. А невдалеке стоял тот, другой. Он не насмешничал. Он жалел. Он знал, что Бог, жаждущий слез, был прав. Он всегда это знал. Сам он тоже не умел плакать, но и не жалел этих носимых по воле ветра людей. «Ведь на самом деле им столько всего дано. Идиотам... И все втуне...»

Но ему было жалко старика, страдающего за бардак, в котором он не был повинен.

— Дождись конца, Отче! Уже недолго. Людей сносит ветер. И они прутся — творения рук твоих — к финалу, давя ногами всех и вся. Какое там сцеловывание слезы? Окстись, Боже! Они уже делают под себя.

— Нет, — крикнул Бог, — женщина уже выпустила птицу. Они ее увидят, если будут сцеловывать слезы!

«Чертовски хочется помочь, — подумал Дьявол. — Надо подрезать птице крылья, чтоб летала пониже. Им не до птиц высокого полета».

СОДЕРЖАНИЕ

Литературно-художественное издание

ЛУЧШАЯ СОВРЕМЕННАЯ ЖЕНСКАЯ ПРОЗА

Галина Щербакова

ЖЕНЩИНЫ В ИГРЕ БЕЗ ПРАВИЛ

Ответственный редактор *Л. Михайлова*
Выпускающий редактор *Ю. Качалкина*
Художественный редактор *А. Сауков*
Технический редактор *О. Куликова*
Компьютерная верстка *Т. Жарикова*
Корректор *О. Степанова*

В оформлении переплета использована иллюстрация *Ф. Барбышева*

ООО «Издательство «Эксмо»
127299, Москва, ул. Клары Цеткин, д. 18/5. Тел. 411-68-86, 956-39-21.
Home page: **www.eksmo.ru** E-mail: **info@eksmo.ru**

Подписано в печать 07.04.2009.
Формат 84×108 ^{1}/$_{32}$. Гарнитура «Балтика». Печать офсетная.
Бумага офс. Усл. печ. л. 21,84.
Тираж 10 100 экз. Заказ № 6555.

Отпечатано в полном соответствии
с качеством предоставленных диапозитивов
в ОАО «Можайский полиграфический комбинат».
143200, г. Можайск, ул. Мира, 93.

Оптовая торговля книгами «Эксмо»:
ООО «ТД «Эксмо». 142700, Московская обл., Ленинский р-н, г. Видное,
Белокаменное ш., д. 1, многоканальный тел. 411-50-74.
E-mail: **reception@eksmo-sale.ru**

По вопросам приобретения книг «Эксмо» зарубежными оптовыми
покупателями обращаться в отдел зарубежных продаж ТД «Эксмо»
E-mail: **international@eksmo-sale.ru**

International Sales: *International wholesale customers should contact*
Foreign Sales Department of Trading House «Eksmo» for their orders.
international@eksmo-sale.ru

По вопросам заказа книг корпоративным клиентам,
в том числе в специальном оформлении,
обращаться по тел. 411-68-59 доб. *2115, 2117, 2118.*
E-mail: **vipzakaz@eksmo.ru**

Оптовая торговля бумажно-беловыми
и канцелярскими товарами для школы и офиса «Канц-Эксмо»:
Компания «Канц-Эксмо»: 142702, Московская обл., Ленинский р-н, г. Видное-2,
Белокаменное ш., д. 1, а/я 5. Тел./факс +7 (495) 745-28-87 (многоканальный).
e-mail: **kanc@eksmo-sale.ru**, сайт: **www.kanc-eksmo.ru**

Полный ассортимент книг издательства «Эксмо» для оптовых покупателей:
В Санкт-Петербурге: ООО СЗКО, пр-т Обуховской Обороны, д. 84Е.
Тел. (812) 365-46-03/04.
В Нижнем Новгороде: ООО ТД «Эксмо НН», ул. Маршала Воронова, д. 3.
Тел. (8312) 72-36-70.
В Казани: Филиал ООО «РДЦ-Самара», ул. Фрезерная, д. 5.
Тел. (843) 570-40-45/46.
В Ростове-на-Дону: ООО «РДЦ-Ростов», пр. Стачки, 243А.
Тел. (863) 220-19-34.
В Самаре: ООО «РДЦ-Самара», пр-т Кирова, д. 75/1, литера «Е».
Тел. (846) 269-66-70.
В Екатеринбурге: ООО «РДЦ-Екатеринбург», ул. Прибалтийская, д. 24а.
Тел. (343) 378-49-45.
В Киеве: ООО «РДЦ Эксмо-Украина», Московский пр-т, д. 9.
Тел./факс: (044) 495-79-80/81.
Во Львове: ТП ООО «Эксмо-Запад», ул. Бузкова, д. 2.
Тел./факс (032) 245-00-19.
В Симферополе: ООО «Эксмо-Крым», ул. Киевская, д. 153.
Тел./факс (0652) 22-90-03, 54-32-99.
В Казахстане: ТОО «РДЦ-Алматы», ул. Домбровского, д. 3а.
Тел./факс (727) 251-59-90/91. gm.eksmo_almaty@arna.kz

Полный ассортимент продукции издательства «Эксмо»:
В Москве в сети магазинов «Новый книжный»:
Центральный магазин — Москва, Сухаревская пл., 12. Тел. 937-85-81.
Волгоградский пр-т, д. 78, тел. 177-22-11; ул. Братиславская, д. 12. Тел. 346-99-95.
Информация о магазинах «Новый книжный» по тел. 780-58-81.
В Санкт-Петербурге в сети магазинов «Буквоед»:
«Магазин на Невском», д. 13. Тел. (812) 310-22-44.

По вопросам размещения рекламы в книгах издательства «Эксмо»
обращаться в рекламный отдел. Тел. 411-68-74.